Cameron Lund

Very First Time

CAMERON LUND

VERY *first* TIME

Mein Masterplan in Sachen Liebe

Übersetzung aus dem amerikanischen Englisch
von Freyja Melsted

one

FSC
www.fsc.org
MIX
Papier aus verantwortungsvollen Quellen
FSC® C014496

Dieser Titel ist auch als E-Book erschienen

Titel der englischsprachigen Originalausgabe:
»The Best Laid Plans«

Umschlaggestaltung: ZERO Werbeagentur, München
Einbandmotiv: © Gluiki / shutterstock.com; IIIerlok_xolms / shutterstock.com
Lektorat: Katrin Mühlbacher, Sechtem
Satz: 3w+p GmbH, Rimpar
Gesetzt aus der Adobe Caslon
Druck und Einband: GGP Media GmbH, Pößneck

Printed in Germany
ISBN 978-3-8466-0107-5

5 4 3 2 1

Sie finden uns im Internet unter: www.one-verlag.de
Bitte beachten Sie auch www.luebbe.de

Für alle, die noch nicht bereit sind oder das Gefühl haben,
sie hinken hinterher.
Denkt daran, es ist kein Wettrennen.

KAPITEL EINS

Das Erste was ich sehe, als ich die Tür öffne, ist Chase Brosners nackter Arsch, der mir vom Bett aus entgegenleuchtet wie eine blinkende Las-Vegas-Reklame. Dann sehe ich das Mädchen unter ihm, ihre Hände packen seinen Rücken. Ich erkenne sie an den Fingernägeln, es ist Danielle. Ich war beim Lackieren dabei, *schwarz*, meinte sie, wie ihre Seele.

Sie liegen eng umschlungen im Bett – dem Bett von Andrews *Eltern* – und ich kann mich nicht bewegen, meine Hand liegt starr auf der Türklinke. Eigentlich war ich nur die Treppe hochgegangen, um von den ganzen Leuten wegzukommen. Sie haben alle meinen Geburtstag vergessen und sind bloß auf dieser blöden Party, weil sie wissen, dass Andrews Eltern im Skiurlaub sind und es Freibier gibt. Aber mit so etwas hatte ich nicht gerechnet. Ich starre auf Chases Hintern, Danielles Fingernägel, die sich in seine Haut krallen, ihre dunklen auf dem Kissen ausgebreiteten Haare, und da wird mir klar: Das ist noch viel schlimmer als die Party.

Es dauert gerade mal drei Sekunden – gefühlt dreitausend – bis Danielle mich bemerkt und aufschreit. Ich schreie auch, mein Bier fällt mir aus der Hand und spritzt auf meine Füße. Wir sehen uns in die Augen, während sie hektisch nach dem Laken greift, um sich vor meinem

Blick zu schützen. Chase fällt samt Decke vom Bett und rollt sich zusammen wie ein Burrito.

»Es tut mir so leid«, sage ich und bücke mich nach dem Becher. Ich versuche, mit dem Ärmel meines Sweatshirts so viel Bier wie möglich aufzuwischen, damit die Holzdielen nicht leiden. »Ich dachte, hier ist niemand drin.«

»Raus hier!«, kreischt sie, ich gehorche und knalle die Tür hinter mir zu.

Ich weiß, es klingt verrückt, aber als ich auf der anderen Seite stehe, denke ich nur: Was, wenn es das jetzt war? Was, wenn das der erste und letzte Hintern war, den ich je zu Gesicht bekommen werde? Ich schließe die Augen und sehe ihn immer noch vor mir, strahlend weiß, als hätte ich zu lange in die Sonne gestarrt, und mich beschleicht die Angst, dass sich der Anblick für immer in mein Hirn gebrannt hat. Es war kein unansehnlicher Hintern, so ist es nicht, auch wenn ich keinen Vergleich habe. Aber er gehört einem Typen, den ich nicht einmal mag, einem Typen, der blöde Witze übers Furzen macht, nur Basketball im Kopf hat und zu allen zwanghaft *Alter* sagt. Leider brauche ich nicht auf andere nackte Typen in meiner Zukunft zu hoffen, nicht, wenn es in der Schule weiter so läuft wie bisher.

Als Chase und Danielle aus dem Schlafzimmer kommen, stehe ich immer noch da. Sie sind beide erst halbwegs angezogen, und als Chase den Reißverschluss seiner Hose hochzieht, zucke ich zusammen.

»Keely«, sagt Danielle mit kratziger Stimme. Sie hängt an seinem Bizeps, und ich rieche ihr zuckersüßes Parfüm. Auf den Wangen hat sie verschmierten Lippenstift und ihr dunkles, zerzaustes Haar sieht aus wie ein zerwühltes Bett. Ich darf jetzt nicht an zerwühlte Betten denken. *Oh Mann.*

»Hey Alter!« Chase macht eine Gettofaust, so wie sie die Jungs immer machen, lässt den Arm aber gleich wieder sinken. Wahrscheinlich hat er gemerkt, dass ich keiner von den *Dudes* bin. Kann passieren.

»Es tut mir so leid«, sage ich noch mal und trete einen Schritt zurück.

Chase zuckt gleichgültig mit den Schultern, als wäre nichts weiter passiert.

»Warte kurz, können wir reden?« Danielle deutet mit dem Kopf nach links zum Bad. »Allein?«

»Klar«, sage ich, aber ich werde ein wenig nervös.

Von außen sieht es vermutlich so aus, als wären Danielle und ich Freundinnen, was wir den Regeln der Highschool nach wohl auch sind. Wir sind in derselben Clique und sitzen in der Pause zusammen, aber so richtig zu zweit unterhalten haben wir uns noch nie. Ich schätze, die Dinge ändern sich, wenn man jemanden versehentlich nackt gesehen hat.

»Bis gleich.« Chase küsst Danielle so gierig, dass ich kaum weiß, wo ich hingucken soll. Seine Hand liegt auf ihrem Busen, bereit zuzudrücken. Sie kichert, er lässt sie los und nickt mir zu. »Bis später, Keely.« Dann stapft er die Treppe runter. Als er an mir vorbeigeht, rieche ich seine Bierfahne.

Kaum ist er weg, zieht Danielle mich ins Badezimmer. Sie macht die Tür zu, schließt ab und dreht sich zum Spiegel. Während sie mit mir redet, bewundert sie sich ausgiebig. Ich nehme es ihr nicht übel – wenn ich aussehen würde wie Danielle Oliver, würde ich wahrscheinlich auch die ganze Zeit in den Spiegel starren. Ihre rosige Haut schimmert, sie hat hohe Wangenknochen und große braune Augen, die etwas schräg stehen wie die einer Katze.

»Versprich, dass du es niemandem erzählst.«

»Versprochen.«

»Gut.« Sie entspannt sich ein wenig. »Ich mache immer noch einen auf schwer zu kriegen.«

Ich beiße mir in die Wange, um nicht zu lachen. Danielle und Chase sind kein Paar, aber sie passen perfekt zusammen: Sie sind die Schönen, deren Affären die Seiten der Klatschzeitschriften füllen würden, wenn die Highschool Hollywood wäre. Es war nur eine Frage der Zeit, bis zwischen ihnen was laufen würde. Deshalb frage ich mich, warum es Danielle so wichtig ist, die Sache geheim zu halten. Es war ja nicht gerade unauffällig, wie sie Chase vorhin lachend im Kreis durch die Küche gejagt hat, weil sie ihn mit rotem Lippenstift bemalen wollte.

»Hat er dich denn nicht gerade … gekriegt?« Wahrscheinlich bringt sie mich für die Frage um. Aber die Sache ist die: Alle an der Prescott High School wissen, dass Danielle Oliver Jungfrau ist – oder war –, und das nicht, weil sie es offen rumerzählt hat. So läuft es hier nun mal. Unser Kaff mitten im Nirgendwo von Vermont ist so klein, dass man alles über die Leute weiß, auch dann, wenn man eigentlich nichts mit ihnen zu tun hat. Wir waren nun mal schon immer zusammen, alle sechzig aus der Stufe. Und das seit der Grundschule. Also verbreiten sich Geheimnisse meist schnell, wie eine verkorkste Stille Post. Dass Danielle es überhaupt geschafft hat, so lange Jungfrau zu bleiben, ist einer der Top-Aufreger in Prescott.

Ich bin übrigens auch noch Jungfrau, aber das ist nicht so überraschend, dass es Stoff für Tratsch hergeben würde.

Ich sehe es ihr an, als sie beschließt, mir davon zu erzählen. Ein strahlendes Lächeln breitet sich auf ihrem Gesicht aus. Das Geheimnis prickelt in ihr wie Champagner in einem Glas. Sie sieht plötzlich umwerfend aus, und mein Herz schlägt schneller. Sie dreht sich zu mir.

»Okay, vielleicht hat er mich gekriegt«, sagt sie. »Also bin ich jetzt endlich eine Frau.«

»Wow.« Plötzlich verschlägt es mir die Sprache. »Das ist … gratuliere. Toll gemacht!« Ich weiß nicht, warum ich auf einmal wie eine kitschige Grußkarte klinge. *Beste Wünsche für die Reise. Greif nach den Sternen!* Sie findet es wohl nicht allzu seltsam, denn sie redet weiter, als hätte ich nichts gesagt.

»Es hat gar nicht so wehgetan. Ava meinte, sie wäre beim ersten Mal ohnmächtig geworden, also hatte ich Schlimmeres erwartet.« Danielle leckt ihren Zeigefinger ab und wischt sich die verschmierte Wimperntusche unter den Augen weg. »Ava macht aus jeder Mücke einen Elefanten.« Wenn Ava Arellano jetzt an meiner Stelle hier wäre, wüsste sie genau, was zu sagen wäre. Ava ist Danielles Liebling. Ich werde toleriert.

»Stehst du auf ihn?«, frage ich.

Sie zögert einen Moment, wahrscheinlich überlegt sie, ob es sich lohnt, mir die Wahrheit zu sagen. Dann zuckt sie mit den Schultern. »Es war an der Zeit. Ich fasse es nicht, dass ich so lange Jungfrau war. Wie peinlich.«

Bei dem beiläufigen Kommentar werde ich ganz rot. Jungfrau zu sein ist eigentlich keine große Sache – das weiß ich auch –, aber ich fand es immer gut zu wissen, dass Danielle und ich beide diesen Stempel trugen. Wenn Danielle Oliver etwas betrifft, rutscht es auf der Peinlichkeitsskala automatisch fünf Millionen Punkte nach unten.

Ava hat als Erste in unserer Klasse ihre Jungfräulichkeit verloren. Es war mit Jason Ryder, während der Abschlussfeier von der Junior High, hinter der großen Rutsche auf dem Spielplatz. Als ich damals davon erfuhr, war ich total entsetzt. Sex war etwas völlig Fremdes, das nur Leute in Filmen taten, und zwar nicht in den Filmen, die ich so guckte. Dann haben andere Mädchen es auch getan: Molly Moye mit einem der besten Freunde ihres älteren Bruders, Jessica Rogers mit einem Mädchen, das sie in den Winterferien in Vancouver getroffen hatte. Meine beste Freundin Hannah hatte ihr erstes Mal in der elften Klasse, mit ihrem Freund Charlie. Sie verbrachten die Nacht in seinem Ferienhaus am See, zündeten haufenweise Kerzen an und hörten ihre Lieblingsmusik. Nicht einmal Morrissey konnte sie also retten.

Als diese Geschichten aufkamen, hatte der Rest von uns noch ganz viele Fragen. Wie fühlt sich Sex an? Tut es weh? Woher weiß man, was zu tun ist? Und jetzt gehört Danielle auch zu den anderen. Jetzt sind wir im letzten Jahr, und es gibt kaum noch Fragen.

Jetzt bin ich alleine übrig.

Von unten höre ich dumpf den Bass der Musik, eine Mädchenstimme kreischt, schallendes Gelächter erklingt, dann ein Klirren. Vielleicht ist ein Glas runtergefallen oder eine Tischlampe. Ich zucke zusammen und hoffe, Andrews Mutter bringt uns nicht um. Ja, uns, denn obwohl es sein Haus und seine Party sind, wird sie wissen, dass ich auch hier war. Ich bin immer hier.

Danielle schnappt sich ein Handtuch und wischt den verschmierten Lippenstift von ihren Wangen. Ich würde es ihr am liebsten wegnehmen – Andrews Mutter rastet aus, wenn sie die Flecken sieht, vor allem nachdem unten schon *irgendwas* zerbrochen ist –, aber das käme wohl nicht so gut an. Danielle neigt sich nach vorne und starrt in den Spiegel. Ich schwöre, sie sieht weise aus. Sie wird sich nie wieder den Kopf darüber zerbrechen, ob ein Typ sie auch mag, nie wieder einen riesigen Pickel mitten im Gesicht bekommen. Danielle war schon immer selbstbewusst, aber jetzt scheint sie unaufhaltbar.

Neben ihr sehe ich aus wie zwölf, obwohl ich mit dem heutigen Tag offiziell achtzehn bin. Ich war schon immer total klein, aber jetzt wirke ich noch kleiner, weil Danielle diese hohen schwarzen Schuhe trägt und ich nur Socken; ich habe meine Winterstiefel am Eingang ausgezogen, wie wir es sollten. Ich streiche durch meine blonden Haare – sie sind etwas dunkler als sonst, weil ich sie nicht gewaschen habe – und ärgere mich, dass ich dachte, etwas Trockenshampoo und ein Pferdeschwanz wären partytauglich. Ich lege es auch echt darauf an, in mein eigenes Unglück zu rennen.

Danielle schürzt die Lippen. »Sehe ich älter aus?« Sie dreht den Kopf hin und her, damit sie ihr Spiegelbild aus verschiedenen Perspektiven betrachten kann. »Jetzt, wo ich eine Frau bin, fühle ich mich wirklich älter.«

Ich will nicht zugeben, was ich gerade gedacht habe, also weiche ich ihrem Blick aus und frage zurück: »Sehe ich denn älter aus?« Ich weiß, dass ein Geburtstag einen nicht von einem Tag auf den anderen auf magische Weise verändert. Aber ein Teil von mir will sich so fühlen wie Danielle. Ich will auch unaufhaltbar sein.

Sie sieht mich mit leerem Blick an. »Warum solltest du älter aussehen?« Natürlich hat sie es vergessen, obwohl Hannah zur Feier des Tages Cupcakes zur Schule mitgebracht und Danielle sich beschwert hat, sie hätte zu viele Eier benutzt. Obwohl die Party eigentlich für mich gedacht war.

»Ich habe heute Geburtstag.«

Sie löst den Blick von ihrem Spiegelbild und dreht sich zu mir um. »Ups, hab ich ganz vergessen.« Ihre Hand verfängt sich in einem Knoten in ihren Haaren. »Chase war heute so süß. Er wusste, dass es mein erstes Mal war, also hat er sich Zeit gelassen.« Wir reden also wieder über Chase. Ich schätze, ich kann es ihr nicht verübeln. Wenn ich mein erstes Mal gehabt hätte, würde ich wahrscheinlich auch die ganze Zeit darüber reden wollen.

»Freut mich, dass es so war, wie du es dir vorgestellt hast«, sage ich. »Es gibt so viele Vollidioten an dieser Schule. Gut, dass du einen von den Netten erwischt hast.«

»Ich weiß«, sagt sie. »Chase Brosner.« Sie nimmt meine Hand und zieht mich zur Tür, dreht den Schlüssel und macht auf. »Denk dran«, sagt sie, »es ist nie passiert.«

Wir gehen zusammen aus dem Badezimmer nach unten. Die Luft ist warm, obwohl es draußen schneit, und es riecht nach Schweiß. Wir sind fast unten angekommen, da geht es los.

Applaus.

Erst ganz leise, übertönt vom Partylärm, übertönt vom Flow des Kendrick Songs, den jemand über das Handy auf den Boxen abspielt. Aber je mehr Leute uns bemerken, desto lauter wird es. Die Leute hören auf zu reden, hören auf zu tanzen, die Bier-Pong-Spieler unterbrechen mitten im Wurf, um in den Jubel, das Gejohle und Gebrülle einzustimmen. Jemand schnappt sich das Handy und *Like a Virgin* von Madonna dröhnt durchs Wohnzimmer.

Danielle wird ganz starr.

Auf der anderen Seite des Raums lümmelt sich Chase neben Jason Ryder und Simon Terst auf dem Sofa und grinst müde.

Simon beugt sich vor. »Nicht schlecht, Brosner!« Jason Ryder trinkt einen großen Schluck Bier und klopft Chase so fest auf die Schulter, dass es sicher wehtut. »Sie ist wohl doch nicht unbumsbar«, lallt er.

Danielle ist immer noch steif wie ein Brett, ihr Fuß schwebt über der nächsten Stufe in der Luft.

»Danielle«, flüstere ich und umklammere ihren Arm, um sie zu stützen, um mich zu stützen. »Geht's?«

Wie haben das alle so schnell rausgefunden? Wir waren höchstens zehn Minuten im Bad. Hat Chase es sofort ausposaunt, als er wieder unten war? Vielleicht hat er es Jason Ryder erzählt, und der hat sein blödes Maul aufgerissen.

»Alles okay«, zischt sie. Aber sie greift nach meiner Hand und drückt sie ganz kurz, bevor sie wieder loslässt. Danielle atmet tief ein und streicht sich mit zittriger Hand die Haare glatt. Dann verbeugt sie sich.

Die Menge tobt.

KAPITEL ZWEI

Danielle richtet sich auf und lacht, als wäre sie Chase, der bei einem Heimspiel aufgelaufen ist, und alle hielten Banner mit ihrem Namen in die Höhe. Der Madonna-Song ist nun ihr Einzugslied beim Betreten der Arena. Ich folge ihr bis zum Ende der Treppe und hoffe, dass niemand von dem Lied auf *mich* schließt, weil es ja auch meine Rückkehr nach unten kommentiert.

Unten angekommen stürmt Ava wie ein Wirbelwind heran und packt Danielle besitzergreifend am Arm. Ava ist klein, mit mehr Busen als Körper und heller, sommersprossiger Haut, die sie auch im Winter mit ihrer heißgeliebten Kokoslotion braun hält. Ihre Haare waren ursprünglich mal rot, aber letztes Jahr hat sie damit angefangen, sie sich passend zum jeweiligen Feiertag zu färben. Im Moment schimmern sie in einem verblassten Pink, noch vom Valentinstag, und sehen aus wie die Zuckerwatte, die man im Sommer unten am See kaufen kann. Sie trägt den gleichen leuchtend roten Lippenstift wie Danielle, die gleichen silbernen Ohrstecker und beide haben die gleiche lila Handyhülle. Es ist eine Uniform und die soll etwas klarstellen: auch wenn ich im Prinzip ihre Freundin bin, werde ich ihren Zweierklub nicht sprengen. Manchmal kommt es mir vor, als hätten sie sich so sehr daran gewöhnt, immer gleich zu sein, dass sich Ava nur über die Haarfarbe abgrenzen kann – ihre einzige kleine Rebellion.

»Hattest du echt grade was mit Chase?« Ava zerrt an Danielles Arm. »Alle sagen, du hättest mit ihm geschlafen.«

»Alle sagen das«, wiederholt Danielle und verzieht den Mund. »Dann muss es ja stimmen.«

Ava zieht stärker. »Ich regle das«, sagt sie zu mir. Und dann gehen sie flüsternd weg und ich höre nichts mehr. Plötzlich möchte ich mich am liebsten wieder verstecken. Ich trinke vorsichtig den letzten Schluck Bier, eigentlich nur, um irgendetwas zu tun. Es schmeckt widerlich warm.

Partys waren schon immer Andrews Ding, nicht meins. Ich weiß auch nicht, wie er es immer wieder schafft, mich zum Kommen zu überreden, obwohl ich viel lieber einen Netflix-Marathon machen würde. Ich suche ihn in der Menge, oder Hannah, oder *irgendwen*, aber ich bin zu klein, um was zu sehen.

Ich bringe Andrew um. Erst schmeißt er eine Party für mich und dann lässt er mich völlig im Stich.

Komm schon Collins, hat er vorhin noch gejammert, als ich ihm klarmachen wollte, wie blöd die Idee war. *Wir feiern doch immer unsere Geburtstage zusammen. Damit können wir jetzt nicht aufhören.* Das stimmt, Andrew ist seit meiner Geburt an meiner Seite. Er war es sogar schon davor. Unsere Mütter haben sich in einem Lamaze-Kurs angefreundet, wir kleben also seit Urzeiten aneinander. Andrews Geburtstag war letzte Woche, und seine Eltern haben uns auf eine Pizza bei Giovannis eingeladen. Er hatte sich seinen Geburtstag aber etwas abenteuerlicher vorgestellt. Jetzt, wo seine Eltern weg sind, muss ich mich also mit der Feierei abfinden.

Ich gehe in die Küche und kann gerade noch rechtzeitig Jarrod Price ausweichen, der in den Mülleimer kotzt. Auf dem laminierten Küchentisch liegen überall leere Becher und schmutzige Teller rum. Andrew hatte mir versprochen, Pizza zu besorgen, wenn ich bei der Party mitmache, und jetzt fliegen die Kartons mit den abgeknabberten Rändern und den klebrigen Käseresten im Deckel überall in der Küche herum. Ich schnappe mir die Teller, stelle sie in die Spüle und seife schon mal den Schwamm ein.

»Bitte sag mir, dass du nicht gerade sauber machst.« Andrew legt einen Arm um meine Schultern und drückt mich kurz. Er hat mich schon immer an einen kleinen Golden Retriever erinnert – ein vergnügtes, schlabberiges Kuddelmuddel mit blonden Haaren und Sommersprossen. Manchmal könnte ich schwören, dass er mit dem Schwanz wedelt.

»Ich dachte nur, ich fange schon mal an.« Ich halte einen roten Plastikbecher unter den Wasserstrahl. Andrew schlägt ihn mir aus der Hand, und wir werden beide vollgespritzt. Sein Flanellhemd ist total zerknittert, als hätte er sich auf dem Boden gewälzt. Hat er wahrscheinlich auch, mit irgendeinem Mädchen. *Widerlich.*

»Kein Saubermachen an deinem Geburtstag«, sagt er. »So lautet die Hausregel. Außerdem ist das ein Plastikbecher, den werfen wir weg.«

»Psst, er hört dich noch. Vielleicht fühlt er sich dann gekränkt.« Ich blicke mich um und sehe Danielle, umzingelt von einer Schar Elftklässlerinnen. »Meinst du, sie kommt klar?«

Andrew folgt meinem Blick. »Wir reden hier über Danielle Oliver. Sie lebt vom Rampenlicht. Die Sache hätte sie selber nicht besser planen können.«

Ich muss an unser Gespräch von vorhin denken, wie ich ihr versprechen musste, nichts zu sagen. »Sie tut mir halt leid. Wenn ich sie wäre …«

»Bist du aber nicht.« Er legt den Arm um mich. »Zum Glück. An ihrer Seite hätte ich es keine achtzehn Jahre ausgehalten.« Er zieht mich zum Kühlschrank. »Ich hab dir dieses doofe Grapefruit-Bier besorgt, das du so magst. Hast du schon gesehen?« Er reicht mir eine rosa Flasche, und ich nehme sie dankbar an.

»Das sagst du erst jetzt? Ich habe den ganzen Abend versucht, abgestandenes Bier zu trinken.« Ich deute zum Fass in der Ecke, das auf einem Stapel dreckiger Handtücher steht. Andrews Cousin ist schon seit ein paar Jahren einundzwanzig und versorgt uns immer mit Alkohol.

»Ich will dich nur ein wenig abhärten«, sagt er. »Eines Tages wirst du draußen in der großen weiten Welt vielleicht mal auf eine Party gehen, wo der Gastgeber nicht so charmant und umsichtig ist, dann gibt es kein blödes Grapefruitzeug und du wirst dir denken, zum Glück hat Andrew Reed mir Biertrinken beigebracht.« Er deutet auf das Fass. »Aber du hast recht, das Zeug schmeckt total schal.«

Er zapft sich trotzdem einen Becher. Da löst sich eine Elftklässlerin von der Gruppe und kommt zu uns rüber, sie streicht leicht über Andrews Schulter. Cecilia Brooks streicht dauernd anderen leicht über die Schulter. Es ist fast wie eine geheimer Code. Ich weiß, dass Tim Schneider immer ihre Matheaufgaben macht, wenn sie ihn darum bittet. Ich wünschte, ich hätte auch so eine Macht.

»Hi Drew.« Sie streicht sich eine blonde Locke hinters Ohr und lächelt, sodass ihre perfekten weißen Zähne strahlen. Cecilias Eltern sind Zahnärzte.

»Hey Cecilia«, sagt er. »Ich hab dich schon gesucht!« Das sagt er immer. Party-Andrew ist ganz anders als der normale Andrew. Wenn Mädchen dabei sind, ist er viel schmieriger und doofer, aber es scheint zu funktionieren. Andrew wechselt Freundinnen, wie andere ihr iPhone austauschen, sobald ein neues Modell auf den Markt kommt.

»Nein, hast du nicht!« Sie lacht und schlägt ihm sanft auf die Brust. »Du lügst doch.«

»Er redet schon den ganzen Abend nur von dir.« Ich improvisiere ein wenig, um ihm zu helfen. »Er kann gar nicht damit aufhören.«

Andrew tritt mir auf den Fuß, vielleicht will er mir mitteilen, dass ich etwas dick auftrage.

Cecilia wendet sich unwillig zu mir. »Oh, hallo Keely.« Dann reißt sie die Augen auf. »Oh mein Gott, ist das ein Grapefruit-Bier?« Ihre Hand landet schon wieder auf Andrews Schulter. »Ich liebe die!«

Ich wünschte, Andrew würde darüberstehen, aber den magischen Berührungen von Cecilia Brooks kann wohl kein heterosexueller Junge widerstehen, schon gar nicht Party-Andrew.

»Ja, willst du eins? Es gibt mehr als genug.«

»Echt? Du bist so süß!« *Hand auf die Schulter.*

Ich starre ihn an und halte mein Grapefruit-Bier mit beiden Händen fest, aus Angst es könnte mir bei diesem blöden Gelaber aus der Hand gleiten, Flügel bekommen und zu ihr hinüberfliegen. Er holt eine pinke Flasche aus dem Kühlschrank, macht sie auf und reicht sie ihr. Sie trinkt einen Schluck, ihre schimmernden Lippen schmiegen sich perfekt um die Flaschenöffnung.

»Also Drew, ich bin ja mit Susie gekommen, aber sie ist wahrscheinlich zu voll zum Fahren«, sagt Cecilia. »Sie hat zu viel von dem Himbeerwodka getrunken. Meinst du … bleibt auch jemand über Nacht?« *Hand auf die Schulter.*

»Ihr könnt gern hier pennen«, sagt Andrew, und Cecilia strahlt ihn an. Ich meine fast, Herzen in ihren Augen blinken zu sehen.

Andrew kann ich für den Rest des Abends also vergessen und die übrigen Grapefruit-Biere auch. Ich trinke aus und stelle die Flasche auf den Tisch, bereit für einen Szenenwechsel. Diese Situation hatten wir schon öfter, und ich kenne meinen Text. »Ich such mal Hannah, bis später.« Ich winke und gehe ins Esszimmer.

Andrew rennt mir nach. Er flüstert, damit Cecilia es nicht hört: »Hey, du kannst heute Nacht in meinem Bett schlafen, okay?«

»Werdet ihr beide es nicht brauchen?«

»Es ist dein Geburtstag. Du schläfst heute nicht auf dem Sofa.« Er grinst. »Außerdem können wir auch ins Gästezimmer gehen. Oder unter die Dusche.«

»Sag so was nicht, jetzt bekomm ich das Bild nicht aus dem Kopf«, sage ich und gebe ihm einen Klaps auf die Schulter, auf die nicht-so-sanfte Art.

»Komm schon, die Dusche ist doch nicht gruselig. Das ist nicht *Psycho.*«

Mit zwölf Jahren haben wir Hitchcock entdeckt. Wir fanden die DVD von *Der Fremde im Zug* im Videoladen und guckten sie auf dem flackernden Fernseher im Keller. Wir nahmen unsere Schlafsäcke zum Übernachten mit nach unten und taten so, als hätten wir keine Angst. Es folgten noch viele lange Filmnächte im Keller. Auch der eine berüchtigte Abend, als wir *Die Vögel* guckten und ich mir in die Hose gemacht habe. Immer wenn wir Möwen am Strand sehen oder ein Gänseschwarm über uns fliegt, macht Andrew seitdem einen blöden Kommentar, dass es nach Pipi riecht.

Jetzt lächelt er mich verschmitzt an. Er sieht zu Cecilia rüber und flüstert: »Heute Nacht bin ich der *Fremde, der keine Hose mehr trug.*«

»Ach, hör doch auf.«

»Ich kann es kaum erwarten, mir ihr *Fenster zum Hof* anzusehen, wenn du verstehst, was ich meine.«

»Du hast doch ein paar *Vögel*«, sage ich lachend und zeige ihm beide Mittelfinger.

Andrew wackelt mit den Augenbrauen. »Heute Nacht zerreiße ich den Vorha…«

»Meine Lieblingsmenschen!« Hannah kracht in uns rein und zieht uns in eine dicke Umarmung. »Macht ihr allen Ernstes Hitchcock-Wortspiele? Wenn ich euch nicht so sehr lieben würde, müsste ich euch jetzt hassen.« Hannah drückt ziemlich fest zu, sie ist stärker, als sie aussieht, weil sie seit der sechsten Klasse Feldhockey spielt. Umarmungen, die beinahe wehtun, sind eine Hannah-Choi-Spezialität. »Oh nein«, sagt Andrew und löst sich von ihr. »Wenn nicht mal du uns lustig findest, wer dann?«

»Zum Glück habt ihr einander«, sagt sie lachend und streicht sich den langen Pony aus den Augen. Hannah hat Haare wie aus einer Shampoo-Werbung – schwarze, dichte, federnde Locken. Sie sieht umwerfend aus, was mir natürlich nicht hilft, wenn man bedenkt, dass ich die meiste Zeit neben ihr stehe.

»Also eigentlich wollte er mich gerade sitzen lassen.« Ich senke die Stimme und deute mit dem Kopf zur Küche. Cecilia ist immer noch da und unterhält sich mit Susie Palmer, die Arme verschränkt.

Hannah lächelt Andrew kurz erbost an. »Oh, wirst du es mit Cecilia Brooks treiben?«

»Ja, wahrscheinlich unter der Dusche«, sage ich und verziehe das Gesicht. »Ich hab schon viel zu viel gehört.«

Hannah lacht. »Wenn jemand mit den schmutzigen Details klarkommt, dann du.«

»Wir werden es nicht treiben, wie du so schön sagst«, erklärt Andrew und spielt den Beleidigten. »Außerdem ist es dein Geburtstag, Collins, also wenn du willst, bleibe ich bei dir …«

Er verstummt, und ich bin nicht sicher, ob er darauf wartet, dass ich im erlaube, abzuhauen. Ich sollte genervt sein, aber ich habe ja von Anfang an mit so etwas gerechnet.

»Lass dir von mir nicht die Liebe versauen.«

Er kratzt sich an der Nase. »Sicher? Hannah und ich haben einen Geburtstags-Rap geschrieben und wollten den heute …«

»Das klingt ja schrecklich.« Ich lache und schiebe ihn geradezu weg. »Geh einfach. Wenn du noch länger hier bei uns rumstehst und sie ignorierst, verpasst du noch deine Chance.« Ich spüre Cecilias Blick auf mir. »Ich habe Hannah. Und Pizzareste.«

»Okay, cool«, sagt Andrew. »Und ich ignoriere sie

nicht. Ich gebe ihr Zeit, mich zu vermissen, verstehst du?« Dann dreht er sich wieder zu Cecilia um und lächelt sie mit seinem doofen Party-Andrew-Lächeln an. Es funktioniert natürlich, so wie immer. Sie kommt zu uns ins Esszimmer und hakt sich bei ihm ein.

»Andrew, ich brauche einen Partner für Bier-Pong. Spielst du mit?« Sie wartet gar nicht auf seine Antwort, und er lässt sich von ihr wegziehen. »Bis später ihr zwei, ok?«

»Viel Spaß, Kinder!«

Ich winke und er ruft mir noch zu: »Meine Bettwäsche hat Vögel drauf, Collins, also versuch doch bitte, nicht ins Bett zu machen!«

Ich zeige ihm noch mal den Stinkefinger und höre ihn beim Weggehen laut lachen. »Es ist ätzend, wie gut er darin ist«, sagt Hannah. »Warum sind wir noch mal mit ihm befreundet?«

»Wir unterstützen ihn sogar noch«, sage ich.

Andrew weiß unsere Hilfe beim Aufreißen von Mädchen zu schätzen, und er würde mir auch mit Jungs helfen, wenn ich ihn darum bitte. Dazu ist es nur noch nie gekommen. Jungs kommen nicht zu mir und berühren auf magische Art meine Schulter. Ich muss plötzlich an Danielle und Chase denken, wie sie nackt und ineinander verschlungen im Bett lagen, und mir wird ein wenig schlecht. Ich sehe mich um und überlege, wen ich aufreißen würde, wenn ich könnte, von wem ich mich ins Schlafzimmer bringen lassen würde, so wie Danielle. Da wird mir klar, dass ich es einfach tun könnte, ich könnte versuchen, meine Jungfräulichkeit zu verlieren, auf der Stelle, an meinem achtzehnten Geburtstag, dann hätte ich es hinter mir.

Aber hier ist niemand, der für mich infrage kommt. Nicht Chase, der genau weiß, dass er der Schönste in unserer Stufe ist und sich schrecklich viel darauf einbildet. Nicht Jason Ryder, der noch zehnmal schlimmer ist. Nicht Edwin Chang, denn jeder weiß, dass er in Molly Moye verliebt ist. Auch nicht Jarrod Price, der fast immer bekifft ist. Andrew auf keinen Fall, der ist wie ein Bruder für mich. Außerdem klebt er momentan an Cecilia und raunt ihr was ins Ohr, während sie sich an ihn kuschelt.

Ich kenne sie alle schon viel zu lange, seit sie in der Nase gebohrt haben, Furzwettbewerbe veranstaltet und geschmolzene Wachsmalstifte und Kleber gegessen haben. Das kann ich nicht von einem Tag auf den anderen vergessen. Ich denke zum millionsten Mal daran, wie anders alles auf dem College sein wird, wenn ich endlich aus diesem Kaff rauskomme, wenn ich in einer Stadt bin und zum ersten Mal in meinem Leben von lauter Fremden umgeben sein werde – Leuten, die meine Eltern nicht kennen, die nicht wissen, wie ich mit zehn aussah, für die ich nicht nur Andrews beste Freundin bin, das Mädchen, das von Danielle toleriert wird, die uncoolste der Runde.

Ich schüttle den Kopf und hake mich bei Hannah ein. »Andrew überlässt mir sein Bett. Wollen wir uns das Zimmer teilen?«

»Ja, du bist meine Rettung. Ich überlege schon die ganze Zeit, wo ich bleiben kann. Alle anderen Schlafplätze sind schon vergeben. Ich wollte mich vorhin auf die Couch im Büro legen, und Sophie hätte mich dafür fast umgebracht.«

Das ist so eine Sache mit Partys ab vom Schuss. Hier gibt es kein Uber, und es wäre völlig bescheuert, betrunken durch den Schnee zu fahren, also bleiben alle über Nacht – wie eine riesige, besoffene Pyjamaparty.

Hannah und ich gehen nach oben, vorbei an einer Wand mit Kinderfotos von Andrew. Die Bilder habe ich alle schon tausend Mal gesehen und auf den meisten bin ich mit drauf: Andrew und ich an Halloween als Ghostbusters verkleidet, unsere winzigen Hände voller Süßigkeiten; Andrew und ich in der Junior High, blond und dürr, mit Zahnspangen und Akne, am Höhepunkt unserer Pubertät. Hannah zeigt im Vorbeigehen auf eines der Bilder von Andrews zehntem Geburtstag, da gab's eine Schlammschlacht. Wir lachen völlig verdreckt in die Kamera.

Sie grinst. »Meinst du, alle haben die schon gesehen oder bleibt noch Zeit, sie zu verstecken?«

»Schon zu spät.«

»Ich kann gar nicht erkennen, welches der Kinder du bist.« Ich weiß, dass es ein Scherz ist, aber sie hat durchaus recht. Auf dem Bild sehe ich aus wie ein Junge. Aber was bringt es schon, die Vergangenheit zu vertuschen? Wenn sich alle daran erinnern, wie Jarrod Price in der Nase gebohrt hat, wissen sie auch noch, wie ich damals ausgesehen habe.

Die gesamte Grundschulzeit habe ich mit Andrew zusammen verbracht. Ich hatte nie das Bedürfnis, mir andere Freunde zu suchen. Andrew und ich tickten gleich, wir konnten aus allen *Star Wars* Filmen zitieren, sogar der Prequel-Trilogie. Meine Mom hatte mich vor der Phase gewarnt, in der Jungs und Mädchen einander eklig finden. Sie meinte, Andrew würde sich verändern und unsere Freundschaft beenden. Aber das ist nicht passiert. Die Pubertät kam, und wir blieben Freunde.

Es war im Laufe der Jahre manchmal unangenehm, das schon. Ich weiß noch, wie ich an Andrews dreizehntem Geburtstag das einzige Mädchen auf der Poolparty war und Panik davor hatte, mich auszuziehen. Ich wollte unbedingt bei dem Arschbomben-Wettbewerb mitmachen, aber ich hatte Angst, mein Bikini könnte verrutschen oder ich würde meine Regel bekommen. Wenn bei Familientreffen Fotos gemacht wurden, meinten unsere Eltern beiläufig, wir sollten doch näher zusammenrücken, und ich weiß noch, wie mir die Luft wegblieb, so unangenehm war es. Ich erinnere mich auch noch gut daran, wie Andrew mich in der siebten Klasse einmal zu sich einlud und ich im Schlafanzug vor seiner Tür stand und keine Ahnung hatte, dass auch Jungs da sein würden, *süße* Jungs aus unserer Klasse. Ich war so sauer, dass er mich nicht gewarnt hatte, dass ich drei Tage lang nicht mit ihm sprach.

Und dann kam Andrews erster Kuss, mit Sophie Piznarski, auf einem Schulball in der achten Klasse. Er zerrte mich aus der Cafeteria, um mir davon zu erzählen, aufgeregt und verlegen zugleich. *War diese Art von Gespräch möglich? Konnten wir über solche Sachen reden? War das zu seltsam?*

Während dieser turbulenten, traumatischen Jahre der Kraushaare und Zahnspangen, als Andrew und ich unsere Beziehung neu definieren mussten, als er ständig von anderen Jungs umgeben war, und ich mich fühlte, als hätte ich Lehm im Mund, wenn ich mich mit einem von ihnen unterhalten wollte, war es ein Segen, dass ich Hannah hatte. Sie war cooler als ich und mit Danielle und Ava befreundet – Mädchen, die mit dreizehn schon aussahen wie Instagram-Models. Ich durfte mich in der Pause zu ihr setzen, und sie rettete mich davor, das merkwürdige Mädchen zu sein, dass als halber Junge galt. Außerdem ersparte sie mir damit die vulgären Gespräche pubertierender Jungs. Ich hatte Angst, die neue Clique könnte meine Freundschaft mit Andrew verändern, dass es seltsam für ihn sein könnte und er sich vielleicht ausgeschlossen fühlen würde, weil ich außer ihm jetzt auch noch eine beste Freundin hatte, aber ich hätte es besser wissen müssen. Als wir zum ersten Mal was zu dritt machten, merkten die beiden, dass sie eine Leidenschaft für Harry Potter teilen, und schon bald wurde aus uns ein unzertrennliches Trio. Sie sind beide Gryffindors, war ja klar, und obwohl ich eine Hufflepuff bin, lieben sie mich trotzdem, sagen sie.

Oben auf dem Treppenabsatz sehen wir Edwin Chang und Molly Moye wild knutschen. Sie lehnen an der Tür des Wandschranks, als wollten sie gleich hineinklettern. Edwin hält immer noch eine Flasche Bier in der Hand und ist kurz davor, alles zu verschütten, weil er versucht, sie grade zu halten und gleichzeitig Mollys Hintern zu begrapschen. Hannah und Molly spielen zusammen Feldhockey, also kenne ich sie gut genug, um zu wissen, dass es eine Riesensache ist, wenn zwischen Edwin und Molly was läuft, aber irgendwie ist mir gerade nicht nach Feiern zumute.

»Sind alle in diesem Haus brünstig?«, murmle ich. Ich nehme Edwin die Flasche aus der Hand und stelle sie auf das Tischchen im Flur, mit einer Zeitschrift als Unterlage, damit kein Ring bleibt. Er bemerkt es kaum und hält nur kurz den Daumen hoch. Eine Geste, die ich erwidere, um mir den Anschein zu geben, als wäre das alles völlig normal für mich. Wir drängen uns an ihnen vorbei in Andrews Zimmer, und sobald die Tür zu ist, entspanne ich mich. Es ist ziemlich unordentlich, aber ich kann ja aufräumen. Auf dem Boden liegt überall Schmutzwäsche herum, das Bett ist nicht gemacht und der Bettbezug – grün, mit fliegenden Enten drauf – ist zerknittert. An der Wand steht die alte Couch, auf der ich sonst immer schlafe, wenn ich über Nacht bleibe. Hannah lässt sich darauf fallen, und ich setze mich auf das Bett und werfe ihr den Bettüberwurf zu.

»Raus mit der Sprache, was ist passiert?«, fragt sie. »Ich war im Keller und habe gehört, dass alle gejubelt haben.«

Also erzähle ich ihr von Danielle und dem Applaus, dem Madonna-Song und dem einschneidenden Wort *unbumsbar*, scharf wie eine Rasierklinge.

»Wieder mal typisch.« Ich ziehe die Wollsocken aus und lasse mich aufs Bett fallen. »Es ist furchtbar hier. Ich kann es kaum erwarten, abzuhauen.« Ich werde in Kalifornien studieren, was viele für verrückt halten, aber ich brauche ein neues Umfeld. Ich habe Prescott satt: den Schnee, das Eis, den Wind, manchmal ist es, als würde die Kälte tatsächlich an einem nagen. Ich will Filme machen, und Vermont hat da nichts zu bieten. Hier gibt es nur Schriftsteller, Snowboarder und Serienmörder.

Hannah wird Kunst an der New York University studieren und Andrew wird auf die Johns Hopkins gehen, weil er unglaublich schlau ist, auch wenn er es nicht an die große Glocke hängt. Die Johns Hopkins liegt in Baltimore, was 4257 Kilometer von Los Angeles entfernt ist, und von da aus sind es 4501 Kilometer bis New York. Ich habe es recherchiert. In einem Jahr werden wir drei weit voneinander entfernte Pünktchen auf der Landkarte sein, und das macht mir eine Heidenangst. Ich will nichts wie weg aus Prescott, aber ich werde nie bereit sein, mich von den beiden zu trennen.

Also müssen wir aus den nächsten Monaten das Beste machen. Vor uns liegen noch ein paar große Momente, die Ereignisse, an die wir uns immer erinnern werden, über die wir in zwanzig Jahren reden werden, wenn wir an die Highschool-Zeit zurückdenken. Am letzten Schultag im Juni wollen wir aus den Lautsprechern von Andrews Jeep *Free Bird* dröhnen lassen, unsere Mittelfinger in die Luft recken und der Schule den Rücken kehren – ein letzter Paukenschlag, der allen verkünden wird, dass sie uns von nun an am Arsch lecken können. Ich habe es mir ganz genau ausgemalt, den Rest des Schuljahres sehe ich in einzelnen Filmsequenzen vor mir.

»Nächstes Jahr wird endlich alles anders«, sagt Hannah. »Ich kann es kaum erwarten, hier rauszukommen.« Hannah ist Koreanerin – eine von nur drei Asiaten an der gesamten Schule – und ich weiß, das ist einer der Gründe, warum sie sich so sehr auf New York freut. Ihre Eltern haben sich sogar an der NYU kennengelernt und sind hierher gezogen, als sie fünf war. Seitdem träumt sie davon, nach New York zurückzukehren und mit anderen Hipster-Künstlern zusammen in einem Loft zu wohnen. Ich kann sie ja verstehen. New York ist voller Leben und aufregend und vielfältig. Vermont ist ein einziger Einheitsbrei aus langweiligen weißen Haferflocken.

»Prescott ist der deprimierendste Ort der ganzen Welt«, sage ich. »Aber ich bin froh, dass wir zusammen hier festsitzen.«

»Wie schön, dass du geboren bist, Geburtstagskind«,

sagt Hannah. »Und ich bin auch froh, dass es Andrew gibt. Er ist einer von den Guten. Er überlässt uns sein Zimmer.«

Ich lache. »Ich habe ihn die ganze Zeit nur wegen seines Bettes benutzt.«

»Ich glaube, Andrew hätte nichts dagegen, wenn du ihn wegen seines Bettes benutzt«, sagt Hannah und wackelt mit den Augenbrauen.

»Igitt.« Ich täusche ein Kichern vor, als wäre ich im Kindergarten. Hannah macht seit der Junior High Pärchenwitze über Andrew und mich, aber damit eins klar ist, wir werden nie zusammenkommen.

»Ich dachte immer, Chase wäre einer von den Netten.« Hannah runzelt die Stirn. »Ich wette, er wollte das mit Danielle nicht rumerzählen. Du weißt ja, wie Ryder ist. Er hat es wahrscheinlich aus ihm rausgeprügelt.« Ich weiß nicht, ob sie das wirklich glaubt oder ob sie es sich nur einreden will. Hannah hat schon immer versucht, das Beste in anderen Menschen zu sehen, auch wenn sie es nicht verdient haben.

Ich mache mir nicht die Mühe, mich umzuziehen, und krieche in Andrews Bett. Hannah kuschelt sich auch unter ihren Quilt. Wir liegen ein paar Minuten still da, betrachten die leuchtenden Sterne an der Decke, und dann höre ich Hannahs leise, gedämpfte Stimme.

»Es ist ein bisschen wie mit Charlie.«

Ich rolle zur Seite, damit ich sie sehen kann, und stütze das Kinn in die Hand. Betrüger-Arsch-Charlie, wie wir ihn nennen, hat letztes Jahr mit Hannah Schluss gemacht, wenige Tage nachdem sie zum ersten Mal miteinander geschlafen hatten. Wie sich herausstellte, hatte er sie die ganze Zeit mit Julie Spencer betrogen. In Andrews Zimmer muss Hannah manchmal an Charlie denken, weil wir am Abend nach ihrer Trennung hier zusammensaßen. Andrew hat sich die Gitarrengriffe für die besten Power-Trennungslieder rausgesucht, und wir grölten sie aus voller Kehle. »Du bist eine Gryffindor, und er ist ein Squib«, meinte Andrew zu ihr. »Vergiss das nicht.«

»Er ist kein Squib«, sagte Hannah. »Er ist ein verdammter Todesser.«

»Was Chase getan hat, war übel, aber es ist nicht dasselbe«, sage ich jetzt und möchte es glauben, um Danielles willen. »Sie wird darüber hinwegkommen. Sie wird es verkraften, weil sie ihn nicht …« Ich verstumme, aber Hannah beendet den Satz.

»… liebt?«

»Genau.«

»Sex und Liebe sollten doch Hand in Hand gehen«, meint sie. »Aber wer sich verliebt, ist völlig im Arsch.« Sie greift zum Lichtschalter. »Dich in einen Typen aus der Highschool zu verlieben, ist das Dümmste, was du machen kannst.«

Eine Weile später wache ich auf und spüre, dass etwas neben mir die Matratze nach unten drückt. Ich drehe mich um, öffne die Augen einen Spalt und sehe Andrew auf der Bettkante sitzen, seine Haare stehen in alle Richtungen ab. Er hält meine Tasche in der Hand, doch als er mich bemerkt, fällt sie ihm runter und der Inhalt fliegt auf den Boden.

»Sorry«, sagt er. »Ich bin darüber gestolpert.« Er stopft alles wieder hinein und legt sich neben mich.

»Wie spät ist es?«, flüstere ich mit kratziger Stimme. Er sieht auf sein Handy, der Bildschirm leuchtet hell im Dunklen.

»Halb fünf.«

»Wo ist Cecilia?«

»Im Keller. Wir haben versucht, auf der Couch unten zu schlafen, aber da ist es so eng. Ich bin ständig auf den Boden gerutscht. Ich hab mir den Ellbogen geprellt.« Er zeigt mir den blauen Fleck.

»Hast du sie einfach allein gelassen?«

»Du hast Geburtstag«, sagt er, als wäre es eine Erklärung.

»Du bist ein Arsch.«

»Wie kannst du es wagen?« Er schlingt seinen schweren Arm um mich. »Ich bin der Beste.«

»Lass mich.« Ich rolle mich von ihm weg, sodass ich fast vom Bett falle. Aus der Richtung der Couch erklingt ein Geräusch. Hannah dreht sich von uns weg und vergräbt ihr Gesicht tiefer im Kissen. »Pssssst«, sagt Andrew laut. Er legt seinen Arm wieder um mich.

»Nein. Du hast noch überall Cecilia an dir dran.«

»Wir haben doch geduscht. Ich bin pieksauber.« Er pikst mich sanft, als würde das seine Aussage bestätigen. Ich seufze, lasse ihn aber den Arm um mich legen, weil ich zu müde bin, um mich zu wehren. Sein Handy vibriert, und er greift danach. Das Licht des Bildschirms blendet mich, als er tippt.

»Liebesgedichte von Cecilia?«, flüstere ich. »O liebster Andrew! O Captain! Mein Captain! Warum lässt du mich so allein auf der Couch im Keller zurück?« Ich sehe sein

Gesicht nicht, aber ich kann fast spüren, wie er die Augen verdreht.

»Sie kommt schon klar, Collins.«

Er holt seine ovale Brille mit den dicken Rändern raus. Ich finde ja, er sieht damit aus wie ein alter Opa. Er hat sie immer in der Tasche und setzt sie nur auf, wenn er sie wirklich braucht, als wäre es ihm peinlich. Ich rücke näher, damit ich die Nachricht auch lesen kann. Sie ist gar nicht von Cecilia, sondern von Susie Palmer, Cecilias Freundin, die ja *sooo viele Shots hatte* und nicht mehr fahren konnte.

> Schläfst du? Ich bin allein im Gästezimmer, falls du mir Gesellschaft leisten willst ;)

»Weiß sie nicht, dass du gerade mit ihrer besten Freundin geschlafen hast?«, frage ich.

»Ich werde ihr nicht antworten.« Er legt das Handy weg, und der Bildschirm geht aus. Meine Augen müssen sich erst wieder an die Dunkelheit gewöhnen, und einen Moment lang ist sein Gesicht nur eine heller Fleck neben mir, bis ich langsam auch die Brille erkenne.

»Echt?«

»Du klingst überrascht«, sagt er leise. »So ein Arsch bin ich auch wieder nicht.«

»Oder du bist einfach so unglaublich verliebt in Cecilia, dass du es nicht kaputtmachen willst«, sage ich und grinse. »Versteh schon.«

»Es ist, weil wir uns immer so angeregt *unterhalten.*« Er lacht, und ich schubse ihn, drehe mich weg und schließe die Augen. Ich kenne diese Seite von Andrew mittlerweile, Party-Andrew, der mit Mädchen rumknutscht, als wäre es keine große Sache, der über gemeinsames Duschen scherzt, als würden wir das alle tun.

In Comics ist es immer ein einschneidendes Ereignis – ein Spinnenbiss oder eine radioaktive Pfütze –, das dazu führt, dass ein normaler Mensch zum Superhelden wird. Aber Andrew verwandelte sich von Peter Parker so langsam in Spiderman, dass ich es gar nicht mitbekommen habe. Die Jahre haben dieses schlaksige Kind, das nur aus Armen, Beinen und Sommersprossen bestand, zu einem Jungen geformt, den Mädchen *süß* finden, der Macht über Mädchen wie Cecilia Brooks und Susie Palmer hat. Und aus großer Macht erwächst große Verantwortung, also gebe ich mein Bestes, ihn im Zaum zu halten, damit aus ihm kein absoluter Vollidiot wird.

Trotzdem werde ich den Gedanken nicht los, wie viel weiter er ist als ich. Es kommt mir vor, als würden alle in der Schule um den Highscore kämpfen, während ich daran scheitere, die Batterien richtig herum in den Controller zu legen.

»Gute Nacht, Andriot«, sage ich ins Dunkle. Aber er schläft schon und antwortet nur mit einem lauten, betrunkenen Schnarchen.

KAPITEL DREI

»Jetzt, wo ich eine Frau bin, bestelle ich einen Espresso«, sagt Danielle, als wir am nächsten Morgen in ihrem Auto zu Dunkin Donuts fahren. »Das sind die Kleinen, ganz ohne Milch und Zucker, richtig?«

»Ja, und sie schmecken wie Benzin«, sagt Ava, die vorne neben ihr sitzt. »Seit der siebten Klasse gibst du fünf Stück Süßstoff in deinen Kaffee. Ich glaube nicht, dass eine magische Nacht daran was ändern wird.«

Wir haben eben noch Andrews Haus fertig aufgeräumt – alle Oberflächen poliert, die Böden geschrubbt und die Einfahrt freigeschaufelt, damit man keine Fußabdrücke oder Reifenspuren im Schnee sieht. Wenn es ums Haus geht, versteht Andrews Mom keinen Spaß. Ihr Schlafzimmer nennt sie ihr Heiligtum, und sie verbringt so viel Zeit in Einrichtungshäusern, dass sie vermutlich den Mitarbeiterrabatt bekommt. Wenn etwas anders ist, fällt es ihr sicher auf. Das Aufräumen am Morgen nach einer Party ist eine Sache von mehreren Stunden, für die, die so nett sind mitzuhelfen. Typen wie Jason Ryder lassen sich nie blicken.

In Kalifornien wird alles anders. In meiner Vorstellung sind dort alle vornehm und spreizen beim Weintrinken den kleinen Finger vom Glas. Die Jungs betrinken sich nicht mit Billigbier und versuchen dann, aus der leeren Dose Gras zu rauchen. Aber vielleicht sind die Leute auch überall gleich. Jetzt wurden wir losgeschickt, um den Müll wegzubringen, weshalb das Auto voller Säcke mit leeren Flaschen und Dosen ist, die wir nicht als Beweisstücke im Haus lassen konnten.

Ich sitze mit Hannah auf der Rückbank. Sie sieht blass aus, wahrscheinlich ist ihr schlecht vom Gestank des Mülls. Zu unserem Leidwesen liebt Ava Musicals, und wir hören ein Lied aus *Wicked*, das für den Morgen nach einer Party etwa drei Oktaven zu hoch ist.

»O Gott, können wir das bitte ausmachen?« Danielle greift zum Radio, aber Ava schlägt ihre Hand weg.

»Nein! *Defying Gravity* ist das beste Lied aller Zeiten. Willst du etwa behaupten, dass es nichts in dir auslöst?«

»Doch«, sagt Danielle, »es löst Selbstmordgelüste in mir aus.«

»Pass auf, was du sagst«, warnt Ava, »sonst mache ich *Cats* an. *Cats* ist richtig gruselig.«

Ava war seit Beginn der Highschool der Star jeder Musical-Aufführung, und nächstes Jahr wird sie wie Hannah auf die NYU gehen. Sie werden zwar nicht das gleiche Fach studieren, aber die Vorstellung, wie die beiden zusammen New York erkunden, macht mir zu schaffen, wenn ich zu lange daran denke.

»Gibt es ein Musical, das nur aus beruhigendem Meeresrauschen besteht? Das sollten wir uns anhören«, sagt Hannah und lehnt ihren Kopf an die Scheibe.

Wir fahren über eine kurvige Landstraße, am Wegrand wachsen Kiefern. In Prescott gibt es viele solche Straßen, die sich einen Weg durchs Niemandsland bahnen. Der Ortskern ist nicht mehr als eine Straße von vier Häuserblöcken mit Geschäften und Restaurants. Im Sommer zieht der nahe liegende See scharenweise Touristen an: Familien mit Schwimmreifen und riesigen Sonnencremetuben oder Wanderer mit Rucksäcken und Dreadlocks, die auf dem Appalachian Trail unterwegs sind. Im Herbst kommen die Herbstlaub-Gucker, Stadtmenschen aus New York oder Boston, die so langsam fahren, dass sie eine Gefahr für den Straßenverkehr sind. Aber Anfang März ist Prescott eine Geisterstadt.

Als wir auf eine belebtere Straße abbiegen, sehen wir das pink-orange Logo von Dunkin Donuts zu unserer Linken, Symbol all dessen, was gut ist in der Welt. Danielle fährt ohne mit der Wimper zu zucken daran vorbei.

»Was machst du?«, kreischt Ava. »Ich brauche Kaffee! Ich habe Kopfschmerzen!« Schwer zu glauben, bei dem Gekreische. Ava klingt immer so, als würde sie versuchen, bis zur letzten Zuschauerreihe durchzudringen. Manche Leute finden es nervig, dass sie immer so theatralisch ist, aber ich mag das eigentlich ganz gern. Sie fühlt sich eben voll und ganz in die Dinge ein. In der neunten Klasse musste sie einmal weinen, als sie in Englisch ein Gedicht vorgetragen hat, und es war ihr nicht einmal peinlich.

»Wir fahren zu dem auf Base Hill.« Danielle verdreht die Augen, als sollte das offensichtlich sein. Hier gibt es an jeder Ecke einen Dunkin Donuts. Allein im Landkreis sind es drei, dabei gibt es nicht mal ein Kino, und das nächste Einkaufszentrum liegt eine Fahrtstunde entfernt. »Es gibt einen neuen, gleich neben dem Fitnessstudio, wo die Typen von der EVmU Sport machen.«

Unter den Studenten der Eastern Vermont University, des regionalen Colleges, steht die Kräuterkunde hoch im Kurs, wenn ihr versteht, was ich meine. Viele Leute aus

Prescott schleichen sich an den Wochenenden auf die Partys dort, aber es käme mir nie in den Sinn, mir das anzutun; College-Partys klingen wie der absolute Horror.

»Wie? Jetzt, wo du eine Frau bist, interessierst du dich nur noch für College-Jungs?«, frage ich Danielle und grinse.

»Wir haben den Highschool-Jungs schon viel zu viele Chancen gegeben«, sagt sie.

»Diese Redensart finde ich übrigens total bescheuert«, sagt Hannah. »Die Idee, dass man erst durch die Penetration eines Pimmels zur Frau wird. Warum geben wir Männern diese Macht?«

»Und lasst uns nicht die Lesben vergessen«, füge ich hinzu.

»Genau!«, sagt Ava. »Chase Brosner hat *keinen* magischen Penis.«

»Zum Glück«, sagt Danielle, »sein Ego ist so schon groß genug.«

»Kein Mann hat einen magischen Penis«, sage ich und lache. »Das denken sie nur alle.«

»Hast du mit Chase gesprochen?«, fragt Hannah. »Du weißt schon … seitdem?«

Danielle biegt scharf ab und ignoriert dabei ein Vorfahrtsschild. »Wir haben beide bekommen, was wir wollten. Er ist ein Idiot, wenn er denkt, es passiert noch mal. Nicht nach der Show, die er danach abgezogen hat.«

»Er ist so ein Arsch.« Ada nickt zustimmend. »Es ist genau wie damals mit Charlie.« Sie blickt nach hinten zu Hannah. »Die tun so, als würden wir ihnen was bedeuten, aber es ist alles nur ein großer Witz, oder nicht? Sobald sie gekommen sind, sind wir ihnen doch egal.«

»Neben mir liegen schon genug Flaschen. Müssen wir wirklich über Charlie reden?«

»Ich sag's nur, wie es ist«, meint Ava, und ihre Stimme geht hoch. »Ist es nicht traurig, dass keine von uns noch mit dem Typen zusammen ist, mit dem sie ihr erstes Mal hatte? Wenn du dich zu sehr reinsteigerst, wirst du nur verletzt.« Sie dreht sich um und sieht mir direkt in die Augen. »Keely, sei froh, dass du noch Jungfrau bist.«

»Wie auch immer. Ich bereue es nicht.« Danielle fährt auf den Parkplatz und hält vor dem Fitnessstudio. Mit einem kräftigen Ruck stellt sie den Schalthebel in die Parkposition. Wir sehen, wie ein Mittzwanziger-Muskelprotz die Tür des Fitnessstudios öffnet und für ein Mädchen aufhält. Sie tritt hinaus in die Kälte und legt ihren Arm um seine Hüfte, als gehöre er genau da hin.

»Im College wird es noch schlimmer«, sagt Danielle. »Eigentlich sollte die peinliche Phase doch vorbei sein? Die sollte man nach der Highschool überwunden haben.« Sie sieht mich an. »Im College noch Jungfrau zu sein, ist, als hätte man eine Krankheit.«

Ava hatte natürlich recht mit dem Espresso. Der Sex hatte keinen Einfluss auf Danielles Geschmacksnerven, und nach dem ersten Schluck bestellt sie etwas, das vor allem aus Sahne besteht. Während sie mit Ava beim Tresen auf die zweite Bestellung wartet, setzen Hannah und ich uns mit unserem Kaffee an einen Tisch in der Ecke.

»Das ist alles nur Show von Danielle.« Hannah nippt vorsichtig an ihrem Caffè Latte. »Sie tut so, als würde es ihr nichts ausmachen, dass Chase sie buchstäblich aufs Kreuz gelegt hat. Noch Jungfrau zu sein als Krankheit zu betrachten, ist keine gute Einstellung.« Hannah spielt mit dem Deckel ihres Kaffeebechers herum. »Mal ehrlich, ob man noch Jungfrau ist, sollte nicht diese große Rolle spielen. Wir machen uns alle so viel unnötigen Druck. Erst dadurch wird es so ungeheuer wichtig. Du solltest dir nicht den Kopf darüber zerbrechen, dass du noch Jungfrau bist. Alle finden es völlig okay.«

»Aber genau das ist das Problem.« Ich stelle meinen Kaffee auf den Tisch. »Alle wissen davon. Sie sollten es nicht alle okay finden, sie sollten es alle gar nicht erst wissen.«

Letztes Jahr an Halloween war ich mit Hannah in der *Rocky Horror Picture Show*. Wir haben uns verkleidet und trugen Perücken und Korsetts. Als wir ankamen, malte uns der Showmaster mit rotem Lippenstift ein großes *J* auf die Stirn, damit die anderen Zuschauer sehen konnten, dass wir zum ersten Mal in der Show und somit *Rocky Jungfrauen* waren. So fühlt es sich für mich an, durch die Schulflure zu gehen – als könnten alle das *J* sehen, als wäre es nie abgegangen.

Meine Eltern haben immer sehr offen mit mir über Sex geredet. In der vierten Klasse erzählten sie mir enthusiastisch von den Blumen und den Bienen, wesentlich detaillierter als es zu dem Zeitpunkt nötig gewesen wäre. Der Ausdruck *klitorale Stimulierung* hat sich für immer in mein Gehirn gebrannt.

Dieses Dorf besteht nicht nur aus lauter Kirchgängern, zumindest nicht so, wie man vielleicht erwartet. Einige bezeichnen sich eher als spirituell und nicht unbedingt als religiös, glauben also an die Energie der Bäume und suchen nach Wegweisern in den Sternen. In meiner Familie feiern wir Weihnachten, aber es ging von Anfang an eher um die Geschenke. Danielle bezeichnet sich immer als *jüd-lich*; sie hatte nie eine Bat Mitzwa und schummelt beim Passahfest, weil sie meint, sie würde keinen Tag ohne einen Bagel aushalten.

Mir ist klar, dass Religion in anderen Kulturen viel stärker beeinflusst, wie die Leute über Sex und Keuschheit denken. Für manche sind Sex und Ehe nicht voneinander zu trennen. Dann ist es nicht peinlich, mit Sex bis zur Ehe zu warten, sondern wird sogar erwartet. Sex ist eine Form, Liebe auszudrücken. Etwas Heiliges.

Für Hannah war ihr erstes Mal auch heilig. Sie liebte Charlie, und er hatte behauptet, er würde sie auch lieben. Sie wartete, bis es sich richtig anfühlte. Als er dann vorschlug, sie sollten doch mal eine Nacht in seiner Hütte am See verbringen, wusste sie Bescheid. Es war romantisch, etwas Besonderes, perfekt. Bis zur Woche danach, als er sie für Julie Spencer sitzen ließ.

Ich warte nicht bis zur Ehe. Eigentlich warte ich nicht mal auf *Liebe.* Ich will Vertrauen und Respekt. Ich will mit jemandem schlafen, der darauf achtet, dass ich mich sicher fühle, der mich nicht für eine Elftklässlerin aus seinem Französischkurs verlässt oder danach nicht mehr mit mir redet oder es innerhalb weniger Minuten allen auf der Party verkündet. Ich fürchte, ich könnte mit der öffentlichen Demütigung nicht so gut umgehen wie Danielle. Und eigentlich finde ich auch nicht, dass ich das sollte.

Warte, bis du bereit bist, meinen alle immer. Aber wie weiß man, wann man bereit ist? Wacht man eines Tages auf und fühlt sich plötzlich erwachsener? Ich fühle mich überhaupt nicht erwachsen. Wenn Sex haben bedeutet, dass man sich verletzlich macht und sein Herz öffnet und dem Spott aussetzt, dann weiß ich nicht, ob ich jemals bereit dafür sein werde.

»Wenn es jetzt schon schlimm ist, wie soll es dann erst nächstes Jahr werden?«, jammere ich. »Wir werden in den zwei größten Städten des Landes studieren. In LA gibt es wahrscheinlich seit den 80er-Jahren keine Jungfrauen mehr.«

»Bis dahin sind es noch sechs Monate«, sagt Hannah. »Du hast noch Zeit. Und nächstes Jahr beginnen wir vollkommen neu, vergiss das nicht!«

Das Glöckchen an der Tür klingelt. Ein kalter Luftzug strömt in den Laden und schiebt einen Typen durch die Tür. Vom Alter her sieht er aus wie ein Student, wahrscheinlich von der EVmU, der nebenan zum Sport geht. Ich beobachte ihn, wie er auf seine fingerlosen Handschuhe pustet und die Hände aneinander reibt. Er hat dunkle Haare und ein kantiges Gesicht mit warmen, schokoladigen Augen und hohen Wangenknochen, die von der Kälte rosa angehaucht sind. Ich schwöre, ich habe noch nie einen so schönen Mann gesehen. Hannah und ich verstummen und starren ihn an.

»Er sieht aus wie James Dean«, flüstert sie fassungslos. Hannah weiß das, weil das Filmposter von *… denn sie wissen nicht, was sie tun* schon seit der fünften Klasse an meiner Wand hängt. Es ist einer meiner Lieblingsfilme.

Unsere Blicke folgen ihm zum Tresen, wo Danielle und Ava stehen. Er trägt eine Lederjacke, die seinen Hintern verdeckt, und ich verfluche die Kälte insgeheim. Ich sehe, wie Danielle ihn bemerkt und Ava anstößt, die sich aufrichtet und ihre pinken Haare glatt streicht. Sie drehen sich gleichzeitig zu ihm um.

»Du bist an der Reihe«, sagt Danielle. Dann leckt sie an der Sahne, die oben auf ihrem Getränk schwimmt. Ihr Blick verrät, dass sie gern auch an etwas Anderem lecken würde. Danielles Blick ist eine mächtige Waffe.

»Äh, danke«, sagt er. Seine Stimme ist weich wie warmer Karamell.

Die Mädels eilen zu unserem Tisch.

»Habt ihr den Typen gesehen?«, zischt Ava etwas zu laut.

Danielle trinkt einen großen Schluck und hinterlässt einen pinkfarbenen Lippenstiftabdruck auf ihrem Strohhalm. Bevor ich Danielle kannte, war Lippenstift für mich etwas für alte Damen, passend zu der Duftwolke aus Puder, Parfum und Haarspray, die meine Oma immer umgab. Aber Lippenstift ist Danielles Markenzeichen.

»Ich sollte hingehen und mit ihm reden.« Sie blickt über die Schulter.

»Oh ja, mach das!« Ava nickt kräftig.

Danielle sieht ihn noch mal an und zuckt mit den Schultern. »Ach was, so toll ist er nun auch wieder nicht.«

Normalerweise hält Danielle nichts davon ab, einen Typen anzusprechen, vor allem nicht einen, der aussieht wie James Dean. Ich frage mich, ob die Sache mit Chase sie doch mehr mitnimmt, als sie sich anmerken lässt.

Als wir gehen, blicke ich noch mal zurück, um einen letzten Blick auf James Dean zu erhaschen, und erröte ertappt, als er den Blick erwidert. Dann führt er eine winzige Espressotasse an die Lippen und trinkt einen großen Schluck.

KAPITEL VIER

Wir fahren wieder, als mein Handy vibriert. Ich hole es aus der Tasche und sehe eine kryptische Nachricht von Andrew.

Hilfe!

Ich schnappe erschrocken nach Luft, dann schreibe ich zurück.

Mach mir keine Angst. Soll das ein Witz sein? Geht es um Leben und Tod?

Ich warte einen Moment, da vibriert das Handy noch mal.

Wir stecken tief in der Scheiße.

Mir schnürt es die Luft ab, so als läge ein schweres Gewicht auf meiner Brust. Mein Handy fängt an zu klingeln und spielt eine blecherne Version von *Eleanor Rigby*. Noch vor dem Einsatz der Geigen gehe ich ran.

»Was ist los?«

»Ist das Andrew?«, fragt Hannah lautlos.

»Meine Eltern haben das Kondom gefunden«, sagt Andrew gleichzeitig.

»Welches Kondom?« Damit habe ich nicht gerechnet.

Das Auto macht einen Schlenker, und Danielle schaltet schnell die Musik aus.

»Das von Chase und Danielle«, sagt er. »Sie haben die Verpackung auf dem Nachttisch gefunden.«

Ich kann nicht anders, ich muss lachen. »Im Ernst? Sie haben die Verpackung nicht entsorgt?«

Danielle flucht leise auf dem Fahrersitz. Sie hat mitbekommen, worum es geht, auch wenn sie Andrew nicht hören kann.

»Deine Mom bringt dich um«, sage ich.

»Ja, und dich dazu.«

»Ich habe doch gar nichts getan.«

»Deine Eltern sind auch hier.«

Ich seufze. Das Gewicht auf meiner Brust wird schwerer. »Ich habe keine Party geschmissen!«

»Ja, aber du hattest Geburtstag. Sie wissen, dass du hier warst.«

»Na schön«, antworte ich. »Ich komme vorbei.«

Ich lege auf und sage zu Danielle: »Ihr habt die Kondomverpackung auf dem Nachttisch liegen lassen?« Ich weiß nicht, ob ich sauer bin oder es lustig finde.

Sie kräuselt die Lippen. »Immerhin haben wir verhütet.«

Andrews Haus ist blitzsauber. Nichts deutet darauf hin, dass der gestrige Abend überhaupt passiert ist oder dass wir den ganzen Morgen lang Müllsäcke über den matschigen Boden geschleppt haben.

»Sag Andrew, es tut mir leid!«, ruft Danielle, als ich aus dem Auto hüpfe. »Seine Eltern werden ihn doch nicht umbringen?« Sie sieht tatsächlich besorgt aus. Andrew kommt schon klar, will ich sagen. Er steckt öfter in solchen Schwierigkeiten. Ich bin diejenige, bei der sie sich entschuldigen sollte. Aber sie streckt den Kopf aus dem Fenster und richtet ihren besorgten Blick auf das Haus, ohne mir einen Funken Aufmerksamkeit zu schenken.

»Keine Sorge«, sage ich stattdessen. Ich schließe die Tür und gehe zum Haus. Der Schnee knirscht unter meinen Sohlen. Das Auto fährt weg, und der Auspuff hinterlässt kleine Wölkchen in der kalten Luft. Selbst als sie schon weit die Straße runter sind, höre ich immer noch das Lied aus *Wicked.*

Meine Mom muss mich in der Einfahrt gesehen haben, denn sie stürmt durch die Haustür auf die Veranda heraus. Ihre weißblonden Haare flattern wie immer um ihren Kopf herum, die Locken sehen aus wie kleine Rauchwölkchen. Als ich klein war, dachte ich, meine Mom mit den langen bunten Röcken und den Edelsteinringen wäre eine wunderschöne Hexe aus einem Märchen. Aber irgendwann wurde mir klar, dass sie einfach nur aus Vermont ist.

Sie hat sich in einen lila Paschmina-Schal gehüllt, um nicht zu frieren, und die Enden flattern wie Fahnen im Wind. Ich schrecke ein wenig zurück, weil ich auf eine Standpauke gefasst bin, eine Wutrede, passend zu den wilden Bewegungen des Schals.

»Schätzchen, es ist eiskalt! Wo ist deine Jacke?«

Der sanfte Tonfall überrascht mich.

»Mir ist nicht kalt.«

Als ich die Stufen hochsteige, packt sie mich am Arm und zieht mich ins Haus. Knoblauchgeruch überdeckt mittlerweile den Gestank nach abgestandenem Bier von gestern Abend, und durchs Haus klingt klassische Musik –

ein Stück von Debussy, das ich noch aus der Zeit kenne, als ich selbst Klavierunterricht hatte.

Im Eingangsbereich liegt Skiausrüstung herum, von den Skischuhen tropft schmelzender Schnee auf die Fliesen. Andrews Eltern feiern ihren Jahrestag immer mit einem Ausflug nach Kanada und beenden dort die Skisaison. Normalerweise verbringt Andrew diese Zeit mit meiner Familie, aber dieses Jahr meinten seine Eltern, er dürfte auch allein zu Hause bleiben. Plötzlich überkommt mich ein schreckliches Gefühl: Wenn sie mit uns sprechen wollen, bevor sie vollständig ausgepackt haben, muss die Sache ernst sein.

Als wir ins Wohnzimmer kommen, sitzen Andrews Eltern mit meinem Vater auf dem Sofa, das vor dem Fenster steht.Andrew hockt ihnen gegenüber auf dem Couchtisch, seine Pobacken halten kaum noch Kontakt, so als wolle er jeden Moment die Flucht ergreifen. Jeder hat eine dampfende Tasse in der Hand.

»Keely, Schätzchen, möchtest du etwas Matetee?«, fragt Andrews Mom. Sie steht auf und geht in die Küche, ihr langer Rock flattert hinterher. Es ist kein Zufall, dass sich unsere Mütter auf Anhieb verstanden haben, sie gehören zu demselben Schlag verschrobener Hippie-Künstler. »Robert hat auf dem Heimweg welchen aus dem Bioladen mitgebracht.« Sie kramt eine weitere Tasse aus dem Schrank hervor. Ich muss lächeln, als ich sehe, dass es eine ist, die Hannah gemacht hat. Sie verkauft manchmal Tassen auf dem Handwerkermarkt.

»Deine Mutter hat frische Bruschetta mitgebracht«, fährt Diane fort. Unsere Eltern leben alle vegan und probieren ständig neue Rezepte aus. Sie legt mir ein paar geröstete Brotscheiben, die mit gehackten Tomaten und Zwiebeln belegt sind, auf einen kleinen Teller. »Die musst du probieren.«

Ich versuche vergeblich, aus der Situation schlau zu werden. Andrews Nachricht klang, als hätten wir richtig Ärger, aber die Fürsorge meiner Mom, der Knoblauchduft und die klimpernde Klaviermusik erwecken den Eindruck, wir wären bei einem netten Mittagessen. Vielleicht ist das ja die Strafe: Sie zwingen uns, Matetee zu trinken und Zeit mit ihnen zu verbringen, obwohl wir lieber woanders wären, egal wo.

Ich suche nach einer Erklärung in Andrews Blick, aber er sieht auch verwirrt aus.

»Wir haben darüber gesprochen, was wir euch sagen möchten«, beginnt meine Mom, »wie wir euch … also, wie wir das ansprechen wollen. Ob wir das überhaupt ansprechen sollten.« Mein Dad legt die Hand auf ihre Schulter, um zu zeigen, dass sie eine Einheit sind, dass er ihr zustimmt, komme was wolle.

»Uns ist klar, dass diese Dinge passieren«, sagt er. Er streicht sich mit der Hand über den Bart, den er schon mein ganzes Leben trägt. Manchmal habe ich den Eindruck, dieser Bart ist seine stolzeste Errungenschaft.

»Ein Teil von mir hat sich schon darauf gefasst gemacht«, sagt Andrews Mom. »Ich meine, ganz ehrlich, wir wussten immer, dass es passieren könnte, und haben es uns sogar ein wenig gewünscht. Wir haben zumindest viel darüber gescherzt.«

»Ihr seid jetzt erwachsen«, sagt meine Mom. »Das ist schwer für uns. Ihr wart unsere Babys. Aber es ist ja etwas ganz Normales. Und ihr habt aufgepasst.«

»Wir sind natürlich froh, dass ihr verhütet habt«, stimmt mein Dad zu. »Wir haben euch gut erzogen.«

Ich verschlucke mich an meinem Tee und spucke ihn zurück in die Tasse. Jetzt verstehe ich. Sie sind nicht sauer wegen der Party. Sie wissen gar nichts von der Party.

»Aber musstet ihr es ausgerechnet in unserem Bett tun? Es gäbe doch so viele andere Orte«, fügt Andrews Mom hinzu. »Ihr wisst doch, das Schlafzimmer ist unser Heiligtum.« Sie macht eine kurze Pause. »Wart ihr deswegen drin? Ist es eine Art *Fetisch?*«

»Ach Gott, Mom, hör auf!« Andrew springt auf und schlägt mit dem Knie gegen die Couch. »Das war nicht unser Kondom, okay?«

Der Raum ist plötzlich ganz heiß und eng. Bei den Worten *unser Kondom* spüre ich ein unangenehmes Ploppen in meinem Bauch. Es ist einfach zu seltsam.

»Von wem sollte es sonst sein?«, fragt seine Mom und ich könnte schwören, sie klingt ein wenig enttäuscht.

»Willst du damit sagen, ihr verhütet nicht?«, wirft meine Mom ein. »Denn wenn das der Fall sein sollte, haben wir noch ganz andere Probleme als …«

»Wir schlafen nicht miteinander!«, rufe ich und werfe mit einer ruckartigen Bewegung den Bruschetta-Teller um. Tomaten und Zwiebeln liegen überall auf dem Teppich verstreut. Ich bücke mich und sammle sie mit den Fingern auf – um sauber zu machen, um mein Gesicht zu verstecken, um meine Gedanken von dem Gespräch abzulenken, um irgendetwas zu tun. Ich kann meine Eltern nicht ansehen, ich kann niemandem in die Augen sehen, vor allem nicht Andrew.

Er bückt sich, um mir zu helfen, und hebt etwas Bruschettabelag mit der Serviette auf. Ich starre konzentriert auf den Boden. Seine Schulter ist nur wenige Zentimeter von meiner entfernt und ich spüre seine Wärme und die Blicke unserer Eltern, während sie zu viel in die Situation hineininterpretieren.

»Ich hab's gleich«, sage ich.

»Schon okay, ich helfe dir.«

»Nein wirklich. Lass es.« Ich reiße ihm die Serviette aus der Hand. Er steht auf und hebt kapitulierend die Hände. Alle Blicke ruhen auf mir. Sie sehen mir dabei zu, wie ich den zerstörten Gourmethappen zurück auf den Couchtisch stelle. Ich habe mich noch nie so unwohl gefühlt.

»Aber wenn es nicht von euch ist, wie ist die Kondomverpackung dann auf unserem Nachttisch gelandet?«, fragt Andrews Dad. »Ist sie durchs Fenster geflogen?«

»Wir hatten ein paar Leute zu Keelys Geburtstag eingeladen, okay?«, sagt Andrew und setzt sich wieder auf den Tisch.

»Ein paar Leute? Also eine Party?«, fragt seine Mom.

»Nein, ein kleines Treffen mit ein paar Freunden. Was habt ihr denn erwartet, wenn ihr uns an ihrem Geburtstagswochenende alleine lasst?«

»Ein kleines Treffen mit sexuell aktiven Freunden, wie es scheint«, fügt sein Dad hinzu.

»Das ist keine große Sache«, sagt Andrew. »Du machst aus einer Mücke einen Elefanten.«

»Ach, tu ich das?«, fragt seine Mom. »Ich fange gerade erst an, mein Lieber!«

»Wir hätten sie einfach in dem Glauben lassen sollen«, sagt Andrew später. Wir liegen in der Hängematte im

Garten, eingehüllt in einen Haufen Jacken, damit wir nicht frieren. Es ist trotzdem etwas zu kalt, um draußen zu sein, aber der Gedanke, nach der ganzen Sache im selben Haus wie unsere Eltern zu sein, ist noch unangenehmer. »Sie waren nicht einmal sauer, als sie dachten, es wäre von uns.« Er stößt sich mit dem Fuß am Boden ab und bringt die Hängematte zum Schaukeln. »Wenn ich gewusst hätte, dass sie wegen der Party so ausrasten, hätte ich einfach mitgespielt.«

Unsere Eltern zwingen uns, für den Rest des Jahres neben der Schule zu arbeiten. Sie sind enttäuscht, dass wir nicht vertrauenswürdig und zuverlässig sind – ihre Worte – und meinen, durch Jobs werden wir Disziplin lernen. Was völliger Quatsch ist. Es ist nicht so, als hätte ich noch nie gearbeitet. Die vergangenen zwei Sommer hatte ich überhaupt keinen Spaß, weil ich im örtlichen Supermarkt Regale eingeräumt habe und an der Kasse unangenehmen Small Talk mit den Eltern meiner Freunde führen musste. Andrew ist der Leichtsinnige von uns, der Impulsive, der mit geschlossenen Augen von Klippen springt. Ich bin diejenige, die immer unten mit einem Sicherheitsnetz wartet.

Das ist der letzte Sommer unserer Highschool-Zeit. Vergangenes Jahr habe ich mich wegen Hausaufgaben und der Aufnahmeprüfungen fürs College gestresst und die Abschlussklässler beneidet, die schon alles hinter sich hatten, einfach rumhängen konnten, mit den Lehrern scherzten und schwänzten, weil alles schon egal war. Ich konnte es kaum erwarten, selbst an der Reihe zu sein. Ich wusste, eines Tages würde ich auch durch die Flure schweben können, als wäre alles schon vorbei. Doch jetzt verwehren unsere Eltern uns den Spaß.

Abgesehen davon sind es meine letzten Monate zusammen mit Andrew und Hannah.

»Ich fasse es nicht, dass ich auch Ärger bekommen habe, obwohl es gar nicht meine Party war.« Ich kuschle mich enger in die Jacke, um nicht zu frieren.

»Dein Geburtstag, deine Party«, antwortet Andrew. »Außerdem bist du mitschuldig. Wenn du Zeuge einer Tat wirst und nichts unternimmst, bist du genauso verantwortlich.«

»Nein, ich bin total unverantwortlich, schon vergessen? Ich bin unzuverlässig und undiszipliniert.«

»Ja, du bist ganz furchtbar«, stimmt er zu.

Der Himmel leuchtet in hellem Grau, es sieht so aus, als lägen wir mitten in einer Wolke. Die kahlen Äste der Bäume breiten sich wie Finger über uns aus. Ein warmes Licht dringt aus den Fenstern des Hauses. Ich sehe, wie Andrews Mom in der Küche die Spülmaschine ausräumt.

»Das war vielleicht seltsam«, sage ich. »Ich fasse es nicht, dass sie dachten, wir wären … wir hätten …« Ich kann es nicht aussprechen, es kommt mir nicht über die Lippen. Stattdessen lache ich und schubse ihn leicht unter all den Jacken. »Deine Mom hat offensichtlich noch nie Party-Andrew getroffen.«

»Hoffen wir mal, dass sie ihn nie kennenlernt«, sagt er und schubst mich zurück.

»Party-Andrew isst Frühstücksspeck«, sage ich. »Sie wäre entsetzt.«

»Ja, *darüber* würde sie sich am meisten aufregen.« Er

lacht und schmiegt sich wie ein Kätzchen an mich. »Na Collins, wie wär's mit uns beiden?«

»Ach, bist du mit Cecilia schon wieder durch?«, frage ich und schürze die Lippen. »Und Susie Palmer? Und Sophie Piznarski? Und …«

»Schon klar«, sagt er, »da ist was dran.«

»Diese Diskussion ist völlig überflüssig.« Ich stoße mich mit dem Fuß vom Boden ab, damit wir weiter schaukeln. »Wir wissen alle, dass du kleine blonde Babys mit Cecilia machen wirst. Die kleine Sally und den kleinen Bobby.«

»Du hast ihnen Namen gegeben?«

»*Du* hast ihnen Namen gegeben, Andrew. In der Zukunft. Ich berichte nur. Sally steht übrigens auf manikürte Fingernägel, Lipgloss und Komasaufen. Genau wie ihre Mutter.«

»Du bist ganz schön schräg.«

»Sie ist ein reizendes Mädchen.«

Er lacht, und da muss ich auch lachen, es schüttelt uns dermaßen, dass die ganze Hängematte wackelt. Ich hole tief Luft und versuche, mich zusammenzureißen, als ich plötzlich grunze. Andrew hört es und kriegt sich gar nicht mehr ein.

»Nein, im Ernst«, sagt er zwischen zwei Lachkrämpfen. »*Du* bist reizend. Die Geräusche, die dein Körper macht, sind einfach zu niedlich.«

»Weißt du, was niedlich ist?« Ich grunze noch mal und reiße mich dann wieder zusammen. »Wie du das Wort Kondom im Beisein unserer Eltern benutzt hast. Das hat sich für immer in mein Hirn gebrannt.«

»Wirklich?«, fragt er. »Ich hätte auch Gummi sagen können, das wäre noch schlimmer gewesen.«

»Oder ein kleiner Regenmantel«, sage ich.

»Hey, ein *großer* Regenmantel«, sagt er, und wir bekommen beide wieder einen Lachanfall. Da wird mir zum ersten Mal bewusst, dass Andrew einen Penis hat – dass er da ist, keine Armlänge von mir entfernt, nur verdeckt von ein paar Lagen Stoff. Es ist ein seltsamer, unangenehmer Gedanke, der sich mir da aufdrängt. Ich schiebe ihn schnell weg. Im nächsten Moment lache ich wieder, und der Gedanke rückt in so weite Ferne, dass es ist, als hätte er nie existiert.

KAPITEL FÜNF

Montagvormittags haben wir gerade griechische Mythologie, da bekommt Danielle die Nachricht.

Es ist ein einfacher Kurs, wie gemacht für Schüler im letzten Semester, mit vielen Diskussionen in kleinen Gruppen, bei denen wir uns alle nur über das Wochenende unterhalten. Danielle und Ava sitzen meist bei Chase und ein paar anderen aus dem Basketballteam, damit sie so viel wie möglich flirten können. Aber heute sitzen sie bei mir. Danielle ist seit der Party ungewöhnlich nett zu mir – vor dem Unterricht hat sie mir einen Eiskaffee und selbst gemachte Cheddar-Scones gebracht und sich neben mich gesetzt, als wäre das völlig normal. Leute zu bekochen und für sie zu backen ist Danielles Ding und sie kann es überraschend gut. Irgendwann bekommt sie sicher ihre eigene Fernsehshow. In der zehnten Klasse haben wir einmal bei Hannah *In Teufels Küche* geguckt, und als Gordon Ramsay einen armen Kerl zum Weinen gebracht hat, meinte Danielle: »Ich glaube, das könnte ich gut.«

»Kochen?«, fragte Hannah.

»Ja, das auch«, meinte Danielle. »Und Leute zum Weinen bringen.«

Ich bin sicher, die Scones waren nur ein Vorwand, um Chase aus dem Weg zu gehen, aber vielleicht hat sie tatsächlich ein schlechtes Gewissen.

Als sie auf meinen Tisch klopft, schrecke ich zusammen.

»Hast du gesehen, woher der kam?« Sie umklammert ein weißes Stück Papier. Ich nehme den Zettel und falte ihn auseinander. Jemand hat mit blauer Tinte fünf Worte darauf gekritzelt:

Danielle Oliver ist eine SCHLAMPE

Ich zerknülle den Zettel und lasse ihn fallen, als hätte ich mich daran verbrannt. »Ich habe nichts mitbekommen. Sorry.«

Ich sehe mich um, ob uns vielleicht irgendjemand beobachtet. Chase hockt an seinem Tisch am anderen Ende des Raums. Mir fällt auf, dass er auf einem Bleistift kaut, und mein Blick wandert wieder zu dem Zettel mit der blauen Tinte. Vielleicht hat er ein anderes Schreibgerät benutzt und es dann wieder in der Tasche versteckt, aber ich bezweifle stark, dass Chase so gewieft ist.

»Wo habt ihr den her?«, flüstere ich.

Ava beugt sich über Danielle, um mir zu antworten. »Wir haben ihn gerade erst gefunden. Er ist wie aus dem Nichts aufgetaucht.«

Wir drehen uns alle zu Chase, der unsere Blicke spüren muss, denn er hebt den Kopf und sieht Danielle in die Augen. Er hört auf, an seinem Stift zu kauen, und legt den Kopf schief. Sein Gesichtsausdruck ist nicht zu entziffern.

»Ich verstehe nicht, wie jemand glauben kann, er käme damit durch«, sagt Danielle in der Mittagspause und steckt sich eine Cocktailtomate in den Mund. »Es ist Hochverrat.«

Die Abschlussklasse sitzt in einem abgetrennten Bereich bei den Fenstern, wo man mehr Sonne abbekommt. Die Prescott Highschool ist klein, also haben alle zur gleichen Zeit Pause. Das bedeutet, dass wir uns ständig um die besten Tische streiten, als ginge es um die letzten Plätze in einem Rettungsboot. Früher haben die Leute sehr darauf geachtet, wo sie sitzen, aber jetzt, im letzten Jahr, sind wir darüber hinweg, und diese Dinge sind nicht mehr so wichtig.

In diesem Moment aber sind wir nur zu viert – Danielle, Ava, Hannah und ich –, weil Danielle den Zettel geheim halten will. Vor dem Wochenende hätte sie ihn mir wahrscheinlich gar nicht erst gezeigt. Es ist, weil ich auf der Party an ihrer Seite war, das weiß ich. Dadurch gehöre ich jetzt zum inneren Kreis.

Sie legt den Zettel auf den Tisch und streicht ihn mit ihrem schwarz lackierten Nagel glatt.

»Wer auch immer das getan hat, denkt wahrscheinlich, er wird nicht erwischt«, sagt Ava und wirft ihre knallgrünen Haare – St. Patricks Day naht – über die Schulter.

»Erkennt ihr die Handschrift?« Hannah beugt sich über den Zettel und mustert ihn genau. Der Satz ist aus Klein- und Großbuchstaben zusammengesetzt, manche groß, manche klein, als hätte sich jemand Mühe gegeben, seine Handschrift unkenntlich zu machen. Ava guckt immer True-Crime-Dokus auf Netflix und schickt uns manchmal irgendwelche Artikel. Daran muss ich bei diesem Zettel denken. Es kommt mir vor, als könnte jeden Moment jemand Lösegeld fordern.

»Keine Sorge«, sagt Danielle. »Ich finde schon raus, wer das war.« Sie lächelt und isst eine weitere Tomate. Ich höre, wie sie zwischen ihren Zähnen zerplatzt.

»Hey.« Andrew setzt sich neben mich, und Danielle packt schnell den Zettel weg, bevor er ihn sieht. Dann lehnt sie sich zu ihm. Verlegen streicht sie sich eine dunkle Strähne hinters Ohr, wodurch eine Reihe silberner Ohrstecker zum Vorschein kommen.

»Drew, es tut mir leid, was am Wochenende passiert ist. Du weißt schon ... die Verpackung.« Ihr Gesicht wird pink. »Ich hätte gleich was sagen sollen, ich fasse es nicht, dass er sie nicht weggeworfen hat.« Sie greift über den Tisch und tätschelt seinen Arm.

»Kein Ding«, sagt er und beißt gleichgültig in sein Sandwich, aber die Spitzen seiner Ohren sind so pink wie ihre Wangen.

»Es wäre nur gut ...« Sie räuspert sich. »Bitte erzähl niemandem davon.«

»Alle wissen es doch schon«, sagt Ava und beißt mit einem lauten Knacken in eine Babykarotte. »Offensichtlich.«

»Ja, aber sie kennen nicht alle Details.« Danielle nimmt eine Babykarotte und schnippt sie mit zwei Fingern über den Tisch, sodass sie auf Avas Schoß landet.

»Aua!«, sagt Ava, obwohl die fliegende Karotte sicher nicht wehgetan hat.

»Hey Danielle«, erklingt eine Stimme hinter mir. Chase steuert auf uns zu, den Rucksack lässig über die eine Schulter geworfen. »Hey Leute«, er nickt uns zu. »Dani, kann ich kurz mit dir reden?« Er legt seine Hand auf ihre

Schulter, zieht sie aber gleich wieder weg, als sie sich umdreht und ihn mit einem eisigen Blick ansieht.

»Sie will nicht mit dir reden«, sagt Ava kurz angebunden.

»Ava!«, zischt Danielle. »Im Ernst, wir sind nicht mehr in der Siebten. Ich kann für mich selbst sprechen.«

»Wie du meinst«, sagt Ava und steht auf. »Ich wollte nur helfen.« Sie bringt ihr Tablett zur Abräumstation und knallt es etwas zu hart hin.

Wenn sich Danielle und Ava so streiten, stürmt Ava meist raus und verbringt ein paar Stunden mit ihren Theaterfreunden. Ironischerweise behauptet sie gern, die wären weniger dramatisch. Aber bis zum Ende des Tages haben sie und Danielle sich wahrscheinlich wieder versöhnt.

»Ich rede mit ihr«, sagt Hannah. Sie steht auf und folgt Ava aus der Cafeteria raus.

»Entschuldige das Drama.« Danielle dreht sich zu Chase. »Was gibt's? Willst du dich setzen?«

Chase rückt seine dreckige Red-Sox-Kappe zurecht, bis sie etwas schief sitzt. »Also eigentlich … wollen wir spazieren gehen oder so? Ich wollte mit dir reden.«

»Wir können auch hier reden.« Danielle deutet auf Andrew und mich. »Die beißen nicht.«

»Wir können gehen.« Andrew will schon aufstehen. »Dann könnt ihr beide …«

»Sei nicht albern.« Danielle legt ihre Hand auf seine Schulter. Ihre Stimme klingt sanft, aber ihr Rücken ist starr, und ihre Bewegungen sind steif. Ich habe das Gefühl, sie weiß, was jetzt kommt. Sie trägt Rüstung und Schutzschild. Will sie etwa, dass wir zum moralischen Beistand bleiben? Es fühlt sich seltsam an – Danielle braucht *unsere* Hilfe.

Chase lässt sich auf den Stuhl neben ihr fallen.

»Okay.« Mit Publikum hat er wohl nicht gerechnet. »Hat Spaß gemacht am Wochenende.« Er sieht kurz zu Andrew. »Gute Party, Alter.« Andrew antwortet mit diesem speziellen Männer-Nicken. »Es ist nur …«, fängt er wieder an, aber Danielle unterbricht ihn.

»Die Sache ist die, ich glaube, du verstehst nicht, was dieses Wochenende für mich war. Ich will nichts weiter von dir, Chase. Nichts für ungut.«

»Das wollte ich damit nicht …«, versucht er einzuwerfen, aber sie redet weiter.

»Ich will auch noch andere Optionen ausloten und mich jetzt auf keinen Fall auf einen Typen festlegen. Es passt grade gar nicht. Aber wir können Freunde sein?« Sie tätschelt seine Hand und sieht ihn mit großen Augen an.

Chase wirft Andrew einen schnellen Blick zu, als suche er die richtigen Worte, als bräuchte er Hilfe. »Was zur Hölle, Danielle?« So hat vermutlich noch nie ein Mädchen mit ihm geredet – Chase Brosner, Star des Basketball-Teams, des Hockey-Teams *und* des Lacrosse-Teams. Seit der sechsten Klasse sind alle in ihn verknallt.

»Was?«, fragt Danielle, hebt die Hand und mustert ihre Fingernägel.

»Du spinnst doch.«

»Ich spinne nicht«, sagt sie. »Ich sage nur etwas, was du nicht hören willst.«

»Na schön«, sagt er bissig. »Wir können Freunde sein. Ich freu mich drauf.«

»Gut, ich bin froh, dass du's verstehst.«

»Cool.« Er schüttelt den Kopf, packt seinen Rucksack und trottet aus der Cafeteria. Als er weg ist, wird ihr Blick ernst. Andrew schüttelt den Kopf und sieht Danielle verwirrt an.

»Aber ich dachte, du magst ihn.«

»Er wollte mich eindeutig wieder verarschen, und das lass ich nicht noch mal mit mir machen. Also bin ich ihm zuvorgekommen.«

»Konntet ihr das nicht unter euch klären?«, frage ich.

»Ich wollte Zeugen«, sagt sie. »Jetzt kann er keinen Quatsch rumerzählen. *Ich* habe *ihm* den Laufpass gegeben, und ihr habt es beide gesehen.« Sie isst noch etwas Salat und seufzt. »Ich gewinne.«

KAPITEL SECHS

Hannah und ich treffen uns nach der Schule auf dem Parkplatz. Sie geht mit mir auf Jobsuche, weil meine Eltern ja denken, dass ich dadurch Verantwortung lerne und dann nicht mehr auf Andrews Partys gehe; als ob er das jemals zulassen würde.

»Bereit für den Strafvollzug?«, fragt sie. »Erschießungskommando oder elektrischer Stuhl?«

»Giftspritze, ganz klar«, sage ich.

»Das ist doch nur was für Feiglinge.«

Wir gehen zusammen über den Parkplatz zu Hannahs Jeep. Sie hat ihn zu ihrem sechzehnten Geburtstag gebraucht bekommen und bisher habe ich darin fast genauso viel Zeit verbracht wie sie. Es schneit nicht mehr, aber der Boden ist leicht bedeckt, die Sonne scheint, und der Parkplatz glitzert weiß. Das erste Mal seit Monaten fühlt es sich fast so an, als bräuchte man nicht unbedingt eine Jacke. Ich ziehe meine Wollhandschuhe aus – ein Geschenk von Hannah – und stopfe sie in die Jackentasche. An Weihnachten hat sie uns je ein Paar gestrickt. Meine sind klumpig und kratzen, aber ich liebe sie.

»Also, wo fahren wir hin?«, fragt sie. »Weißt du, ob jemand sucht? Würden sie dich im Supermarkt noch mal nehmen?«

»Ich arbeite auf keinen Fall wieder im Green Mountain«, sage ich und kneife die Augen zusammen. »Das waren finstere Zeiten.«

»Wo wird Andrew denn arbeiten? Er muss doch auch, oder?«

Sie öffnet die Fahrertür, und ich steige auf der anderen Seite ein und klopfe den Schnee von meinen Schuhen. Der Fußraum ist wie immer total zugemüllt – dreckige Kaffeebecher, in denen Servietten stecken, alte Schulmappen und Ordner, aus denen Zettel quillen. So wie ich Hannah kenne, sind das Aufsätze von vor zwei Jahren. Aus den Augen aus dem Sinn. Mittlerweile habe ich mich mit dem Müll abgefunden, aber es hat mich viel Überwindung gekostet.

»Ja«, sage ich und zucke mit den Schultern. »Sein Onkel ist bei der Feuerwehr, er wird dort aushelfen.«

Hannah startet den Motor und macht das Gebläse an. »Wie? Als Feuerwehrmann? Können wir das zulassen?«

»Er hockt nur im Büro«, sage ich. »Ich würde ihn umbringen, wenn er auch nur in die Nähe eines Feuers geht.«

»Bekommt er eine *Uniform?*«, fragt sie und sieht mich grinsend von der Seite an.

»Hannah, nein. Keine Pornoanspielungen.« Das war selbst für sie extrem unter der Gürtellinie.

»Okaaaay«, sagt sie gedehnt. »Kannst du nicht auch da aushelfen? Sein Onkel ist doch quasi auch dein Onkel, oder?«

»Für Kaffee machen und Post sortieren braucht es offenbar nur eine Person.«

Als wir klein waren, fanden Andrew und ich Onkel Leroy richtig klasse, weil wir manchmal im Feuerwehrauto sitzen durften. Aber einmal hatte ich zu viele frittierte

Teigtaschen gegessen und habe auf den Vordersitz gekotzt. Ich bin nicht sicher, ob er mir je verziehen hat.

»Das ist ja doof«, sagt Hannah. »Andrew schmeißt eine Party und landet damit einen glamourösen Job, und du musst auf den elektrischen Stuhl.«

»Giftspritze«, korrigiere ich.

Sie fährt vom Parkplatz runter Richtung Universität. Schneematsch spritzt dabei auf den Bürgersteig. Als wir den Hügel bei Woodhaven hochfahren und uns dem Campus nähern, sehe ich das leuchtende Dunkin-Donuts-Schild von gestern.

»Hier sind ein paar Läden«, sagt Hannah in ernstem Tonfall. »Wenn du Glück hast, brauchen sie noch Leute.«

Sie biegt ab und lässt den Jeep in eine Parklücke gleiten. Ich sehe mir die Läden vor uns an und allein der Gedanke, in einem davon zu arbeiten, deprimiert mich. Am Ende der Straße ist ein altes, heruntergekommenes chinesisches Restaurant mit dem treffenden Namen *China-Restaurant.* Die einst hell leuchtenden Buchstaben auf dem Schild sind zu einem kränklichen Gelb verblasst. Es ist das Mekka der Prescott-Kiffer, weil das All-you-can-eat-Büfett nur 5,99 Dollar kostet. In der zehnten Klasse war ich mal mit Andrew und Hannah da. Damals haben wir uns alle den Magen verdorben, lagen den Rest des Abends mit Krämpfen auf dem Boden in Andrews Zimmer und rannten abwechselnd ins Bad.

Das ist ein weiterer Grund, warum ich es nicht erwarten kann, aus Prescott wegzukommen: besseres Essen. Letztes Jahr fuhr ich mit Hannah und ihren Eltern nach New York, um die Uni anzuschauen. Es war ohnehin klar, dass sie sich dort bewerben würde – ihre Eltern kannten kein anderes Thema –, aber wir wollten den Campus mit eigenen Augen sehen. Wir haben an so vielen coolen Orten gegessen, Burritos zum Frühstück in der Bodega an der Ecke, Ramen Nudelsuppe zum Mittagessen in dem Lieblingsrestaurant ihrer Mom, und zum Abendessen waren wir in einem unglaublichen indischen Restaurant mit so scharfem Essen, dass ich Schweißperlen auf der Stirn hatte. Davon will ich mehr. Im Supermarkt hier gibt es nicht einmal Chilisoße.

Neben dem China-Restaurant ist ein alter Videoladen, den Andrew und ich als Kinder geliebt haben, und ich frage mich, wie der sich überhaupt gehalten hat. Seit einiger Zeit können Studenten dort auch Fachbücher kaufen, und draußen gibt es mittlerweile ein kleines Café. Ich schätze, der Laden hält sich mit dem Verkauf von Kaffee und Eis über Wasser, aber der neue Dunkin Donuts wird dem sicher bald ein Ende setzen.

»Vielleicht gehe ich doch lieber anschaffen«, sage ich.

»Guck mal! Im Videoladen wird jemand gesucht.« Hannah grinst. Ich denke erst, sie macht Witze, aber es stimmt, als ich die Augen zusammenkneife, sehe ich ein rotes Schild, auf dem steht, dass ein Mitarbeiter gesucht wird.

»Nein.«

»Lass es uns doch wenigstens mal ansehen.« Sie öffnet die Tür. »Das könnte der Beginn deiner glorreichen Filmkarriere sein.«

»Ich steige nicht aus diesem Auto.«

Und dann sehen wir ihn, den Typen von gestern mit den Schokoladenaugen und der braunen Sturmfrisur. *James Dean.* Er kommt aus dem Videoladen. Im Arm hält er eine große Tafel, die er auf den Bürgersteig stellt. Er hockt sich davor, zieht ein Stück Kreide aus der Tasche und beginnt zu schreiben. Ich kneife die Augen zusammen, aber ich erkenne nicht, was da steht.

»Okay, vielleicht steige ich doch aus.«

Hannah sieht mich mit leuchtenden Augen an. »Meinst du, er arbeitet dort?«

»Oder er randaliert?«

James Dean dreht sich zu uns um, und wir zucken beide instinktiv zurück. Als er sich die Hände reibt und warme Luft in die fingerlosen Handschuhe pustet, steigen kleine Atemwolken zwischen seinen Fingern auf. Mit Mühe erkenne ich aus der Ferne sein schwarzes T-Shirt, auf dem in Blockbuchstaben *Scorsese steht.* Es ist toll.

Ich klappe die Sonnenblende des Beifahrersitzes runter und mustere mich in dem kleinen Spiegel. Meine Haare lösen sich aus dem Zopf, und es sieht ein bisschen aus, als käme ich gerade vom Joggen. Aber dann denkt James Dean vielleicht, ich wäre sportlich. Oder auch nicht.

»Sehe ich okay aus?«

»Du bist eine wunderschöne Einhornprinzessin«, sagt Hannah. »Lass uns gehen.« Bevor ich widersprechen kann, hüpft sie aus dem Auto. Ihre gelben Schuhe knirschen im Schnee. Als ich auch aussteige, ist sie schon über den halben Parkplatz gelaufen. Geschickt weicht sie den glatten Stellen aus.

»Hannah, warte!«, rufe ich und versuche, sie einzuholen. Der Boden ist rutschig, aber ich bemühe mich, so schnell wie möglich zu gehen, ohne hinzufallen. Als sie am Bordstein angelangt ist, dreht sie sich zu mir um. James Dean dreht sich ebenfalls um, und sogar aus der Entfernung sehe ich, dass seine Wangen und Nasenspitze von der Kälte ganz rosa sind. Wie süß!

Im nächsten Moment trete ich auf eine dünne Eisplatte, verliere das Gleichgewicht und falle rückwärts in einen Haufen Schneematsch. Mein Ellbogen schmerzt beim Aufprall, und ich spüre schon, wie sich ein blauer Fleck auf meinem Steißbein formt. Die Kälte dringt durch meine Hose – Schnee bahnt sich einen Weg zu Stellen, an denen Schnee nichts verloren hat –, aber mein Gesicht glüht, und das ist noch schlimmer. Meinen großen Auftritt hatte ich mir anders vorgestellt. Ich bleibe kurz liegen, gebe mich der Scham hin und zögere den Moment hinaus, in dem ich James Dean gegenübertreten muss. Vielleicht hat er ja gar nicht gesehen, dass ich hingefallen bin. Vielleicht hat er sich im richtigen Moment zur Tafel umgedreht, und ich kann aufstehen, abhauen und morgen frisch und munter wiederkommen.

»Keely!«, kreischt Hannah mit schriller Stimme. Ich setze mich benebelt auf, drehe mich zu ihr und sehe, warum sie so kreischt: Ein knallrotes Auto schlittert über die Eisfläche direkt auf mich zu. Der Fahrer hupt laut, und ich rapple mich auf. Er lenkt scharf von mir weg, Schneematsch spritzt in alle Richtungen, und ich werfe mich zur Seite. Als ich hart auf dem Bürgersteig aufpralle, hole ich mir ein paar weitere blaue Flecken, aber ich bin in Sicherheit.

Das Auto gerät ins Schleudern und hält schließlich an. Der Fahrer rollt die Scheibe runter, sein Gesicht ist fleckig und hochrot.

»Das ist ein Parkplatz, du dämliches Miststück! Was machst du da? Schneeengel?«

»Hey!«, ruft eine tiefe Männerstimme hinter mir. James Dean wedelt mit einem Stück Kreide. »Sie ist hingefallen. Dafür kann sie doch nichts!«

»Ich hätte sie fast überfahren!«

»Eben! Vielleicht sollten Sie etwas vorsichtiger unterwegs sein.«

»Seid bloß froh, dass ich nicht die Bullen rufe«, sagt der Fahrer aufgebracht.

»Ja? Lassen Sie uns die Bullen rufen!« James Deans Stimme ist ruhig und bestimmt. »Sie hätten dieses Mädchen fast umgebracht.«

»Fahrt zur Hölle!« Der Fahrer schnalzt mit der Zunge und fährt wieder an, Schneematsch spritzt von den Rädern. Dann ist er weg. Auf dem Parkplatz kehrt Ruhe ein, und wir stehen einen Tick zu lange schweigend da. Mein Herz pocht wild, mein Mund ist trocken, und Adrenalin schießt durch meine Adern.

»Alles okay?« James Dean legt die Hand auf meine Schulter. Ich bin immer noch etwas benommen und zucke bei dem Körperkontakt zusammen.

»Keely, du wärst fast gestorben!« Hannah steht kurz vor einem Tränenausbruch und packt mich am Arm.

»Alles okay«, versuche ich zu sagen, aber die Worte kommen mir nicht über die Lippen. Ich räuspere mich und versuche es noch mal. »Alles okay.«

»Das sah anfangs lustig aus, aber jetzt fühle ich mich schlecht, weil ich gelacht habe«, sagt James Dean mit einem Grinsen, das zwei perfekte Grübchen zum Vorschein bringt. »Du solltest reinkommen. Magst du einen Tee? Kaffee? Whiskey? Wir haben alles.«

Ich lasse mich in den Laden führen. Meine Wahrnehmung ist immer noch getrübt, ob von dem Schock oder von der warmen Hand auf meiner Schulter kann ich nicht sagen. Ein Glöckchen klingelt über der Tür, als James Dean sie aufdrückt. Im Vorbeigehen werfe ich einen Blick auf die Tafel. Dort steht: *Ich kann Gebärdensprache.*

Das Innere des Ladens ist genau wie in meiner Erinnerung, vielleicht ein bisschen trostloser – der Boden besteht aus abgenutztem Laminat, und das Licht kommt von schummerigen Leuchtstoffröhren. Vor uns steht ein wellenförmiger Tresen, dessen Glasvitrine mit Kuchen und Bagels gefüllt ist, an der Wand dahinter stapeln sich Bücher. Den Rest des Raums nehmen DVDs ein, in Stapeln an den Wänden und auf diversen Rollwagen. Als Kinder haben Andrew und ich es geliebt, die Stapel zu erkunden. Im Sommer haben wir unser Taschengeld zusammengelegt und sind mit unseren Fahrrädern hierher gefahren. Wir hätten sicher auch alles im Internet finden können, wenn wir geguckt hätten, aber hierher zu kommen war viel abenteuerlicher. Doch dann sind wir älter geworden, und irgendwann haben wir damit aufgehört. Scheint, als wären wir nicht die Einzigen. Keine Spur von Kunden oder anderen Mitarbeitern; wir sind allein.

»Ist es immer so ausgestorben?«, fragt Hannah.

»Morgens ist es besser, dann brauchen die Leute Kaffee«, sagt Dean. »Um diese Uhrzeit ist nicht viel los. In den letzten zwanzig Jahren hat kaum jemand eine DVD gekauft. Nur ein paar Sammler. Ewiggestrige. Es gibt einen Stammkunden, der sieht aus wie ein Vampir, *Blade*, nicht *Twilight.*« Er geht durch eine kleine Absperrung bei den Barhockern und nimmt seinen Platz hinter dem Tresen ein. »Ich bin Dean.« Er fährt sich lässig durch die zerzausten Haare.

Das kann doch nur ein Scherz sein? Ich sehe, wie Hannah mit offenem Mund die Augenbrauen hochzieht. Sie fängt an zu lachen und hält sich die Hand vor den Mund, um ein Husten vorzutäuschen. *Wie kann das sein?*

»Dein Name ist Dean?« Dumme Frage.

»Äh, ja«, antwortet er. »Warum?«

»Nur so.«

Dean deutet auf den Barhocker und lädt mich ein, mich zu setzen. Ich sehe runter auf meine durchnässten Klamotten. Meine Jacke tropft sogar, und zu meinen Füßen entsteht eine Pfütze.

»Ich bin ein wenig durchnässt«, sage ich. »Ich sollte besser nicht …«

»Keine Sorge, diese Hocker sind hundert Jahre alt. Die haben schon Schlimmeres gesehen.«

»Ich sollte langsam los«, sagt Hannah zu mir. »Jetzt wo ich weiß, dass es dir gut geht. Dir geht's doch gut?«

Ich nicke.

»Super.«

»Du bist gerade erst gekommen«, wendet Dean ein. »Trink noch was.«

Sie lacht. »Bei einem Bewerbungsgespräch würde ich nur stören. Wenn ich hierbleibe, wäre das total unprofessionell.« Sie geht rückwärts zur Tür.

»Bewerbungsgespräch?«, fragt er an mich gewandt. »Willst du hier arbeiten?«

Ich zucke mit den Schultern. »Ich habe das Schild gesehen.«

»Viel Spaß euch beiden!«, ruft Hannah. »Ich warte im

Auto! Tschüss *Dean!*« Das Glöckchen klingelt, als sie die Tür öffnet, und dann ist sie weg. Ich räuspere mich unbeholfen und setze mich auf einen der Barhocker. Die nasse Hose klebt kalt an meinen Beinen. Dean wühlt im Schrank unter der Spüle und stellt zwei Gläser auf den Tresen. Dann fördert er eine Flasche Whiskey zutage.

»Wie war noch mal dein Name? Kelly?«

»Äh, Keely.« Ich ziehe an einem losen Faden meiner Handschuhe, um mich von der Peinlichkeit und meinem kalten Hintern abzulenken. Ob ich wohl einen nassen Fleck hinterlasse, wenn ich wieder aufstehe?

Er öffnet die Flasche. »Magst du ein Glas Whiskey, Keely?«

Ich werfe automatisch einen Blick über die Schulter, als würde mich vielleicht jemand beobachten.

»Ich darf keinen Whiskey trinken.«

»Du darfst nicht?« Er füllt zwei Gläser mit der goldenen Flüssigkeit und schraubt die Flasche wieder zu. »Wer sagt das? Wenn du nicht selbst über deinen Körper entscheidest, wer dann?«

Ich spüre, wie meine Wangen rot werden. »Nein, ich meine, ich habe schon mal Whiskey getrunken.«

Ich weiß nicht, warum ich lüge. Ich habe mit Sicherheit noch nie Whiskey probiert. Ich war erst einmal angetrunken und das war von Grapefruit-Bier, das schmeckt wie etwas bitteres Eis am Stiel. Bei Whiskey muss ich an irische Fischer denken oder an altertümliche Cowboys – gezeichnete Gesichter, graue Haare im Dunst einer Wolke Pfeifenrauch – nicht an jemanden wie Dean, mit leuchtenden Augen und süßen Grübchen. Der Geruch steigt mir zu Kopf, aber ich lehne mich trotzdem vorsichtig nach vorne.

»Die Sache ist nur … ich darf nicht. Ich bin noch nicht einundzwanzig.« Ich beiße mir auf die Lippe. »Ich gehe noch zur Highschool.« Meine Stimme wird automatisch tiefer, als müsste ich mich für die Aussage schämen.

»Cool, ich bin zwanzig.« Dean zuckt die Achseln. »Aber das ist doch nur eine Zahl, oder? Es ist dein Körper. Also warum sollte jemand anders bestimmen, was du trinkst?« Er nimmt das Glas, das dichter bei ihm steht, und hält es hoch. »Wenn du Whiskey trinken willst, dann trink Whiskey. Wenn nicht, dann nicht. So einfach ist das. Also magst du ein Glas?«

Er sieht mich an, in seinen Augen versteckt sich ein Lächeln. Ich nehme das Glas, das vor mir steht, und wir stoßen an. Dann trinke ich einen Schluck. Er grinst und trinkt auch.

Es schmeckt grauenvoll, bitter und süßlich zugleich, wie alte Medizin. Meine Kehle brennt, und meine Augen beginnen zu tränen, aber ich zwinge mich zu schlucken. Ein warmes Gefühl durchströmt mich.

»Besser?« Sein Gesichtsausdruck ist gelassen, als hätte der Whiskey nicht die geringste Wirkung auf ihn.

Ich huste ein wenig. »Ja, schätze schon.«

»Es wird dich aufwärmen. Ich habe auch noch einen trockenen Pulli, wenn du willst. Du siehst etwas … feucht aus.« Er holt einen Pulli der EVmU aus seinem Rucksack und wirft ihn mir zu. Irgendwie schaffe ich es, ihn zu fangen, ohne Whisky auf dem gesamten Tresen zu verschütten.

»Gehst du auf die EVmU?« Ich ziehe meine nasse Jacke aus und schlüpfe in den Pulli. Er ist weich und warm und riecht nach Junge, auf eine gute Art. Ich habe die vage

Hoffnung, dass ich ihn vielleicht behalten darf, aber ich verdränge den Gedanken sofort wieder, bevor er sich festsetzt. Das sind Hirngespinste.

»Ja«, sagt er. »Ich mach grad meinen Bachelor in Filmwissenschaft.« Er deutet auf die Filme hinter sich. »Darum arbeite ich in dieser Hochburg der Kultur.«

Ich lache und trinke noch einen zaghaften Schluck Whiskey. Er brennt immer noch in meiner Kehle, aber ich spüre auch ein Flattern im Bauch.

»Im Ernst«, sagt er und nimmt eine DVD aus dem Regal neben sich. »Das hier ist ein Relikt aus der Vergangenheit.« Er legt sie vor mir auf den Tresen und tippt mit dem Zeigefinger auf die Hülle. »Wir befinden uns im Museum der veralteten Gegenstände. Wir verlieren den Kampf gegen die Zeit. Allein durch deine Anwesenheit hier gehst du in die Geschichte ein.«

»Gehen wir nicht so oder so in die Geschichte ein?«, frage ich. »Ich meine alles, was wir tun, wird Vergangenheit, sobald wir es getan haben.«

Dean grinst. »Touché.« Dann stößt er mit mir an und trinkt aus. Als er das leere Glas zurück auf den Tresen stellt, lehnt er sich verschwörerisch zu mir, das Kinn auf die Hände gestützt, als wolle er mir ein Geheimnis verraten.

»Weißt du, in dem allerersten Kino, beim ersten Mal, dass überhaupt jemand einen Film auf einer Leinwand gesehen hat, zeigten sie eine Szene von einem Zug, der in einen Bahnhof einfährt. Das Publikum hatte so etwas noch nie gesehen. Sie gerieten in Panik, rasteten komplett aus und stürmten aus dem Kino, weil sie dachten, der Zug wäre echt. Sie dachten, er würde sie gleich überfahren, plattmachen. Das ist nur ein bisschen über hundert Jahre her. Und jetzt sind wir hier: IMAX, 3D, virtuelle Realität und diese Dinger hier sind Teil der Geschichte. Genau wie der Zug.« Eine braune Locke fällt ihm ins Gesicht und ich widerstehe der Versuchung, sie wegzustreichen.

»Du magst es wirklich hier«, sage ich.

»Sarah hat letzte Woche gekündigt, weil sie einen Job in dem Bagel-Laden auf dem Campus bekommen hat. Sie meint, da bekäme sie mehr Trinkgeld, was vermutlich auch stimmt. Morgens kommen Leute für Kaffee, aber das sind nicht so viele.« Er zuckt mit den Schultern. »Man muss den Laden schon sehr mögen, um hier zu arbeiten. Man muss echt für Filme brennen. Sarah fehlte diese Leidenschaft.« Er senkt die Stimme und flüstert dramatisch: »Sie studiert *Bio.*«

Ich erzähle ihm, dass ich nächstes Jahr nach Los Angeles ziehen und auf die Filmschule gehen werde. »Ich liebe Hitchcock«, sage ich enthusiastisch. »Drew und ich haben alle seine Filme gesehen. Wir können sämtliche *Vertigo*-Dialoge auswendig.«

»Das Mädchen, das uns vom Auto aus beobachtet?« Er deutet mit dem Kopf zum Fenster. Hannahs Jeep steht noch immer da, wo sie geparkt hat, und ich sehe nur die Silhouette ihres Lockenschopfs.

»Nein. Das ist meine beste Freundin Hannah. Sie ist nicht die Person, die …« Ich schweife ab. Ich will Dean nicht von Andrew erzählen. Nicht dass er noch denkt, zwischen uns würde was laufen, so wie alle anderen. »Egal.« Ich spiele mit meinem Zopf. »Keine Ahnung, warum sie nicht einfach geblieben ist.«

»Weil es ein Bewerbungsgespräch ist«, sagt er. »Bei

dem du dich übrigens klasse schlägst. Hast du überhaupt schon Arbeitserfahrung? Ich schätze, so was sollte ich fragen.«

»Ich hab die letzten zwei Sommer im Green Mountain gejobbt. Es war schrecklich.«

»Super! Ich muss das noch mit Mr Roth abklären, er ist der Besitzer. Aber der Sache dürfte nichts im Weg stehen.«

»Willst du nicht … ich meine, ich will es jetzt nicht vermasseln, aber brauchst du nicht meinen Lebenslauf und Referenzen oder so?« Ich trinke noch einen zaghaften Schluck Whiskey.

»Nö, ich sehe schon, du bist perfekt.«

Ich schlucke, und der Whiskey breitet sich wie Feuer in meiner Brust aus.

Kapitel Sieben

Es ist Freitagabend, wir liegen auf der Couch in Andrews Keller und gucken *Der Soldat James Ryan.* Ich habe ihm von dem Videoladen und dem Job erzählt, aber nicht von Dean, weil das viel zu peinlich wäre. Andrew erzählt mir zwar von all seinen Mädels, aber ich habe noch nie mit ihm über Jungs geredet.

Vor uns auf dem Couchtisch liegen ein Paar McDonalds-Tüten (die Veganer wissen nichts davon), und ich richte meine Aufmerksamkeit auf das köstliche Fett, das meine Arterien verstopft, um nicht ständig an Deans Augenfarbe zu denken. Irgendwie fällt es mir schwerer, als es sollte. Für jemanden aus meiner Schule habe ich noch nie so empfunden. Vielleicht ist es, weil Dean neu und anders und interessant ist und ich ihn nicht im Kindergarten in der Nase habe bohren sehen.

Andrew greift an mir vorbei und klaut Pommes aus der Tüte auf meinem Schoß.

»Ich weiß nicht, wie du bei dem Film noch essen kannst«, sage ich und reiche ihm die Tüte. Seit dem Einmarsch in die Normandie habe ich die Pommes nicht angerührt, und jetzt sind sie kalt und labbrig. Es ist schon spät, kurz nach Mitternacht vielleicht, und im Dunkeln ist der Film noch krasser.

Andrews Handy vibriert. Er erschrickt, nimmt es auf und liest die Nachricht.

»Was Interessantes?«, frage ich, worauf er mit den Schultern zuckt.

»Cecilia.«

»Immer noch Cecilia?«, frage ich skeptisch. »Das geht schon eine ganze Woche.«

Er nimmt eine Handvoll Pommes und schiebt sie sich in den Mund. Andrew nimmt immer gleich eine Handvoll von allem, was mich schier wahnsinnig macht.

»Ich bin schon öfter länger als eine Woche mit einer ausgegangen«, sagt er und leckt sich das Salz von den Fingern. »Ich glaube, du hältst mich für viel mieser, als ich eigentlich bin.« Er sagt es mit einem Lächeln, also ist er nicht wirklich sauer.

»Seid ihr jetzt zusammen, Cecilia und du?«

»Na ja, Zusammensein kann man es eigentlich nicht nennen.«

Ich verdrehe die Augen, und der Film lenkt uns beide ab, weil es eine große Explosion gibt und Soldaten sterben. Ich kann mir nicht helfen, ich frage mich, ob James Dean den Film wohl gut findet, ob er ihn schon mal gesehen hat, oder ob er nur theoretische Streifen fürs Studium guckt. Sagen die an der Uni Streifen dazu? Das muss ich bis nächstes Jahr noch lernen.

»Denkst du viel an sie?«, frage ich und spüre, dass ich rot werde, weil es eine komische Frage ist. »Also, schweifen deine Gedanken öfter mal einfach so zu Cecilia?«

»Nö, nicht wirklich«, sagt er. »Nur nachts. Oder unter der Dusche.« Er grinst.

»So war das nicht … ach egal«, sage ich. Dann hake ich doch noch mal nach. »Ich meine, spürst du ein Kribbeln im Bauch? Als wärst du kurz davor, mit der Achterbahn in die Tiefe zu sausen?«

Er nimmt die Fernbedienung und drückt auf Pause.

»Ich weiß, welches Kribbeln du meinst, glaub mir.« Er spielt mit seinen Haaren, den schlaffen, die ihm ins Gesicht fallen. Er trägt seine Brille, um den Film sehen zu können, doch jetzt nimmt er sie ab. »Hast du … bist du … äh … stehst du auf jemanden?«

»Weiß nicht«, sage ich. »Nee.« Aus irgendeinem Grund habe ich das Gefühl, ich müsste es abstreiten. »Ich frage mich halt nur, was du davon hast. Geht es nur um Sex?«

Jetzt wird ihm unser Gespräch sichtbar unangenehm. Sein Gesicht ist vermutlich noch roter als meins, und ich habe keine Ahnung, warum ich die Sache überhaupt angesprochen habe.

Er streicht sich übers Kinn. Ein paar Stummel wachsen dort, aber nicht viele. »Nein«, sagt er. »Es geht nicht um Sex … jedenfalls nicht nur.«

»War es mit Sophie anders?«

In der neunten Klasse war Andrew sechs Monate lang mit Sophie Piznarski zusammen, das war, bevor es Party-Andrew gab. Ich hing manchmal mit ihnen rum, dann waren wir zu dritt, und ich saß peinlich berührt an einem Ende der Couch und habe mit dem Handy gespielt, während sie auf dem anderen Ende gekuschelt haben.

»Das mit Sophie ist lange her«, sagt er. »Das jetzt ist anders. Ich bin anders.«

»Was du nicht sagst«, schnaube ich.

»So ist es einfach unkomplizierter.«

»Cecilia ist unkompliziert?«

»Das meine ich nicht. *Ich* bin unkompliziert. Ich mag es

entspannt und … ich weiß auch nicht. Gefühle sind blöd. Keine Gefühle, kein Stress.«

»Ach komm, wozu das Ganze, wenn du nichts empfindest?«

»Ich empfinde eine Menge«, sagt er und wirkt plötzlich genervt. »Du weißt einen Scheißdreck über meine Gefühle.« Dieser Ausbruch überrascht mich. Gerade eben hat er noch rumgescherzt und gelacht, aber mit meiner letzten Frage habe ich wohl einen wunden Punkt getroffen. Er rauft sich die Haare, wahrscheinlich total unbewusst. Ich greife nach seiner Hand, damit er aufhört.

»Ist gut, ich glaube dir.«

Er zieht seine Hand weg. Es ist, als wären Andrews Einzelteile durcheinandergeraten, und jetzt versucht er, sie zu sortieren und wieder richtig anzuordnen.

»Sorry, Collins.« Er atmet tief ein und lächelt. Alles ist wieder normal. »Mach dir keinen Kopf wegen meiner Spinnereien.«

»Hey«, sage ich. »Ich habe immer ein offenes Ohr für deine Spinnereien, okay? Wenn du mich brauchst, bin ich jederzeit für dich und deine Spinnereien da.«

Er setzt seine Brille wieder auf und rückt sie gerade. »Danke.«

»Es ist schon okay, Gefühle zu haben.«

»Danke für den Tipp, Frau Doktor«, sagt er.

»Ich meine es ernst. Ich bin deine beste Freundin. Du kannst mit mir über alles reden.«

»Etwas anmaßend, findest du nicht?«, sagt er und grinst. »Du behauptest einfach, du wärst meine beste Freundin.«

»Ach, halt die Klappe«, sage ich. »Nach achtzehn Jahren an deiner Seite darf ich behaupten, was ich will.«

»Na ja, ich verbringe neuerdings viel Zeit mit Jason Ryder«, sagt er mit einem fiesen Grinsen. »Der könnte bald deinen Platz einnehmen. Er hat letztens einen richtig guten Witz erzählt, über Frauen und Sandwiches. Da habe ich überlegt, ob er nicht auch Potenzial zum besten Freund hat. Er ist …«

Ich schubse Andrew, bevor er weiterreden kann, und er fällt von der Couch.

Am Dienstag habe ich in der letzten Stunde zusammen mit Andrew und Hannah Töpfern, was eigentlich mein Lieblingsfach ist, aber heute schaue ich ständig auf die Uhr. Wir sitzen an großen Holztischen, die mit Papier abgedeckt sind, und versuchen, unsere Tassen farbig zu glasieren. Meine sieht aber eher aus wie ein Seeungeheuer als eine Tasse.

»Freust du dich auf nachher?«, fragt Hannah von der anderen Seite des Tisches. Sie tunkt ihren Pinsel in die blaue Farbe und malt eine perfekt geschwungene Linie.

»Was ist nachher?«, fragt Andrew. Seine Tasse ist im Brennofen zerbrochen, also sieht er uns beim Glasieren zu.

»Keelys großer erster Tag«, sagt sie. »Unser Baby ist erwachsen geworden.«

»Im Videoladen?«, fragt er. Er hat einen kleinen lila Strich auf der linken Wange, und ich frage mich, wie der dahingekommen ist, weil er ja eigentlich gar nichts mit der Farbe zu tun hatte.

Ich nicke, und mir wird flau im Magen. Ein Blick auf

die Uhr verrät mir, dass die Stunde fast vorbei ist. Plötzlich spüre ich den Drang, mich zu übergeben.

Ich wollte mich heute schick anziehen. Ich trage eine schwarze Hose – eine richtige Hose, keine Leggings – und einen neuen Pulli, den mir meine Mom zum Geburtstag geschenkt hat. Sie jammert immer, dass ich ihn nie anziehe, aber er ist zu eng und spannt über dem Busen. Normalerweise versuche ich, keine zusätzliche Aufmerksamkeit auf meine Oberweite zu ziehen, aber heute dachte ich, für James Dean kann ich auch mal was Neues ausprobieren.

»Bist du aufgeregt?« Hannah blinzelt, sodass klar ist, dass sie James Dean meint und nicht die Arbeit.

»Du bist ein Biest, Collins«, sagt Andrew. »Du wirst das Ding rocken.« Er wühlt in seinem Rucksack und zieht eine Packung Chips heraus. Ich weiß nicht, wie er jetzt etwas essen kann – es stinkt nach Ton und Terpentin –, aber es überrascht mich nicht. Er kaut gerade, da kommt ein Mädchen auf uns zu. Ihre Schritte sind leise und zögerlich wie die eines Rehs, das Angst vor dem Jäger hat. Sie ist auch dünn und zierlich wie ein Reh, mit großen Augen und spitzer Nase. Ihr Name ist Madison Jones, sie geht in die Stufe unter uns.

»Äh, Entschuldigung«, sagt sie. »Tut mir leid. Sorry.« Madison entschuldigt sich andauernd, so als täte es ihr leid, dass sie existiert. Sie tippt Andrew auf die Schulter. »Entschuldigung, brauchst du die blaue Glasur noch?«

Sie sieht nur Andrew an, ihre Frage gilt allein ihm, obwohl er offensichtlich gerade Chips isst und nicht malt.

»Oh, klar«, sagt er kauend. »Collins, bist du damit fertig?«, fragt er dann mich.

Madison blickt kurz zurück zu ihrem Tisch, wo ein

paar Mädchen aus ihrer Stufe sitzen und flüsternd und kichernd die Köpfe zusammenstecken.

Ich schiebe die blaue Glasur zu ihr rüber. »Ja, schon okay. Für diese Tasse besteht ohnehin keine Hoffnung mehr.«

»Klar besteht noch Hoffnung«, sagt Hannah aufmunternd wie immer. »Du hast viel Potenzial.«

»Oh, tut mir leid«, sagt Madison. Sie schaut kurz zu mir rüber und dann wieder zu Andrew. »Ich wusste nicht, dass deine Freundin sie noch braucht.«

Ich werde rot, aber eher, weil sie mich nicht direkt ansieht und mich nicht mit Namen anspricht, und nicht, weil sie mich aus Versehen *seine Freundin* genannt hat. Das ist schließlich nichts Neues. Andrew wird auch rot, seine Sommersprossen leuchten, und er legt die Chipstüte weg.

»Sie ist nicht … ich meine …«

»Obwohl, eigentlich brauche ich sie doch noch.« Ich ziehe die Glasur wieder zu mir.

Andrew sieht nervös aus, und ich verdrehe die Augen. Er sollte sich mittlerweile daran gewöhnt haben, dass man uns für ein Pärchen hält – das passiert uns beinah täglich. Aber aus irgendeinem Grund regt es ihn immer noch auf. Er muss es immer korrigieren, wenn jemand den Fehler macht: *Wir sind nicht zusammen.* Gott bewahre jemand könnte denken, ich wäre ein richtiges Mädchen, mit dem man eine Beziehung haben könnte.

Hannah ist auch unruhig, ihr Blick huscht zwischen Madison und mir hin und her. Ich weiß, sie mag keinen Streit und ist entsetzt, dass ich die Farbe nicht teile.

»Oh okay, Entschuldigung«, sagt Madison. Sie zupft

am Saum ihres T-Shirts und nimmt das Ende ihres Zopfes in den Mund.

»Wir sind kein Paar«, sagt Andrew noch mal, als wäre Madison doof und bräuchte eine zusätzliche Erklärung.

»Nicht mehr«, sage ich und lächle Madison lieb an. »Ich habe letztes Jahr Schluss gemacht, nach der Sache mit dem Käse.«

»Dem was?«, fragt Madison.

»Collins«, sagt Andrew warnend.

»Egal.« Ich halte ihr die blaue Glasur hin. »Nimm sie.«

»Tut mir leid, bist du sicher?« Sie kaut noch immer an ihrem Zopf.

»Ja«, sage ich und verliere langsam die Geduld. Wenn sie sich noch einmal entschuldigt, raste ich aus. »Nimm die blöde Glasur.«

Ich schiebe sie ihr hin, aber etwas zu energisch. Mein Arm ist zu verkrampft, und bevor ich es verhindern kann, fliegt die Glasur durch die Luft. Sie landet mit voller Wucht auf dem Fliesenboden, die blaue Farbe spritzt in alle Richtungen – auf Madison und auf meinen schönen Geburtstagspulli.

Sie kreischt, und der Zopf fällt ihr aus dem Mund. Hannah rennt zur Spüle, um einen Lappen zu holen, und der Lehrer eilt panisch zu uns. Andrew lacht laut aus dem Bauch heraus. Sein Lachen ist ansteckend, und ich fange auch an zu lachen. Ich blicke runter auf meinen schönen Pulli und da fällt mir auf, dass ich mich gar nicht weiter wegen James Dean gestresst habe. Eine Weile habe ich überhaupt nicht an ihn gedacht.

Das ändert sich schlagartig, als Hannah mich vor dem Laden absetzt.

»Du wirst das super machen«, sagt sie. »Jetzt geh schon rein.«

Sie schubst mich quasi aus dem Auto. Ich trage meine Jacke, damit man meinen dreckigen Pulli nicht sieht, aber mir ist klar, dass ich sie irgendwann ausziehen muss. Ich habe unter dem Pulli nichts an außer dem BH, was ich jetzt inständig bereue.

Hannah fährt weg, und ich bleibe für einen Moment vor dem Laden stehen, um all meinen Mut zusammenzunehmen. Dann stoße ich die Tür auf. Meine Nerven beruhigen sich, als ich hineingehe und James Dean nicht da ist. Stattdessen steht ein korpulenter Mann mit Halbglatze hinter dem Tresen. Das muss Mr Roth sein, der Besitzer.

»Willkommen«, sagt er, als er mich sieht. Er lächelt breit. »Wie kann ich helfen?«

Ich hebe die Hand und winke verlegen. »Ich bin Keely. Ihre neue …«

»Ah!«, unterbricht er. »Meine neue Angestellte. Komm rein, komm rein!« Ich bin schon drinnen, aber er meint wohl weiter in den Laden hinein, näher zu ihm. Er klatscht die Hände zusammen, als hätte ich etwas getan, das Applaus verdient. Ich habe noch nie einen so vergnügten Menschen getroffen. »Komm, mach es dir bequem. Heute wird ein entspannter Tag. Ich habe noch ein paar Unterlagen, die du ausfüllen musst. Soll ich deine Jacke aufhängen?« Er will mir helfen, aber ich hülle mich enger in die Jacke.

»Geht schon, danke.«

»Ich sehe mal nach, ob Dean deine Papiere hat«, sagt er

und geht nach hinten, wo vermutlich ein Pausenraum ist. Wie aufs Stichwort kehrt meine Nervosität zurück. »Dean!«, ruft Mr Roth, und plötzlich steht er da.

Er sieht so gut aus wie in meiner Erinnerung, vielleicht sogar noch besser. Wie letztes Mal trägt er ein schwarzes T-Shirt, nur dass auf diesem *Herzog* steht. Regisseure sind wohl sein Ding. Er hat die Haare nach hinten gekämmt, eine getreue Nachahmung des echten James Dean.

»Hey«, sagt er lässig und lehnt sich mit verschränkten Armen an den Türrahmen des Pausenraums. »So schnell sieht man sich wieder.«

»Hey«, antworte ich und versuche, genauso lässig zu klingen.

»Gut.« Mr Roth klatscht wieder in die Hände. »Ich muss los. Dean wird dir alles zeigen. Tim sollte so gegen fünf da sein, er ist unser anderer Mitarbeiter. Ihr drei werdet schon alles unter euch regeln, da bin ich mir sicher.« Er eilt durch den Laden und schiebt hier und da noch ein paar Sachen herum. »Bis morgen!«

Dann ist er weg, und wir sind nur noch zu zweit. Wieder allein.

»Er ist ganz schön … heiter«, sage ich.

»Der reinste Sonnenschein«, stimmt Dean zu. Er lehnt immer noch im Türrahmen, als würde er darauf warten, dass jemand ein Foto macht.

»Soll ich …«, beginne ich, verstumme aber wieder, weil ich gar nicht weiß, was ich fragen will. Es ist warm im Laden, und ich würde gerne meine Jacke ausziehen, aber stattdessen wickle ich mich enger darin ein. Meine Hände sind feuchtkalt.

»Stimmt«, sagt er und drückt sich von der Wand ab. »Papierkram.«

Er geht zum Tresen, wühlt in irgendwelchen Schubladen und holt einen Stapel Papiere hervor. Ich setze mich auf einen der Hocker. Die Sache mit der Jacke wird zu einem echten Problem, ich schwitze schon total. Es bringt nichts, ich ziehe sie aus. Dean hebt eine Augenbraue, als er meinen Pulli sieht.

»Was ist denn mit dir passiert?«

Ich deute auf die Flecken. »Es gab da … einen Vorfall mit blauer Farbe in der Schule.«

»Sieht ganz so aus.«

Sein Blick wandert zu meiner Brust, wo der Pulli eng anliegt, und verweilt einen Tick zu lang. Mein Gesicht glüht.

»Ich bin nicht besonders gut im Töpfern«, sage ich, und in meinem Kopf ergibt diese Aussage natürlich Sinn, aber er versteht vermutlich den Zusammenhang nicht.

»Tja, ich hoffe mal, du stellst dich beim Kassieren geschickter an.«

»Werde ich«, sage ich. »Versprochen.«

»Versprechen sind gefährlich«, warnt er mich. »Du solltest keine Versprechen geben, die du nicht wirklich ernst meinst.«

»Ich meine es ernst.«

»Gut«, sagt er. »Ich auch.«

»Gut«, sage ich, auch wenn ich nicht ganz sicher bin, was er damit meint und was er eigentlich verspricht, falls er überhaupt etwas verspricht.

Die nächste Stunde verbringen wir damit, im Laden alles durchzugehen – wie die Filme in der digitalen Datenbank angeordnet sind, wie man Kaffee macht und wie man die Kasse aufkriegt (für Letzteres braucht es einige kräftige Stöße mit dem Ellenbogen, weil sie immer klemmt). Anscheinend kommen Kekse und Kuchen von Le Soleil, der Bäckerei am Ende der Straße. Dean holt sie jeden Morgen auf dem Weg zu seiner Acht-Uhr-Vorlesung ab und bringt sie bei Mr Roth vorbei.

»Aber warum kommen die Leute hierher, wenn sie auch direkt zur Quelle gehen könnten?«, frage ich und begutachte die vielen Sorten hinter dem Glas. Zwischen den Keksen stehen kleine Action-Figuren: ein winziger Iron Man, ein winziger Black Panther, ein etwas größerer Hulk.

»Weil ich hier arbeite«, sagt Dean grinsend. »Ich bin eben charmant.« Ich sehe ihn an und erröte sofort, also schaue ich schnell wieder runter auf den Tresen. Kommen wirklich Mädchen hierher, nur um mit Dean zu reden? Denkt er, dass ich auch deswegen hier bin?

Er muss die Verwirrung oder Panik in meinem Blick bemerkt haben, denn er zuckt die Achseln. »Ich mach nur Witze.« Da werde ich noch röter, aber er redet weiter und ignoriert zum Glück meine auffällige Gesichtsfarbe. »Wir liegen vier Häuserblöcke näher am Campus, das ist wahrscheinlich der Hauptgrund. Aber Leute kommen auch wegen der Atmosphäre. Wo sonst bekommt man einen kleinen Plastik-Avenger zu seinem Keks serviert?«

Dean hat vermutlich recht. Ich mag die Atmosphäre auch. Ich weiß gar nicht, warum ich aufgehört habe, zu kommen. Dieser Laden ist einer der Gründe, warum ich so sehr auf Filme stehe.

»Mr Roth tut mir ein wenig leid«, sage ich. »Ich meine, der neue Dunkin Donuts wird …«

»Siehst du das Plakat hinter dir?«, unterbricht Dean mich. »Das mit den *Blues Brothers?*« Ich drehe mich um und sehe das leicht ausgebleichte zeitlose Plakat von Dan Aykroyd und John Belushi mit Sonnenbrillen. »Das hängt schon seit den Achtzigern an dieser Wand. Roth könnte es vermutlich auf eBay verkaufen, wenn er wollte, aber das wird er nicht tun. Dasselbe gilt für *Indiana Jones*«, sagt er und nickt zur anderen Wand, »und *Die Verurteilten.* Wenn du Filme magst, ist dieser Laden das Paradies.«

»Ich *liebe* Filme«, sage ich mit einem Aufseufzen. Und ich liebe *ihn.* Ich will unbedingt, dass er mich für genauso cool hält, wie er selbst es ist. Denn er ist ungeheuer cool und wunderschön und schrecklich einschüchternd. James Dean ist himmlisch.

»Alles okay?« Er wedelt mit der Hand vor meinem Gesicht, und ich blinzle ein paar Mal. *Habe ich ihn etwa angestarrt?* Dann müsste ich sofort im Boden versinken.

»Jep«, sage ich. »Alles super. Mir geht's gut. Und dir?«

»Mir geht's auch gut.« Er lächelt. »Weißt du was, ich glaube, dies ist der Beginn einer wunderbaren Freundschaft.«

***

Hannah: Wie war dein erster Tag??

Ich: Es gibt gute und schlechte Nachrichten. Die gute: Ich glaube, James Dean und ich sind Freunde. Die schlechte: Ich glaube, James Dean und ich sind Freunde.

Hannah: Das ist ein Schritt in die richtige Richtung ❤

Ich: Ich bin mir ziemlich sicher, dass er eine Anspielung auf Casablanca gemacht hat, also weiß ich nicht so recht, ob das zählt?

Hannah: Irgendein Zitat aus einem alten Film! Ihr seid wie füreinander geschaffen. War es rein kollegial oder hat er geflirtet?

Ich: Ich erkenne halt nicht, ob jemand flirtet oder nicht.

Hannah: Ok, also hat er dich irgendwie berührt und dir in die Augen gesehen? Das ist ein romantischer Film, oder?

Ich: Ich brauche den Rat eines Experten.

***

Ich: Frage

Andrew: Was gibt's?

Ich: Also, wenn ein Typ aus einem Film zitiert, zählt das als flirten?

Andrew: ...

Andrew: Ich versteh nicht

Andrew: Geht es um meine Hitchcock-Witze?

Ich: Vergiss es

***

Am Abend gucken wir Casablanca, weil ich die Sache nicht aus dem Kopf bekomme und den Film auf Hinweise auseinandernehmen muss.

Hannah kann sich nie einfach nur einen Film anschauen, das findet sie langweilig, worüber ich um unserer Freundschaft willen hinwegsehe, darum müssen Andrew und ich ihr währenddessen bei einem Kunstprojekt helfen und bunte Muster auf Blätter malen, die sie vergangenen Herbst in ihrem Garten gesammelt hat. Sie will sie danach an die Wand hängen, aber wenn meine auf mysteriöse Weise unter ihrem Bett verschwinden, würde ich es ihr auch nicht übel nehmen.

Ich habe Andrew immer noch nichts von James Dean

erzählt. Es gibt ja auch noch gar nichts zu erzählen. Aber trotzdem, wenn ich Andrew gegenüber zugebe, dass ich verknallt bin, wird die Sache ernst. Sobald Andrew Bescheid weiß, wird es noch peinlicher, falls daraus nichts wird.

Aber Hannah ist nicht gerade unauffällig.

»Okay, also dieser Film ist offensichtlich romantisch«, sagt sie. »Das viele Geküsse und die traurige Musik. Wenn ich in ein Mädchen verknallt wäre, würde ich aus diesem Film zitieren, um sie rumzukriegen.«

»Ja, Collins.« Andrew sieht von seinem Blatt auf. »Ich wundere mich, dass du den ausgesucht hast.«

»Er hat *Bester Film* gewonnen!«, sage ich. »Er soll einer der besten Filme aller Zeiten sein.«

»Ja, aber Gladiator war auch mal *Bester Film.* Den hätten wir uns doch auch ansehen können? Du hast es doch gar nicht so mit dem Geknutsche.«

»Klar hab ich es mit Geknutsche! Ich mag knutschen. Ich knutsche ständig!« Okay, das stimmt vielleicht nicht ganz, aber mit James Dean würde ich auf jeden Fall knutschen, wenn ich könnte.

Andrew wird knallrot. »Ich meine nicht … in echt. Ich meine deinen Filmgeschmack.«

Hannah muss so sehr über uns lachen, dass sie die gelbe Farbe umstößt und sich den Teppich versaut. »Oh mein Gott, warum passiert das andauernd?« Wir springen alle auf und suchen was zum Aufwischen. Glücklicherweise löst sich dadurch die komische Spannung. »Wir müssen echt damit aufhören, Farbe zu verschütten«, sagt Hannah. »Ich schwöre, das passiert nur, wenn ihr Pappnasen dabei seid.«

»Wir bringen Unglück«, sage ich und muss an meinen Pulli denken. Obwohl, James Dean war der Fleck völlig egal. Meine Wangen erröten bei der Erinnerung daran, wie sein Blick an meiner Brust hängen geblieben ist.

In dem Film auf Hannahs Laptop setzt Rick Ilsa in ein Flugzeug, damit sie vor den Nazis fliehen kann. Er schickt die Frau, die er liebt, mit ihrem Mann weg, um ihr Leben zu retten. *Uns bleibt immer Paris*, meint Rick beim Abschied zu ihr. Sie kommen zwar am Ende nicht zusammen, aber ihnen bleibt die Erinnerung.

Nur, dass Dean eine andere Stelle zitiert hat. Wenn er auf mich stehen würde, hätte er was über Paris gesagt, nicht über Freundschaft. Er mag wahrscheinlich einfach nur Filme, nicht *mich.*

»Hey Leute, nächstes Jahr fliegen wir auch alle in unterschiedliche Richtungen«, sagt Andrew, *»aber uns bleibt immer Paris.*«

»Uns bleibt immer Prescott«, sage ich.

»Dann doch lieber Paris«, sagt Hannah und wischt mit einem Handtuch über den Teppich. »Das ist mir viel lieber.«

KAPITEL ACHT

Am Mittwoch versucht Chase es noch mal bei Danielle. Wir sind auf dem Weg zu Chemie, als er hinter uns auftaucht und seinen Arm lässig auf ihre Schulter legt. Sie lacht, doch als sie sich umdreht und sieht, wer es ist, verwandelt sich ihr Lachen in ein Fauchen.

»Hey, Dani«, sagt er.

Sie duckt sich unter seinem Arm weg. »Nenn mich nicht so.«

»Komm schon.« Er grinst unbeschwert. Schließlich ist er gewohnt zu bekommen, was er will.

»Was willst du?«, fragt sie knapp.

»Ich will nur mit dir reden«, sagt er. »Mich nur kurz mit dir unterhalten. Wir sind doch jetzt Freunde, oder?«

»Wir sind nicht die Art Freunde, die sich unterhalten«, entgegnet sie.

»Collins«, sagt er zu mir, als könnte ich ihm irgendwie helfen.

Und dann macht Jason Ryder es noch schlimmer. Er schlurft den Flur entlang, als würde er ihm allein gehören, und grinst breit, als er uns sieht, als er sieht, wie Danielle und Chase beieinanderstehen. Er gibt Chase einen kräftigen Klaps auf den Rücken.

»Sieh einer an«, sagt er. »Die Schlampe und das Biest, wieder vereint.«

»Alter«, stöhnt Chase.

»Ach Jason«, sagt Danielle sanft, »du bist so süß, wenn du versuchst, witzig zu sein. Es wird dir schon noch irgendwann gelingen.« Sie zieht ihre Tasche höher auf die Schulter und wendet sich mir zu. »Wir sind spät dran.« Dann eilt sie los, den Flur runter. Ich hetze hinterher.

»Am allerwütendsten macht mich«, zischt sie, als wir außer Hörweite sind, »dass Chase und ich gleichermaßen an der Scheißsache beteiligt waren. Wir haben beide miteinander geschlafen. Zusammen. Aber aus irgendeinem Grund bin ich die Schlampe. Ich bin eine Schlampe, weil ich einmal mit jemandem geschlafen habe.« Sie legt einen Zahn zu, ohne mich anzusehen.

»Du bist keine Schlampe«, sage ich, weil ich das Gefühl habe, ich sollte etwas sagen.

»Natürlich nicht«, keift sie und sieht mich an. »Das ist ja der verdammte springende Punkt.«

Andrews Eltern verbringen heute einen romantischen Abend in Burlington, also hat er beschlossen, einen Männerabend zu machen – irgendwas mit Tacos, weil Jungs aus einem mir unbekannten Grund total auf die abfahren. Eine Party zu schmeißen, wäre zu riskant, also haben wir uns auf unbedenkliche Tacos geeinigt. Käse und Hackfleisch sind nicht illegal, auch wenn unsere veganen Eltern der Schlag treffen würde.

»Ich werde nicht kommen«, sage ich, als er mich einlädt, aber wir wissen beide, dass ich am Ende doch da sein werde. Ich habe Andrew versprochen, ihm auf jeden Fall beim Einkaufen zu helfen, also gehen wir zusammen zu Costco. In unserem Einkaufswagen türmen sich gigantische Lebensmittel: riesige Eimer Guacamole und saure

Sahne, dazu ein Glas Chilisoße, von der selbst nach einer Apokalypse noch etwas übrig wäre. Wir kaufen auch eine Tüte geriebenen Käse, die größer ist als ich. Kein Witz! Andrew stellt sie neben mich und macht ein Bild.

»Warum hast du Jason Ryder eingeladen?«, frage ich und hüpfe vorne auf den Wagen. Andrew kann Ryder genauso wenig leiden wie ich, das weiß ich, und trotzdem ist er immer überall dabei.

»Chase hat ihn eingeladen«, sagt Andrew und schiebt den Käse und mich den Gang runter. »Und ich kann Ryder nicht einfach ausladen. Hey, bereit für den Warp-Antrieb?« Er fängt an zu rennen, schiebt den Wagen schneller und kommt immer mehr in Schwung. Die Gänge bei Cosco sind so breit wie Häuserblöcke, also haben wir genug Platz. Als wir in Fahrt kommen, springt er auch auf. Ich schreie und versuche, mit dem Fuß zu bremsen, damit wir nicht in einen deckenhohen Turm von Chips-Ahoy-Keksen krachen.

Als wir etwas abbremsen, hüpfe ich vom Wagen und gehe nach hinten, damit ich schieben kann. Andrew steigt ab und geht neben mir her.

»An dem Abend warst du auch unten, oder?«, frage ich, als wir in den Gang mit Kühlwaren biegen. Wir bleiben vor den Säften stehen.

»An welchem Abend?«

»An meinem Geburtstag.«

»Ah. Ja.«

»Was ist passiert, als Danielle und ich noch oben waren?« Ich weiß nicht, warum ich nicht schon früher auf die Idee gekommen bin, ihn zu fragen. »Wie haben es alle erfahren? Chase muss doch was gesagt haben, oder?«

»Vielleicht hat ja jemand gesehen, wie Chase und Danielle zusammen ins Schlafzimmer gegangen sind«, sagt Andrew.

»Aber wie haben es dann alle so schnell erfahren?«

»Chase ist kein schlechter Mensch«, sagt Andrew. »Wenn er was gesagt hat, war es sicher nur, weil er so aufgedreht war, nicht, weil er sie bloßstellen wollte.«

Ich muss an den Zettel denken, den Danielle letztens bekommen hat, auf dem sie jemand allen Ernstes eine Schlampe genannt hat, weil sie ihre Jungfräulichkeit an einen Typen verloren hat, in den sie verknallt war. Kann der Zettel überhaupt von Chase sein? So ist er eigentlich nicht. Andrew hat recht – Chase ist manchmal etwas doof, aber ich denke nicht, dass er so gemein ist, ein Mädchen bloßzustellen, mit dem er geschlafen hat. Der Zettel könnte zweifellos von Ryder sein. Aber warum würde Ryder sich die Mühe machen, seine Handschrift zu verfälschen? Schließlich hat er sie heute vor allen beschimpft.

»Ryder hat Danielle heute eine Schlampe genannt«, erzähle ich Andrew. »Und zwar mitten ins Gesicht. Das geht gar nicht.«

Andrew stoppt den Einkaufswagen so abrupt, dass ich dagegen laufe. »Das geht echt nicht. So ein Arsch.«

»Ja, aber warum kommt er mit so einer Scheiße durch?«

»Nächstes Jahr wird alles anders«, sagt Andrew. »Wenn sich im College jemand wie ein Arschloch aufführt, gehst du der Person einfach aus dem Weg. Wir müssen nur die Highschool überleben, dann wird es besser.« Das ist seit dem ersten Highschool-Tag unser Mantra. Ich hoffe nur, es bewahrheitet sich.

»Hey Collins, woran erinnert dich das?«, Ryder hält mir einen Taco hin.

»Sieht aus wie ein Taco«, sage ich, streue etwas Käse über meinen und versuche, ihn zu ignorieren. Wir sind in der Küche, und vor uns stehen die einzelnen Zutaten in verschiedenen Behältern. Andrew hat sich den Hocker neben mir gesichert. Auf der anderen Seite des Tisches sitzen Chase, Edwin Chang und Ryders Handlanger Simon Terst, der vielleicht noch schlimmer ist als Ryder, weil er zu ihm aufsieht und ihn wie einen Helden verehrt.

»Ganz genau«, sagt Ryder. »Ein Taco. Ein Muffin. Ein Thunfischsandwich.« Er wackelt mit den Augenbrauen. »Wenn du verstehst, was ich meine?«

»Nein«, sage ich trocken. »Erklär es mir.«

Ryder neigt den Kopf zur Seite und lacht steif. Ich kann sehen, wie sich hinter seinen Augen die Zahnräder drehen, während er versucht herauszufinden, ob ich es ernst meine.

»Sie hat es verstanden«, sagt Andrew.

»Hey, Terst«, Ryder beachtet Andrew nicht, wendet sich zu Simon und hält ihm einen Taco unter die Nase. »Du hast sicher noch nie einen Taco aus der Nähe gesehen. Riech mal?«

»Leck mich.« Simon schiebt Ryders Hand weg. »Mein Leben ist ein einziges Taco-Büfett.«

Da lacht Ryder, aber nicht auf die nette Art. Simon ist klein und zappelig und ohne seine Nickelbrille fast blind. In der sechsten Klasse hat Danielle angefangen, ihn Häschen zu nennen, und der Spitznamen ist hängen geblieben.

»Klar, Mann«, sagt Chase. »Du kannst dich vor Tacos gar nicht retten.«

Simons Gesicht ist rot und fleckig. Mir kommt in den Sinn, dass er vermutlich auch noch Jungfrau ist. Diesen peinlichen Stempel tragen wir beide. Ich beiße in meinen Taco und kaue, um mich abzulenken.

»Ich will immer nur einen Taco auf einmal«, sagt Edwin. Er und Molly Moye sind seit meinem Geburtstag unzertrennlich. »Molly oder keine.«

»Im Ernst?«, fragt Ryder. Er knallt mit einer imaginären Peitsche und schnalzt dazu mit der Zunge. »Da hat sich jemand unterjochen lassen.«

»Quatsch«, sagt Edwin. »Das ist total schlau, ich könnte es nicht besser treffen. Molly ist unglaublich.«

»Wenn du eine Freundin hast, kannst du es ständig tun«, sagt Chase. »Solange sie weiß, was sie tut, genügt ein Mädchen völlig.«

»Aber was ist mit zehn Mädchen, die wissen, was sie tun?« Ryder grinst breit und dreht sich zu Andrew. »Hab ich recht, Reed?«

Andrew reibt sich den Nacken. »Ja, ich meine, nicht alle auf einmal, aber etwas Abwechslung ist ganz gut.«

Ich finde es so daneben, wenn Andrew über uns Mädchen spricht, als könnte er sich durchprobieren wie an einem Büfett, also nehme ich etwas geriebenen Käse und bewerfe ihn damit. Die Stückchen fliegen auf seinen Schoß und er wischt sie gelassen weg. »Laber nur, Andriot«, sage ich. »Du stehst gar nicht auf Abwechslung. Du magst Blondinen.«

Er hört auf zu wischen und sieht mich an. »Was?«

»Muss ich das wirklich erklären? Cecilia und Sophie

und Susie Palmer sehen alle gleich aus. Es ist nicht zu übersehen, worauf du stehst.«

»Ist mir nie aufgefallen«, sagt er. »Das ist keine Absicht.« Die Spitzen seiner Ohren sind knallrot.

»Susie Palmer«, sagt Ryder. »Schlechtester Handjob meines Lebens.«

»Schlechtester Handjob«, sagt Chase. »Irgendwie unnötig. Ich meine, jeder Handjob ist doch sinnlos, oder? Ich fummle seit achtzehn Jahren an mir rum. Ich weiß, was ich tue. Wenn's ein Mädchen probiert, kann das nur schiefgehen.«

Wenn ich die Jungs so reden höre, bekomme ich manchmal Angst. Sie erwarten von einem Mädchen, dass es schon Profi ist, wenn es zum ersten Mal einen Penis sieht. Ich hasse es, dass ich nicht den Mut habe, ihnen zu sagen, wie blöd sie sind.

»Aber bei ihr war es noch schlimmer«, sagt Ryder. »Als wollte sie ein Waschlappen auswringen. Sie hat Hände wie Sandpapier.«

»Ein Sandjob«, fügt Edwin hinzu.

»Sind die Zeiten der Handjobs nicht ohnehin schon vorbei?«, sagt Chase. »Handjobs waren in der Mittelschule cool. In der achten Klasse war ich froh, wenn ein Mädchen mich da angefasst hat. Aber mittlerweile bin ich darüber hinweg. Ich mach es lieber selber.«

»Wenn sie nicht den Mund benutzt, kann sie's auch lassen«, sagt Simon, als hätte er was zu melden.

»Ich würde ihn in den Mund nehmen, wenn ich rankäme«, sagt Chase. »Selbst ist der Mann.«

»Wie du meinst, David Blowie«, sagt Andrew.

»Würdet ihr lieber einen Sandjob kriegen oder euch selbst einen blasen?«, fragt Edwin.

»Kommt drauf an, von wem der Sandjob ist«, sagt Chase grinsend. »Von Danielle würde ich mir jederzeit einen Sandjob geben lassen.«

»Stimmt«, sagt Andrew, und ich sehe ihn überrascht an. Ich wusste nicht, dass er so über Danielle denkt.

»Für einen Sandjob von Danielle würde ich mir den Arm abhacken«, sagt Ryder.

»Vergesst sie«, kontert Simon. »Ich würde mir einen Arm abhacken, um Avas Titten zu sehen.«

»Ich hab sie gesehen«, sagt Ryder. »Sie sind es wert.«

»Könntet ihr damit aufhören?«, unterbreche ich. »Das sind meine Freundinnen, über die ihr da redet. Habt ihr nicht Angst, dass ich das alles weitererzähle?«

»Und?«, sagt Ryder. »Das sind doch Komplimente.«

Ich will ihm gerade einen riesigen Flatsch Guacamole ins Gesicht werfen, als es zu seiner Rettung an der Tür klingelt. Alle verstummen.

»Kommt etwa noch jemand?« Ich gehe zur Tür, um aufzumachen, als wäre es mein Zuhause. Was es im Grunde auch ist.

»Oh, das ist wahrscheinlich Cecilia.« Andrew steht auch auf.

Ich bleibe stehen. »Cecilia?«

»Ja«, sagt er, als wäre es völlig selbstverständlich, dass sie hier reinschneit.

»Keine Mädels am Taco-Abend!«, ruft Ryder, und ich drehe mich zu ihm um.

»Was zur Hölle bin ich dann?«

»Du zählst nicht.« Er mampft seinen Taco und grinst,

die Zähne voller Bohnen. Wieder einmal denke ich, dass das der Grund ist. *Das ist der Grund*, warum ich noch Jungfrau bin. Wie könnte ich mich jemals in einen von ihnen verknallen, nachdem ich sie so habe reden hören? Darum ist James Dean so wichtig; er ist die Chance auf einen Neustart.

Andrew ist vor mir an der Tür, und da steht sie: Cecilia Brooks. Sie ist wie immer entzückend, blonde Strähnen umrahmen ihr Gesicht, ihre Bäckchen schimmern rosa. Sie zieht ihre Jacke aus. Darunter trägt sie einen babyrosa Pulli mit V-Ausschnitt, eng um die Brust und tief geschnitten, sodass unsere Blicke – Andrews und meiner – darauf gelenkt werden und wir uns zusammenreißen müssen, um nicht hinzustarren.

»Hi, Drew.« Sie umarmt ihn kurz und dreht sich dann zu mir und winkt. Dabei behält sie einen Arm auf seiner Schulter, als würde er sonst wegfliegen. »Hey, Keely.«

»Hey«, sage ich, bevor ich zurück in die Küche gehe. Sie folgen mir, und als ich mich umdrehe, ist ihr Arm von seiner Schulter zu seiner Taille gewandert.

Die Küche sieht sauberer aus als vorher. Die Jungs haben die Taco-Zutaten, die überall auf dem Tisch verstreut waren, aufgewischt und ihre benutzten Servietten weggeworfen. Sie sitzen alle etwas aufrechter.

»Hallo zusammen«, sagt Cecilia.

»Willst du einen Taco?«, fragt Chase. Er macht Anstalten, von seinem Hocker aufzustehen.

»Ich kann dir einen machen.« Andrew löst sich aus ihrer Umarmung, um einen Teller zu holen.

»Schon gut«, sagt sie. »Ich habe keinen Hunger.« Er stellt den Teller zurück.

»Hier«, sagt Edwin und steht auf. »Ich überlasse dir meinen Hocker, ich bin sowieso schon müde vom Sitzen.«

»Oh, danke Edwin«, sagt sie und als sie sich hinsetzt, streicht sie ihm leicht über die Schulter.

Wir sehen uns schweigend an, keiner weiß, was er sagen soll. Sie ist wie eine Störung unserer Frequenz, ein Kräuseln im Wasser. Der Raum riecht anders – frisch und blumig. Sie muss ein starkes Parfüm tragen, das sogar den Geruch der Bohnen überdeckt.

»Du siehst gut aus«, sagt Andrew. »Ich mag deinen Pulli.«

Sie blickt an sich runter und dann wieder zu uns allen, ein breites Lächeln erhellt ihr exakt symmetrisches Gesicht. »Danke. Er war im Angebot.«

»Nice«, sagt Andrew. »Pink steht dir.«

Aus dem Augenwinkel sehe ich, wie Chase ein Gähnen mit der Hand verdeckt, und muss plötzlich auch gähnen. Ein kleiner Teil von mir – und da bin ich nicht unbedingt stolz darauf – ist plötzlich froh, dass ich mitbekomme, wie es hinter den Kulissen zugeht. Nicht nur, weil ich die Wahrheit kenne und Cecilia nicht, sondern auch weil ich die Jungs ohne diesen gestellten Schwachsinn erleben darf. Ich bekomme den wahren Andrew, der witzig und fröhlich ist und manchmal dafür sorgt, dass ich Milch aus der Nase schnaube, und mich an anderen Tagen so nervt, dass ich ihn durchschütteln will. Die Wahrheit ist etwas beängstigend. Wie soll ich jemals einem Typen mit seinen Freunden trauen, wenn ich genau weiß, wie sie sich aufführen, wenn ich nicht dabei bin?

Aber während ich Andrew betrachte, wie er leise mit seinen Fingern auf den Tisch trommelt, jetzt wo es plötzlich so still ist, dass man das Ticken der Wanduhr hört, ist ein kleiner Teil von mir froh, dass ich nicht zähle.

KAPITEL NEUN

Es schneit den ganzen März durch, und dann kommt endlich der April und alles schmilzt in der warmen Sonne. Im Laden ist ein wenig mehr los, weil die Leute aus dem Winterschlaf erwachen, und ich gewöhne mich gut ein. Mr Roth ist praktisch nie da, also verbringe ich die meisten Tage entweder mit Dean oder einem älteren Typen namens Tim, der eine ganze Schicht mit der Analyse einer einzigen *Star Trek* Episode verbringen kann. Natürlich habe ich versucht, ihm zu erklären, dass *Star Wars* viel besser ist, aber davon will er nichts hören.

Es ist Donnerstagabend, und im Laden herrscht seit fast einer Stunde tote Hose. Ich bin vorne und baue eine einsturzgefährdete Pyramide aus klebrigem Gebäck. In Gedanken habe ich sie *Sugar Mountain* getauft, nach dem Film. Plötzlich lugt Deans Kopf hinter einem Stapel DVDs hervor.

»Du magst doch Hitchcock, oder?«

»Ja, warum?«, rufe ich und lege vorsichtig ein Croissant auf die Spitze des Sugar Mountain. Einige blättrige Krümel fallen auf den Tresen.

Er kommt zu mir nach vorne, in der Hand hält er eine DVD-Hülle. »Wie findest du dann Horror-Filme? Magst du nur das Zeug der alten Schule? Oder hast du dich mit dem ganzen Genre beschäftigt?« Seine Augen leuchten vor Aufregung, in den Augenwinkeln hat er kleine Falten.

»Und was ist mit Monstern und Zombies?« Er hebt die Augenbrauen. »Gore-Filmen?«

Dean legt den Film vor mich hin. Er heißt *Mayhem in the Monastery*, und das Cover zeigt eine verängstigte Nonne, die von einer blutigen Hand festgehalten wird. Ihr schreiendes Gesicht sieht fast schon komisch aus.

»Ist das wirklich ein Horrorfilm?«, frage ich skeptisch. »Keine Komödie?«

Dean grinst kurz, dann wird er wieder ernst. »Der ist total gruselig. Komm mal mit.« Er schnappt sich die DVD und geht in den hinteren Raum.

»Mitkommen wohin?« Ich schiele zum Eingang. Durch die Glastüre sehe ich den leeren Parkplatz. Deans Motorrad ist das einzige Fahrzeug weit und breit. Ja, Dean fährt ein Motorrad, weil … ist doch klar. Auf der Tafel draußen steht:

Dad, was ist ein Video?

Ich seufze, lege das Croissant weg und überlasse den Sugar Mountain sich selbst, um mit Dean in den Pausenraum zu gehen. An der Wand steht eine Couch, die aussieht, als würde darin neues Leben sprießen. Gegenüber steht ein kleiner Fernseher. An den Wänden hängen überall alte Filmplakate, was ich eigentlich ziemlich cool finde, und in die Ecke haben sie eine lebensgroße Pappfigur von Legolas aus dem *Herrn der Ringe* hingeschoben, die sicher seit Jahren keiner bewegt hat. Irgendwer hat ihm eine Weihnachtsmütze aufgesetzt und nicht wieder abgenommen.

Dean legt *Mayhem in the Monastery* in den DVD-Player.

»Wir können den doch jetzt nicht gucken.« Ich bleibe

auf halbem Weg in den Raum stehen. »Was ist, wenn Kunden kommen?«

»Wir haben nie Kunden«, sagt er trocken. Das Menü erscheint, untermalt von einer beängstigenden, dramatischen Geigenmelodie.

»Klar haben wir Kunden«, wende ich leise ein. »Vorhin kam eine Frau auf einen Kaffee. Und was ist mit dem Vampir?«

Die Wahrheit ist, ich will auf gar keinen Fall neben Dean auf der kleinen Couch sitzen, und gleichzeitig will ich es unbedingt. Neben ihm auf der Couch wüsste ich nicht, wohin mit den Händen, und ich könnte mich nicht entspannen, weil ich mich sonst vielleicht aus Versehen an ihn lehnen und unsere Schultern sich berühren könnten. Er würde das wahrscheinlich nicht wollen, weil seine Schultern an Berührungen von hübscheren, älteren Mädchen gewohnt sind – reife, erfahrene Film-Studentinnen, die Nelkenzigaretten rauchen und darüber reden, welche Gefühle ein Kunstwerk in ihnen auslöst.

»An der Tür hängt eine Glocke«, sagt er. »Wenn jemand kommt, gehen wir nach vorne.« Ich weiß, er hat recht. In den drei Wochen, die ich hier arbeite, haben wir mehr Zeit zu zweit verbracht als mit Kunden. Aber meist verbringen wir sie nicht miteinander. Jetzt schenkt er mir zum ersten Mal seine ungeteilte Aufmerksamkei,t und mein Gesicht ist ganz heiß vor Aufregung.

Er nimmt die Fernbedienung und drückt auf Play. »Es ist alles in Ordnung. Versprochen.« Fängt er schon wieder mit den Versprechen an.

»Sicher?«, frage ich.

»Klar.«

Er lässt sich aufs Sofa fallen, und ich setze mich zögerlich neben ihn. Der Bildschirm wird dunkel. Dann erscheint ein Berg, dessen Spitze in wirbelnde Nebelschwaden gehüllt ist. Der Schrei einer Frau ertönt, und der Titel wird eingeblendet: *Mayhem in the Monastery*.

Deans Bein ist entspannt, sein Knie zeigt auf mich. Als er es zurechtrückt, streift es mich. Ich weiß nicht, ob das Absicht war. Die Berührung ist so leicht, dass er sie vielleicht gar nicht wahrgenommen hat, aber bei mir fängt die Stelle Feuer, die Hitze wandert vom Bein durch den ganzen Körper und wärmt meine Brust und die Wangen.

Ich kann mich nicht auf den Film konzentrieren. Sein Dasein lenkt mich zu sehr ab. Warum hat er mich nach hinten gebracht? Warum schenkt er mir plötzlich so viel Aufmerksamkeit? Will er einfach nur einen blöden Film gucken? Ist ihm langweilig? Oder wollte er neben mir sitzen und mein Knie mit seinem streifen? Ich kann mich selbst atmen hören, was mich stört, also schließe ich den Mund und versuche, durch die Nase zu atmen, aber davon wird mir schwindelig.

»Wie findest du ihn?« Dean sieht mich an und bewegt sein Bein, sodass wir uns nicht mehr berühren. Ich bin erleichtert und kann plötzlich wieder atmen.

»Mir ist nicht klar, ob du den Film wirklich magst oder dich darüber lustig machst.«

»Aber du siehst verängstigt aus«, sagt er. »Du bist so angespannt, als wolltest du jeden Moment rausstürmen.«

»Ich habe keine Angst!«

»Es wäre okay, wenn's so wäre. Die Nonnen sind furchteinflößend.« Und dann greift er nach meiner Hand und drückt sie sanft.

Ich habe schon öfter Händchen gehalten, aber nicht so. Seine Hände sind rau und etwas schwielig, aber es macht mir nichts aus. Seine Finger tanzen mit federleichten Berührungen über meine. Sie wandern über meine Handfläche bis zum Handgelenk. Sie flattern über die sensible Haut dort, wandern zurück, und dann nimmt er einen Finger nach dem anderen und spielt sanft damit.

Während unsere Hände leicht ineinandergleiten, fällt es mir schwer, zu atmen. Ich will etwas sagen, aber ich weiß nicht wie oder was. Ich weiß nicht, ob ich überhaupt jemals wieder sprechen kann. Das Einzige, worauf ich mich konzentrieren kann, sind seine Haut auf meiner und das tosende Brausen in meinen Ohren, während die Welt dahinschwindet. Übrig bleibt nur die sanfte Berührung seiner Hände.

Auf einmal läutet die kleine Glocke vorne im Laden. Ich erschrecke, und das grelle Licht des Pausenraums holt mich in die Realität zurück. Ich blinzle. Im Fernseher eilt eine als Nonne gekleidete Frau schreiend durch einen finsteren Wald, ein überzeichnetes Bild, das gerade gar nicht zu meiner Stimmung passt. Dean zieht seine Hand zurück, nimmt die Fernbedienung und drückt auf Pause.

»Die Pflicht ruft.«

»Stimmt.«

Er steht auf und geht zur Tür. »Ich kann das übernehmen, wenn du weitergucken willst. Es wird gleich richtig gut.«

»Es könnte doch Mr Roth sein?« Ich fühle mich orientierungslos, als wäre ich gerade von einem Mittagsschlaf aufgewacht.

»Nein, eine ältere Dame. Sie hat ein Auge auf deinen Gebäckturm geworfen.«

»Wehe sie isst meinen Zuckerberg!«

»Ich kümmere mich darum. Guck weiter. Gleich kommt eine Szene, in der ein Zombie mit einer Schaufel geköpft wird. Sorry. Spoileralarm!«

»Klingt reizend.«

Er macht sich auf den Weg in den Verkaufsraum, doch dann bleibt er plötzlich stehen, dreht sich um und sieht mich an. »Ich bin froh, dass du solche Sachen magst.« Er deutet auf den Fernseher. »Sarah, deine Vorgängerin, wollte immer nur total einfältige Filme sehen. Ich konnte sie nie überreden, etwas Schräges zu gucken. Du bist ziemlich cool.«

Er grinst, und dann lässt er mich allein im Pausenraum zurück. Seine Worte durchströmen mich wie warmes Licht.

KAPITEL ZEHN

Danielle Oliver ist eine Null im Bett ;)

Danielle hat den Zettel am Freitagmorgen an ihrem Spind entdeckt, gleich nach der ersten Stunde. Jetzt liegt er vor uns auf dem Teppich ihres Schlafzimmers und wir hocken darum versammelt auf dem Boden. Der Samstagabend hat gerade erst begonnen, und wir werden alle hier übernachten. Wir tragen schon unsere Schlafanzüge, und um uns türmen sich Schachteln mit chinesischem Essen.

»Eigentlich ist es ziemlich erbärmlich«, sagt Danielle. »Ich meine, wenn jemand ein Problem mit mir hat, dann soll derjenige es mir ins Gesicht sagen.« Sie nimmt den Zettel, reißt ihn fein säuberlich entzwei und wirft die Fetzen in den Müll. »Wer auch immer das geschrieben hat, ist ein verdammter Feigling.« Sie nimmt ein Stück Brokkoli mit ihren Stäbchen auf.

»Die Person ist sicher einfach nur neidisch«, sagt Ava. Sie zieht eine Schachtel mit Nagellackfläschchen unter dem Bett hervor und wühlt darin. »Vielleicht ist sie in Chase verliebt und sauer, weil du ihr zuvorgekommen bist. Jetzt wo du mit ihm geschlafen hast, kann dir keine das Wasser reichen.«

Das ist genau die Art Kompliment, die Danielle braucht und ich frage mich, ob Ava nur versucht, eine gute Freundin zu sein, oder ob sie das wirklich glaubt.

»Das schränkt die Suche nicht ein«, sagt Danielle. »Alle stehen auf Chase.«

Ich höre ein wenig Stolz in ihren Worten.

»Vielleicht hat Chase es geschrieben«, sagt Ava und widerruft damit im Grunde das Kompliment von vorhin. Es muss schwer für Ava sein, eine beste Freundin zu haben, die immer ein klein wenig gemeiner ist und mutiger und die immer das letzte Wort behält. Ich kann nachvollziehen, dass sie Danielle manchmal provozieren will, aber ich würde es nie tun. Vielleicht ist mein Überlebensinstinkt stärker. Oder ich habe einfach Schiss.

»Das Schlimmste ist der zwinkernde Smiley«, sage ich, um abzulenken. »Er ist irgendwie … unheimlich.«

Ava öffnet ein Fläschchen Nagellack, und Danielle rümpft die Nase. »Willst du jetzt wirklich deine Nägel lackieren? Wir essen gerade.«

»Ich bin fertig.« Ava zuckt die Schultern und lackiert ihren Daumennagel neongrün, sodass er dieselbe Farbe hat wie ihre vom St. Patricks-Day inspirierten Haare.

»Deine Hände sind voller Hühnchen, und bei dem Nagellackgeruch kommt es mir hoch.« Danielle macht die Schachtel mit Brokkoli zu und stellt sie sehr energisch zur Seite. Sie lässt ihren Ärger an dem Essen aus statt an Ava. Aber wir wissen alle, dass Ava glimpflich davonkommt – Danielle kann deutlich schärfer zubeißen.

In dem Moment vibriert mein Handy in meiner Tasche, und ich hole es raus. Ich habe eine Nachricht von einer mir unbekannten Nummer.

Hey Arbeits-Buddy.

Ich werde rot und ein Gefühl von Hoffnung durchströmt mich. Ich habe Dean nie meine Nummer gegeben, aber vielleicht hat er sie aus meinen Unterlagen.

Wer bist du?

Ich tippe langsam und drücke auf Senden. Dann lege ich das Handy vor mir auf den Teppich, damit ich den Bildschirm sehen kann. Mein Herz pocht so laut, es wundert mich, dass die Mädels es nicht hören. Ich stelle mein Orangen-Hähnchen weg, der Appetit ist mir vergangen. Die Antwort kommt umgehend.

Was hättest du denn gern?

Meine Wangen werden röter, mein Atem geht schneller. Ich nehme das Handy und warte kurz, ohne recht zu wissen, was ich sagen soll. Da schreibt er noch mal.

Was macht Keely so an einem Samstagabend?

Dann kommt eine Pause. Ich starre auf die drei Punkte auf dem Bildschirm, die bedeuten, dass er immer noch schreibt, und versuche mein rasendes Herz zu beruhigen. Mit einem blöden Grinsen speichere die Nummer als James Dean ab. Er schreibt weiter.

Du hast sicher ein Date.

»Wem schreibst du da?«, fragt Hannah neben mir. »Du bist knallrot.« Sie nimmt mir das Handy aus der Hand. Ich schwitze zu sehr, um es festzuhalten. »Oh mein Gott, es ist James Dean. Er hat dir endlich geschrieben? Das ist ja irre!« Sie richtet sich auf, setzt sich auf die Knie und streicht sich eine rote Locke hinters Ohr.

Danielle und Ava richten sich auch auf.

»Wartet, über wen redet ihr da?«, fragt Ava. »Einen Typen aus dem Videoladen?«

Hannah zeigt ihnen die Nachricht.

»Krass, der steht total auf dich.« Danielle nimmt das Handy.

»Nein, tut er nicht«, antworte ich automatisch und verdränge den Gedanken, bevor er sich festsetzen kann. Ich darf mir keine solchen Hoffnungen machen. Es ist einfacher, wenn es einem egal ist.

»Nein, im Ernst«, sagt sie und scrollt nach oben. »Er hat dir dreimal nacheinander geschrieben.«

»Was soll ich antworten?«, frage ich und werde noch röter.

»Um welchen Typ geht es?«, fragt Ava. »Bei diesen Dingen gibt es klare Regeln. Du musst mindestens zehn Minuten warten. Keine Ausrufezeichen. Niemals. So viel Begeisterung wirkt viel zu verzweifelt.«

»Du kennst ihn sogar«, antwortet Hannah. »Wir haben ihn bei Dunkin Donuts gesehen. Am Morgen nach … na ja …«, sie räuspert sich und sieht Danielle an, bevor sie weiterredet. »Nach Andrews Party.«

»Ich erinnere mich!«, kreischt Ava und kleckert beinahe mit dem Nagellack. »Meterlange Wangenknochen.«

»Er geht auf die EVmU, richtig?«, fragt Danielle.

»Ja, er macht seinen Bachelor«, antworte ich.

»Oh«, sagt sie. »Hmmm.« Sie gibt mir das Handy mit ausdrucksloser Miene zurück.

»Was?« Ich nehme es, froh darüber, seine Nachrichten wieder in meinem Besitz zu haben. »Kennst du ihn etwa?« Ich weiß noch, wie sie ihn beinahe angesprochen hätte, es sich aber im letzten Moment anders überlegt hat.

»Nein, es ist nichts.« Sie zuckt die Achseln und wühlt in der Schachtel mit den Nagellacken.

»Was?«, frage ich noch mal. »Sag schon.«

Sie nimmt einen schwarzen Nagellack, schraubt die Kappe ab und sieht mich an.

»Es ist nur … na ja … er ist Student und war sicher schon mit vielen Mädchen zusammen. Ich meine, er sieht aus wie ein Model.«

»Was? Willst du sagen, ich bin nicht gut genug für ihn?«

»Keely, du bist total hüb…«, fängt Hannah an, aber Danielle unterbricht sie.

»Du bist noch Jungfrau. Das ist nicht unwichtig.« Sie zuckt mit den Schultern. »Er weiß natürlich nichts davon, also wird er vermutlich bald versuchen, mit dir zu schlafen und daraus eine regelmäßige Sache zu machen. Aber wenn du ihm sagst, dass du noch Jungfrau bist, wird es auf eine von zwei Arten laufen: Entweder er findet es seltsam und verliert das Interesse an dir, oder er entjungfert dich und redet danach nie wieder mit dir. Beides keine schönen Szenarien.« Sie nimmt kein Blatt vor den Mund, aber es klingt plausibel und völlig entmutigend. »Ich bezweifle halt, dass er dir beibringen will, wie man Sex hat. Dafür hat er zu viele andere Optionen.«

»Du kennst ihn nicht«, sage ich schnippisch. »Was,

wenn er mich wirklich mag? Wenn er mir ganz altmodisch den Hof machen will?« Drei Gesichter starren mich ausdruckslos an. Danielle lacht.

»Willst du sagen, dass dieser heiße Student, bei dem die Mädels vom Campus wahrscheinlich Schlange stehen, dir aus heiterem Himmel schreibt, um dich zu einem romantischen Dinner einzuladen? Erwartest du etwa, dass er dir einen Freundschaftsring ansteckt? Ihr könntet ja vielleicht Händchen halten, und danach erzählst du es deinem Tagebuch.« Sie hält noch immer den schwarzen Nagellack in der Hand und schüttelt ihn, während sie spricht. Das *Klick-klick-klick* betont jedes Wort. »Sorry Collins, es liegt nicht an dir. Du hast total viel Date-Potenzial, aber ein Typ wie James Dean will keine *Dates.*«

Ich seufze und sehe auf mein Handy. »Ich sollte ihm jetzt aber antworten. Es ist Zeit.«

Ava schnalzt mit der Zunge. »Je länger du ihn zappeln lässt, desto mehr kommt er ins Schwitzen.«

»Gib mir das Handy.« Danielle schraubt den Nagellack zu, ohne ihn benutzt zu haben, und stellt ihn weg. Dann streckt sie mir die Hand hin.

»Warte, was willst du schreiben?« Ich reiche ihr zögernd mein Handy.

»Du musst einfach erfahrener rüberkommen«, sagt sie. Sie tippt etwas auf dem Bildschirm ein und zeigt es mir.

Ich hab ein Date, aber es ist ziemlich langweilig.

Sie drückt auf Senden, und wir atmen alle gleichzeitig ein und starren auf das Handy. Danielle legt es auf den Teppich in unsere Mitte, und wir schweigen und versuchen es zum Vibrieren zu bringen. Nach drei angespannten Minuten tut es das, und wir stürzen uns darauf. Danielle ist die Erste.

»Gib es mir sofort!«, rufe ich.

»Was schreibt er?«, fragt Ava, der Nagellack auf ihren Nägeln ist noch nass. »Ich will es auch sehen!«

> Wir schmeißen eine Party. Du solltest nach deinem Date vorbeikommen. Ich werde dich nicht langweilen, versprochen ;)

Wir kreischen alle im Chor. In mir brodelt es vor Aufregung. Der Tonfall der Nachricht ist eindeutig. Er hat ein gewisses Interesse an mir. Vielleicht hat er die Energie letztens im Pausenraum ja auch gespürt. Vielleicht war das mit dem Knie Absicht.

»Du musst auf diese Party gehen«, sagt Danielle.

»Ich kann doch nicht auf eine Collegeparty gehen«, sage ich sofort. »Ich mag nicht mal die Highschoolpartys.« Ich bin ganz hibbelig, als müsste ich sofort aufspringen, schreien oder eine Runde im Kreis rennen.

»Deine Eltern gehen ohnehin davon aus, dass du bei mir übernachtest, also hast du ein Alibi.« Danielle tippt eine Antwort.

> Vielleicht. Weiß nicht, wie lange das hier noch geht. Wie lautet die Adresse?

Er antwortet beinahe sofort.

Maplewood Avenue 415. Aber komm ohne dein Date. Ich will dich ganz für mich allein.

»So macht man das.« Danielle lässt das Handy auf den Teppich fallen. »Machen wir uns bereit!« Sie steht auf, um in ihrem Schrank zu wühlen. »Ich habe bestimmt für uns alle etwas Passendes hier.«

»Warte, für uns alle?«, frage ich. Mir wird angst und bange. Danielle dreht sich zu mir um und verdreht die Augen. »Du glaubst doch nicht, dass ich dich alleine auf diese Party gehen lasse? Sie werden dich mit Haut und Haaren verschlingen.«

»Collegeparty!«, kreischt Ava und eilt zum Schrank, ihr Busen federt bei jedem Schritt. Mir dreht sich der Magen um, doch das liegt nicht am chinesischen Essen.

KAPITEL ELF

Danielle wohnt nah am Westende des Campus, nur wenige Blocks vom Schwimmbad und der Rennbahn entfernt. Wir schlagen Deans Adresse nach und sehen, dass wir zu Fuß laufen können. Es fühlt sich an wie Schicksal. Und trotzdem ist der Fußweg nicht angenehm, denn Danielle hat uns allen hohe Schuhe verpasst – glitzernde, paillettenverzierte Monster mit zehn Zentimeter hohen Absätzen.

Ava trägt zwei BHs, den üblichen Push-up und einen weiteren Sport-BH, sodass ihre Brüste bis ans Kinn hochgedrückt werden und sie, klein wie sie ist, nur noch aus Dekolleté zu bestehen scheint. Ich habe mich geweigert, einen Rock anzuziehen wie die anderen. Danielle hat es schlussendlich akzeptiert und mir erlaubt, in meiner Jeans zu bleiben. Aber ich musste einen ihrer BHs und ein bauchfreies schwarzes Top mit Spitze anziehen. Mein Bauch war noch nie so entblößt und mir ist kalt. Aber der kalte Bauch ist nichts gegen meine Füße. Sie sind etwas kleiner als Danielles, also rutschen sie in den Folterschuhen hin und her, was höllisch reibt.

»Das tragen alle so«, zischt Danielle, als ich mich aufrege. »Ich gehe praktisch seit meiner Geburt auf solche Partys. Finde dich damit ab.«

»Jetzt regt euch schon ab«, sagt Ava, obwohl ihr Gejammer über die Kälte seit zwanzig Minuten in Dauerschleife läuft.

Hannah hat mich für die Party geschminkt und es schlicht gehalten, weil ich sie darum gebeten habe. Kajal, Wimperntusche und etwas Lipgloss, der klebt und nach Zuckerwatte schmeckt, mehr nicht. Die Haare fallen mir in Wellen über den Rücken. Ich muss zugeben, ich fühle mich … hübsch. Hübsch, aber nicht wie ich selbst.

Wir biegen in die Maplewood Avenue ein und gehen vorbei an Wohnheimen, einem Mini-Markt und ein paar Studentenverbindungshäusern, in deren Gärten Partyüberreste herumliegen: rote Becher, kaputte Pappschachteln und eine Wasserrutsche, die völlig zugefroren ist. Ein paar Jungs stehen draußen, und ich verschränke automatisch die Arme, um meinen Bauch zu verstecken. Jemand pfeift, als wir vorbeigehen, Danielle wirft ihre Haare über die Schulter, dreht sich zu den Typen und lächelt.

Am Ende der Straße bleiben wir stehen, und ich überprüfe die Adresse.

»Ich glaube, hier ist es. Maplewood 415.«

Das Haus ist weiß und etwas heruntergekommen, die Farbe blättert ab und Müll liegt herum. Aus dem Haus erklingen dumpfe Musik und Stimmen, zu leise, um sie zu verstehen.

»Hätten wir etwas mitbringen sollen?«, frage ich aufgeregt und beklommen zugleich in die Runde.

»Was denn?«, fragt Hannah.

»Weiß nicht.« Ich umklammere das Handy mit der Hand. »Brot und Salz oder so?«

»Niemand bringt Brot und Salz zu einer Party mit.«

»Nein«, sage ich. »Ich meine so was wie ein Einweihungsgeschenk. Was zum Essen. Eine Käseplatte?«

»Wir sind das Geschenk.« Danielle klopft mir auf die Schulter.

»Soll ich ihm schreiben?« Ich schaue noch mal auf mein Handy. Was macht man, wenn man auf eine Party geht, wo man nur eine Person kennt?

»Wir gehen einfach rein«, sagt Ava und marschiert entschlossen über den Rasen auf den Eingang zu. Sie will die Tür öffnen, aber es geht nicht. »Abgeschlossen.«

Ich atme tief ein und tippe schnell.

Ich stehe draußen.

Wir warten kurz. Dann hören wir ein Klicken, die Tür geht auf und Dean erscheint im Türrahmen. Auf dem heutigen T-Shirt steht *Spielberg*. Er lächelt locker und entspannt. Man merkt, dass er schon etwas angetrunken ist. Er wirkt zugleich froh und überrascht mich zu sehen.

»Du hast es geschafft!« Er legt seine Arme um mich und drückt mich, und ich sterbe ein bisschen bei so viel Körperkontakt. Mir fällt auf, dass er mich einen Tick länger umarmt, als normal gewesen wäre, bevor er mich loslässt und auch die anderen wahrnimmt. »Oh, du bist nicht allein!«

»Ja, sorry. Ich habe ein paar Freundinnen mitgebracht«, sage ich, meine Wangen ganz warm. »Ich hoffe, das ist okay.« Warum ist mir nicht in den Sinn gekommen, vorher nachzufragen?

»Ja, voll okay. Kommt rein.« Er führt uns in den warmen, hellen Flur. Jede Menge Sneaker liegen vor der Tür, und ich will erleichtert die hohen Schuhe ausziehen, aber Danielle sieht mich bissig an und geht weiter den Flur entlang, also muss ich sie anbehalten. Es riecht ein wenig nach abgestandenem Bier und Gras, erdig und gammelig, und meine Schuhe kleben bei jedem Schritt am Boden.

»Ich wohne hier mit meinem Kumpel Cody zusammen«, sagt Dean und dreht sich zu mir um. »Im ersten Jahr haben wir uns ein Zimmer im Studentenwohnheim geteilt.« Er bringt uns ins Wohnzimmer, wo etwa zwanzig Leute sind. Ich merke sofort, dass ich nicht passend angezogen bin. Alle anderen tragen Pullis, Jogginghosen und Flanellhemden, was rüberkommt, als wollten sie betonen, wie egal ihnen Äußerlichkeiten sind. Ich spüre die Abneigung in ihren düsteren Blicken. Sie haben Piercings in den Lippen, und ihre Brauen sind so stark zusammengezogen, als hätten sie etwas Saures gegessen. Ich verschränke die Arme und fühle mich wie auf dem Präsentierteller. Ich wünschte, ich hätte einen Pulli dabei, um meinen nackten Rücken und die Schultern zu bedecken.

»Ich dachte, die Leute auf Verbindungspartys würden alle so rumlaufen«, zischt Hannah leise. Auch sie trägt ein kurzes Top, das ihren durchtrainierten Bauch entblößt.

»Das hier ist eben auch keine Verbindungsparty«, zischt Danielle zurück. Dean bringt uns zu einem dünnen schwarzen Typen, der auf dem Sofa sitzt. Er trägt eine große Hornbrille und eine gestrickte Mütze und dreht sich gerade auf dem Cover des Lehrbuchs *Die Geschichte des Films* einen Joint.

»Hey Cody, das ist das Mädchen, von dem ich dir erzählt habe.«

Ich spüre, wie ich rot werde, und freue mich über die Bezeichnung. *Das Mädchen, von dem ich dir erzählt habe.*

»Hey, Mann!«, sagt Cody und nickt. Dean deutet auf

die Mädchen hinter mir. »Und das sind … ähm.« Er erkennt Hannah und seine Augen leuchten auf. »Dich kenne ich. Du warst im Laden.«

»Hannah«, sagt sie und macht einen kleinen Knicks. Ava lässt sich neben Cody auf das Sofa fallen, ihr Rock rutscht hoch, als sie die Beine übereinanderschlägt.

»Ich bin Ava. Und du bist süß.«

Cody schnauft überrascht. Er grinst so breit, dass sämtliche Zähne zu sehen sind.

»Ach, echt? Ich mag dich.« Er sieht Dean an. »Ich mag sie.«

Danielle packt Avas Arm und zieht sie von der Couch hoch. »Sei nicht so offensichtlich. Lass uns was zum Trinken holen. Dean, richtig?« Danielle lacht Dean strahlend an. »Hast du was zum Trinken?« Es macht mich nervös. Jungs starren immer sie an. Warum sollte Dean mich wollen, wenn er Danielle haben könnte?

»Ja, klar«, sagt er. »Mir nach.«

»Wartet!« Cody hält einen Finger hoch, um uns aufzuhalten, dann nimmt er den Joint und dreht ihn zwischen den Fingern. »Ich komme mit.«

Dean geht Richtung Küche und wir folgen ihm. Er nimmt vier Bierdosen aus dem Kühlschrank und reicht uns je eine. Eine fünfte Dose wirft er Cody zu, der sie mit einer Hand fängt und schwungvoll öffnet.

Ich öffne meine Dose ebenfalls, trinke aber nur zögerlich. Bei dem Geschmack fällt es mir schwer, nicht die Nase zu rümpfen. Das Zeug schmeckt ekelhaft wie immer. Ich wünschte, ich wäre auf Andrews Angebot eingegangen, mir das Biertrinken beizubringen. Wäre Andrew doch bloß hier. Ich würde sicher nicht so ausflippen.

Dean wendet sich zu mir, beugt sich vor und raunt leise: »Ich habe was Besonderes für dich.« Der Klang seiner Stimme gibt mir ein wohliges Gefühl.

»Echt?«

Er richtet sich auf und lächelt. »Ja, komm kurz mit in mein Zimmer.« Bevor ich etwas erwidern kann, geht er aus der Küche in den Flur. Ein Schulterblick zu den Mädels verrät mir, dass sie blöd grinsen. Ava hält einen Daumen hoch. Danielle nimmt ihr Handy und tippt eine Nachricht. Eine Sekunde später vibriert mein Handy, und ich werfe einen Blick darauf.

Denk dran, cool, selbstbewusst und erfahren. Versau es nicht.

Versaut darf es natürlich schon sein ;)

Dean geht in sein Schlafzimmer und ich folge ihm, während ich schnell mein Handy wieder einstecke. Sein Zimmer ist ziemlich kahl, nur eine schäbige Kommode und ein ungemachtes Bett mit zerknittertem Laken stehen in der Ecke. An der einen Wand hängt ein gerahmtes Poster von *Fahrraddiebe*, an der anderen eins von *Pink Floyd*, das mit den nackten Frauenrücken. In einer weiteren Ecke steht ein Wäschekorb, der überquillt, sodass ein Teil der Wäsche auf dem Boden liegt. Dean geht zum Schrank und holt eine Flasche Whiskey. Sie ist oben mit rotem Wachs versiegelt.

Er hält sie mir hin. »Ich weiß, du magst Whiskey.«

»Oh«, sage ich überrascht. Ich nehme die Flasche und

räuspere mich. »Ja, das stimmt.« Danielles Nachricht klingt mir noch im Ohr: cool, selbstbewusst und erfahren.

»Das ist *Maker's Mark*. Alle Flaschen werden von Hand mit Wachs versiegelt, also ist jede ein Unikat.« Er streicht mit dem Finger über das rote Wachs am Verschluss. »Ziemlich cool, oder?«

»Ja»

»Willst du sie aufmachen?«

Er reicht mir die Flasche, und ich nehme sie vorsichtig, aus Angst ich könnte sie fallen lassen. Ich habe keine Ahnung, wie man ein Wachssiegel öffnet. Ich hole meinen Haustürschlüssel aus der Tasche, die ich um die Schulter trage, und fahre die gezackte Seite am unteren Rand des Wachses entlang. Dean nimmt mir die Flasche aus der Hand und klappt meine Hand über dem Schlüssel zu.

»Es gibt eine Lasche«, erklärt er. »Du musst nur daran ziehen.« Er zieht an der Lasche, und das Wachs bricht ab, darunter ist ein normaler Verschluss. »Aber es war ein kluger Versuch.« Mit rotem Kopf stecke ich den Schlüssel zurück in die Tasche. Dean führt die Flasche an die Lippen und trinkt, dann reicht er sie mir. »Prost, Arbeits-Buddy.«

Ich halte die Luft an und trinke einen kleinen Schluck. Als ich ausatme spüre ich Flammen in meiner Brust. Der Whiskey schmeckt so schlimm wie in meiner Erinnerung, nach Medizin. Gibt es wirklich Leute, die Whiskey mögen oder tun alle nur so?

»Und, wie war dein Date?«, fragt Dean, als ich geschluckt habe.

»Mein Date?«, frage ich und erinnere mich an Danielles Nachricht. »Ach ja, mein Date«, sage ich und trinke einen weiteren Schluck, nur um etwas Zeit zu gewinnen. »Na ja, wie gesagt, es war langweilig.« Ich überlege, was ich noch sagen könnte, aber ich stehe natürlich völlig auf dem Schlauch. Ich muss kurz an Andrew denken, an meine alberne Bemerkung beim Töpfern, und dann platzt die dämlichste Antwort aller Zeiten aus mir heraus. »Er hat die ganze Zeit nur über … Käse geredet.«

»Käse«, sagt Dean und schmunzelt. »Wirklich?«

»Ja. Seine Eltern sind Käsebauern. Ich meine … Milchbauern. Ich meine Kuhbauern. Du weißt ja, wie das hier so ist, mit den ganzen Kühen.« *Oh mein Gott.* Ich kann nicht mehr denken. Deans Augen leuchten vergnügt, und ich weiß, er hat Spaß daran, mich langsam sterben zu sehen. Ich zeige auf seine Brust, um rasch das Thema zu wechseln.

»Was hat es mit deinen T-Shirts auf sich?«

Er sieht an sich runter. »Es sind alles berühmte Regisseure.«

»Schon klar«, sage ich. »Ich meine, machst du sie selbst?«

»Kleide dich für den Job, den du willst, nicht den Job, den du hast«, antwortet er und beantwortet damit zwar meine Frage nicht, aber ich verstehe, was er meint.

»Du solltest eins mit *Hitchcock* machen«, sage ich und verspüre den überwältigenden Drang, ihn irgendwie zu berühren.

»Den magst du am liebsten, stimmt's?«

»Na ja, er hatte einen Knall. Aber er war genial.« Ich nehme noch einen kleinen Schluck. Dieses Mal schmeckt er nicht mehr ganz so schlimm, fast als wäre mein Geschmackssinn mittlerweile betäubt. »Sind irgendwelche

Frauen dabei? Mir ist aufgefallen, dass du keine Frauen trägst.«

»Frauen tragen. Das klingt so nach *Schweigen der Lämmer*, findest du nicht?«

»Nein, im Ernst.«

»Ich trage nur meine Lieblingsregisseure.«

Ich will das kommentieren, aber er steht so nahe, dass ich die Bartstoppel auf seinem Kinn sehe, fast seinen warmen Atem spüre. Ich will ihn nicht herausfordern und die knisternde Magie des Augenblicks zerstören.

»Okay, wie wäre es mit *Collins?*«

»Du bist Regisseurin?« Er hebt die Augenbrauen, was hoffentlich Bewunderung ausdrücken soll.

»Vielleicht«, sage ich. »Irgendwann. Dann kannst du meinen Namen auf ein T-Shirt drucken.«

»Sag Bescheid, wenn es so weit ist«, sagt er und lehnt sich näher zu mir, seine Stimme klingt tief. »Denn du wirst auf jeden Fall eine meiner Lieblingsregisseurinnen.«

»Okay«. Ich lache wie blöd, aber ich kann nicht anders. Seine Worte machen mich ganz schusselig, geben mir Aufwind. Ich stelle die Flasche auf der Kommode ab und bemerke einen Stapel Fotos, die jemand achtlos dort abgeworfen hat. »Wer ist das?«

Ich nehme das erste Bild von dem Stapel und sehe es mir an, bevor mir in den Sinn kommt, dass es etwas Persönliches sein könnte. Darauf ist eine Frau zu sehen, schlank und schön, mit langen dunklen Haaren und einem breiten Lächeln. Sie sieht aus wie jemand, dem man über einer heißen Tasse Tee sein Herz ausschütten würde.

»Oh, das ist meine Mom«, sagt er und streicht über seinen stoppeligen Bart.

»Sorry.« Ich lege das Foto zurück auf die Kommode. »Ist das zu persönlich? Ich wollte nicht spionieren. Ich hab nur …«

»Kein Ding«, sagt er und nimmt es wieder auf. Er lächelt und streicht mit dem Finger über ihr glänzendes Gesicht. »Die habe ich gemacht, als ich in den Weihnachtsferien zuhause war. Ich sehe sie nicht oft, also ist es schön, die zu haben.« Er nimmt ein anderes Foto, es zeigt einen Schäferhund, dessen Zunge seitlich aus dem Mund hängt. »Sie sind wie ein kleiner Familien-Ersatz. Manchmal, wenn ich irgendwie … einsam bin, oder gestresst oder so, dann rede ich mit ihnen. Ist das zu gefühlsduselig? Sorry, das ist etwas gefühlsduselig.« Er wird rot, es ist total niedlich. »Ich hatte definitiv schon zu viel Whiskey, wenn ich dir das alles erzähle.«

»Das ist nicht gefühlsduselig«, sage ich. »Es ist süß.« Ich spüre den Drang, ihm durch die wuscheligen Haare zu fahren, aber ich halte meine Arme beim Körper.

»Ehrlich gesagt, vermisse ich Charlie am meisten.« Dean grinst. »Er ist der Hund.«

»Der Ex-Freund meiner Freundin heißt auch Charlie. Er ist ein Todesser.« Ich beiße mir sofort auf die Zunge. *Oh mein Gott.* Jetzt hält er mich sicher für blöd. Er wirkt nicht wie jemand, der mit einer Harry-Potter-Anspielung was anfangen kann.

Zum Glück lacht er. »Echt? Hmmm, na ja, dieser Charlie hier ist eher ein Schuhesser. Und ein Möbelesser. Und manchmal isst er seine Häufchen.«

»Das hat Hannahs Ex zum Glück nicht gemacht«, sage ich. Wir müssen das Gespräch wieder auf Kurs bringen. Wie schaffe ich es immer, die Unterhaltung auf so unsexy

Themen zu lenken? Mein Blick fällt wieder auf die Bilder. »Wie ist deine Mom so?« Ich will einfach alles über ihn wissen, mich in die Details seines Lebens hüllen wie in eine Decke.

»Sie ist der Hammer«, sagt er. »Sie hat meinen Bruder und mich ganz allein großgezogen.«

»Ich mag sie.« Ich nehme das Bild und halte es auf der Kommode hoch, als würde es auf kleinen Füßen stehen. »Hi, Dean«, sage ich mit piepsiger Stimme und wackle mit dem Bild, um es sprechen zu lassen. »Du solltest dein Zimmer aufräumen. Es ist total unordentlich.« Meine eigene Albernheit überrascht mich. Ich war Dean gegenüber bisher immer so zurückhaltend, so *nervös*. Jede Interaktion war wie ein Test, den ich bestehen musste. Vielleicht zeigen die Paar Schlucke Whiskey ihre Wirkung, wärmen mich von Kopf bis Fuß. Vielleicht ist es die neue Umgebung. Mir ist bewusst, dass sein Bett nur wenige Schritte von uns entfernt ist. Wir waren noch nie wirklich allein zusammen, nicht so. Ich frage mich kurz, ob er vorhin die Tür hinter sich abgesperrt hat. Ich habe nicht darauf geachtet.

»Ich sollte nicht vor meiner Mom trinken«, sagt er und nimmt die Flasche Maker's Mark. »Sie würde das nicht gutheißen.« Er trinkt trotzdem einen Schluck und reicht mir die Flasche.

»Oh, dann sollte ich vielleicht auch nicht trinken. Ich will einen guten Eindruck auf sie machen.«

Er hält die Hand vor ihr Gesicht und bedeckt die Augen. »Die Luft ist rein.«

Ich kichere und fühle mich frei und unbeschwert. Und dann passiert etwas Schreckliches. Ich grunze. Ein Hitzeschwall überkommt mich. Vor Freunden grunzen ist eine Sache, aber das ist James Dean. Ich habe immer versucht, meine komischen Körpergeräusche vor Jungs auf ein Minimum zu reduzieren.

»Hast du gerade gegrunzt?«

»Nein«, sage ich und trinke aus der Flasche. »Also was sagst du, wenn du mit ihnen sprichst? Mit den Bildern?«

»Wenn du nicht grunzt, dann spreche ich nicht mit Bildern«, antwortet er grinsend. Er fährt sich mit der Hand durch den dunklen Wuschelkopf und ich beobachte ihn neidisch.

»Na gut«, sage ich. »Vielleicht habe ich ja gegrunzt. Also was sagst du zu ihnen?«

»Gib mir erst noch einen Schluck.«

Ich reiche ihm die Flasche. Er trinkt daraus und schmatzt übertrieben. Dann stellt er sie wieder auf die Kommode und hält das Bild seiner Mom hoch. Er räuspert sich und zwinkert mir zu. Zwinkern kennt man normalerweise nur aus schnulzigen Filmen, aber wenn jemand wie Dean mir zuzwinkert, ein normaler, süßer, völlig unschnulziger Typ, ist es überhaupt nicht klischeebehaftet, dann ist es, als hätte er das Zwinkern erfunden.

Er grinst, sieht mich an und blickt dann auf das Bild seiner Mom. Für einen Moment – ganz plötzlich – ist es mir peinlich, dass ich ihn so etwas Albernes und Intimes machen lasse. Warum dachte ich, das wäre eine gute Idee? Dann beginnt er zu sprechen und seine warme, unbekümmerte Stimme wischt alle meine Ängste weg. Es ist ihm gar nicht peinlich. Natürlich nicht.

»Mom, wie geht's?«, fragt er das Bild. »Du siehst toll aus, Sepia steht dir. Bitte urteile nicht über mein Verhalten.« Er hebt den Blick und sieht mir in die Augen. »Dass ich trinke und ein hübsches Mädchen in meinem Zimmer habe und sie vielleicht küssen werde.«

»Bist du betrunken?«, frage ich plötzlich und lehne mich näher zu ihm – so nah, dass ich einen kleinen goldenen Punkt in seinem einen Auge sehe.

»Wahrscheinlich«, sagt er. »Ein bisschen.« Er lacht mich entspannt und lässig an, und ich fühle mich zu ihm hingezogen, lächle genauso zurück.

»Ich glaube, ich auch«, sage ich.

Und dann küsst er mich. Ich bin erst einmal zuvor geküsst worden, im Ferienlager, mit fünfzehn. Dieser Kuss ist völlig anders. Der Erste, das wird mir jetzt klar, zählte nicht. Deans Zunge wandert über meine Lippen, bittet um Erlaubnis einzudringen, also öffne ich den Mund und lasse es zu. Es fühlt sich ungewohnt und wundervoll an. Er streicht von meinem Nacken über meinen Arm und nimmt meine Hand. Unsere Finger verschränken sich miteinander. Er zieht mich zum Bett, ohne den Kuss zu unterbrechen. Ich plumpse hin, denn das Bett ist niedriger als erwartet und dann muss ich lachen. Es herrscht so viel erwartungsvolle Spannung zwischen uns, ich ertrage es nicht. Dean zieht sich zurück und gibt mir einen sanften Kuss auf die Nasenspitze.

»Du bist süß.«

Er drückt mich behutsam nach hinten, sodass ich auf dem Bett liege. Dann legt er sich auf mich, sein Körper bedeckt meinen und berührt mich an all den richtigen Stellen. Seine Hand streift durch meine Haare und dann an meiner Seite entlang zur Hüfte, wo er die nackte Haut zwischen Jeans und Oberteil streichelt. Er löst sich von meinen Lippen und platziert sanfte Küsse auf meinem Hals. Ich klammere mich fester an sein T-Shirt. Er riecht verführerisch, nach einer Mischung aus Aftershave und einem Hauch Zigarettenrauch, es hat etwas total Erwachsenes. Er riecht wie ein *Mann* und nicht wie irgendein Highschool-Junge. Das ist beängstigend und elektrisierend zugleich.

Ich weiß nicht, wie lange wir so verharren, umschlungen auf dem Bett. Es könnten Stunden sein, Tage, Jahre. Ich bin ganz benebelt, alle meine Gedanken kreisen nur um das Gefühl ihm so nah zu sein.

»Du solltest über Nacht bleiben«, haucht er mir ins Ohr, und seine Lippen berühren die weiche Haut an meinem Ohrläppchen.

»Was ist mit meinen Freundinnen?«, frage ich und weiche ein wenig zurück.

»Die kommen schon klar.« Er streicht mir eine Haarsträhne hinters Ohr. »Sie können auch hier übernachten, auf der Couch. Oder nach Hause gehen. Wie sie wollen.«

»Ich sollte sie fragen«, sage ich und löse mich aus seiner Umarmung, um mein Handy zu suchen. Ich habe keine Ahnung, wie spät es ist. Wie lange sind wir schon in diesem Zimmer? Ich drücke auf den Knopf, um den Bildschirm anzumachen, und sehe, dass es schon nach Mitternacht ist. Ich habe einige Nachrichten.

Hannah: Tu nichts, was ich nicht auch tun würde!

Danielle: Bist du noch Jungfrau?

Ava: Wie ist Deanies Schniedel?

Hannah: Ava tanzt auf dem Couchtisch. Wir sollten sie bald nach Hause bringen.

Ava: 🍆🍆🍆🍆

Danielle: Ava singt Musicalnummern! Wir bringen sie nach Hause. Bleib hier und lass dich flachlegen.

Hannah: Willst du mit uns kommen?

Ava: Keely vil glicl hab dicj lieeeb!

»Ich glaube, sie sind schon weg«, sage ich. Ich weiß, ich sollte angepisst sein, weil sie einfach abgehauen sind, aber ein Teil von mir ist froh, denn jetzt habe ich einen Grund, zu bleiben. Ich schreibe in die Gruppe.

Ich bleibe hier. Wir sehen uns morgen.

Als ich die Nachricht abgeschickt habe, wird mir klar, was meine Worte bedeuten, und ich bekomme ein mulmiges Gefühl im Bauch. Ich bleibe über Nacht. Im Bett eines Jungen.

»Gut«, sagt er. Er macht das Licht auf dem Nachttisch aus und zieht mich wieder zu sich, mit einem Lächeln in seinem Kuss. Seine Lippen streichen über meine Wange, dann mein Kinn und meinen Hals runter. Mein Körper bebt. Er richtet sich auf und zieht sein T-Shirt über den Kopf. Sein Oberkörper ist gebräunt. Ich lege meine Hand auf seine Schulter und fahre mit den Fingerspitzen langsam über seinen nackten Oberarm, genieße das Gefühl seiner warmen Haut.

»Du bist dran«, sagt er, seine Stimme ist rau. Er greift den unteren Rand meines Tops und zieht es mir langsam über den Kopf. Ich halte ihn nicht davon ab, hole aber tief Luft, als er sich zurücklehnt und mich betrachtet. Ich bin froh, dass der Raum dunkel ist.

Ich trage Danielles BH, einen schwarzen mit Spitze von Victoria's Secret, der mir etwas zu groß ist. Sie hat beim Stylen für die Party meinen alten Sport-BH gesehen und darauf bestanden, dass ich einen ihrer *echten BHs* anziehe, nur für den Fall. Jetzt bin ich froh darüber.

»Du bist so heiß«, sagt er.

»Echt?«, frage ich. Im nächsten Moment wird mir klar, dass das wohl die falsche Reaktion war.

»So was von«, sagt er und zieht mich an sich. Er macht es sich auf dem Bett bequem, und ich lege mich auf ihn. So verharren wir einen Moment, aber ich kann nicht sagen wie lange. Es ist, als wären wir aus der Zeit gefallen, als würde die Welt sich ohne uns weiterdrehen. Wir sind in unserer eigenen Galaxie, nur Lippen und warmer Atem und weiche Hände. Ich fühle mich wie warmer Honig, der langsam von einem Löffel fließt.

Und dann zieht er sein Gesicht weg und flüstert die Worte, die mich in die Realität zurückholen.

»Soll ich ein Kondom holen?«

»Was?«, flüstere ich zurück, obwohl ich ihn sehr wohl

gehört habe. Ich weiß nicht, was ich sonst sagen soll. Er streicht mir eine Haarsträhne hinters Ohr und fragt noch mal. Seine Stimme klingt etwas belegt, als hätte er lange nichts gesagt.

»Soll ich ein Kondom holen?«

Ja. Wäre das nicht die naheliegende Antwort? Ist das nicht genau das, was ich erhofft hatte, als ich hierherkam, als ich allein mit ihm in sein Zimmer ging? Ich muss an Danielles Warnung von vorhin denken und bekomme ein flaues Gefühl im Magen. *Wenn du ihm sagst, dass du noch Jungfrau bist, wird es auf eine von zwei Arten laufen: Entweder er findet es seltsam und verliert das Interesse, oder er entjungfert dich und redet danach nie wieder mit dir. Ich bezweifle halt, dass er dir beibringen will, wie man Sex hat.*

Es ist eine Zwickmühle. Ich will keine Jungfrau mehr sein, aber ich will Dean auch nicht verschrecken, indem ich ihm sage, dass ich noch nie Sex hatte. Was ist, wenn er nicht damit klarkommt, dass ich so unerfahren bin? Oder noch schlimmer: Was, wenn er danach nie wieder mit mir redet, weil er alles bekommen hat, was er wollte? Ich wünschte, es gäbe einen Weg, die Sache einfach hinter mich zu bringen, einen Weg, schon mal Sex gehabt zu haben. Ich will nicht, dass Dean es mir beibringen muss. Ich will schon wissen, was ich tue. Ich will nicht, dass es so eine große Sache ist.

Aber vielleicht muss Dean gar nicht von meiner Jungfräulichkeit erfahren. Theoretisch weiß ich ja, wie es geht. Ich könnte es wahrscheinlich vortäuschen. Aber wenn es dann wehtut? Hannah meinte, als sie zum ersten Mal Sex mit Charlie hatte, tat es so weh, dass sie weinen musste. Sie hatten zur Sicherheit ein Handtuch daruntergelegt, und sie hat es vollgeblutet. Ich will mir gar nicht vorstellen, wie peinlich es mir wäre, wenn ich Deans Laken vollbluten würde. Er müsste es sofort waschen, müsste es ins Wohnzimmer bringen, wo Cody es sehen könnte, und sie würden beide lachen und mich eklig nennen, und das wäre dann mein Label: das eklige Highschool-Mädchen, das Deans Laken ruiniert hat. Die lügende Jungfrau auf frischer Tat ertappt. Ich wäre ein peinlicher Ausrutscher in Deans Biografie, ein Fehler, den er bereut.

»Keely?« Dean setzt sich auf, greift zum Nachttisch und wühlt im Dunkeln. Dann hält er es in der Hand – ein Kondom, in einer glänzenden, quadratischen Verpackung. Ich habe schon mal Kondome gesehen, in Sexualkunde. Da ging ein Korb um, und alle kicherten und nahmen sich verlegen welche raus, wie Halloween-Süßigkeiten für Erwachsene. Trotzdem bin ich mit Kondomen nicht vertraut. Allein die Tatsache, dass Dean sie in seinem Nachttisch aufbewahrt, also so oft braucht, dass er sie griffbereit haben will, fühlt sich seltsam an. Für Dean sind Kondome etwas ganz Normales, wie Desinfektionsgel oder Schmerztabletten.

»Schon okay«, sage ich, auch wenn es nichts bedeutet. Es fühlt sich an, als würde ich in einen Tunnel hineinsprechen.

»Was ist okay?« Er greift nach seinem Gürtel und öffnet geschickt die Schnalle.

»Nein, ich meine, wir müssen nicht.«

»Ohne Kondom ist okay für dich?«, fragt er und wirft es weg. Er zieht den Gürtel aus.

»Nein«, sage ich und schüttle den Kopf. »Wir müssen nicht miteinander schlafen.«

Er grinst mich an, seine weißen Zähne leuchten sogar im Dunkeln. »Natürlich *müssen* wir nicht.« Er küsst mich, zieht mich wieder an sich, zurück in unser eigenes Universum. »Aber wir wollen es.« Seine Hand greift nach meinem Hosenknopf.

Ich erinnere mich mit Schrecken daran, dass ich alte Baumwollunterwäsche trage, mit Eisbären drauf, die ich seit der Mittelschule habe. Danielle hat nicht angeboten, mir *echte Höschen* zu leihen und ich habe nicht nachgefragt, weil ich dachte, das wäre zu komisch. Meine Haut ist feuchtkalt, und mein Atem geht flach, als hätte ich zu viel Whiskey intus, obwohl es eine Weile her ist, dass wir getrunken haben.

»Warte.«

»Alles okay?« Er zieht seine Hand zurück.

»Ich finde, wir sollten warten.«

»Oh.« Er klingt enttäuscht. Er setzt sich auf und lehnt sich zurück. »Oh. Okay.«

»Ich will es«, sage ich, traurig, dass ich ihn enttäuscht habe, was total dumm ist. »Ich will es. Nur jetzt noch nicht.«

»Bist du sicher? Es ist keine große Sache.« Er küsst mich wieder, als wüsste er, dass seine Küsse einen Zauber haben, ein Bann, in den er mich mit seinen Lippen und seinem Mund zieht. Aber ich stecke in der Klemme, meine Jungfräulichkeit ist eine unsichtbare Wand zwischen uns, von der er nichts weiß. Ich werde mich später entscheiden. Das ist nicht meine letzte Chance mit Dean. Das darf nicht sein.

»Ein andermal, okay?«

»Versprochen?«

»Versprochen.« Ich nehme seine Hand und drücke sie, dabei kommt mir der Gedanke, dass so ein Versprechen auch eine Art Entscheidung ist.

»Du weißt, wie ich über Versprechen denke.« Er küsst meine Nasenspitze und steht auf. »Ich gehe duschen. Ich kann erst schlafen, wenn das hier weggeht.« Er deutet lässig auf seine Hose, kein bisschen verlegen.

»Oh, klar.« Ich versuche, entspannt zu klingen, aber ich kriege kaum Luft.

»Bis gleich, Arbeits-Buddy.« Er schnappt sich ein Handtuch aus dem Wäschekorb, wirft es über die Schulter und geht pfeifend raus.

Als er eine Viertelstunde später wiederkommt, stelle ich mich schlafend. Es ist leichter mit geschlossenen Augen neben ihm zu liegen, als nach den richtigen Worten zu suchen. Ich kann morgen früh auch noch cool, selbstbewusst und erfahren sein. Er kriecht neben mir ins Bett, schmiegt sich an mich und verschränkt seine Beine mit meinen.

Ich bekomme keine Sekunde Schlaf.

KAPITEL ZWÖLF

Am nächsten Morgen liege ich immer noch steif neben Dean. Er schnarcht leise und schnaubt mir sanft ins Ohr, die leichten Luftströme kitzeln mich. Er hat seinen Arm um mich gelegt und hält mich fest. Ich richte mich auf, so weit es geht, und versuche, an mein Handy zu kommen, ohne ihn zu wecken.

Als ich rankomme, mache ich es an und schaue auf die Uhr: halb acht. Ich muss schnell zurück zu Danielle, bevor meine Eltern merken, dass ich nicht da bin. Ist es zu früh, um Dean zu wecken? Ich mustere sein Gesicht für einen Moment und freue mich, dass ich ihn unbemerkt anstarren kann. Im Schlaf sieht er jünger aus und nicht so einschüchternd. Er hat ein Muttermal neben seinem linken Auge und eine kleine Narbe auf der Stirn, die ein wenig zwischen den wuscheligen Haaren hervorblitzt.

Ich befürchte, dass die unbekümmerte Leichtigkeit des gestrigen Abends weg sein wird, wenn er aufwacht; dass alles zwischen uns nur eine Folge des Whiskeys war. Worte könnten jetzt alles kaputtmachen. Und ich will nicht, dass er den Schlafsand in meinen Augen sieht. Was, wenn er mich küssen will und ich Mundgeruch habe? Oder schlimmer noch, was, wenn er mich gar nicht küssen will?

Ich muss mich aus seiner Umarmung lösen.

Vorsichtig rücke ich ein wenig nach rechts und versuche so leise wie möglich an die Bettkante zu rutschen. Er bewegt sich und zieht mich fester an sich. Ich liege für eine Minute still und genieße das Gefühl. Wenn sich sein Körper so an meinen schmiegt, will ich für immer hierbleiben.

Aber dann denke ich an mein fettiges Gesicht und die Wimperntusche, die vermutlich völlig verwischt ist. Nein, ich sollte mich wirklich rausschleichen. Ich halte einen Moment inne und schließe die Augen. Ich versuche, mir zu merken, wie es sich anfühlt in seinen Armen zu liegen, falls es das letzte Mal sein sollte. Und dann hebe ich den Arm hoch, damit ich davonkriechen kann. Ich steige aus dem Bett und suche meine Klamotten zusammen.

In dem bauchfreien Top fühle ich mich bei Tageslicht sogar noch entblößter als gestern Abend. Ich werfe einen Blick auf die glitzernden Folterschuhe, die neben der Tür liegen. Die will ich wirklich nicht wieder anziehen.

Um zu Danielle zurückzufinden, muss ich unsere Schritte von gestern Abend zurückverfolgen, vorbei an den Klubhäusern der Studentenverbindungen, um die Wohnheime herum und dann durchs Zentrum. Und da wird viel los sein. Im Frühling sind sonntags einige Straßen für den Kunsthandwerkermarkt gesperrt, damit Leute selbst gemachte Kerzen verkaufen können und Fäustlinge und anderen schönen Kram.

Ich schaffe das nicht.

Ich setze mich wieder auf die Matratze und schreibe den Mädels.

Seid ihr wach? Kann mich wer abholen kommen?

Ich warte eine Minute auf Antwort, und als nichts kommt, schnappe ich mir die Pumps, schleiche mich auf Zehenspitzen aus dem Zimmer und bete, dass sonst niemand wach ist. Der Boden fühlt sich barfuß noch klebriger an als mit Schuhen, aber ich will die Schuhe nicht anziehen, weil die Absätze zu laut sein könnten.

Endlich bin ich draußen und mache leise die Tür hinter mir zu. Der Bürgersteig vor mir ist leer, und ich überlege, mich zusammenzureißen und einfach loszulaufen. Vielleicht ist ja noch niemand auf den Beinen. Aber dann sehe ich, wie ein Stück die Straße runter ein Mädchen um die Ecke gebogen kommt. Sie trägt ein enges rotes Kleid und hält goldene Stöckelschuhe in der Hand. Ihr Blick ist gesenkt, und ihre Schritte sind schnell. Gerade läuft sie an einem der Verbindungshäuser vorbei, als eine Stimme ihr von der Terrasse aus durch ein Megafon zuruft: »Wen haben wir denn da? Eine Kandidatin für den Walk of Shame!«

Das Mädchen hebt kurz den Kopf und legt einen Zahn zu. Ich ducke mich. Hoffentlich ist der Typ von dem anderen Mädchen abgelenkt und bemerkt mich in meinem Versteck nicht.

»War's das wert?«, klingt es aus dem Megafon. Eine weitere Stimme gesellt sich dazu und fängt an zu singen: »Lady in reeddddddd.«

Hinter Deans Haus stehen ein paar Bäume, und ich renne hin und verstecke mich. Dann rufe ich Hannah an. Es ist kalt für April, kälter als gestern Abend, und ich scharre mit den Füßen, um mich zu wärmen. Es klingelt, und dann ertönt die Ansage von Hannahs Mailbox. Ich lege auf und versuche es bei Ava und Danielle. Niemand geht ran. Sie erholen sich wahrscheinlich immer noch.

Ich warte ein paar Minuten, aber dann beschließe ich,

Andrew anzurufen. Ich will nicht, dass er mich in diesem doofen Aufzug sieht. Er wird sich sicher bis in alle Ewigkeit darüber lustig machen. Doch ich stecke in der Klemme, ich habe keine andere Wahl.

Eine Viertelstunde später fährt sein Jeep vor.

Er kurbelt die Scheibe runter und ruft mir zu: »Was krieg ich für zwanzig Mäuse?«

Ich traue mich hinter den Bäumen hervor und hüpfe so schnell wie möglich in den Jeep. »Höchstens eine geschmiert.« Ich verschränke verlegen die Arme und versuche, meine Brust zu bedecken. »Können wir los?«

»Ich mache nur Witze«, sagt er, zuckt mit den Achseln und sieht mich an. »In Wahrheit siehst du gut aus.« Er biegt auf die leere Straße. »Es ist nur komisch, wenn du dich wie ein Mädchen kleidest. Wo hast du die Klamotten her? Ich weiß, dass sie nicht dir gehören, sie haben keine Ärmel.«

»Es sind Danielles.«

»Klar, hätte ich mir denken können.«

Wir fahren an dem Verbindungshaus vorbei, und ich seufze erleichtert, dass der Typ mit dem Megafon mich nicht gesehen hat. »Danke, dass du mich abholst. Ich weiß, es ist früh.«

»Ich war schon auf.«

Wir fahren Richtung Hauptstraße und zischen an dem Abzweig zu Danielle vorbei.

»Warte«, sage ich. »Du hättest hier abbiegen sollen. Ich muss zurück zu Danielle, bevor meine Mom mich holen kommt.«

Er sieht mich an und hebt die Augenbrauen, ein Lächeln macht sich auf seinem Gesicht breit. »Collins.« Andrew tätschelt mein Knie. »Glaubst du wirklich, ich hole dich von einem geheimnisvollen Haus auf dem Campus ab, aufgebrezelt wie ein *Mädchen*, und setz dich einfach wieder bei Danielle ab, ohne Fragen zu stellen? Ich will die schmutzigen Details.«

»Drew, ich muss ...«

»Lass uns frühstücken gehen. Bei Jans?«

Zu Jans gehen wir immer für unsere Dosis Käse und Fleisch. Es ist ein kleines Diner in der Innenstadt, mit klebrigen Tischen, Plastikmöbeln und dem besten gebratenen Speck der Welt. Andrew und ich sind viel zu oft da, meistens morgens, nachdem uns die Veganer am Abend zuvor Grünzeug aufgetischt haben.

Er biegt auf die Pinewood ein, wo einige Zelte aufgebaut werden, geschmückt mit Wollfäustlingen und bunten Christbaumkugeln. Leute schlendern herum, und auf Schildern werden regionale Biermarken und heißer Apfelwein angeboten. »Schau, der Kunsthandwerkermarkt!«, sagt Andrew und lehnt sich vor, um besser zu sehen. Er hält auf einem leeren Parkplatz am Straßenrand.

»Drew, du solltest mich abholen kommen, damit ich *nicht* am Markt vorbeimuss.« Ich hole mein Handy aus der Tasche und sehe nach, wie spät es ist. Schon 8:24. »Ich muss wirklich schnell zurück zu Danielle.«

Er schnallt sich ab. »Sag deiner Mom einfach, dass wir unterwegs sind. Sie wird nicht böse sein.«

Ich starre ihn an, er starrt zurück und imitiert meinen Gesichtsausdruck. Dann holt er sein Handy raus, gibt eine Nummer ein und hält es sich ans Ohr.

»Beim Fahren darf man nicht telefonieren«, sage ich und versuche, ihm das Handy aus der Hand zu nehmen.

»Wir haben geparkt.«

»Und?« Es ist mir egal, ob er mit meiner Mom redet. Was mir nicht egal ist, sind meine Klamotten. Ich will erst wieder in die Öffentlichkeit, wenn ich weniger alberne Schuhe anhabe. Ich lehne mich zurück, als er spricht, verschränke die Arme und sehe ihn mit zusammengekniffenen Augen an.

»Hey Karen«, sagt er munter und fröhlich ins Telefon. »Alles super … sie ist hier bei mir … ja, so früh ist sie wohl noch nie aufgestanden. Ein neuer Rekord. Wir gehen frühstücken … ja, kein Problem. Bis später!« Er legt auf und dreht sich zu mir. »Siehst du? Sie findet mich klasse.« Er öffnet die Tür. »Gehen wir.«

Ich packe seinen Arm, um ihn aufzuhalten. »Warte! In diesen Klamotten kann ich nicht raus. Das ist obszön.«

»Du machst dir zu viele Gedanken«, sagt er. »Du siehst völlig normal aus. Meine Tante Mildred würde so in die Kirche gehen.«

»Du hast keine Tante Mildred«, sage ich.

»Na gut«, meint er einsichtig. »Ich habe noch einen Pulli auf der Rückbank.« Er greift hinter mich und holt einen dunkelblauen Kapuzenpullover hervor, auf dem *Prescott* steht. Er riecht nach Lagerfeuer. Ich nehme ihn und streife ihn hastig über, um meinen Bauch zu bedecken.

»Okay. Können wir jetzt los?«

»Nur zu Jans«, sage ich. »Nicht auf den Markt.«

»Nur Jans.«

Diesmal steigt er wirklich aus dem Wagen, und als ich ihm folge, stolpere ich ein wenig in den hohen Glitzerschuhen. Ich fange mich gerade wieder, da spüre ich, dass mein Handy vibriert. Eine Nachricht von Dean:

Warum hast du dich rausgeschlichen?

Ein warmes Gefühl überkommt mich, ich bin erleichtert, dass er sich meldet. Ich warte kurz und überlege, was ich sagen soll. Was würde Danielle sagen?

Ich musste wohin.

So. Angemessen zurückhaltend. Eine Minute später schreibt er zurück.

Nice. Wir sehen uns bei der Arbeit. Hat Spaß gemacht gestern Abend.

Als ich das Handy wegstecke, wartet Andrew schon ungeduldig. Ich habe ein doofes Grinsen im Gesicht und merke, wie er versucht, es zu entziffern.

Wir laufen über den Bürgersteig zu Jans, ich immer fünf Schritte hinter ihm, weil meine Beine kürzer sind und er ordentliche Schuhe anhat. Als wir endlich ankommen, husche ich so schnell wie möglich hinein, und er verdreht die Augen.

Erst als ich einen großen, dampfenden Stapel Pfannkuchen vor mir habe, hält es Andrew nicht mehr aus und fragt.

»Okay, was zur Hölle ist los?«

»Was meinst du?« Ich tue unschuldig und greife über den Tisch, um ihm ein Stück Frühstücksspeck zu klauen.

Er schiebt meine Hand weg, und der Speck landet wieder auf seinem Teller.

»Wieso versteckst du dich, bekleidet wie Tante Mildred im Wald?«

Ich schiebe mir ein Stück Pfannkuchen in den Mund, um Zeit zu schinden, und verbrenne mich prompt daran. »Da ist so ein Typ«, sage ich endlich, und mein Gesicht wird heiß.

Andrew trinkt einen großen Schluck von seinem Kaffee, stellt die Tasse wieder ab und fährt geistesabwesend mit dem Fingern über den Rand. »Wer ist er?«

»Wir nennen ihn James Dean.« Ich spreche sehr leise, damit er mich vielleicht gar nicht hört. Aber er hat mich gehört.

»Denn er weiß nicht, was er tut?«, fragt er und lehnt sich vor. »Hat er ein Motorrad?« Er nimmt einen Bissen von seinem Speck.

»Ja«, sage ich, »hat er.«

Andrew legt den Speck hin. »Oh.«

»Er arbeitet mit mir im Laden. Gestern Abend hat er eine Party gefeiert und mich eingeladen, also sind wir alle hin.« Ich sehe, wie Andrew blitzschnell kombiniert.

»Er geht also auf die EVmU?«

»Ja, er macht seinen Bachelor.«

»Hmmm«, sagt Andrew. Dann isst er von seinen Pfannkuchen und kaut eine Weile. Ich warte darauf, dass er weiterredet, aber er sagt nichts mehr.

»Was meinst du mit hmmm?«

Er fährt sich durchs Haar, lehnt sich vor und stützt die Ellbogen auf den Tisch. »Pass auf dich auf, okay?«

»Was soll das heißen?« Ich weiß, was es heißen soll.

Das, was Danielle auch gemeint hat, das, worüber ich mir gestern Abend Sorgen gemacht habe.

»Ich weiß, wie Kerle denken«, sagt er. »Ich will nur nicht, dass dir jemand wehtut.«

»Wir haben nicht … wir hatten keinen Sex oder so was«, sage ich, und meine Stimme klingt seltsam piepsig. Als ich es sage, wird Andrew knallrot.

»Okay«, sagt er. »Aber er will es.«

»Woher willst du wissen, was er will?«

Andrew sieht mich vielsagend an. »Er will es.«

Aus irgendeinem Grund spüre ich den Drang zu widersprechen. Dabei weiß ich genau, dass Dean es will, er hat es gestern gesagt, mit dem Kondom in der Hand. Ich schwinge den Löffel in einem Kreis um meine Kaffeetasse. Ich kann Andrew nicht ansehen. Schließlich atme ich tief ein und sage leise: »Ich hab noch nie …«

»Ich weiß«, sagt er. Ich sehe zu ihm hoch, und sein Blick ist voller Zuneigung und fühlt sich an wie eine warme Umarmung.

»Ich habe dir noch nicht davon erzählt, weil … ich weiß nicht, es ist irgendwie peinlich, darüber zu reden. Du hast offensichtlich sehr viel Erfahrung und alle anderen auch, und ich bin so ziemlich die Einzige, die noch übrig ist.« Die Worte platzen aus mir heraus.

»Du …«, beginnt er, aber die Kellnerin kommt mit einer Kaffeekanne wieder.

»Wie sieht's bei euch aus? Wollt ihr noch etwas Kaffee?« Wir erschrecken beide und sehen sie schuldbewusst an.

»Alles gut«, sage ich mit kratziger Stimme. »Danke.«

»Kein Problem!«, sagt sie. »Ich komme später mit der Rechnung wieder.«

Wir sehen einander an, und ich weiß nicht, was ich sagen soll.

»Du musst nicht darüber reden«, sagt er endlich. Er spielt mit dem Rest der Pfannkuchen auf seinem Teller, zerreißt sie mit der Gabel in fluffige kleine Stücke.

»Schon okay«, sage ich. »Es tut ganz gut, darüber zu reden. Ich wollte dir schon die ganze Zeit von Dean erzählen, aber es kam mir so komisch vor. Ich wusste nicht, wie du reagieren würdest.«

Er legt die Gabel auf den Teller, verschränkt die Hände und legt sie auf den Tisch. »Pass nur auf dich auf, okay?«, sagt er noch mal. »Weiß er es? Dass du … äh … dass du noch nie …« Er verliert den Faden.

Ich schüttle den Kopf. »Ich habe es ihm noch nicht gesagt.« Das *noch* habe ich extra für Andrew hinzugefügt. Ich bin nicht sicher, ob ich es Dean je erzählen werde, aber das Andrew zu erklären, scheint mir viel zu kompliziert.

»Du solltest dich nicht für ihn verkleiden«, sagt Andrew. Er tippt unter dem Tisch mit dem Fuß gegen meinen glitzernden Stöckelschuh.

»Du hast gesagt, ich sähe gut aus.«

»Du siehst wirklich gut aus«, sagt er. »Aber du siehst nicht aus wie du selbst. Der Typ ist es nicht wert.«

»Du kennst ihn gar nicht.«

»Kein Typ ist das wert.« Er isst noch etwas von seinem Speck und schiebt dann den Teller zu mir. »Willst du den Rest?« Ich nehme das letzte Stück und beiße hinein. »Das nächste Mal solltest du dir eine eigene Portion bestellen«, sagt er.

»Warum meine eigene bestellen, wenn ich bei dir mitessen kann?« Ich lächle, esse auf und lecke mir das Fett von den Fingern. »Du bist immer zu voll, um alles aufzuessen.«

»Oder tue ich vielleicht nur so, als wäre ich schon satt, damit du auch was abbekommst?« Er hebt eine Augenbraue. »Es ist wie mit der Henne und dem Ei.«

»Was für ein passendes Frühstücks-Rätsel. Hühner und Eier und Speck«, sage ich.

Ich bin froh, dass zwischen uns alles wieder normal zu sein scheint. Aber ich weiß, dass wir beide ein wenig schauspielern. Wir strengen uns ein bisschen zu sehr an.

KAPITEL DREIZEHN

»Du hast alles richtig gemacht«, sagt Ava am Montagmorgen in der Schule. »Du kannst nicht sofort mit ihm ins Bett gehen, sonst verliert er das Interesse.«

Wir sitzen alle zusammen in unserer Lounge, einem Raum nur für die Abschlussklasse, mit Spinden an den Wänden und ein paar weichen Sofas. Es ist die Prescott-Version eines Backstage-VIP-Bereichs, und als wir im ersten Jahr waren, hätten wir alles dafür gegeben, mal einen Blick hineinzuwerfen. Jetzt wo wir endlich in der Abschlussklasse sind, ist es längst nicht mehr so aufregend. Irgendwie riecht es nach saurer Milch.

Wir sitzen auf einer uralten Couch beim Fenster – Hannah, Danielle, Ava und ich – und lassen das Wochenende Revue passieren. Es sind nur noch ein paar Minuten bis zum ersten Läuten, also ist die Lounge voll und der Lärm übertönt unser Gespräch. Ava blickt sich um und senkt ihre Stimme. »Er darf nicht erfahren, dass du Jungfrau bist, sonst wird er dich *nur noch* als Jungfrau sehen. Dann geht es auf einmal nur noch darum. Sein einziges Ziel wird sein, dich zu entjungfern. Deine Jungfräulichkeit wird nicht mehr *dir* gehören, sondern *ihm.*«

»Jungs sind richtig gut darin, alles immer auf sich zu beziehen«, sagt Hannah. Sie hat ihr Französischbuch offen auf dem Schoß liegen und macht sich in letzter Minute vor dem Unterricht noch ein paar Notizen. Die Seiten sind eingerissen und verknittert, weil das Buch vermutlich eine Woche zwischen Kaugummipapieren und Essensschachteln in ihrem Auto verbracht hat.

»Was weißt du schon darüber, wie es ist, Jungfrau zu sein?«, sagt Danielle zu Ava. »Du bist keine mehr, seit du vierzehn warst.«

Man sieht, dass Danielles Worte Ava getroffen haben, und ich rede weiter und versuche so zu tun, als hätte ich sie nicht gehört. »Jungs sind aber auch nicht alle gleich.« Es wäre sehr deprimierend, wenn sie recht hätten. »Nicht alle Typen sind schlecht. Vielleicht ist es ihm egal, dass ich Jungfrau bin. Vielleicht ist es keine große Sache.«

»Es gibt bestimmt auch ein paar gute Typen«, sagt Hannah. »Wir haben sie nur noch nicht getroffen.« Sie seufzt, schlägt das Buch zu und stopft es zurück in ihren Rucksack. »Denkt nur an Charlie.«

Es ist lange her, dass Hannah Charlie erwähnt hat, wenn außer mir noch andere dabei waren. Er hat aus ihr ein weinendes, unsicheres Häufchen Elend mit geschwollenen Augen gemacht, und wir waren alle froh, als er letzten Sommer seinen Abschluss in der Tasche hatte und zum Studium weggegangen ist. Jetzt muss sich wahrscheinlich irgendein armes Mädchen in South Carolina mit ihm herumschlagen.

»Charlie wusste, dass ich Jungfrau war. Er war ja mein erster Freund, und das war ihm auch klar. Und er war so wundervoll. Er hat mir gesagt, dass er mich liebt. Wir haben sechs Monate gewartet, bis wir endlich Sex hatten, und ich hatte das Gefühl, es sei etwas ganz Besonderes. Und dann stellte sich heraus …« Sie muss die Geschichte nicht zu Ende erzählen.

Ich werfe einen Blick auf die Stelle an Hannahs Hals, wo immer die zierliche Kette mit dem silbernen *H* war, die ihr Charlie zu Weihnachten geschenkt hatte. Sie hat immer danach getastet, wahrscheinlich mochte sie, dass sie dabei an ihn denken musste. Als er mit ihr Schluss gemacht hat, haben wir sie in den See geworfen, aber manchmal greift sie immer noch unbewusst hin, aus reiner Gewohnheit.

»Charlie war ein Todesser«, sage ich. »Das war besonders.«

»Okay, dann Chase«, sagt Danielle und vergewissert sich kurz, dass die Luft rein ist. »Kaum hatte er seinen Schwanz wieder in der Hose, hat er überall rumerzählt, dass wir es getan hatten. Ist das auch etwas Besonderes?« Sie lässt die Worte kurz wirken, dann lachen wir alle.

Es scheint wirklich, als wären wir von einer besonderen Spezies Arschloch umgeben, aber vielleicht sind Jungs einfach so. Selbst die Guten wie Andrew behandeln Mädchen mitunter wie Dreck, und ich weiß, es ist nur eine Frage der Zeit, bis er auch von Cecilia die Nase voll haben wird.

So ein Mädchen will ich nicht sein, eine die einfach sitzen gelassen wird. Danielle hat recht. Ich darf nicht zulassen, dass Dean die Wahrheit erfährt.

Am Mittwoch muss ich nach der Schule wieder mit Dean arbeiten, und als am Ende des Schultags die Klingel läutet, habe ich ein bisschen das Gefühl, ich müsste mich gleich übergeben. Ich habe ihn seit der Party nicht gesehen oder genauer gesagt seit dem Morgen danach, als ich mich auf Zehenspitzen aus seinem Zimmer geschlichen habe. Wird er jetzt anders auf mich reagieren? Wird er mich zur Begrüßung küssen? Ich habe noch nie jemanden mit einem Kuss begrüßt, und allein bei der Vorstellung werde ich ganz hibbelig. Woher weiß ich, in welche Richtung ich den Kopf neigen soll? Wie lange dauert so ein Kuss? Ist da Zunge mit im Spiel? Oder noch schlimmer: Was, wenn ich nur denke, dass er mich zur Begrüßung küssen will und er mich eigentlich umarmen will und ich dann auf einmal sein Ohr im Mund habe?

Die Sache könnte auf so viele Arten schiefgehen.

Hannah hat nach der Schule Hockeytraining, also kann sie mir keine emotionale Unterstützung bieten, und ich muss Andrew fragen, ob er mich fährt.

»Wann kaufst du dir endlich ein eigenes Auto?«, fragt er auf dem Weg.

»Bald« sage ich, obwohl wir beide wissen, dass ich lüge.

»Ich führe eine Strichliste, nur damit du's weißt. Du schuldest mir schon so viele Fahrten, du wirst nächstes Jahr jedes Wochenende von Kalifornien nach Maryland und wieder zurückfahren müssen.«

»Hmm«, sage ich und versuche ihm zuzuhören, aber ich muss immer noch an ein mögliches Ohr-im-Mund-Szenario denken. Ich presse die Hände so fest zusammen, dass meine Knöchel ganz weiß werden.

»Du bist nervös«, sagt er – keine Frage, sondern eine Feststellung, weil man es mir vermutlich ansieht. »Der Typ vom Wochenende.«

»Dean«, sage ich.

»James Dean«, korrigiert er und verdreht übertrieben die Augen, um zu zeigen, wie doof er den Spitznamen findet. Er deutet auf mein Outfit, schwarze Leggings und ein Prescott Sweater. »Zumindest siehst du wieder aus wie du selbst.«

»Das ist wahrscheinlich nicht gut.« Ich klappe die Sonnenblende runter und werfe einen Blick in den kleinen Spiegel. Dann drehe ich mich zu ihm. »Sehe ich gut aus?«

»Du siehst immer gut aus«, sagt er, setzt den Blinker und fährt auf einen Parkplatz vor dem Videoladen. Das Kompliment überrascht mich.

»Echt?«

»Komm schon, Collins. Du bist wunderschön.«

Wunderschön. Das Wort überrumpelt mich. Es ist kein normales Wort, nicht eins wie *heiß* oder *hübsch*, Wörter, die ich schon tausend Mal aus Andrews Mund gehört habe.

»Oh.« Mein Gesicht wird so warm, dass man Plätzchen darauf backen könnte. Ich glaube ihm nicht wirklich. Er will nur nett sein.

»Danke«, sage ich und sehe weg.

»Vergiss es«, sagt er. Ich blicke kurz zu ihm rüber, aber er sieht mich nicht an. Ich frage mich, ob ihm peinlich ist, was er gesagt hat. Er parkt den Wagen und greift an mir vorbei, um die Beifahrertür zu öffnen. Den Motor lässt er laufen.

»Pass auf dich auf, okay?«

»Ich geh nur arbeiten«, sage ich. »Keine große Sache.«

Er kneift die Augen zusammen und muss nichts sagen, ich höre ihn auch so: *Du kannst mir nichts vormachen, Collins.*

Ich gucke zum Laden und grinse, als ich das Schild davor sehe und Deans Handschrift erkenne.

Unsere DVDs sind so heiß, da könnt ihr Eier drauf braten!

Aber das Grinsen ist bittersüß, weil ich jetzt weiß, dass er sich nicht krankgemeldet hat oder auf mysteriöse Weise tot umgefallen ist, sondern tatsächlich auf der anderen Seite dieser Glastür auf mich wartet. Andrew hupt, und ich drehe mich noch mal um und winke ihm zu. Er winkt zurück und fährt weg. Ich atme tief durch, dann drücke ich die Tür auf und gehe rein.

Und da steht er hinter dem Tresen, das anbetungswürdige Gesicht auf die anbetungswürdigen Hände gestützt. Ich erhasche nur einen kurzen Blick auf ihn, bevor ich meinen Blick nach unten richte und den Boden anstarre, weil meine Augen auf einmal nicht mehr wissen, wie das mit dem Gucken geht. Ich bemerke nur am Rande, dass Tim auch hinter dem Tresen steht – Star-Trek-Tim, der lächelt und mir zuwinkt, ohne einen blassen Schimmer, dass ich gerade höllische Angstzustände durchlebe. Eigentlich ist es richtig gut, dass Tim da ist. Keine Zeit allein mit Dean heißt, dass es nicht zu dem Versuch, ihn zu küssen, aber stattdessen sein Ohr im Mund zu haben, kommen wird.

»Hey Keely!«, ruft Tim.

Ich ziehe meine Jacke aus und gehe zum Tresen.

»Hey Tim«, sage ich und starre weiter auf den Boden. Ich kann nicht hochgucken und das Risiko eingehen, Deans Blick zu kreuzen. Ich weiß, ich stelle mich bescheuert an und mache wahrscheinlich alles kaputt, aber es ist das erste Mal, dass ich einem süßen Typen gegenüberstehe, mit dem ich die Nacht verbracht habe. Es macht mich völlig fertig. Ich bin immer noch beeindruckt, wie ruhig Danielle geblieben ist, als sie Chase nach der Sache mit dem Kondom in der Schule wiedergesehen hat.

Langsam wird es seltsam, und ich zwinge mich, den Kopf zu heben. Dean und ich sehen uns in die Augen. Der Blickkontakt trifft mich wie ein Blitz, er ist fast wie eine Berührung. Dean lächelt, führt seine Hand an die Stirn und salutiert mir. Seine Haare sind zerzaust, und ich muss daran denken, wie ich mit den Fingern durchgefahren bin. Das will ich unbedingt wieder und wieder und wieder machen.

»Hey«, sage ich, hebe den Arm und salutiere ebenfalls. Meine Stimme ist kratzig, ich muss mich räuspern. Irgendwie klinge ich nicht wie ich selbst.

»Lange nicht gesehen.« Er lächelt von einem Ohr zum anderen, und ich schmelze beim Anblick seiner Grübchen dahin, bis nur noch eine Pfütze auf dem Boden von mir übrig ist. Ich frage mich, ob Tim mich da unten noch sehen kann, ob er merkt, dass ich keinen Körper mehr habe und nur noch aus Flüssigkeit bestehe.

»Der Laden hat heute zu«, sagt Dean. »Roth will, dass wir einen Frühjahrsputz machen, alles auf Hochglanz bringen. Bis morgen soll alles sauber poliert und bereit sein für die Wiederöffnung.«

Ich stöhne und gehe nach hinten, um meine Tasche abzustellen. Der Raum ist ein Saustall. Die Jungs haben die Couch nach vorne geschoben, um beim Putzen besser an die Wand ranzukommen. Der Linoleumboden ist von einer Staubschicht bedeckt. An der Figur von Legolas lehnen ein Wischmopp und ein Besen, was den Eindruck erweckt, als würde er sie halten.

»Hilft uns Legolas heute?«, rufe ich nach vorne.

»Ja. Er kümmert sich um den Pausenraum!«, ruft Dean zurück.

»Ich hoffe, er weiß, was er tut«, sage ich und lege meinen Kram auf die alte Couch. »Der Raum sieht übel aus.«

»Er ist ein paar tausend Jahre alt.« Deans Stimme erklingt plötzlich direkt hinter mir, und ich zucke zusammen. »Ich bin sicher, er hat sich ein-, zweimal durchs ganze Elfenreich geputzt.«

»Düsterwald«, sage ich und will sofort im Boden versinken.

»Was?«

»Hä? Nichts.« Als ich mich umdrehe, lehnt er lässig im Türrahmen. »Hey«, sage ich mit wild klopfendem Herzen und komme mir total blöd vor.

»Hey«, sagt er breit grinsend.

Dann kommt er zu mir und umfängt mit der einen Hand meine Taille. Mit der anderen fährt er mir durch die Haare, umschließt meinen Nacken, und plötzlich küsst er mich. Er küsst mich, als wären wir nicht auf der Arbeit, als wäre Tim nicht wenige Schritte entfernt im anderen Raum, als hätte er keine Angst, dass uns jemand stören könnte. Nein, er küsst mich, als wären wir wieder in unserer eigenen Galaxie, zwei Menschen in einem Meer von Sternen. Es stört mich nicht, dass wir in einem dreckigen Pausenraum stehen, umgeben von lauter Wollmäusen. Alles, was zählt, ist James Dean.

Er sieht mich an und lächelt.

»Wow«, flüstere ich, ich kann nicht anders. Ich weiß gar nicht, warum ich so nervös war.

Er lässt mich los. »Ich konnte nicht widerstehen. Aber jetzt ran an die Arbeit.« Er zwinkert, wendet sich ab und kehrt nach vorne zurück, als hätte er mich nicht gerade um den Verstand geküsst. Mir fällt auf, dass ich lächle. Ich kann gar nicht mehr damit aufhören.

KAPITEL VIERZEHN

Das Rummachen mit Dean wird zu einer regulären Sache. Wir besetzen die alte grüne Couch und drehen Legolas um, damit er nicht Zeuge unserer Sünden wird. Manchmal, wenn wir die Gefahr suchen und keine Kunden da sind, küssen wir uns auch im Laden; ich sitze dabei auf dem Tresen, damit wir auf Augenhöhe sind, und habe meine Beine um ihn geschlungen. Ich träume von der Arbeit, wünsche mir, ich könnte öfter als zwei Tage die Woche kommen, wünsche mir, ich könnte dort einziehen und für immer Teil des Ladens werden. Mein Herzschlag hat einen Rhythmus, einen Namen: *James Dean, James Dean, James Dean.*

»Und was ist das jetzt mit euch?« Hannah stellt die unvermeidliche Frage, die Highschool-Mädchen sich nicht verkneifen können, weil wir Stempel lieben, weil wir Schubladen brauchen.

»Wer sagt, dass es etwas Bestimmtes sein muss?«

Wir haben eine Freistunde, in der wir unsere Französischhausaufgaben machen sollen, aber ich muss nach der Schule arbeiten, also geht es natürlich um Dean.

»Willst du denn nicht, dass das mit euch was ist?«, fragt sie.

»Er hat bisher nicht gefragt, ob wir uns noch mal treffen wollen.« Ich flüstere, als wäre es mir peinlich, es zuzugeben. »Wir machen nur im Laden rum.«

»Würdest du mit ihm ausgehen, wenn er dich fragt?«

Ehrlich gesagt, bin ich mir nicht sicher. Ein Date fühlt sich zu *echt* an. Was, wenn er mich nach früheren Beziehungen fragt? Ich kann ihm nicht beichten, dass ich noch nie einen Freund hatte, und ich kann auf keinen Fall offenbaren, dass ich noch nie Sex hatte. Im Pausenraum rumzumachen ist perfekt, weil wir es nie bis zum Ende durchziehen können, nicht während der Arbeit – es ist schön, simpel und sicher.

Bis es das eines Tages nicht mehr ist. Wir liegen auf der grünen Couch, mein Rücken in die Kissen gedrückt, sein Körper auf meinem. Seine Hand steckt in meinen Haaren, er knabbert an meinem Ohr, am Hals und an den Lippen, doch dann zieht er sich zurück und sieht mich an.

»An diese Art zu arbeiten könnte ich mich gewöhnen«, sagt er mit rauchiger Stimme.

»Ich mich auch«, sage ich.

Wir hatten seit etwa fünfzehn Minuten keine Kunden, also nutzen wir die Zeit, so gut wir können. Zum Glück gibt es die Glocke am Eingang.

Er küsst mich wieder, und ich schmelze dahin, spüre seinen Körper auf meinem, als er sich mit seinem ganzen Gewicht auf mich legt. Er fährt mit der Hand durch mein Haar, streift über meine Wange, den Hals entlang und verweilt ein wenig auf meiner Brust. Er streicht weiter runter und fährt mit den Fingerspitzen sanft über die Haut an meinen Hüften. Und dann öffnet er die Schnalle meines Gürtels und den Hosenknopf. Das Geräusch des Reißverschlusses katapultiert mich schlagartig in die Wirklichkeit zurück. Ich stoße ihn weg und sehe mich panisch nach allen Seiten um. Er springt auf, die Arme wie zur Kapitulation erhoben. Seine Hose hängt offen an seiner Hüfte.

»Wir können hier keinen Sex haben!« Meine Stimme klingt schrill.

»Warum nicht?«, sagt er. »Wir brechen doch eh schon die Regeln.«

»Es könnte jemand reinkommen!«

»Hab dich nicht so, lass uns was Spaß haben. Uns erwischt schon keiner.«

Sex zu haben, während jederzeit jemand reinkommen könnte, klingt für mich keineswegs nach Spaß. Er ist wahrscheinlich abenteuerlustigere Mädchen gewöhnt, die auf Sex in der Öffentlichkeit stehen und es in Autos machen, am Strand oder in Toiletten von irgendwelchen Bars. Ich dagegen war überhaupt noch nie in einer Bar.

Ich bin so ein Baby.

»Ich will meinen Job nicht verlieren«, sage ich, was stimmt, aber auf der Liste der Dinge, die mir Sorgen machen, erst ungefähr an fünfter Stelle kommt. Und zwar nach: 1) Ich kann doch mein erstes Mal nicht auf der ekligen Couch im Pausenraum haben. 2) Ich hoffe, Dean mag mich. 3) Wenn er Sex auf der ekligen Couch haben will, mag er mich vermutlich nicht – dann will er einfach nur mit mir schlafen. 4) Ich wünschte, ich wüsste, was zu tun ist.

»Berühr mich einfach.« Seine Stimme ist so tief, dass es fast schmerzt. Sie trifft mich mitten in die Magengrube, Aufregung und Angst mischen sich dort und breiten sich bis in meine Brust aus. Er steht immer noch mit offener Hose vor mir und zieht sie so weit runter, dass ich seine

Boxershorts sehen kann. »Hier hast du mich noch nie berührt.«

Ich muss an den Taco-Abend denken, als die Jungs sich so beiläufig über Handjobs beschwert haben. *Wenn sie nicht den Mund benutzt, kann sie's auch lassen.* Das hat Simon gesagt, als hätte er das Recht irgendetwas zu behaupten. Ist es das, was Dean will? Wird er enttäuscht sein, wenn ich die Hände nehme? Wird er sich nachher bei seinen Freunden darüber beschweren wie Ryder?

Aber ich zerbreche mir jetzt nicht den Kopf darüber. James Dean steht in Boxershorts vor mir, und ich will ihn berühren, will seinen Gesichtsausdruck sehen, wenn ich es tue.

»Okay.« Meine Stimme ist gerade mal ein Flüstern. Ich greife nach seinen Boxershorts, meine Finger zittern. Ich habe noch nie einen Penis berührt, und ich weiß nicht, was mich erwartet. Wie fühlt er sich an? Wie fest darf man ihn halten?

Und dann höre ich die Glocke. Ich schreie auf, was wahrscheinlich nicht sehr klug ist, und stürme von Dean weg auf die andere Seite des Raums. Er schnappt sich seine Hose und fällt fast darüber, als er sie hastig über die Hüften zieht. Dann streicht er sein Hemd glatt, richtet die Frisur und nickt mir zu: »Keely, deine Haare.«

Hier hinten ist kein Spiegel, aber ich sehe mein Spiegelbild in der Mikrowelle, und meine Haare stehen in alle Richtungen ab. Ich streiche sie mit den Fingern glatt, während er zurück in den Laden geht, als wäre nichts passiert.

»Entschuldigen Sie«, höre ich ihn sagen. »Wir mussten hinten was erledigen.«

»Hatte jemand ein Auge auf die Kasse?« Ich erkenne die tiefe, harsche Stimme – Mr Roth! In meinem Bauch rumort es, als müsste ich mich gleich übergeben. Ich kämme meine Haare mit den Fingern zur Seite und hoffe, dass ich in Ordnung aussehe, dass meine Lippen nicht zu geschwollen sind oder meine Klamotten zu zerknittert, und Mr. Roth nicht merkt, was wir getan haben. Was, wenn er in den Pausenraum gekommen wäre? Wenn ich meine Hand in Deans Boxershorts gehabt hätte und er es gesehen hätte? Der Gedanke ist grauenvoll und beschämend. Ich kann nicht fassen, dass ich so verantwortungslos war.

»Ich war nur eine Sekunde weg«, sagt Dean. »Es ist niemand in den Laden gekommen.«

»Irgendjemand sollte immer vorne bei der Kasse sein«, sagt Mr Roth. »Ich habe das satt.«

Ich atme tief durch und gehe erhobenen Hauptes aus dem Pausenraum in den Laden.

»Hey, Mr Roth«, sage ich. Meine Stimme bricht und droht mich zu verraten. »Ich war nur kurz auf der Toilette. Was gibt's?«

Mr Roth startet einen Vortrag über eine Lieferung neuer Bücher, die wir im Laufe der Woche bekommen werden, aber ich höre kaum zu. Ich muss unaufhörlich daran denken, wie sein Gesicht ausgesehen hätte, wenn er uns erwischt hätte. Wir müssen damit aufhören, im Laden rumzumachen.

Als Mr Roth nach einer gefühlten Ewigkeit endlich geht, zieht Dean mich an sich und flüstert mir ins Ohr: »Komm heute nach der Arbeit mit zu mir.« Ich fühle seine Lippen auf meiner Haut. »Ich will nicht, dass uns noch mal jemand unterbricht.«

»Heute Abend kann ich nicht.« Die Worte tun mir richtig weh in der Brust. »Ich habe morgen einen Geschichtstest.« Ich bin hin und her gerissen, einerseits will ich ihm so nah wie möglich sein, will jede freie Minute mit ihm verbringen, andererseits habe ich Angst davor, mit ihm allein zu sein. Der Test ist bloß ein guter Vorwand, Dean hinzuhalten.

»Wenn nicht heute, wann dann?«, fragt er und rückt von mir ab, um mir in die Augen zu sehen.

»Versprochen«, sage ich, was keine richtige Antwort ist.

»Mir war nicht klar, dass du darauf stehst, Spielchen zu spielen«, sagt er lachend.

»Ich spiel keine Spielchen.« Meine Nase prickelt, als müsste ich gleich weinen. Er neigt den Kopf und mustert mich.

»Bist du noch Jungfrau?«

Mir stockt der Atem. Seine Stimme ist tief, und ich kann den Tonfall nicht so recht interpretieren. Ich weiß nicht, wie ernst die Frage gemeint ist und welche Antwort er von mir hören will.

»Bin ich nicht«, sage ich. Die Worte platzen unüberlegt aus mir heraus. »Ich schwöre, ich hab morgen wirklich einen Test in Geschichte.«

Er lächelt. »Gut.«

Dann küsst er mich noch mal und löst die Umarmung.

Die blöde Lüge geht mir nicht aus dem Kopf. Jetzt muss ich damit leben. Es gibt kein Zurück. Dann muss ich halt so tun, als hätte ich schon Erfahrung, und bin hoffentlich ein solches Naturtalent, dass Dean mir nicht auf die Schliche kommt. Ich bin so eine Idiotin.

»Ich habe Dean angelogen und behauptet, dass ich keine Jungfrau mehr bin«, sage ich am nächsten Tag in der Schule zu Hannah. Ich habe sie mir geschnappt, kaum dass ich sie gesehen habe, und in die Behindertentoilette im Erdgeschoß gezerrt, wo wir unter uns sind.

»Was?«, fragt sie mit großen Augen.

»Ich wollte das gar nicht. Es ist mir so rausgerutscht, bevor ich darüber nachdenken konnte, und dann war es zu spät und ich konnte es nicht mehr zurücknehmen.«

»Noch mal auf Anfang«, sagt sie und legt die Hände auf meine Schultern, als würde das Gewicht mich auf dem Boden der Tatsachen halten. »Was genau ist passiert?«

»Er hat mich gefragt, ob ich noch Jungfrau bin. Ich wusste nicht, was ich tun soll.«

»Du hättest ihm die Wahrheit sagen sollen«, sagt sie. »Wenn du darüber nachdenkst, mit jemandem zu schlafen, solltest du ehrlich sein können. Wenn du nicht ehrlich sein kannst, bist du noch nicht bereit.«

Sie hat leicht reden. Sie kann das Problem mit einem gewissen Abstand betrachten und vernünftig sein. Aber wenn Dean in meiner Nähe ist, bin ich immer völlig durcheinander und nichts ist leicht. Vernünftig zu sein schon gar nicht.

»Ich weiß«, fahre ich sie an, und es tut mir sofort leid. Sie will mir ja nur helfen.

»Danielle hat nicht immer recht, Keely«, sagt Hannah sanft. »Ich weiß, sie hat dir gesagt, dass Dean dich nicht mehr mögen wird, wenn er es herausfindet, aber das muss nicht stimmen. Wenn er dich mag, wird er warten.«

»Als ich gelogen habe, sah er so erleichtert aus«, sage

ich und sehe zu ihr auf, verstecke mein Gesicht aber gleich wieder in den Händen.

»Er versteht es sicher, wenn du ihm erklärst, dass du gelogen hast«, sagt sie. »Und wenn er es nicht versteht, musst du dich fragen, ob er wirklich jemand ist, mit dem du zusammen sein willst.«

»Ja!«, sage ich und nehme die Hände weg. »Ich mag ihn so sehr. Er ist schlau und interessant und viel zu cool für mich, und ich will es nicht vermasseln. Du kapierst das nicht. Du hattest es immer leicht. Du hattest immer Jungs, die dich mochten. Wenn du einen nicht mehr magst, ist es egal, weil eine Million anderer Typen bereitstehen. Bei mir ist das anders. Das ist meine einzige Chance.«

Hannah sieht mich an. Sie kaut auf ihrer Unterlippe. »Denkst du das wirklich?«

»Ich weiß nicht, warum Dean mich überhaupt mag«, sage ich. »Es ist wie ein verrückter Zufall, und das will ich nicht kaputtmachen.«

»Glaubst du wirklich, ich hatte es immer leicht?« Hannah streicht mit den Fingern über die Haut an ihrem Schlüsselbein, da wo die Kette war. »Glaubst du, das mit Charlie war leicht?«

»So habe ich das nicht gemeint.« Ich sehe ein, dass ich weit übers Ziel hinaus geschossen bin – diese Sache macht mich noch völlig verrückt. »Natürlich war das mit Charlie nicht leicht für dich.«

»Was wirst du tun?«, fragt sie, und ihr Blick wird wieder sanfter.

Darauf kann ich ihr keine Antwort geben. Ich habe keine.

KAPITEL FÜNFZEHN

Beim Anblick von Andrew und Cecilia verspüre ich den zunehmenden Drang, mir die Augen mit einer Gabel auszustechen. Wir sitzen in der Freistunde zusammen, und sie füttert ihn – so richtig. Sie macht sogar Flugzeuggeräusche, wenn sie den Löffel zu seinem Mund führt. Ich bin sicher, Andrew könnte auch alleine essen. Die letzten achtzehn Jahre hat er das erfolgreich hinbekommen.

»Er ist kein Baby«, sage ich und sehe weg, als Cecilia den Löffel aus seinem Mund nimmt und zurück in den Becher mit Erdbeerjoghurt fallen lässt. Sie ignoriert mich.

»Magst du Lollis?«, fragt sie ihn und greift in ihren Rucksack. »Mr Savoy hat vorhin in Spanisch welche verteilt.«

»Na klar«, sagt er, und sie holt zwei raus.

»Traube oder Melone?«

»Melone«, sagt er und sie gibt ihm einen.

»Ich mag auch Lollis«, sage ich aus Spaß, weil ich weiß, dass sie mir keinen geben wird.

»Willst du mal?«, fragt Andrew, nimmt den Lolli aus seinem Mund und hält ihn mir hin.

Ich verziehe das Gesicht. »Igitt, nein, steck das Ding wieder in deinen Mund.«

»Ich will«, sagt Cecilia und lehnt sich vor. Sie legt die Lippen sanft um den Lolli. Als ich sehe, wie sie daran lutscht, wünschte ich, ich wäre blind.

Zum Glück werden sie unterbrochen, als Ava auf uns zustürmt und sich auf einen freien Platz fallen lässt. Ihre Augen blicken wild, und ihre lila Osterhaare stehen in alle Richtungen ab. »Sie haben die Plakate für den Abschlussball aufgehängt!«, kreischt sie, als wäre das die tollste Neuigkeit der Welt.

Beim Wort *Abschlussball* richtet Cecilia sich auf.

Ava dreht sich zu ihr, die Hand flach auf den Tisch gepresst, als würde sie sonst davonschweben. »Das Motto ist *Unter dem Meer*, was nicht gerade kreativ ist, aber sie haben garantiert eine Seifenblasenmaschine, was will man mehr.«

»Wann ist es?«, frage ich, und sie fahren zu mir herum, als hätte ich etwas Schlimmes gesagt.

»Das weißt du nicht?« Ava kneift die Augen zusammen.

»Der Ball ist direkt nach eurem Abschluss«, sagt Cecilia und nimmt mich endlich zu Kenntnis. Die Abschlussklasse darf meist schon ein paar Wochen vor allen anderen in die Sommerferien, und dieses Jahr hatten wir so viele Tage schneefrei, dass Cecilia wahrscheinlich bis in den Juli ohne uns hier festsitzen wird, weil diese Tage am Ende des Schuljahres nachgeholt werden.

»Er ist am zwölften Juni!« Ava reißt die Arme hoch und rutscht aufgeregt auf ihrem Stuhl hin und her. »Uns bleiben nur noch zwei Monate, um uns eine Begleitung zu suchen.«

Ich habe sie allen Ernstes noch nie so aus dem Häuschen erlebt, und das soll bei Ava was heißen. Sie zappelt herum, als würde sie gerade eine Teufelsaustreibung durchleben; ich wäre nicht überrascht, wenn ihr Kopf anfangen würde, sich wie ein Kreisel zu drehen. Andrew und ich sehen uns quer über den Tisch an, und ich muss lachen, weil seine zuckenden Mundwinkel mir verraten, dass er wahrscheinlich gerade das gleiche Bild im Kopf hat.

»Wenn es eine Seifenblasenmaschine gibt, komme ich auch«, sagt er.

»Müssen wir uns verkleiden?«, frage ich. Im Geiste sehe ich die aufeinander abgestimmten Meerjungfrauenkleider und Kokosnuss-BHs schon vor mir, die aus unseren Abschlussballfotos die peinlichsten Bilder des Jahrzehnts machen werden.

»Ich gehe als Hummer«, sagt Andrew.

»Nein, du musst was Schickes anziehen.« Cecilia dreht sich zu ihm und legt die Hand auf seine Schulter. Er wird starr und sie nimmt die Hand weg und sieht woanders hin. Sein Gesicht ist etwas blass geworden, was mir verrät, dass er sich unwohl fühlt, weil er weiß, sie denkt, er würde sie fragen. Ich weiß, dass er das nicht tun wird. Zwei Monate sind eine lange Zeit. Er könnte nie so lange mit jemandem zusammen sein.

»Mit wem gehst du hin?«, fragt Hannah später in der Mittagspause. Ich denke sofort an Dean und versuche, den Gedanken gleich wieder zu verdrängen. Ich bin noch nie gern auf Schulbälle gegangen. Ich mag den verkrampften Small Talk nicht und das doppelseitige Klebeband und die unbequemen Schuhe, aber jetzt wo ich – zum ersten Mal in meinem Leben – einen potentiellen Begleiter habe, klingt es richtig aufregend. Ich weiß nicht, was mit mir los ist. Ich bin wie verwandelt.

»Na mit James Dean natürlich«, sagt Ava und trinkt

von ihrem Smoothie. Sie nennt es zumindest einen Smoothie – es sieht eher aus wie eine braune Grütze und ist so dickflüssig, dass es ihr schwerfällt, es durch den Trinkhalm zu saugen.

»Ich hätte nie gedacht, dass dir mal was unterkommt, das sich nicht von dir saugen lässt«, sagt Danielle trocken mit Blick auf Ava.

Ava nimmt den Trinkhalm aus dem Mund. »Du musst es ja wissen. Im Saugen bist du schließlich die Expertin!«

Danielles Mund verzieht sich zu einem Lächeln. »Das hat man mir schon öfter gesagt.«

»Was trinkst du da?«, frage ich und deute auf die Grütze. Ein Teil der Flüssigkeit hat sich abgesetzt, und das Getränk wabert zweifarbig im Glas, wie ein Experiment im Reagenzglas.

»Das ist eine Coca-Kohl-a«, sagt sie, als wäre es völlig klar. »Es wird mit fettarmem Grünkohl gemacht.«

»Sorry, hast du fettarmer Grünkohl gesagt?«, fragt Hannah. »Ist Grünkohl nicht immer fettarm?«

»Das Zeug hier ist besser.« Ava hält uns das Getränk hin. Der penetrante Geruch strömt zu uns. »Es werden erst alle Kalorien aus dem Kohl entfernt, und dann wird er püriert. So sind nur noch Kohlorien drin. Beyoncé trinkt das angeblich vor jedem Konzert.«

»Sicher.« Danielle betrachtet das Getränk kurz naserümpfend und wendet sich dann mit leuchtenden Augen zu mir. »Was ist also mit James Dean?«

»Ich weiß nicht«, sage ich und stochere in meinem Ceasar Salad herum. Ich habe ihn in der Cafeteria gekauft, deshalb sind die Salatblätter bräunlich und verwelkt, und ich esse nur die Croûtons. »Er wirkt einfach nicht wie jemand, der … auf Bälle geht.« Und ich bin ziemlich sicher, dass wir nur rumknutschen und nicht zusammen sind. Wenn man nur rumknutscht, geht man nicht gemeinsam auf den Highschool-Abschlussball.

Danielle zuckt die Schultern. »Hast du noch irgendwelche anderen Kandidaten?«

»Sie ist die Einzige von uns, die überhaupt einen Kandidaten hat«, sagt Ava und stellt den Smoothie auf den Tisch. Die Flüssigkeit wackelt nicht einmal, sie ist ganz fest geworden. »Mit wem willst du hingehen?«, fragt sie Danielle.

»Mit niemandem«, sagt Danielle. »Unser ganzer Jahrgang ist erbärmlich. Chase fällt weg, das ist klar, und Ryder kommt nicht in meine Nähe, nachdem er mich eine Schlampe genannt hat. Außerdem wissen wir alle, dass Ava es wieder mit ihm treiben wird.«

Aus Avas Mund kommt ein leises, unterdrücktes Geräusch, und ihre Augen werden größer. Manchmal ist es schwer zu sagen, ob Danielle witzig sein will oder ob sie einfach gemein ist. In letzter Zeit ist das Gemeine auf jeden Fall um einiges gemeiner geworden.

»Mit Ryder gehe ich auf keine Bälle mehr«, sagt Ava.

»Das hast du letztes Jahr auch gesagt«, sagt Danielle und neigt den Kopf. »Aber dann … wie war das noch mal mit dem Herbstball?« Sie isst von ihrem Salat und lächelt.

Der Kommentar scheint Ava zu treffen. »Vielleicht geh ich dieses Jahr einfach mit Chase, wenn du es nicht machst.«

Danielle lacht. »Glaubst du wirklich, dass er dich fragen würde?«

Ava umklammert ihren Smoothie und springt vom

Tisch auf. Sie macht den Mund ein paar Mal auf und zu, als wollte sie was sagen, aber dann seufzt sie, dreht sich um und eilt davon.

»Krieg dich wieder ein!«, ruft Danielle. »Das war nur ein Scherz.« Sie seufzt, steht auf und folgt Ava aus der Cafeteria. Ich hasse es, wenn sie sich so aufführen, aber ich weiß nicht, was ich tun kann, um zu helfen. Danielle würde ohnehin nicht auf mich hören.

»Versprich, dass du immer nett zu mir sein wirst«, sagt Hannah, als sie weg sind.

»Komme, was wolle«, sage ich.

Sie rührt mit dem Halm in ihrem Getränk. »Also wirst du ihn echt nicht fragen?« Wir sind wieder bei James Dean. »Du musst nichts sagen, was du nicht sagen willst.«

»Ich weiß nicht.« Ich beiße in einen Croûton, stelle mir Dean in einem Anzug vor und genieße das wunderschöne Bild in meinem Kopf. Doch dann erinnere ich mich, wie erleichtert er war, als ich ihm sagte, dass ich keine Jungfrau mehr bin, und das Bild zerplatzt.

»Das wird schon. Wunderschöne Einhornprinzessin, weißt du noch?«

»Ich bin eine lügende Idiotenprinzessin.«

»Immerhin noch eine Prinzessin«, antwortet sie. »Das zählt auch. Frag ihn einfach, okay?«

In Französisch hören wir früher auf, weil Madame Deschenes Kopfschmerzen hat, also lassen Hannah und ich uns nach der Stunde viel Zeit auf der Toilette und gehen dann in die Lounge. Sie ist fast leer, bis auf ein paar Jungs, die mit uns Französisch haben. Als wir reingehen, kauern Andrew und Edwin am Fenster zusammen mit Ryder und

Simon Terst. Ich sage *Bonjour*, aber niemand reagiert. Ihre Blicke sind auf die Wand gerichtet – wohin genau, sehe ich nicht – und sie zeigen flüsternd auf etwas, was nichts Gutes heißen kann.

»Was steht da?«, fragt Simon aus der zweiten Reihe und versucht, sich nach vorn zu drängeln. Ryder versperrt ihm die Sicht, weil er über zwei Meter groß ist.

»Das ist so eklig«, sagt er zu Simon als eine Art Erklärung.

»Was ist los?«, frage ich. Andrew tritt einen Schritt zur Seite, damit ich es selbst sehen kann. Da steht mit dicken schwarzen Buchstaben an die Wand geschrieben:

Danielle Oliver schmeckt nach vergammeltem Fisch.

Die Buchstaben sind verwackelt, als hätte sich die Person beim Schreiben beeilt. Mein Magen zieht sich zusammen. Hannah neben mir atmet scharf ein.

»Wer hat das geschrieben?«, frage ich, und mir wird ein wenig schlecht. Das ist so viel schlimmer als ein paar versteckte Zettelchen in einem Rucksack oder Spind. Das hier können alle sehen. Wer würde so etwas Krankes tun?

»Ich weiß es nicht«, sagt Andrew. »Es war schon da, als wir kamen.«

»Was zur Hölle?« Hannah dreht sich zu den Jungs. »Hey, Arschgeigen!« Sie hören auf zu reden und sehen sie überrascht an. »Wer hat das geschrieben?«

Ryder tritt zurück und hebt kapitulierend seine langen Arme. »Hey, Adams. Reg dich ab. Hast du deine Tage, oder was?«

Hannah wird rot.

»Es stand schon da, als wir gekommen sind«, sagt Edwin. »Hier war niemand drin.«

»Wir sollten es wegputzen.« Ich sehe mich im Raum nach etwas um, womit man die Wand abschrubben könnte. »Wir sollten es wegmachen, bevor es jemand sieht.«

»Auf keinen Fall!« Ryder rückt ein wenig zur Seite und versperrt mir die Sicht. »Es ist super lustig.« Er nimmt sein Handy und macht ein Foto.

Simon macht es ihm nach. »Gute Idee, Alter.«

»Löscht die Bilder«, sage ich alarmiert.

»Hey, Mann. Das ist nicht cool.« Andrew geht auf Ryder und Simon zu.

»Willst du mir etwa Vorschriften machen?«, fragt Ryder drohend. Er geht einen Schritt auf Andrew zu. »Hast du ein Problem mit mir?« Obwohl Andrew sehr groß ist, überragt ihn Ryder. Edwin tritt auch näher und baut sich so neben Andrew auf, dass sie Schulter an Schulter stehen. Andrew sieht Ryder mit schmalen Augen an.

»Wenn du denkst, das ist lustig«, er deutet auf die Schrift an der Wand, »dann haben wir tatsächlich ein Problem.«

»Ihr seid echt mies«, faucht Hannah Ryder und Simon an. Sie holt eine Wasserflasche und ein paar Taschentücher aus ihrer Tasche und schrubbt damit die Wand. Doch die Schrift geht nicht ab, die Wörter stehen so dunkel und zornig da wie eh und je.

»Sieht aus, als wäre es wasserfest«, grinst Ryder.

»Hast du das geschrieben?«, frage ich ihn und mache einen Schritt auf Ryder zu. Er ist so viel größer als ich, dass es fast schon lachhaft wirkt. Aber was für ein Deckskerl, wenn er denkt, so etwas wäre lustig.

»Ich wünschte, ich wär's gewesen«, antwortet Ryder.

»Ich hole mal Seife«, sagt Hannah und läuft zu den Waschräumen am Ende des Flurs.

»Bist du sicher, Mann?« Andrew nickt Ryder zu. Die Lounge füllt sich mit Leuten. Der Rest der Stufe hat jetzt auch Pause. Hannah ist noch immer nicht mit Seife und Papiertüchern zurück, also werden es alle sehen.

Und dann kommt Danielle, Arm in Arm mit Sophie Piznarski. Sie lachen und merken gar nicht, wie angespannt alle im Raum sind. Ich werfe einen Blick zu Andrew, in der Hoffnung, dass ihm etwas einfällt. Er lehnt sich umständlich an die Wand, um die Schrift zu verdecken.

Dann schlurft Chase hinter Danielle herein, sein zerzaustes braunes Haar wie immer unter einer Red-Sox-Baseballkappe versteckt. Er hat Kopfhörer in den Ohren, pfeift vor sich hin und begrüßt mit einer Gettofaust die Gruppe Jungs neben mir: Ryder, Simon, Edwin und schließlich Andrew, der unbeholfen den Arm hebt, weil er immer noch versucht, die Schrift zu verdecken. Falls Chase Andrews komische Haltung oder die Spannung, die zwischen den Jungs herrscht, bemerkt hat, ignoriert er sie und geht weiter zu seinem Schließfach.

Hannah kommt mit den Papiertüchern angerannt und verzieht das Gesicht, als sie Danielle und Chase sieht. Ihr Blick wechselt schnell zwischen den beiden hin und her und sie versteckt die Tücher hinter ihrem Rücken, um keine Aufmerksamkeit zu erregen.

Ich weiß, es ist hoffnungslos, egal wie sehr wir versuchen, die böse Botschaft vor Danielle zu verbergen. Jetzt wo es Fotos gibt, wird es sich wie ein Lauffeuer in der ganzen Schule verbreiten. Trotzdem will ich nicht, dass die Sache ein Spektakel wird, vor allem nicht vor Chase. Sollte er das geschrieben haben, gönne ich ihm keine Reaktion. Und wenn er es nicht war, will ich nicht, dass er je davon erfährt.

Aber dann höre ich durch das Geschnatter der Schüler Ryder mit tiefer, lauter Stimme rufen: »Hey, Danielle. Ist das wahr?«

Sie löst ihren Arm von Sophies, öffnet ihr Schließfach und wirft ihm über die Schulter einen Blick zu. »Was?«

»Halt die Klappe, Jason«, zischt Hannah und starrt ihn wütend an. Ich hebe die Hand, als könnte die kleine Bewegung verhindern, dass er weiterfragt. Tut es nicht. Es sprudelt nur so aus ihm heraus.

»Dass du nach vergammeltem Fisch schmeckst?«

Es wird still im Raum, alle flüstern nur noch. Chase nimmt die Kopfhörer ab und legt sein Handy weg. Er neigt den Kopf zur Seite, verwirrt von der Szene, die sich ihm bietet. Simon hebt die Hand zu einem High Five, und Ryder schlägt ein.

Danielle dreht sich langsam zu ihnen um. »Was hast du gerade zu mir gesagt?«

»Ich habe nur vorgelesen, was auf der Wand steht«, antwortet Ryder und hebt unschuldig die Schultern. Er sieht Andrew an. »Hey Mann, zeig ihr, was da steht.«

Andrew verschränkt die Arme, ohne sich vom Fleck zu rühren. »Ich weiß nicht, was du meinst.«

»Du verstehst aber auch gar keinen Spaß«, sagt Simon. »Da steht, du schmeckst nach vergammeltem Fisch, Danielle. Gleich hier, an der Wand.« Er zuckt aufgeregt, wahrscheinlich überrascht und völlig aus dem Häuschen, dass er die Worte überhaupt herausgebracht hat.

Danielle knallt ihr Schließfach zu. »Was hast du gerade gesagt, Häschen?«

Simon wird ein wenig blass und hüpft von einem Bein aufs andere. Wenn er ein Hase ist, dann ist Danielle ein Fuchs und hat ihn mit einem Mörderblick im Visier.

»Ich sagte …«, stammelt er und verstummt.

Sie verschränkt die Arme und wippt ungeduldig mit dem Fuß. »Sag das noch einmal, Terst. Sag's mir ins Gesicht.«

»Ich hab's nicht geschrieben!« Simons Wangen werden knallrot.

»Das dachte ich mir.« Danielle wendet sich an Andrew und seufzt. »Zeig's mir einfach.«

»Wir haben versucht, es wegzumachen«, sagt er und tritt einen Schritt zur Seite.

Danielle sieht sich die Worte einen Augenblick an, im Raum könnte man eine Stecknadel fallen hören. Alle warten auf ihre Reaktion, warten darauf, was als Nächstes passiert. Ein paar Leute holen ihre Handys raus und halten sie hoch, um das Geschehen festzuhalten. Die Glocke erklingt durch die Lautsprecher und signalisiert den Beginn der nächsten Stunde. Keiner rührt sich.

Danielle schließt für einen Moment die Augen und atmet tief ein, ihr entspannter, lieblicher Gesichtsausdruck ist fast schon unheimlich. Dann reißt sie die Augen auf, dreht sich zu Simon und streckt ihm den Finger wie eine Klinge ins Gesicht.

»Also erst mal, Häschen, nur damit das klar ist, du wirst nie erfahren, wonach ich schmecke. Wenn du mich jemals auch nur berühren würdest, wäre es der aufregendste Moment deiner jämmerlichen, erbärmlichen Existenz.«

Simon ist hochrot, auf seiner Stirn bildet sich ein dünner Schweißfilm.

»Das stimmt nicht!«, stottert er. »Das …«

Danielle unterbricht ihn und dreht sich zu Ryder. Sie reckt ihren Arm höher, weil er so groß ist.

»Und wer glaubst du eigentlich, wer du bist? Niemand findet dich lustig. Ein Wunder, dass du überhaupt lesen konntest, was da steht.« Sie zeigt auf die Wand. »Oder musste es dir jemand vorlesen?«

Sie dreht sich zu Chase, der die Situation mit großen Augen beobachtet. »Und wenn ich rauskriege, dass du irgendwas hiermit zu tun hattest, kastriere ich dich.«

Er hebt kapitulierend die Arme, sagt aber nichts. Es sieht fast so aus, als würde er lächeln.

KAPITEL SECHZEHN

»Danielle ist so gruselig«, sagt Andrew am nächsten Tag und nimmt einen großen Bissen von seinem Erdnussbutterbrot. Mit vollem Mund klingt es mehr nach »Darnieh if fo rufwelig«, aber ich verstehe, was er sagen will.

Danielle durfte früher nach Hause, nachdem die Lehrer gesehen hatten, was an der Wand stand. Ava, die in Tränen ausgebrochen war, als sie davon erfuhr, ging mit ihr. Die Tränen sind wahrscheinlich auf die Kohlorien zurückzuführen, von denen sich Ava die ganze Woche über ernährt hat. Sie haben sich heute beide krank gemeldet, was heißt, dass sie den Tag zusammen verbringen.

Wir sitzen draußen auf den Picknicktischen, weil es tatsächlich angenehm warm ist. Hannah hockt uns gegenüber und rümpft angeekelt die Nase, als sie Andrew kauen sieht.

»Eigentlich ist sie wirklich nett«, sagt Hannah, so wie man es von ihr kennt. »Aber sie hat eine harte Schale. Sie ist wie eine Schildkröte.«

»Das Mädchen ist keine Schildkröte.« Andrew hebt die Augenbrauen. »Wenn du sie mit einem Tier vergleichen willst, dann zumindest mit einem Fleischfresser. Vielleicht einem Piranha oder einem Tyrannosaurus Rex.«

Hannah seufzt. »Okay, dann ist sie eher eine Schnecke.«

Andrew lacht. »Das ist jetzt lächerlich. Wenn du nach

etwas mit harter Schale suchst, wie wäre es dann mit einer Handgranate?«

»Welches Tier bin ich?«, fragt Hannah.

»Du bist ein Vogel«, sagt Andrew wie aus der Pistole geschossen. »Irgendein farbenfroher, außergewöhnlicher.«

»Mit scharfen Krallen«, füge ich hinzu.

»Aber nimm dich vor der hier in Acht.« Andrew deutet mit dem Kopf auf mich und grinst. »Du weißt, was Vögel bei ihr auslösen.«

»Haha, sehr witzig«, sage ich sarkastisch.

Hannah lacht. »Okay, welches Tier ist Keely?«

Andrew dreht sich zu mir und beißt sich auf die Lippe. Er überlegt kurz. »Du bist eine Giraffe.«

»Was, wieso?«, frage ich. »Ich bin doch so klein.«

»Ich weiß«, sagt er. »Aber Giraffen mag ich am liebsten.« Er lächelt mich an, den Mund voller Erdnussbutter. Ich lächle zurück und fühle mich seltsam geschmeichelt von dem Kompliment.

Hannah seufzt und blickt mit ernster Miene auf ihre Hände. »Ich schätze, es ist noch am besten, wenn diese Dinge Danielle treffen. Wenn jemand so etwas über mich schreiben würde, müsste ich sicher heulen.«

»Menschen können so ätzend sein«, sage ich. Genau deswegen habe ich so viel Angst davor, mit jemandem zu schlafen – danach kann so viel passieren.

»Mist, ich muss los.« Andrew guckt auf sein Handy. »Ich habe eine Verabredung zum Lernen.«

»Cecilia?«, frage ich.

Er stopft die Tüte mit dem Sandwich in seinen Rucksack. »Cecilia und ich sind Geschichte.«

»Hey, Andrew?«, ertönt da eine Stimme hinter uns,

sanft und melodisch. Sie gehört zu einem Mädchen aus der elften Klasse, Abby Feliciano, klein und hübsch, mit glatten, schwarzen Haaren. Plötzlich habe ich Mitleid mit Cecilia. Zum tausendsten Mal wünschte ich, Andrew würde nicht so rücksichtslos mit den Gefühlen anderer Leute umgehen.

»Hey Abby«, sagt Andrew und steht auf.

Sie hält einen Notizblock in den Händen. »Ich habe ein paar meiner Notizen für dich kopiert. Möchtest du sie haben? Wenn du jetzt keine Zeit hast, können wir sie auch heute Abend durchgehen.«

»Nein, schon gut. Wir sehen uns später, Leute, okay? Abby und ich müssen noch ein wenig lernen.«

»Er ist *so* ein guter Nachhilfelehrer«, schwärmt Abby. Ihre Stimme ist dermaßen voller Bewunderung, dass mir ein wenig schlecht wird.

Als sie weg sind, verziehe ich das Gesicht. »Warum fällt es ihm so leicht? Will er sich vor dem Abschluss durch die gesamte elfte Klasse vögeln?«

Hannah zuckt mit den Schultern und beißt in ihr Sandwich. »Er ist heiß. Die Mädchen haben es bemerkt, vor allem die aus der Elften, wie man sieht.«

»Alles, was mich verunsichert, ist für ihn keine große Sache.«

Als Andrew seine Jungfräulichkeit verloren hat, hat er vermutlich keinen Gedanken daran verschwendet, ob das Mädchen ihn am nächsten Tag noch respektieren wird. Wenn Jungs Sex haben, schreiben die Leute keine schrecklichen Dinge an die Wand.

»Er weiß gar nicht, wie gut er es hat«, sage ich.

»Hm, vielleicht kann er dir helfen«, sagt Hannah schulterzuckend. Sie zerknüllt das Sandwichpapier und wirft es in den Müll, dann holt sie eine Flasche Eistee raus. Als sie den Deckel abschraubt, ertönt das vertraute Klacken.

»Oh ja, ich bitte ihn einfach, mir Nachhilfe zu geben«, sage ich lachend. Ich klimpere mit den Wimpern und imitiere Abby Feliciano: »Er ist *so* ein guter Nachhilfelehrer.«

»Das ist echt keine schlechte Idee«, sagt Hannah und bietet mir was von dem Eistee an. Ich nehme ihn, immer noch lachend.

»Was?«

»Er könnte dich coachen. Falls du dir immer noch den Kopf darüber zerbrichst, was du zu James Dean gesagt hat, könnte Andrew dir ein paar Tipps geben. Er weiß offensichtlich, was er tut.«

»Ich schätze, ich könnte ihn tatsächlich um Rat bitten«, sage ich und spüre, wie meine Ohren heiß werden. Nachdem ich einen Schluck Eistee getrunken habe, gebe ich ihn Hannah zurück.

Jetzt wo Andrew und ich angefangen haben, über unser Sexleben zu sprechen, wäre es vielleicht gar nicht mehr so seltsam. Das Gespräch bei Jans haben wir ganz gut hingekriegt. Hannah hat vielleicht recht: Andrew könnte mir ein paar hilfreiche Tipps geben, wenn ich mich traue, ihn darum zu bitten.

»Du könntest ihn um Rat bitten, klar«, sagt sie und zuckt mit den Schultern. »Oder du könntest einfach mit ihm schlafen.« Sie sagt es so beiläufig, als wäre es ein völlig normaler Vorschlag. Ich schnaube und schlage sie spielerisch auf den Arm.

»Ja, klar«, sage ich. »Tolle Idee. Geradezu genial!«

»Keely, das ist kein Witz«, sagt sie, und mein Gesicht verliert an Farbe.

»Hannah, nein.« Ich senke meine Stimme und sehe mich um, weil ich Angst habe, jemand könnte uns hören. Niemand beachtet uns. Ich lache verlegen, doch das Lachen bleibt mir im Halse stecken, und es kommt nur ein Krächzen heraus.

»Denk mal drüber nach.« Sie redet weiter. »Ihm liegt offensichtlich viel an dir, und er respektiert dich. Und er weiß, was er tut. Guck dir nur die ganzen Elftklässlerinnen an! Also könntest du mit ihm für James Dean üben. Es wäre so etwas wie … Aufwärmsex. Ein Probedurchlauf, bevor es drauf ankommt.« Sie lehnt sich vor und präsentiert ihre Idee mit wachsender Begeisterung. Ihre Augen funkeln geradezu. »Würdest du in der Ersten Liga aufkreuzen, ohne jemals zuvor gespielt zu haben? Ohne jemals einen Baseballschläger in der Hand gehabt zu haben? Nein, du würdest dir einen Trainer suchen und trainieren, und am Anfang wärst du nicht besonders gut, aber dann würdest du immer besser werden. Übung macht den Meister.« Sie klatscht in die Hände und quiekt, so wie man es sonst nur von Ava kennt. »Und außerdem«, fügt sie hinzu, »wird es dann egal sein, dass du gelogen hast. Du wirst keine Jungfrau mehr sein.«

»So einfach ist das nicht«, sage ich. »Wir sind schon viel zu lange befreundet. Freunde … haben keinen Sex.« Allein die Worte auszusprechen kostet mich Überwindung. Trotz der frischen Frühlingsbrise ist mir total heiß und mein Mund ist trocken.

»Klar haben Freunde Sex«, sagt sie, als wären meine

Einwände total abwegig. »Was ist mit Ron und Hermine?«

»Ron und Hermine haben nicht miteinander geschlafen«, sage ich.

»Haben sie wohl! Sie haben sogar Kinder bekommen, hast du das etwa vergessen? Du weißt so gut wie ich, was da in der Kammer des Schreckens lief!«

Ich lache. »Ja, okay. Aber sie standen aufeinander. Und das tun Andrew und ich nicht.«

»Da hast du recht«, sagt sie. »Aber Freundschaft plus ist doch auch eine Möglichkeit, oder? Leute machen das. Und es besteht nicht die Gefahr, dass ihr euch ineinander verknallt, weil du auf James Dean stehst und Andrew auf die gesamte elfte Klasse.«

»Ich kann nicht glauben, dass wir uns ernsthaft darüber unterhalten«, sage ich.

»*So* abwegig ist es nun auch wieder nicht, dass ihr miteinander schlaft. Eure Eltern dachten das sogar, weißt du noch? Wenn etwas die Eltern nicht vom Hocker haut, ist es keine große Sache.«

»Selbst wenn ich überzeugt wäre, dass es eine gute Idee ist, was ich nicht bin, weil es total verrückt ist, könnte ich ihn niemals fragen. Was würde ich überhaupt sagen? Er würde total ausflippen.« Hannah macht mich nervös. Die *Idee* macht mich nervös.

»Er ist ein Mann. Heterosexuelle Männer lassen sich keine Möglichkeit entgehen, mit einem heißen Mädchen zu schlafen.«

»Jetzt willst du mir Honig ums Maul schmieren«, sage ich, und sie lächelt.

»Ist doch wahr.«

»Du bist ein furchtbarer Mensch.«

Es klingelt und die Mittagspause ist zu Ende.

»Mag sein, aber ich bin *dein* furchtbarer Mensch, vergiss das bloß nicht.« Sie tätschelt mein Knie. »Dann hätten wir das ja geklärt.«

»Warte, nichts ist geklärt.« Das Herz schlägt mir bis zum Hals.

Sie steht auf und nimmt ihren Rucksack. »Bist du nicht froh, dass ich da bin, um all deine Probleme zu lösen?«

In der Nacht kann ich nicht schlafen. Immer wenn ich einschlummere, rütteln Hannahs Worte mich wach. Wenn ich meine Augen schließe, sehe ich Andrew vor mir. Es sind Erinnerungen an die vielen Male, die ich ihn mit Mädchen gesehen habe, wie er sie auf Partys gegen Wände drückt, seine Lippen auf ihre presst, die Hände in ihren Haaren vergräbt. Ich versuche, mir vorzustellen, wie er mich küsst. Ich teste den Gedanken, und meine Augen springen auf, tiefe Scham überkommt mich, als könnte er ein paar Straßen weiter in seinem eigenen Bett meine Gedanken lesen. Ich hasse es, dass Hannah damit angefangen hat, aber ihre Worte haben sich in mein Gehirn gegraben.

Der Vorschlag ist typisch Hannah. Seit der Junior High hat sie schon unzählige Kommentare über Andrew und mich abgegeben.

»Aber er ist süß!«, meinte sie in der achten Klasse, als ich das erste Mal bei ihr war.

Ich habe so getan, als müsste ich mich übergeben. »Er ist süß, aber auf dieselbe Art, wie du süß bist.« Es ist schwer zu erklären. »Verstehst du? Ich finde dich schön, aber ich stehe nicht auf Mädchen.«

»Aber du stehst doch auf Jungs?«

»Aber nicht auf Andrews«, sagte ich und verdrehte die Augen. »Wenn du ihn so süß findest, warum gehst du dann nicht mit ihm aus?«

»Weil er dir gehört«, erwiderte sie, als wäre das offensichtlich.

Ich habe mich an diese Unterhaltungen mit Hannah gewöhnt, ihre zweideutigen Witze über sein Bett oder den blöden Job bei der Feuerwehr. Aber diesmal ist es anders. Sie versucht nicht, mich mit Andrew zusammenzubringen. Sie will mir mit Dean weiterhelfen.

Ich seufze und drehe mich auf den Bauch. Ich kann nicht fassen, dass ich überhaupt darüber nachdenke. Wahrscheinlich würde Andrew *Nein* sagen, und dann wäre es zwischen uns unangenehm und seltsam. Aber wäre es wirklich besser, wenn er *Ja* sagte?

Auch wenn ich es nicht zugeben will, hat Hannah irgendwie recht. Es ist die ideale Lösung für mein Problem. Ich will mein erstes Mal mit jemandem haben, dem ich voll und ganz vertraue, von dem ich weiß, dass er danach nicht aufhören wird, mit mir zu reden, der mich nicht verurteilen wird, wenn ich aufgeregt, ungeschickt oder ängstlich bin. Wenn ich Andrews Laken vollblute, wäre es nicht schlimm. Ich habe mir vor ihm sogar schon in die Hosen gemacht. Mehrmals. Er hat mich in meinen schwächsten, ekligsten und schwitzigsten Momenten erlebt und hält trotzdem immer noch zu mir.

Wenn ich mit Andrew schlafe, könnte ich das unangenehme, schmerzhafte und peinliche erste Mal hinter mich bringen. Ich könnte die Grundlagen lernen und üben, bis ich mich wohlfühle, bis ich weiß, was ich tun muss und wie. Und dann wird es leicht sein, mit anderen zu schlafen. Ich hätte keine dunkle Wolke der Jungfräulichkeit mehr über mir. Ich könnte mit Dean schlafen, ganz ohne Druck. Er müsste sich keine Gedanken darüber machen, dass es mein erstes Mal ist. Ich müsste mir keine Gedanken darüber machen, dass ich gelogen habe.

Aber es ist zu schräg. Die Pubertät hat Andrew zwar gutgetan und ihm viel Selbstvertrauen und Mädchen beschert, aber für mich ist er immer noch mein schlaksiger Sandkastenfreund mit Sommersprossen und zerzausten Haaren. Er ist immer noch der Junge, der mir das Alphabet vorgerülpst hat, der eine ganze Woche so getan hat, als wäre er ein Dinosaurier und alle meine Fragen mit einem lauten Brüllen beantwortet hat. Diese Erinnerungen passen nicht zu dem Jungen, der er jetzt ist, ich kann ihn nicht so sehen, wie Hannah ihn sieht.

Mein Handy piept und ich rolle mich zur Seite, um es zu holen. Eine Nachricht von Dean. Adrenalin schießt durch meine Adern, die Gedanken an Andrew sind glücklicherweise vorerst verdrängt.

Was machst du gerade?

Ich kneife die Augen zusammen. Es ist zwei Uhr nachts, und morgen habe ich Schule. Was denkt er, was ich mache? Sollte ich noch unterwegs sein? Ist er unterwegs?

Kann nicht schlafen

Ein paar Minuten später schreibt er zurück.

Willst du mit mir zusammen nicht schlafen? ;)

Mein Herz pocht wild in meiner Brust. Was soll ich darauf antworten? Es ist viel schwerer, wenn Danielle nicht hier ist, um mir zu helfen.

Ich kann nicht. Heute ist Dienstag.

Ich kann mich auf keinen Fall aus dem Haus schleichen und morgen früh wieder da sein, meine Eltern würden es merken, außerdem habe ich meine Zahnspange schon drin. Mein Handy piept.

Wie süß.

Ich schreibe zurück.

Was ist süß?

Ich starre gequält auf den Bildschirm, und es vergehen ein paar Minuten, bis er antwortet. Endlich piept es.

Du. Sicher, dass du nicht vorbeikommen willst?

Und irgendwie ist das alles, was nötig ist. Irgendwie ertappe ich mich dabei, dass ich aus dem Bett krieche, einen Pulli überziehe und ins Bad gehe, um mein Gesicht zu waschen und mich fertigzumachen. Bei dem Gedanken, mich hinauszuschleichen, spüre ich ein aufgeregtes Flattern in der Brust. Nicht nur, weil ich die Regeln breche, sondern weil ich sie breche, um einen *Typen* zu treffen. Wenn jemand wie James Dean dich süß nennt, ist es alle Konsequenzen wert.

> Nur für ganz kurz, okay? Du musst mich abholen kommen.

Ein Stück die Straße runter steige ich in Deans Auto, damit der laufende Motor meine Eltern nicht weckt. Er sieht verschlafen aus, seine Haare stehen auf einer Seite ab, und er trägt einen weinroten Pulli der Uni. Ich muss an den Moment denken, als ich im Bett neben ihm aufgewacht bin, wie süß er im Schlaf aussah, so zerzaust, und ich habe wieder Schmetterlinge im Bauch.

Gleichzeitig habe ich Angst – nicht nur davor, erwischt zu werden, sondern auch davor, ihn außerhalb der Arbeit wiederzusehen. Diese Nacht könnte auf so viele verschiedene Arten laufen. Plötzlich scheint mir die ganze Debatte um Andrew bedeutungslos. Ich bin wie elektrisiert von Deans Nähe.

»Warst du schon im Bett?«, frage ich beim Einsteigen und passe auf, die Tür so leise wie möglich zu schließen. Unsere Nachbarn haben zwei laute Hunde, die bei jeder Kleinigkeit bellen.

»Nein, Cody und ich hatte ein paar Leute da, aber die sind jetzt alle weg.«

»An einem Dienstag?«, frage ich, und er grinst mich an.

»Du hast noch eine Menge über das Collegeleben zu lernen.«

Ich werde rot, zum Glück ist es dunkel, und er sieht es nicht.

»Ich dachte, du fährst ein Motorrad.« Ich deute auf die geflickte Innenausstattung des Honda. Es riecht ein bisschen nach alten Pommes.

»Das Auto gehört Cody. Das Motorrad wäre vielleicht etwas laut gewesen.« Er lehnt sich zu mir, legt die Hand an meinen Hinterkopf und fährt mit den Fingern durch mein Haar. Dann zieht er mich zu sich und küsst mich, seine Zunge spielt mit meinen Lippen und dringt in meinen Mund ein, auf eine Art, die sich mittlerweile erprobt und vertraut anfühlt. Seine Zunge streichelt meine, und bei dem Gefühl bekomme ich am ganzen Körper Gänsehaut.

Er lehnt sich ein klein wenig zurück, sodass unsere Gesichter nur wenige Zentimeter voneinander entfernt sind. »Außerdem«, flüstert er mit einem Lächeln auf den Lippen, »geht so was auf einem Motorrad nicht so leicht.« Er schnallt sich ab und kriecht näher zu mir auf den Beifahrersitz, bis er fast auf mir drauf liegt.

Ich löse mich etwas von ihm. »Was geht da nicht?«

»Du weißt genau, was ich meine.« Er lacht und versucht noch mal, mich zu küssen.

»Dean.« Ich wende mein Gesicht ab, sodass er die empfindliche Haut an meinem Hals küssen muss. Ich erschauere und lasse es für einen Moment zu. Doch dann zwinge ich mich, von ihm zurückzuweichen.

»Dean, wir sind in einem Auto.«

Ich weiß nicht, was ich tun oder sagen soll. Wie kann ich ihm klarmachen, dass ich mein erstes Mal nicht hier in diesem Auto haben will, ohne zuzugeben, dass es mein erstes Mal ist?

»Das ist kein Problem«, sagt er. »Keiner kann uns sehen.«

»Darum geht es nicht. Ich will ja mit dir schlafen«, sage ich und wünschte, es würde nicht so bettelnd klingen. »Ich will es wirklich, nur nicht hier. Nicht heute Nacht. Es ist Dienstag, es ist nicht …«

»Ich will es auch«, sagt er. »Wann wird der richtige Zeitpunkt sein?«

»Beim Abschlussball!« Die Worte purzeln unüberlegt aus mir heraus.

Er neigt den Kopf zur Seite und grinst von Ohr zu Ohr. »Beim Abschlussball?«

»Ja. An meiner Schule gibt's einen Abschlussball, am zwölften Juni. Es ist irgendwie doof, aber es wäre doch sicher nett, du weißt schon, wenn wir zusammen hingehen.« Meine Stimme zittert. Ich bin entsetzt, dass ich gefragt habe, aber auch irgendwie aus dem Häuschen. Wenn ich mit Dean zum Abschlussball gehe, könnte es tatsächlich eine Erinnerung fürs Leben werden. Ich sehe es vor mir – Dean und ich auf der Tanzfläche, seine Arme vor allen Leuten um meine Taille gelegt – und das Adrenalin schießt mir durch die Adern.

»Du willst also, dass ich dich zum Abschlussball begleite.« Jetzt lacht er offen. »Du bist eine von denen?«

»Von welchen?«

»Eine Romantikerin.« Er tippt mir sanft mit dem Zeigefinger auf die Nase. »Du bist eine Bridget Jones. *Die große Liebe meines Lebens.* Du bist eine Audrey, keine Marilyn.«

»Was soll das heißen?« Ich kenne die Filme, aber ich

fand keinen von ihnen besonders gut. Nicht genug Blut. Dean ist derjenige, der *Casablanca* zitiert.

»Du willst rauf aufs Empire State Building, in dein Eis heulen, weil du dich deinen Gefühlen nicht stellen kannst, diesen Liebe-kann-Krebs-heilen-Kram«, sagt er. »Ich hatte dich ganz falsch eingeschätzt.«

»Ich will nirgendwo reinheulen.«

»Keine Sorge«, sagt er und nimmt meine Hand. Seine Finger sind rau und warm. »Ich finde es süß. Lass uns zum Abschlussball gehen.«

»Okay«, sage ich und fühle ein nervöses Flattern in der Brust, der zwölfte Juni ist schon in zwei Monaten, das ist meine Deadline. Ich weiß, was er darunter versteht; was er mich eigentlich fragt und worauf ich mich einlasse. Jetzt habe ich ihm etwas versprochen.

»Ich sollte wieder rein«, sage ich. »Es ist spät.«

»Tut mir leid«, sagt Dean, und ich freue mich über die Ehrlichkeit in seiner Stimme. »Ich wollte dich vorhin zu nichts drängen oder so. Zwischen uns ist alles gut, oder? Wir sind groovy?«

Ich lache und verdrehe die Augen, als er *groovy* sagt, als wäre er ein cooler Typ aus den Siebzigern. Er klingt wie mein Vater.

»Alles groovy«, sage ich und neige mich zu ihm, um ihn noch einmal zu küssen, bevor ich die Autotür öffne und leise aussteige.

»Tschüss, meine Ballkönigin«, sagt er winkend.

»Tschüss, mein Ballkönig«, sage ich. Allein die Worte wecken die Vorfreude in mir.

Er startet den Motor und fährt weg. Ich sehe ihm nach, bis er um die Ecke biegt.

Das will ich auf keinen Fall verlieren: das Gefühl unserer verschränkten Hände; das Leuchten in seinen Augen, wenn er nur für mich einen blöden Witz macht; dass ich ihn küssen darf, wann immer ich will. Die zwei Monate bis zum Abschlussball fühlen sich plötzlich anders an. Ich bin frei. Jetzt kann ich ihn ohne den zusätzlichen Druck küssen. Ich habe mich entschieden, das Datum steht fest. Und ein Abschlussball mit James Dean. Kann es etwas Schöneres geben?

Aber dann werde ich von der Realität eingeholt, die Aufregung verwandelt sich in Angst. Ich stelle mir vor, wie wir zusammen im Bett liegen, wenn der Moment gekommen sein wird, den ich ihm jetzt endlich in Aussicht gestellt habe. Warum sollte ich riskieren, alles zu vermasseln, wenn mir Hannahs Plan einen perfekten Abend garantiert?

Bevor ich weiß, was ich eigentlich tue, bevor ich es mir anders überlegen kann, bevor mein Gehirn alles verarbeiten kann, hole ich mein Handy raus und schicke Andrew eine Nachricht.

Hast du morgen nach der Schule Zeit? Ich muss dich was Wichtiges fragen.

KAPITEL SIEBZEHN

Ich wache in Panik auf und greife suchend nach meinem Handy. Ich wünschte, ich könnte die gesendete Nachricht löschen. Was zur Hölle hat mich geritten?

Andrew hat geantwortet, wahrscheinlich nachdem ich eingeschlafen war.

Alles okay bei dir?

Und dann, ein paar Minuten später:

Collins? Jans morgen vor der Schule? Ich hol dich um 6:30 ab.

Ich werfe einen Blick auf die Uhr. 6:15. Also habe ich genau eine Viertelstunde, um mir eine gute Lüge auszudenken, die die Nachricht erklärt. Ich scrolle nach oben und lese noch mal, was ich geschrieben habe.

Hast du morgen nach der Schule Zeit? Ich muss dich was Wichtiges fragen.

Okay. Das ist nicht so schlimm. Es ist nicht so, als hätte ich geschrieben: *Ich will mit dir schlafen. Schreib zurück.* Aus der Sache kann ich mich noch rauswinden. Aber was kann ich ihn stattdessen Wichtiges fragen? Andrew hat ein unglaubliches Gespür dafür, wann ich ihm etwas vormache. Er kennt mich schon zu lange – hat schon zu oft miterlebt, wie ich mich vor unangenehmen Situationen drücke.

Ich sprinte ins Bad für eine Katzenwäsche. Keine Zeit zu duschen. Die Badezimmeruhr tickt Minute für Minute und stresst mich. Bei dem Druck kann ich keinen klaren Gedanken fassen.

Ich stöhne und werfe mein Handy auf die Bettdecke. Über meinem Bett hängt ein Poster von einem Eisbärenjungen. Eigentlich bin ich dafür zu alt, aber ich habe mir nie die Mühe gemacht es runterzunehmen. Andrew hat einmal mit einem Filzstift runde Brillengläser und eine blitzförmige Narbe in das Gesicht gemalt und mit schiefer Schrift *Bärli Potter* auf das weiße Fell gekritzelt. Jetzt habe ich das Gefühl, das Poster will mich veräppeln. Bei der Erinnerung an diesen Moment fällt mir wieder ein, was auf dem Spiel steht.

Draußen erklingt eine Hupe – Andrews Jeep – und ich springe auf. Ich schnappe mir eine Jeans vom Boden, rieche kurz, ob ich sie noch anziehen kann, und schlüpfe hinein. Dann reiße ich die Schublade meines Kleiderschranks auf und ziehe das oberste T-Shirt an, ein Batik Shirt, das ich vor Ewigkeiten im Sommerlager gemacht habe. Mein Handy piept, und im selben Moment ruft meine Mutter von unten: »Keely, Schatz, Andrew wartet draußen. Bist du wach?«

Ihre Schritte nähern sich meinem Zimmer.

»Ja, Mom!«, rufe ich zurück und entsperre den Bildschirm meines Handys. Drei Nachrichten von Andrew.

Wach auf!

Heute bestellst du gefälligst deinen eigenen Speck

Oink, oink

Ich reiße meine Schlafzimmertür auf, stürme raus und krache dabei fast mit meiner Mutter zusammen, die mit einer dampfenden Tasse in der Hand auf der anderen Seite steht. Sie schreckt zurück und schafft es irgendwie, nicht zu kleckern.

»Hui, ganz langsam, mein Schatz!« Sie trägt noch immer ihren Schlafanzug, ein seidenes Etwas, am Kragen mit bunten Schmetterlingen und Blumen bestickt, den sie aus Japan hat. Sie streckt einen Arm aus, um mich aufzuhalten.

»Alles in Ordnung?«

»Ja, mir geht's gut«, sage ich und versuche vorbeizukommen. Sie streicht mir die Haare aus dem Gesicht, legt die Hand an meine Wange und sieht mich einen Moment an.

»Du würdest mir doch sagen, wenn etwas nicht stimmt, oder?«

»Ja«, sage ich und wende mich ab. »Ich bin spät dran zum Frühstück.«

Meine Mom reicht mir die Tasse. Sie ist angenehm warm.

»Hier, nimm das.«

Ich trinke einen Schluck, denke es ist Kaffee und verschlucke mich an der heißen, grünen Grütze.

»Mom! Was ist das?«

»Eine Coca-Kohl-a«, sagt sie. »Das ist ein toller entgiftender Drink. Beyoncé trinkt das angeblich vor jedem Konzert.«

Ich schnappe mir meinen Rucksack an der Tür, die Tasse noch immer in der Hand, und eile die Eingangstreppe runter zu Andrews Jeep. Der Morgen ist kalt und neblig, ein typischer Apriltag. Warm und schwül wird es erst in ein paar Wochen und ganz plötzlich, ohne jegliche Vorwarnung, wird dann der Sommer mit drückender Hitze kommen.

Ich klettere mit einer gemurmelten Begrüßung in den Jeep, reiche ihm die Tasse und sehe zu, wie er davon trinkt. Ich warte auf das unvermeidliche angeekelte Gesicht, aber er hebt nur die Augenbrauen.

»Interessant. Was ist das?« Er trinkt aus und schlürft den letzten Rest. »Etwas salatartig. Nicht unbedingt was ich zum Frühstück empfehlen würde, aber danke.« Mittlerweile sollte ich wissen, dass Andrew wie ein menschlicher Müllschlucker ist und alles runterschlingt. Er reicht mir die leere Tasse zurück, und ich nehme sie, achte aber darauf, dass unsere Finger sich nicht berühren. Ich sacke im Sitz zusammen und drehe an den Knöpfen des Radios, um nicht daran denken zu müssen, wie sehr ich in der Klemme stecke. Ich ärgere mich, dass ich überhaupt über seine Finger nachdenke.

Andrews Haare sind zerzaust und stehen in alle Richtungen ab. Man merkt, dass er bis vor Kurzem noch gemütlich auf einem Kissen gelegen hat. Er trägt seine Brille, die leicht verbogen ist, wahrscheinlich hat er sich gerade zum hundertsten Mal draufgesetzt. Als ich ihn ansehe, wird mir komisch zumute, und ich muss daran denken, wie es wäre, ihn zu küssen. Ich kichere verlegen und spüre, dass mein Gesicht feucht und heiß wird.

Hannah hat mich verdorben.

»Also, was gibt's?«, fragt er, doch er verstummt, als er meinen Blick sieht. Ich habe mir noch keine Ausrede überlegt, irgendeine einfache, unverfängliche Frage, die ich stattdessen stellen könnte. Jetzt ist es zu spät. Er greift nach seiner Brille, nimmt sie ab und setzt sie sofort wieder auf. »Willst du gleich darüber sprechen oder erst, wenn wir unseren Frühstücksspeck haben?«

»Beim Frühstückspeck«, sage ich, immer noch leise kichernd. Er dreht den Schlüssel in der Zündung, und der Jeep rumpelt beim Start des Motors.

»Muss ich mir Sorgen machen?«, fragt er. Er wirft einen Blick über die Schulter, bevor er aus der Einfahrt fährt. »Du meintest, es wäre wichtig.«

Ich atme tief ein, damit ich ruhiger werde und das Gekicher nachlässt. »Es war nichts.« Ich räuspere mich, bemüht darum, ernst zu bleiben. »Tu einfach so, als hätte ich nie was geschrieben.« Ich kann nicht anders, ich bekomme wieder einen Lachkrampf, diesmal noch schlimmer als vorher.

Andrew lässt mich zum Glück damit durchkommen, und wir fahren zu Jans. Er parkt davor, und wir steigen aus dem Jeep.

Das Diner ist leer, bis auf eine Gruppe Prescott Leute, die zusammengedrängt an einem Tisch in der Ecke sitzen.

Es kommt schon mal vor, dass einige Schüler vor der Schule kiffen und dann mit ihrem frühmorgendlichen Heißhunger zu Jans kommen. Ich war noch nie eine Frühaufsteherin, und es ist mir ein Rätsel, wie man Gras so sehr lieben kann, dass man sich dafür einen Wecker stellt. Heute sitzt da eine Gruppe Zehntklässler, die schweigend mit glasigen Augen dasitzen und Pfannkuchen in sich reinschaufeln.

Ich lenke Andrew in die gegenüberliegende Ecke, so weit weg wie möglich, damit wir unsere Ruhe haben. Es ist unwahrscheinlich, dass sie uns in ihrem Zustand belauschen könnten, aber ich bin gerade etwas paranoid und schreckhaft.

Die Kellnerin kommt und nimmt unsere Bestellung auf: zwei kleine Stapel Pfannkuchen mit Erdbeeren, zwei Kaffee und zwei Portionen Speck. Als sie weggeht, wird es still, und ich erinnere mich daran, warum wir hier sind.

»Also, ich schätze, du willst mich etwas Peinliches fragen«, sagt Andrew. »Erst schickst du mir eine kryptische Nachricht, und dann führst du dich total seltsam auf.« Er trinkt von seinem Wasser. »Zum Glück sind wir bereits Freunde, ich hätte wahrscheinlich schon aufgegeben, wenn wir uns nicht so gut kennen würden. Du bist ja völlig neben der Spur.« Er lächelt, um mir zu zeigen, dass er es nicht ernst meint.

»Wie gesagt, vergiss die Nachricht einfach.«

Die Kellnerin kommt mit dem Kaffee und stellt ihn vor uns auf den Tisch. Andrew zieht eine Tasse zu sich. Er nimmt drei Päckchen Zucker, reißt sie schwungvoll auf und kippt sie nacheinander in sein Getränk.

Ich rümpfe die Nase und trinke von meinem eigenen Kaffee. »Ich hab die Nachricht aus Versehen losgeschickt.«

Er runzelt die Stirn. »Du kannst mir vertrauen, Collins. Weißt du noch, was du mal gesagt hat? Du bist für meine Spinnereien da? Also ich bin auch für deine Spinnereien da. Du bist meine kleine Spinnerin.«

»Ich weiß.« Ich nehme die leeren Zuckertütchen und zerreiße sie in kleine Stücke. Das lenkt mich ab.

»Wir brauchen alle wen, mit dem wir auch über die peinlichen Sachen reden können.« Er nimmt mir die Tütchen aus der Hand und schiebt den Papierhaufen weg. »Weißt du noch, wie du in der ersten Klasse mal bei mir übernachtet hast? Als wir am nächsten Morgen aufgewacht sind, hattest du ins Bett gemacht.« Er grinst.

»Das warst du«, sage ich und muss lachen. »Du warst derjenige, der ins Bett gemacht hat.«

»Dafür gibt es keine Beweise.« Er hebt die Augenbrauen. »Wie auch immer, das hier kann nicht schlimmer sein als damals.«

»Es ist schlimmer«, sage ich bedrückt.

Er trinkt von seinem Kaffee, im nächsten Moment leuchten seine Augen plötzlich auf. »Okay, was ist mit damals in der siebten Klasse, als du deine …«, er stockt bei dem Wort, »ähm … Regel in der Schule bekommen hast und dir für den Rest des Tages mein Sweatshirt ausgeliehen hast?«

Ich erinnere mich nur zu gut an diesen furchtbaren Tag. Am Ende der Mathestunde bin ich aufgestanden und habe auf meinem Stuhl einen kleinen roten Fleck gesehen. Es war, als hätte jemand den ganzen Sauerstoff aus dem Raum gesogen. Ich konnte nicht atmen, konnte mich nicht bewegen. Ich hatte mich noch mit keinem Mädchen angefreundet und konnte außer Andrew niemanden fragen. Ich habe mich damals bemüht, meinen Hintern mit dem Rucksack zu verdecken, und Andrew feuerrot zur Seite gezogen und meine Bitte gestammelt. Er gab mir sein Sweatshirt, und ich wickelte es mir für den Rest des Tages um die Hüfte. Wir haben nie wieder darüber gesprochen. Das war eines der ersten Male, dass ich eine seltsame Distanz zwischen uns gespürt habe, als mir langsam klar wurde, dass ich ein Mädchen bin und er ein Junge, und dass unsere Erfahrungen in verschiedene Richtungen gehen würden.

»Ich fass es nicht, dass du das aufbringst«, sage ich, und mein Gesicht wird wieder heiß.

»Ich sag ja nur, das jetzt kann wohl kaum peinlicher sein.« Er trinkt noch einen Schluck Kaffee. Dann stellt er die Tasse hin, lehnt sich zurück und wartet, dass ich etwas sage. Ich schweige.

»Okay, dann frage ich dich aus«, sagt er, beugt sich vor und verschränkt die Hände vor sich auf dem Tisch. »Ist es so *ähnlich* wie bei dem Regel-Debakel in der siebten Klasse?«

Ich schüttle den Kopf.

»Okay, was könnte noch peinlich sein? Hmmmmm. Geht es um … Körperfunktionen? Badezimmer? Toiletten?«

Ich lache und schüttle wieder verneinend den Kopf. »Keine Toiletten.«

»Gott sei Dank.« Er denkt einen Moment nach. »Hat es was mit Hannah zu tun? Kannst du deshalb nicht mit ihr darüber reden?«

Ich seufze und schüttle wieder den Kopf. »Ich kann sie nicht fragen, weil sie ein Mädchen ist. Ich meine, ich *könnte* sie vermutlich fragen, aber ich … bin hetero.«

»Hmmm. Geht es um James Dean?«

Ich nicke und tippe mir auf die Nase, wie man es bei Scharade macht, wenn jemand richtig rät.

»Hat er was getan?« Andrew lehnt sich mit gerunzelter Stirn vor. »Muss ich ihn umbringen?«

»Nein. Nichts dergleichen«, sage ich, und er entspannt sich.

»Geht es um Sex?« Er lehnt sich wieder vor. »Darum kicherst du auch die ganze Zeit. Weil du fünf bist.«

»Hey!«, sage ich, tippe mir aber trotzdem auf die Nase. Er ist schon ganz nah dran, und ich bin nicht sicher, ob ich das Spiel weiterspielen will. Wenn ich einmal gefragt habe, gibt es kein Zurück mehr. Es gibt keine Garantie, dass unsere Freundschaft nicht für immer daran zerbricht. Das wäre schlimmer als das große Regel-Debakel in der siebten Klasse. Viel schlimmer.

»Ich will nur deinen Rat«, sage ich endlich. »Und du scheinst zu wissen, was du tust. Ich meine, ich habe aus nächster Nähe erlebt, mit wie vielen Mädchen du schon was hattest, also kannst du mir bestimmt ein wenig helfen.«

Die Kellnerin kommt mit unserem Essen, und ich fahre erschrocken zusammen. Als sie die Pfannkuchen auf den Tisch stellt, schenke ich ihr ein gequältes Lächeln.

»Vorsicht. Die Teller sind heiß. Guten Appetit!«, sagt sie fröhlich und geht wieder.

Ich nehme meine Gabel und klopfe damit auf den Tisch, mein Essen rühre ich nicht an. Andrew nimmt einen großen Bissen von seinen Pfannkuchen. Anscheinend ist nichts zu peinlich, um ihm den Appetit zu verderben. Ich räuspere mich, während ich überlege, was ich sagen soll. Ich atme tief ein, und die Worte platzen aus mir raus.

»Ich will beim Abschlussball mit James Dean schlafen, aber ich habe keine Ahnung, wie das geht. Er ist offensichtlich sehr erfahren, weil er ja schon studiert. Und er weiß nicht, dass ich noch nie Sex hatte. Aber ich weiß nicht so recht, ob ich will, dass er es erfährt, weil er dann vielleicht Angst bekommt. Ich will, dass er mich mag, verstehst du? Und ich bin einfach so nervös, weil ich keinen blassen Schimmer habe, wie … ähm …« Ich verstumme. »Und du könntest mir sicher helfen. Es war Hannahs Idee, also ist es völlig okay, wenn du nicht willst. Fühl dich nicht gedrängt.«

Er schluckt den Bissen runter. »Ähm, okay. Ich kann dir ein paar Tipps geben, schätze ich.« Er streicht mit der Hand über seine Stirn und reibt die Augenbrauen mit Daumen und Zeigefinger, dann sieht er mich wieder an und isst noch einen Bissen von den Pfannkuchen. »Warum sollte ich mich gedrängt fühlen?«

»Oh«, sage ich, als mir klar wird, dass ich eigentlich noch nicht zum springenden Punkt gekommen bin. »Oh. Ich meinte eigentlich was Anderes.« Ich räuspere mich noch mal und trinke einen Schluck Kaffee, aber er ist lauwarm und bitter. Ich zwinge mich zu schlucken, rücke die Tasse zur Seite, senke die Stimme und werfe einen Blick hinter mich zu dem Tisch der bekifften Zehntklässler. Sie beachten uns nicht.

»Collins?«, fragt er. »Keely?«

Ich stammle flüsternd: »Ich will keine Jungfrau mehr

sein. Und ich vertraue dir. Du würdest nie Gerüchte über mich verbreiten oder so was. Ich dachte nur, vielleicht könnten wir …«, ich räuspere mich, »vielleicht könnten wir miteinander schlafen. Also, du könntest es mir beibringen. Wir könnten üben.«

Er hustet, als hätte er sich verschluckt, und stößt mit dem Ellbogen die große Tasse um. Der Kaffee fließt schnell über den Tisch auf mich zu, die Flüssigkeit ergießt sich auf meinen Schoß. Ich springe auf und schnappe mir hektisch einen Stapel Servietten.

»Sorry.« Andrew springt auch auf, weil er zu spät sieht, dass der Kaffee gar nicht in seine Richtung fließt. Er setzt sich wieder, steht dann aber noch mal auf, um mir ein paar Servietten zu reichen.

»Tut mir leid«, sage ich. »Vergiss es einfach, okay?«

Es ist so demütigend. Ich fasse es nicht, dass ich all meinen Mut zusammengenommen und mir eingeredet habe, es wäre okay, ihn zu fragen. Wie konnte ich bloß denken, es wäre eine gute Idee? Ich nehme meinen Rucksack und wende mich zum Ausgang.

»Nein, hey«, sagt er leise. »Setz dich wieder.«

Ich spüre, wie mir die Tränen kommen, und versuche, sie zurückzuhalten, die Sache ist so schon peinlich genug.

»Keely«, sagt er, und ich setze mich wieder an den Tisch, den Blick starr auf die nassen Servietten gerichtet. Er schweigt einen Moment, denkt nach und spricht dann leise und mit belegter Stimme. »Ich hab nicht … wir haben nicht …« Er hält kurz inne. »Du bedeutest mir so viel, so will ich nicht …«

»Du bedeutest mir auch sehr viel«, sage ich. »Darum frag ich ja.«

Er schiebt seine Pfannkuchen weg und legt die benutzte Serviette auf den Teller.

»Ich steh nicht so auf dich, wie ich auf Dean stehe, also ist da kein Druck«, fahre ich fort.

»Wenn du so auf Dean stehst, warum schläfst du nicht einfach mit ihm?«

»Alle sagen, das erste Mal tut einem Mädchen weh«, sage ich mit schwankender Stimme. »Ich würde es lieber einfach hinter mich bringen. Für Jungs ist es anders. Euer erstes Mal … na ja, ihr müsst euch keine Gedanken wegen Schmerzen oder Blut machen oder dass euch jemand eine Schlampe nennt. Du hast gesehen, was mit Danielle passiert ist. Sie kann wenigstens damit umgehen. Ich würde tot umfallen, wenn jemand solche Sachen über mich schreiben würde.« Ich male mit der Gabel auf den Tisch.

»Und du denkst, Dean würde das tun?«

»Nein.« Ich seufze. »Ich weiß es nicht, ich glaube nicht. Aber eine Jungfrau zu sein kompliziert alles. Ich will einfach mit ihm schlafen, ohne dass es eine große Sache ist. Ich will nicht, dass es um *alles* geht.« Ich lege die Gabel weg. »Aber es ist egal. Tut mir leid, dass ich alles kaputtgemacht hab.«

Ich wühle im Rucksack nach meinem Portemonnaie und lege einen Zwanzigdollarschein auf den Tisch. »Das Frühstück geht heute auf mich, okay? Wir sehen uns in der Schule.«

»Nein, warte«, sagt er und streckt einen Arm aus, um mich aufzuhalten. Ich kann seinen Gesichtsausdruck nicht deuten. Hinter den Brillengläsern sind seine Augen so schmal zusammengekniffen, dass sich Fältchen in seinen Augenwinkeln bilden. Er presst die Lippen fest aufeinander. »Ach, scheiß drauf«, sagt er schließlich seufzend und fährt sich durchs Haar. »Okay. Okay geht klar.«

Meine Augen werden groß, und mir bleibt die Luft weg. »Im Ernst?« Ich weiß nicht, wie ich das finde, ob ich froh sein soll, aufgeregt oder entsetzt. »Okay«, sage ich und setze mich wieder an den Tisch.

»Okay«, wiederholt er mit einem albernem Grinsen. »Ähm, wo und wann willst du es tun?«

»Oh«, sage ich. »Richtig.« Ich überlege kurz. »Wahrscheinlich ist bei dir besser. In deinem Bett haben wir schon öfter geschlafen, dann ist es vielleicht weniger komisch.«

»Ich glaube, meine Eltern gehen am Freitag mit deinen aus«, sagt er. »In ein Sinfoniekonzert oder so was Langweiliges.«

»Das könnte passen«, antworte ich. »So ein Konzert dauert etwa drei Stunden, oder? Ist das genug Zeit?«

Er lacht leise. »Das reicht.« Ein verschmitztes Grinsen huscht über sein Gesicht. »Sollen wir es im Bett meiner Eltern tun und die Kondompackung liegen lassen?«

Ich gebe ihm einen Klaps auf den Arm, bin aber froh, dass er in so einer Situation Scherze machen kann. Vielleicht habe ich doch nicht alles kaputtgemacht.

KAPITEL ACHTZEHN

Die Fahrt vom Café zur Schule ist total seltsam. Wir versuchen uns so zu benehmen, als wäre nichts, aber alles, was wir tun, bekommt eine ungewohnte Bedeutung, in allem, was wir sagen, schwingt unser schräges Geheimnis mit und drängt an die Oberfläche. Es war vorhin schon komisch für mich, ihn nur zu berühren, doch jetzt ist es noch schlimmer. Als wir beide gleichzeitig nach dem Radioschalter greifen und unsere Hände sich in die Quere kommen, lache ich sofort verlegen auf und ziehe meine Hand weg, als hätte ich mich verbrannt.

»Wird die Sache dich jetzt für immer in eine Verrückte verwandeln?«, fragt Andrew. »Denn dann nehm ich alles zurück.«

»Nein, nicht für immer«, sage ich. »Lass mich den Rest der Fahrt noch ausflippen, und dann werde ich wieder normal. Versprochen … ich muss das nur noch verarbeiten.«

Er lächelt mich an. »Du hattest viel Zeit, dich an den Gedanken zu gewöhnen. Ich bin derjenige, der hier ausflippen müsste.«

»Ja, aber meine Gefühle fahren Achterbahn«, sage ich, und meine Stimme hängt in einer höheren Stimmlage fest als sonst. Er nimmt meine Hand. Ich versuche sie wegzuziehen, aber er hält sie fest und verschränkt seine Finger mit meinen.

»Siehst du?«, sagt er und hebt unsere verschränkten Hände hoch. »Wir berühren uns, und die Welt geht nicht unter.«

»Du hast recht«, sage ich und beruhige mich ein wenig. Es stimmt, seine Berührung ist angenehm und vertraut und normal. Wir halten seit Jahren Händchen. Er hat eine Narbe auf der Handfläche, weil er in der fünften Klasse vom Skateboard gefallen ist, und am rechten Daumen hat er Schwielen vom Gitarre spielen.

Jetzt legt er unsere Hände auf mein Knie und lässt sie im Rhythmus der Radiomusik auf und ab wippen. Es ist ein älterer Song von den Arctic Monkeys, eines meiner Lieblingslieder. Ich lächle und entspanne mich.

Als wir in der Schule ankommen, trennen sich unsere Wege, und wir gehen jeder in seinen Unterricht. In griechischer Mythologie kehrt meine Unbeschwertheit zurück, und ich schreibe ihm eine alberne Nachricht:

> Plan in die Wege geleitet. Drei Tage bis zur Durchführung. Der Countdown beginnt. Over.

Er schreibt zurück und aus Angst vor Ms. Galloway, die den Ruf hat, Handys aus dem Fenster zu werfen, obwohl ihr Klassenzimmer im dritten Stock ist, lese ich die Nachricht möglichst unauffällig.

> Die Jungferninseln sollen um diese Jahreszeit sehr schön sein.

Ich lächle, halte das Handy unter dem Tisch und schreibe

zurück. Kurz darauf geht es rasend schnell hin und her, und ich vergesse beinahe, dass ich im Unterricht bin.

Ich: In der Tat sehr schön. Und man kann viel unternehmen.

Andrew: Speläologie soll dort ausgezeichnet sein.

Ich: Speläologie?

Andrew: Höhlen erforschen

Ich schnaube, blicke schuldbewusst zu Ms Galloway und bemühe mich, mein Handy weiter versteckt zu halten. Ava sieht mich neugierig an.

»James Dean?«, formt sie mit den Lippen und deutet auf mein Handy.

»Ladys, Handys weg oder sie werden konfisziert.« Ms Galloway wendet sich von der Tafel ab und verschränkt die Arme. »Und die Rasensprenger sind an, wollt ihr also wirklich, dass eure Handys dort landen?«

Ich packe mein Handy in den Rucksack und sehe sie völlig unschuldig an.

Wie sich herausstellt, macht es Spaß, ein Geheimnis mit Andrew zu teilen. Es fühlt sich an wie früher, als wir Kinder waren und uns geheime Missionen ausgedacht haben. Mission: Klaue ein Stück Kuchen aus dem Kühlschrank, ohne erwischt zu werden. Mission: Klettere unter Moms

Tisch, während sie telefoniert, und nimm ihr einen Schuh weg. Mission: Entjungfere Keely.

Ich habe Hannah noch nichts von dem PLAN erzählt – der so viel Platz in meinem Kopf einnimmt, dass ich das Wort in Großbuchstaben vor mir sehe –, und ich weiß noch nicht, ob ich es überhaupt tun werde. Irgendwie mag ich, dass es nur eine Sache zwischen mir und Andrew ist. Es ist unser Geheimnis. Und auch wenn es ursprünglich Hannahs Idee war, ist es mir etwas peinlich ihr zu erzählen, dass ich beschlossen habe es durchzuziehen. Dass ich zu viel Angst habe, Dean die Wahrheit zu sagen.

Mit der Recherche habe ich es etwas übertrieben. Ich will, dass wir extra vorsichtig sind. Ich habe genug bescheuerte Realityshows über Teenagerschwangerschaften gesehen, um zu wissen, dass sie keine gute Idee sind. Außerdem interessiere ich mich sehr für Sextipps. Ich weiß, das Internet ist voller Infos, aber ich habe keine Ahnung, wo ich diese Seiten finden kann, und ich habe Angst, dass meine Eltern es auf der Rechnung sehen werden, sollte ich auf meinem Handy Pornos gucken. Erscheint auf der Telefonrechnung eine Liste der besuchten Webseiten? Das könnte ich natürlich googeln, aber was, wenn das auch auf der Liste steht?

Ich entscheide, dass Bücher eine sichere Wahl sind. Bücher stecken voller nützlicher Informationen, und sie können nicht zu explizit sein, immerhin hat jemand beschlossen, sie zu drucken und in einen Buchladen zu stellen, wo Omas und Kinder sie sehen können. Ich suche mir drei aus und zahle bar, nur für den Fall: Ein riesiges Lehrbuch mit dem Titel *Der sexuelle Körper erklärt*, ein illustriertes Handbuch namens *Die Kunst der Liebe* – mit

Zeichnungen von einem Pärchen in Hunderten verschiedenen abgefahrenen Stellungen – und *Flügel der Leidenschaft*, einen Liebesroman, den ich in letzter Sekunde dazu genommen habe, weil ich auf emotionale Einsichten hoffe.

Ich beginne spät abends unter der Decke mit *Die Kunst der Liebe* und versuche, so viel wie möglich zu lernen. Es gibt Kapitel über das Küssen, die ich unbedingt mit Dean ausprobieren will, und ein warmes Gefühl durchströmt meinen Körper, wenn ich die Zeichnungen sehe und mir vorstelle, dass wir das sein könnten.

Wenn der Plan vollzogen ist, werde ich ein wahrer Sexperte sein, und James Dean wird es die Sprache verschlagen. Darum weiß ich, dass es richtig ist, den Plan durchzuziehen. Es muss einfach richtig sein.

KAPITEL NEUNZEHN

Der Freitagabend kam viel zu schnell, und ich hatte nicht viel Zeit für meine Recherche. Mit *Flügel der Leidenschaft* habe ich noch nicht einmal angefangen, und plötzlich stehe ich in Andrews Küche, und der PLAN soll umgesetzt werden. Kann sein, dass ich mich gleich übergebe.

Vor uns auf dem Tisch steht ein Teller mit Crackern und Hummus, aber ich kriege jetzt nichts runter.

»Seid ihr sicher, dass ihr nicht mitkommen wollt?«, fragt Andrews Mom, während sie sich Ohrringe anlegt. Unsere Eltern gehen gleich los ins Konzert, das eine Stunde entfernt in Burlington stattfindet, also werden sie erst spät wiederkommen. »Wir könnten wahrscheinlich noch Karten bekommen. Rob kennt den ersten Geiger.«

»Nein, geht ihr nur.« Andrew schiebt sich einen Cracker in den Mund.

Ich hatte noch nie in meinem Leben so wenig Appetit.

In meinem Rucksack habe ich die Sexratgeber und einige Kondome, die ich mir im Büro der Schulkrankenschwester gegriffen habe, als niemand hingesehen hat. Ich musste Magenschmerzen vortäuschen, um nah genug ranzukommen. Jetzt spüre ich das Gewicht der Bücher auf meinen Schultern.

»Wir bleiben einfach hier«, sage ich mit piepsiger Stimme. Andrew sieht mich an. Ich weiß, wie verdächtig ich mich benehme, aber unsere Eltern sollten jetzt echt mal los. Ich räuspere mich und stopfe mir einen Cracker in den Mund, damit ich nicht weiterreden kann. Er schmeckt trocken und salzig. »Wir gucken wahrscheinlich einfach einen Film«, sage ich, wobei ich vergesse, dass ich eigentlich nicht reden wollte, und verschlucke mich. »Ihr wisst schon, nichts Besonderes. Mann, diese Cracker sind vielleicht trocken.«

Andrew tritt mich und verdreht die Augen.

»Okay, ihr wisst, bei uns wird es spät«, sagt meine Mom. Sie kommt zu uns rüber, gibt mir einen Kuss auf die Stirn und geht dann weiter zu ihm, um auch ihm einen Kuss auf die Stirn zu drücken.

»Aber ladet keine anderen Leute ein«, sagt seine Mom, während sie ihren Mantel anzieht. »*So* spät wird es nun auch wieder nicht.«

»Viel Spaß. Benehmt euch«, sagt mein Dad und winkt. Dann sind sie endlich weg.

Und wir sind allein.

Andrew und ich stehen noch ein paar Minuten schweigend neben dem Hummus und den Crackern. Ich kann das Tick-Tack der Wohnzimmeruhr hören und das leise Surren des Kühlschranks. Ich greife nach einem weiteren Cracker, weil ich irgendetwas tun muss, und beiße ab. Das Knacken klingt durch den ganzen Raum, beinah so, als würden die Wände ein Echo erzeugen.

Und dann fange ich an zu kichern, erst leise, weil ich es mir verkneifen will.

»Ernsthaft?«, fragt Andrew. »Ich dachte, das hätten wir hinter uns.« Aber er fängt auch an zu lachen, und ich muss schnauben, und Cracker-Stückchen fliegen aus meinem Mund auf den Tisch. »Igitt!« Er lacht jetzt lauter.

Ich öffne den Mund und strecke die Zunge raus, sodass er die vorgekauten Cracker sieht.

»Du siehst aus wie ein Vogeljunges«, sagt er.

»Oh, soll ich dich füttern?« Ich senke den Kopf, und der matschige Cracker fällt fast aus meinem Mund und auf ihn drauf.

»Nein!« Er macht einen Satz von mir weg und kreuzt abwehrend die Arme, als wäre ich ein Vampir.

»Na gut«, sage ich und schlucke den Brei runter.

Er grinst. »Aber was für eine bemerkenswerte Form der Verführung. Ich kann dir kaum widerstehen.«

Das Lachen vergeht mir, als ich mich erinnere, warum wir hier sind. Wir starren einander eine Weile an, und ich weiß nicht, was ich tun soll. Ich räuspere mich. »Sollen wir … anfangen?«

»Oh«, sagt er, plötzlich aufgeregt. Er fährt sich durchs Haar, und ich entspanne mich ein wenig. Ich bin froh, dass er auch nervös ist, obwohl er derjenige ist, der es schon Millionen Mal getan hat.

»Ja«, sagt er. »Lass uns raufgehen. Ich habe schon alles vorbereitet.«

»Was hast du vorbereitet?«, frage ich erstaunt. Ich folge ihm die Treppe hoch, und als wir in sein Zimmer gehen, beruhigt mich, wie vertraut es ist. Da ist der dunkelblaue Teppich mit den ausgefransten Enden. Dort das Kissen, das ich ihm im in der sechsten Klasse in Hauswirtschaftslehre genäht habe, unförmig und in einem grellen Pink, weil ich wusste, dass ihm das peinlich ist. Das Zimmer riecht wie immer, nach frisch gemähtem Gras und Kiefern und etwas Erdigerem, diesem moschusartigen Geruch eines *Jungen*, und ich entspanne mich. Er ist einfach Andrew.

Nur das Bett ist jetzt anders. Das sonst immer zerknitterte Laken ist glattgestrichen – vielleicht sogar gewaschen – und die extra Decken, die sonst in einem Haufen auf dem Boden liegen, sind sorgfältig zusammengelegt und verstaut. Auf das Bett hat er ein paar Blumen gestreut.

»Die sind nur aus einer der Vasen unten«, sagt er und reibt sich die Nase. »Keine große Sache.«

»Nein, es ist wirklich schön«, sage ich. In mir breitet sich eine wohlige Wärme aus.

Er klatscht in die Hände und dreht sich zur Kommode, die neben dem Bett steht. »Eins nach dem anderen.« Er öffnet die oberste Schublade, holt zwei Flaschen Grapefruit-Bier raus und reicht mir eine. »Sie sind nicht kalt, sorry, aber ich musste sie hier oben verstecken. Meine Mom schnüffelt seit der Party oft rum.«

»Danke«, sage ich und drehe den Verschluss auf. »Ich dachte, du könntest mein doofes Grapefruitzeug nicht ausstehen.«

»So schlimm ist es gar nicht. Ich wollte dich nur ärgern.« Er nimmt auf der Bettkante Platz, und ich setze mich daneben. Wir stoßen an. Mir ist ein wenig schwindlig. Ich war schon so oft auf seinem Bett, aber diesmal ist es anders. Es fühlt sich nicht wie Andrews Bett an. Ich sitze auf dem Bett eines *Jungen,* und das macht mir Angst. Ich trinke einen großen Schluck, etwas schnell, sodass ich mich verschlucke. Andrew klopft mir auf den Rücken.

»Also, äh. Wie machen wir das?« Ich trinke noch mal. »Müssen wir uns ausziehen? Die Hosen wahrscheinlich schon, aber die T-Shirts vielleicht nicht unbedingt?« Ich bin ganz zittrig, als hätte ich zwanzig Tassen Kaffee getrunken. »Ich habe ein paar … Kondome von der Krankenschwester geholt, aber ich weiß nicht, ob sie die richtige Größe haben. Ist das wichtig? Oder ist das so eine Art Einheitsgröße? Hast du selber ein Kondom, das du lieber benutzen willst?« Ich plappere, das weiß ich, aber ich kann nicht damit aufhören.

»Wir können die nehmen, die du mitgebracht hast«, sagt er. »Also ich meine, eins davon.« Er räuspert sich. »Das passt schon.«

»Okay, also sollten wir es draufmachen«, sage ich und atme nervös ein. »Du solltest es besser tun, ich weiß nicht, wie das geht.« Ich trinke in einem Zug aus und stelle die Flasche auf den Boden. Er stellt seine daneben.

»Hey«, sagt er. »Ganz ruhig. Bist du sicher, dass du das willst?«

»Ich bin sicher«, sage ich und lächle zaghaft. »Oh!« Ich springe auf und hole meinen Rucksack. »Das hätte ich fast vergessen. Ich habe Bücher dabei. Zum Nachlesen.« Ich öffne den Reißverschluss, hole *Die Kunst der Liebe* und *Flügel der Leidenschaft* raus und lege sie aufs Bett. Andrew nimmt *Flügel der Leidenschaft* und schmunzelt über das Bild auf dem Cover. Er blättert darin und liest eine Passage laut vor.

»Maryanne hatte schon mal über den Wolken Liebe gemacht, aber noch nie mit einem Piloten wie Captain Reynolds. Ihr Liebesspiel war schnell und intensiv und so voller Leidenschaft, wie sie es noch nie erlebt hatte. Er war steif und puls…«

»Hey!« Ich reiße ihm das Buch mit heißen Ohren aus der Hand. »Ich dachte, die Beschreibungen könnten helfen. Aber das hier ist besser.« Ich schlage *Die Kunst der Liebe* auf und zeige ihm die Bilder. »Hier sind einige Stellungen erklärt, mit Tipps, wie eine Anleitung.« Ich blättere zur Inhaltsangabe und fahre mit dem Finger über die Zeilen, bis ich das Kapitel finde, nach dem ich suche. Dann zeige ich ihm die Seite.

»Die sollten wir ausprobieren«, sage ich und zeige auf die erste Zeichnung. »Die scheint am einfachsten. Und dann können wir zu Nummer 2 oder 4 übergehen, aber ich weiß auch nicht. Die wirken etwas … einschüchternd.«

Er nimmt mir das Buch aus der Hand, schlägt es zu und legt es auf den Nachttisch. »Wir brauchen kein Buch, okay?«

»Oh«, sage ich. »Es ist sicher alles Instinkt. Ich meine, Tiere lernen es auch, oder?« Ich denke kurz nach. »Glaubst du, Tiere sehen erst anderen Tieren zu, damit sie wissen, was zu tun ist? Oder wissen sie es einfach?«

»Ich schätze, sie wissen es einfach«, sagt Andrew. »Und das werden wir auch.« Er nimmt meine Hand.

»Okay«, sage ich. »Also was machst du sonst mit den Mädchen? Zeig mir den ersten Schritt.«

»Komm her.« Meine Hand liegt in seiner, und er zieht mich an sich, so nah, dass ich die Hitze seines Körpers spüre. Seine Finger verschränken sich mit meinen, rau und vertraut. »Wir können es auf die ganz natürliche Art tun«, flüstert er. »Keine Schritte. Kein Plan. Keine Bücher.«

Ich nicke, kann weder sprechen noch atmen.

»Sag mir nur, wenn ich aufhören soll, dann tu ich es.« Er hebt die andere Hand und legt sie sanft an meine Wange, dann streicht er mir eine Haarsträhne hinters Ohr. Ich schmiege mich in seine Hand, gewöhne mich an das neue

Gefühl. Er beugt sich näher zu mir, und ich schließe die Augen und öffne leicht die Lippen. Mein Herz pocht so laut, er kann es sicher hören.

Und dann berühren sich unsere Lippen, sanft und zögerlich, und ich schnappe überrascht nach Luft. Ich presse mich an ihn, suche Halt bei ihm, und seine Hand gleitet von meiner Wange zu meinem Hinterkopf, gräbt sich in meine Haare und zieht mich noch näher. Er schmeckt vertraut, das hatte ich nicht erwartet, und ich öffne den Mund, um noch mehr zu schmecken. Ich spüre, wie seine Zunge an meiner entlangstreicht und der Kuss intensiver wird. Ich fühle eine unerwartete Erleichterung und schmelze dahin. Alles dreht sich, und mir wird schwummrig. Er löst seine Finger von meinen. Sie wandern über meinen Arm, malen sanfte Muster auf meine Haut. Ich lege die Hand auf seine Brust, und mir wird flüchtig bewusst, dass ich ihn da noch nie berührt habe. Es ist neues, unerforschtes Gebiet. Er fühlt sich stark und kräftig an, ein großer Kontrast zu seinem weichen Strickpulli.

Er neigt sich vor, und ich falle nach hinten, sinke langsam auf die Decke, auf die Blumen. Er legt sich auf mich, drückt mich in die Matratze und ich rutsche hin und her, bis unsere Körper sich perfekt aneinanderschmiegen und sich überall berühren. Er holt überrascht Luft, löst seine Lippen von meinen und übersät meine Wangen und den Hals mit zarten Küssen. Als ich spüre, wie seine Zunge eine empfindliche Stelle unter meinem Ohr leckt, kichere ich, und er hält inne. Zum ersten Mal öffne ich die Augen und sehe ihn richtig an. Ich bin wie benommen von dem Anblick, der sich mir bietet, von seinen grünen Augen, die sanft blicken und feucht schimmern.

»Kitzelt das?«, flüstert er und ich nicke. Er lächelt. »Ich wusste gar nicht, dass du da kitzlig bist.«

»Ich auch nicht«, flüstere ich zurück, und er lehnt sich runter, um unsere Lippen wieder zu vereinen. Ich greife mit der Hand unter den Saum seines Pullis und berühre die weiche Haut an seinem Bauch. Vom Bauchnabel führt eine Spur von Haaren bis unter den Gürtel, die ich in den letzten Jahren zwar bemerkt habe, aber nie anstarren wollte. Jetzt nehme ich mir Zeit, erkunde sie mit den Fingern und fühle die harten Bauchmuskeln darunter. Er richtet sich auf, zieht erst den Pulli aus und dann das T-Shirt und wirft sie irgendwo auf den Boden. Ich betrachte seine Armmuskeln und nehme die Hand von seinem Bauch, um das Dreieck aus Sommersprossen auf seiner Schulter nachzuzeichnen.

Andrew stützt sich rechts und links von mir mit den Armen ab, damit er mein Gesicht betrachten kann. Verlegen kaue ich auf meiner Lippe, weil er mich so genau mustert und mich ansieht, als wäre ich ein Mädchen, ein *richtiges* Mädchen, von dem er was will. Er greift nach dem Saum meines Oberteils und hält den Stoff vorsichtig fest.

»Darf ich?« Er zieht es ein Stück weit hoch, und ein kleiner Streifen Haut lugt hervor.

»Ok, klar«, sage ich nervös. Ich ziehe das T-Shirt über meinen Kopf und werfe es zu seinen Klamotten auf den Boden. Dann lege ich mich wieder hin. Diesmal habe ich meinen eigenen BH an – nicht einen von Danielle –, der passt viel besser, auch wenn er deutlich weniger Dekolleté zeigt.

»Und was jetzt?«, frage ich. Meine Stimme klingt rau, als wäre ich gerade erst auf einem Mittagsschlaf aufgewacht. »Ich habe noch nie … keiner hat mich je …« Ich stolpere über die Worte. »Bei Dean habe ich noch nie meinen BH ausgezogen.«

»Soll ich?«, fragt er leise. Er greift vorsichtig nach dem Träger und streicht mit dem Finger darüber. Er zieht daran und lässt ihn über meine Schulter fallen. »Sag, wenn ich aufhören soll.«

»Ich will nicht, dass du aufhörst«, flüstere ich, und er greift nach dem Clip an meinem Rücken. Er fummelt eine Weile daran herum, bekommt ihn aber nicht auf. Ich greife hin und mache es für ihn, werfe den BH beiseite, ehe ich Zeit habe, es mir anders zu überlegen. Er lächelt und lehnt sich wieder näher, um mich zu küssen. Sein ganzer Körper bedeckt meinen. Das Gefühl von Haut auf Haut ist elektrisierend.

»Keely«, flüstert er und zieht mich enger an sich. Er gleitet mit der Hand höher, um meine Brust zu berühren, langsam und sanft, und ich stelle fest, dass es mir nichts ausmacht, ich genieße es sogar. Ich taste vorsichtig nach seiner Gürtelschnalle und ziehe langsam an dem Ledergurt. Er nimmt seine Hand von meiner Brust und hilft mir, indem er den Reißverschluss öffnet. Er muss sich aufsetzen, um die Hose auszuziehen, und sie verheddert sich an seinen Füßen.

Als sie ausgezogen ist, wirft er sie auf den Boden und kommt wieder zu mir. Er trägt nur noch dunkelgrüne Boxershorts mit vierblättrigen Kleeblättern drauf und ich erkenne mit – was? Furcht? Aufregung? Vorfreude? –, dass sich vorne eine Beule abzeichnet.

Er greift nach meinem Hosenknopf, und ich atme überrascht ein, als ich seine Finger durch den Stoff spüre.

»Immer noch okay?«, flüstert er. Seine Hand liegt regungslos auf meinem Hosenknopf. Ich nicke und küsse sanft seinen Mundwinkel. Dann lege ich meine Hand auf seine und helfe ihm, den Knopf zu öffnen. Als er den Reißverschluss aufmacht, schnappe ich nervös nach Luft. Ich fühle mich komisch, wie im Traum, als würde ich uns von außen betrachten. Er zieht die Hose langsam meine Beine runter und grinst, als er meine Unterhose sieht.

»Eisbären?«

Ich werde rot und beiße mir auf die Lippe, um nicht zu lachen. Er wirft die Hose auf den Boden, küsst mich, legt sich wieder auf mich und schmiegt sich an mich. Mir ist nur allzu bewusst, dass außer zwei dünnen Baumwollschichten nichts zwischen uns ist. In meinem Kopf dreht sich alles. Ich spüre, wie er sich mit seiner ganzen Härte an mich presst, und erwidere den Druck. Er holt scharf Luft und löst sich von mir, um mir tief in die Augen sehen zu können. Seine Hand umfasst sanft mein Gesicht.

»Keely«, flüstert er, seine Stimme ist so leise, dass ich sie kaum höre. »Du machst mich total verrückt.« Er nimmt die Hand von meiner Wange und fährt mit den Fingerspitzen meinen Hals entlang und dann über die empfindliche Haut an meinem Schlüsselbein. Ein Schauer überläuft mich, und meine Augen fallen zu. Wir stehen am Rande des Abgrunds, zum Absprung bereit. Und sind wir erst abgesprungen, gibt es kein Zurück. Was bisher passiert ist, hat schon alles verändert, das weiß ich, aber vielleicht könnten wir uns noch aus der Sache rauswinden. Aber das geht nicht, wenn wir weitermachen – wenn wir das hier tun.

»Hast du das Kondom?«, flüstere ich und stammle ein wenig.

»Es ist in deiner Tasche, oder?«

Ich wühle meinen Rucksack durch, der neben dem Bett auf dem Boden liegt. Ich kämpfe mit dem Reißverschluss, weil meine Hände so zittern, aber schließlich finde ich die kleine quadratische Verpackung und reiche sie ihm. Mir ist etwas schwindlig, der Raum verschwimmt immer wieder vor meinen Augen, während ich versuche, mich zu orientieren.

»Okay, also ...«, flüstere ich. Ich weiß nicht, warum ich flüstere, wir sind ja allein zu Hause, aber es fühlt sich so an, als würde eine normale, laute Stimme etwas unterbrechen. »Ich schätze, du solltest es aufmachen. Oder warte, wahrscheinlich sollte ich es versuchen. Damit ich was lerne, oder? Meinst du, Dean würde das gefallen? Das erweckt den Eindruck ...«

»Ich glaube, es ist egal«, sagt er mit gepresster Stimme.

»Vielleicht ist er beeindruckt, wenn ich weiß, wie ...«

Andrew küsst mich wieder, legt sich auf mich, und ich erwidere den Kuss und vergesse das Kondom erst mal, als ich seine Lippen und die Zunge spüre. »Keely«, sagt er, und ich fühle die Worte auf meinen Lippen. »Lass uns einfach ...« Er spricht nicht weiter. Stattdessen übersät er mein Kinn mit federleichten Küssen. Er lehnt sich zurück und sieht mich an, das Gesicht nur wenige Zentimeter von meinem entfernt. »Ich mach es«, sagt er.

Ich nicke, sagen kann ich nichts.

»Bist du dir auch wirklich sicher?« Seine Stimme ist rau und leise. »Ich muss noch mal hören, dass du dir sicher bist.«

Ich nicke wieder, überrascht, wie sehr ich mir wünsche, dass er weitermacht. Dieses Verlangen hatte ich nicht erwartet. Jetzt sind wir schon so weit gegangen, dass es schwerfällt aufzuhören. Ich will die Sache durchziehen, fühle mich plötzlich unvollständig.

Mit Dean war alles ganz anders. Ich weiß noch, wie verunsichert ich war, wie meine Gedanken rasten und ich mich nicht wieder eingekriegt habe. Jetzt bin ich ruhiger, gelassen und überzeugt, das Richtige zu tun. Wahrscheinlich, weil ich mich in Andrews Gegenwart so wohlfühle; er ist niemand, den ich beeindrucken will.

»Ich glaube, mit Dean war ich …«, beginne ich, aber Andrew lehnt sich von mir weg und runzelt die Stirn.

»Was ist jetzt schon wieder mit Dean?« Er fährt sich mit der Hand über das Gesicht, richtet sich auf und wendet sich von mir ab.

»Ich wollte nur sagen …«, meine Stimme bebt gefühlsgeladen, »ich bin mit dir nicht so nervös, wie ich mit Dean war. Ich meine, ich bin natürlich trotzdem nervös, aber mit Dean war es … ein ganz anderes Level. Mit dir ist es anders.« Ich lache verlegen und erwarte, dass er auch lacht, aber er tut es nicht.

»Könntest du … einfach …« Er dreht sich wieder zu mir. »Es ist ziemlich nervig, dass du die ganze Zeit von einem anderen Typen redest.«

»Aber wegen des anderen Typen sind wir doch hier? Ich kann die Gedanken an ihn nicht abstellen.« Meine Stimme schwankt. »Darum geht's doch bei der ganzen Sache oder etwa nicht?«

»Okay, ja«, sagt er. »Aber wenn du ihn ständig erwähnst, kann ich nicht … ich kann mich nicht einfach an-

oder ausmachen wie einen Lichtschalter. Es ist komplizierter.« Er fährt sich frustriert durch die Haare. »Das macht mich noch wahnsinnig.«

»Oh«, sage ich verwirrt. Ich hatte noch nicht darüber nachgedacht, dass es für ihn vielleicht auch nicht leicht ist. Warum tut sich Andrew schwer damit? Etwa wegen *mir?* Bei dem Gedanken überkommt mich ein Schauder. Ich richte mich auch auf und setze mich neben ihn auf die Bettkante. »Du könntest dir vorstellen, ich wäre Cecilia oder Abby oder so«, sage ich leise, »falls das hilft.«

»Ich will nicht, dass du …« fängt er an, aber ich unterbreche ihn.

»Ich will das auch nicht, Drew. Ich dachte nur, es ergibt Sinn. Und wir waren uns doch einig, oder?« Ich spüre, wie sich in meinen Augenwinkeln Tränen bilden. Da merke ich, dass mein Oberkörper immer noch nackt ist, und ich hülle mich in die Decke ein. »Ich weiß, ich bin nicht so heiß wie die Mädchen, mit denen du sonst …«

»Du verstehst überhaupt nicht, was ich sagen will.«

»Was willst du denn sagen?«, frage ich und seufze frustriert. Er sagt nichts und sieht mich nur an, aber ich kann seinen Blick nicht deuten. Er fährt sich durch die Haare und wischt sich über das Gesicht, als wäre er erschöpft, dann atmet er tief ein.

»Ich …«, fängt er an und verstummt wieder.

»Was, Drew? Wenn du das hier nicht willst, musst du es sagen.«

Er seufzt. »Ich denke, wir sollten es nicht tun.«

In mir zieht sich etwas zusammen. »Okay. Sorry, dass ich gefragt habe.«

Es kommt mir vor, als hätte jemand einen Eimer mit

kaltem Wasser über mich geschüttet – alle warmen, wohligen Gefühle sind wie weggespült und durch etwas Eisiges, Hartes ersetzt. Ich weiß nicht, wie ich mich so mitreißen lassen konnte. Ich hätte Andrew gar nicht erst um Hilfe bitten dürfen – so viel ist mittlerweile klar –, aber ganz abgesehen davon: Warum habe ich mir erlaubt, es so zu genießen? Die Sache sollte keinen *Spaß* machen; es ging darum, etwas zu lernen. Es war nur Training. Der größte Fehler war, dass ich das warme, wohlige Gefühl überhaupt zugelassen habe.

»Ich will es, Keely«, sagt er traurig. »Daran liegt's nicht. Du machst es nur …« Er trommelt mit den Fingern auf sein nacktes Bein, und ich sehe weg. »Ich dachte, ich käme damit klar, dass du mich benutzt. Aber das war ein Irrtum.«

Bei den Worten werde ich blass. »Ich …«, stammle ich. »Ich benutze dich nicht.«

Mein Handy klingelt irgendwo auf dem Bett. Ich will nicht rangehen, ich weiß nicht, wie ich jetzt mit jemandem reden soll. Andrew angelt es unter der Decke hervor und reicht es mir seufzend.

»Wenn man vom Teufel spricht«, sagt er beim Blick auf den Bildschirm mit angespannter Stimme. Ich nehme das Handy, aber ich kann nicht rangehen. Wie könnte ich jetzt mit Dean reden, wo ich doch auf Andrews Bett sitze? Mein T-Shirt liegt noch irgendwo auf dem Boden, bei seinem – und plötzlich wird mir bewusst, wie verkorkst die ganze Sache ist. Wäre Dean sauer, wenn er es wüsste? Oder schlimmer noch, wäre es ihm egal? Ich stelle mir die Situation umgekehrt vor – Dean mit einem halb nackten Mädchen im Bett – und mir dreht sich der Magen um.

Aber darum geht es ja letztendlich. In Deans Bett waren schon viele nackte Mädchen, und deswegen bin ich hier.

»Du kannst rangehen«, sagt Andrew. Er greift nach seinem T-Shirt und zieht es sich über den Kopf. Das Handy klingelt immer noch.

Ich schüttle den Kopf.

»Es ist okay«, sagt er. »Ich gehe.« Er wendet sich zur Tür.

»Warte, das ist dein Zimmer«, sage ich. Er zuckt mit den Schultern. Mit schweren Schritten geht er durch die Tür und schließt sie leise hinter sich. Ich lege das Handy aufs Bett, lass es vibrieren und warte, bis es aufhört. Dann wickle ich die Decke enger um mich.

Alles ist aus den Fugen geraten.

Ein paar Minuten später überwinde ich mich aufzustehen und ziehe Jeans und T-Shirt an. Ich will einfach nur nach Hause, mich in meinem Bett verkriechen und schlafen, will in meinem Zimmer allein sein. Aber so kann ich die Sache zwischen uns nicht belassen. Ich muss runtergehen und mit ihm reden, auch wenn ich nicht weiß, was ich sagen soll. Ich will einfach, dass wir uns vertragen und diese ganze peinliche Sache hinter uns lassen. Ich reiße mich zusammen und gehe aus dem Zimmer, stapfe langsam die vertraute Treppe runter in die Küche. Er ist nicht da. Ich werfe einen Blick ins Wohnzimmer und auch ins Esszimmer, aber er ist weg. Und dann sehe ich, dass sein Wagen nicht in der Einfahrt steht. Also ziehe ich Jacke und Schuhe an und mache mich im Dunkeln auf den Weg nach Hause.

KAPITEL ZWANZIG

Als ich nach Hause komme, schreibe ich ihm.

Es tut mir leid. Freunde?

Er antwortet erst nach einer Weile und dann auch nur mit einem Wort.

Freunde.

Ich muss an den Tag denken, nachdem Danielle und Chase es getan hatten, als sie zu ihm meinte, sie könnten ja Freunde bleiben. Ich will nicht, dass Andrew und ich *Freunde bleiben.* Nicht, wenn es nur gespielt ist, wie bei Danielle und Chase.

Ich frage mich, wohin er abgehauen ist, aber ich will nicht nachhaken. Mir fällt plötzlich ein, dass er bei einem Mädchen sein könnte. Vielleicht wollte er zu Ende bringen, was wir angefangen haben. Bei dem Gedanken dreht sich mir der Magen um, aber mir ist klar, dass ich kein Recht habe, gekränkt zu sein.

Ich schreibe auch meinen Eltern, um ihnen zu sagen, dass es mir nicht so gut geht und ich nach Hause gegangen bin. Später am Abend höre ich ihren Schlüssel in der Haustüre. Sie flüstern mit gedämpften Stimmen, weil sie mich nicht wecken wollen. Meine Mom sieht zu mir rein, und ich stelle mich schlafend.

Den Samstag verbringe ich auf dem Sofa und suhle mich in Selbstmitleid. Meine Eltern denken, ich wäre krank. Sie schwirren um mich herum und versuchen mich mit heißem Tee und salzigen Crackern aufzuheitern. Ich fühle mich auch krank. Nur nicht so, wie sie denken.

Ich habe meine letzte Projektarbeit in Geschichte vor mir hergeschoben, also versuche ich mich jetzt darauf zu konzentrieren. Ich hole die Lehrbücher und lege sie auf den Sofatisch, blättere sie durch und sehe die Worte, bekomme aber nichts gebacken. Es fällt mir schwer, mich auf die Schule zu konzentrieren, weil ich ja schon einen Studienplatz habe. Alles, was in meinem Privatleben abgeht, erscheint mir so viel wichtiger und brenzliger.

Ich versuche ein Kapitel über den Fruchtbaren Halbmond zu lesen, Worte, die sexuell aufgeladen klingen, so als hätten sie einen Bezug zu allem, was mir gerade widerfährt, und plötzlich wandern meine Gedanken zu den Geschehnissen des gestrigen Abends. Die Bilder schwirren mir durch den Kopf, und mir wird seltsam zumute.

Mir ist klar, dass ich nichts schaffen werde, also gucke ich stattdessen *House Hunters*. Die Sinnlosigkeit des Ganzen hat etwas Tröstliches: glückliche Paare, deren größtes Problem es ist, ob sie sich Arbeitsplatten aus Granit leisten können oder ein eigenes Zimmer für die Katze. Nach fast vier Stunden fasse ich endlich Mut und rufe Andrew an. Er geht nicht ran.

Ich lege mein Handy auf den Couchtisch und wende mich wieder dem Fernseher zu. Ich versuche mich auf die Sendung zu konzentrieren, aber mein Blick wandert ständig zum Handy, in der Hoffnung, dass es vibriert. Und endlich ist es so weit, nur ein kurzes Summen, eine Nachricht also. Ich greife erwartungsvoll hin und bin etwas enttäuscht, als ich sehe, dass die Nachricht von Dean ist, was total komisch ist.

Spielst du schwer zu kriegen?

Was?

Du hast mich nicht zurückgerufen.

Ich schnappe nach Luft. Er hat recht – seinen Anruf von gestern, als ich noch bei Andrew war, habe ich völlig vergessen. Ich fasse es nicht, dass ich vergessen habe, darauf zu reagieren. Ich habe unsere Nachrichten immer aufs Genaueste analysiert, aber im Moment sind sie mir völlig egal. Andere Dinge sind jetzt wichtiger.

Vielleicht ist das sogar eine gute Sache. Danielle meinte ohnehin, ich sollte so tun, als wäre ich schwer zu kriegen. Mein erster Impuls ist, mich bei Dean zu entschuldigen, aber ich überlege stattdessen, was Danielle sagen würde.

Ich hatte zu tun.

Ich kann nicht hinsehen. Ich mache die Augen zu und umklammere das Handy. Er braucht zwei Werbepausen, um zu antworten.

Wollen wir Pizza essen gehen?

Es hat also geklappt. Klar hat es geklappt. Danielle ist die Meisterin. Ich blicke auf die Uhr und sehe, es ist halb sechs. Kaum zu glauben, dass ich den ganzen Tag auf dem Sofa rumgegammelt habe. Meine Klamotten kleben am Körper, und ich habe mich heute noch nicht gekämmt. Mein Magen knurrt. Ich muss aus dem Haus raus. Ich muss etwas tun, irgendwas, um mich auf andere Gedanken zu bringen. Und wenn mich etwas ablenken kann, dann ein Treffen mit James Dean.

Für Pizza bin ich immer zu haben.

Ich kann dich abholen.

Ich schreibe ihm die Adresse und renne nach oben, um zu duschen und mir was anzuziehen. Meine Mom klopft an der Tür, als ich gerade meine Jeans anziehe.

»Fühlst du dich besser?« Ihr weicher Blick sieht besorgt aus.

»Ja.« Ich wühle im Schrank nach dem Weihnachtspulli, bevor mir einfällt, dass er voller blauer Farbe ist. Ich lege ihn schnell weg, bevor meine Mom ihn sieht.

»Gehst du aus?« Sie kommt weiter ins Zimmer und macht eine Schranke mit dem Arm, als wollte sie mich aufhalten. »Ich denke, das ist keine gute Idee.«

»Ich gehe nur Pizza essen«, sage ich. »Ich habe heute noch gar nichts gegessen.«

»Ich kann dir hier was machen. Wir haben gerade frisches Gemüse auf dem Bauernmarkt gekauft.«

»Schon okay. Ich will mal raus.«

Sie sieht mich an, neigt den Kopf und rümpft die Nase. Es ist der Blick, der heißt, dass sie sich Sorgen macht – der Blick, der allein für mich bestimmt ist..

»Komm nicht zu spät nach Hause«, sagt sie und seufzt. »Du brauchst deinen Schlaf.«

Vor nur einem Jahr hätte meine Mom darauf bestanden, dass ich zuhause bleibe. Aber ich weiß, sie denkt an nächstes Jahr, dass ich in drei Monaten schon nach Kalifornien ziehen werde und wir jeder auf uns allein gestellt sein werden. Drei Monate noch, und dann können sie und Dad sich nicht mehr um mich kümmern, wenn ich krank bin. Ich weiß, sie will mich darauf vorbereiten, will sich selbst darauf vorbereiten.

Sie drückt kurz meinen Arm. »Bleib nicht zu lange weg.«

Es klingelt an der Haustür, und ich erschrecke.

»Mit wem gehst du Pizza essen?«, fragt sie, schon auf dem Weg zur Tür.

»Warte!«, rufe ich panischer, als ich wollte. »Es ist niemand. Ich mache auf.« Ich husche an ihr vorbei und eile die Treppe hinunter. Ich hatte gar nicht daran gedacht, dass meine Eltern ja da sind, als ich Dean die Adresse gegeben habe.

Aber als ich die Haustür öffne, steht da nicht James Dean.

Es ist Andrew.

Seine Haare sind noch nass vom Duschen, er trägt sein Lieblings-T-Shirt, auf dem *World's Okayist Guitar Player* steht. Bei seinem Anblick bin ich wie gelähmt, und alles, was gestern Abend passiert ist, schießt mir sofort durch den Kopf: sein nackter Oberkörper, sein Blick, als er mir das T-Shirt ausgezogen hat, den BH, die Hose. Ich spüre ihn noch auf mir, erinnere mich noch, wie sich seine Lippen auf meinen angefühlt haben.

Ich merke, dass ich ihn anstarre und versuche, meine Stimme wiederzufinden.

»Hi.« Ich klinge piepsig.

»Kann ich reinkommen?«

Meine Mom taucht hinter mir auf. »Andrew! Klar kannst du reinkommen. Du musst doch nicht fragen.« Sie winkt ihn rein, und wir gehen alle ins Wohnzimmer. Andrew und ich setzen uns auf die entgegengesetzten Enden des Sofas, so weit wie möglich voneinander weg. Meine Mom bleibt in der Tür stehen und betrachtet uns.

»Mom, lässt du uns kurz allein?«, frage ich.

»Klar. Ich bin oben, falls ihr mich braucht.« Sie wendet sich ab, wirft uns über die Schulter aber noch einen prüfenden Blick zu, bevor sie endgültig weg ist.

»Hey«, sagt er, als wir allein sind.

»Hey«, sage ich.

»Tut mir leid«, sagen wir gleichzeitig.

Es fühlt sich gut an, als es raus ist. Mir fällt ein Stein vom Herzen.

»Zwischen uns wird es jetzt doch nicht komisch, oder?«, frage ich und starre auf meine Hände. Es fällt mir schwer, ihn anzusehen. Klar wird es komisch zwischen uns werden. »Du bist mein bester Freund. Ich hoffe, das habe ich nicht kaputtgemacht.«

»Du hast nichts kaputtgemacht«, sagt er vom anderen Ende des Sofas.

»Gut.« Ich wünschte, ich könnte ihm glauben. »Also dann.«

»Also dann.«

Die Stille hängt schwer über uns wie eine dunkle Gewitterwolke. Er nimmt sein Handy und fängt an zu schreiben, seine Zungenspitze lugt aus dem Mundwinkel hervor.

»Wem schreibst du?«, frage ich. »Sieht wichtig aus.« Es kommt mir vor, als würde ich etwas zu angestrengt versuchen, normal und lässig zu klingen – und nicht zu neugierig, was völliger Schwachsinn ist, weil ich ja nicht seine Freundin bin oder so. Die Keely von vor ein paar Tagen hätte ihm das Handy aus der Hand gerissen oder über die Schulter mitgelesen. Aber ich weiß nicht, ob die Keely von vor ein paar Tagen jemals wieder auftauchen wird. Das Mädchen gibt es nicht mehr.

Er sieht mich an und zuckt mit den Schultern. »Nur ein Mädchen.«

»Mal wieder ein Mädchen, was?«, frage ich und versuche zu lächeln. Alles fühlt sich komisch an.

»Ja, mal wieder ein Mädchen«, wiederholt er knapp. »Ist das erlaubt?«

»Klar ist das erlaubt. So war das nicht gemeint.«
Ich könnte vor Frust schreien. Es läuft nicht so, wie es sollte.

Auf der Schottereinfahrt knirschen Reifen, und draußen erklingt ein Hupen. Wir springen beide auf. James Dean. Ich habe ganz vergessen, dass er kommen wollte. *Oh nein, nein, nein, nein, nein.*

»Wer ist das?« Er steht auf.

»Ich muss los«, sage ich und stehe auch auf. »Es tut mir echt leid. Es ist nur … ich wusste nicht, dass du vorbeikommen würdest, also habe ich mich verabredet. Du kannst gerne hierbleiben. Ich will dich nicht rauswerfen. Ich muss nur … los.« Ich sprinte geradezu aus dem Raum und zur Haustür. Andrew folgt mir.

»Es ist James Dean, nicht wahr?«

Ich zucke zusammen und schließe die Augen. »Ja.« Die Hupe erklingt noch mal, diesmal länger. »Tut mir leid«, sage ich, auch wenn ich nicht recht weiß, wofür ich mich entschuldige.

»Ich will ihn kennenlernen«, sagt Andrew.

»Was?«

»Ich denke, nach dem Ganzen habe ich verdient, ihn zu treffen. Damit ich sehe, was so toll an ihm ist.«

»Andrew, nein.« Ich weiß, dass sie sich wohl oder übel beim Abschlussball begegnen werden, aber es muss nicht früher passieren als nötig. Vor allem nicht jetzt, wo mir der gestrige Abend noch so frisch in Erinnerung ist.

»Wenn er nicht mal den Anstand hat, zur Tür zu kommen und zu klingeln …«, murmelt er und geht zur Tür. Ich eile hinter ihm her.

»Andrew, warte!«

Er reißt die Tür auf. Und da sitzt James Dean auf seinem Motorrad, mitten in der Einfahrt, und sieht aus, als wäre er einer Zeitschrift entsprungen. Ich schätze, ich war davon ausgegangen, dass er sich wieder Codys Auto leiht, aber ich sollte nicht überrascht sein. Er sieht super aus auf dem Motorrad, ich weiß nur nicht, was ich davon halte, selbst damit zu fahren. Aber ich kann jetzt nicht kneifen. Die Keely, die ich für ihn bin, die ich für ihn geschaffen habe, würde sich total über die Gelegenheit freuen, Motorrad zu fahren, so wie sie ja auch gerne Whiskey trinkt. Und es ist auch ein wenig spannend, dieses Mädchen zu sein, eine, die sich keine Sorgen macht, was alles passieren könnte. Ich will Dean nicht enttäuschen, aber sie will ich genauso wenig enttäuschen. Ich will auch eine Gryffindor sein.

Er hebt die Hand zum Gruß, steigt vom Motorrad und neigt den Kopf, als er Andrew sieht.

»Hey, Mann, was geht?«, sagt Andrew und hält ihm zum Gruß die Hand hin. »Andrew.«

»Dean«, sagt Dean und streckt auch die Hand aus. Sie begrüßen einander, so wie Jungs es machen, mit einem komplizierten Handschlag inklusive männlich aggressiver Fauststöße. »Du bist der Hitchcock-Typ?«

»Ich bin etwas mehr als der Hitchcock-Typ«, sagt Andrew und vergräbt die Hände in den Hosentaschen.

Dean lacht. »Schon klar. Also, wir sollten los. Schön dich kennengelernt zu haben, Mann.« Er wendet sich zu mir, und nickt in Richtung Motorrad. »Spring rauf!«

Ich werfe einen Blick zurück zum Haus und frage mich, ob meine Mom uns beobachtet, wohlwissend, dass sie mich umbringen würde, wenn sie sähe, wie ich zu irgendeinem Typen aufs Motorrad steige.

»Hast du einen zweiten Helm?« Andrew verschränkt die Arme.

»Was?«, fragt Dean.

»Ohne Helm kann sie nicht mitfahren.«

»Was soll das, Andrew?«, sage ich und spüre, dass ich rot werde. »Du bist nicht mein Dad.«

»Ihr Körper, ihr Tempel«, sagt Dean.

Andrew macht auf dem Absatz kehrt und geht rüber zur Garage. Er bückt sich und zieht kräftig an dem Griff. Das Tor rollt langsam nach oben, und er geht hinein und holt einen Helm, der an der rostigen Lenkstange eines Fahrrads hängt. Er ist weiß mit neongrünen Reflexstreifen an den Seiten. Andrew reicht ihn mir und ich blicke hinein, um zu sehen, ob Spinnen drin sind.

»Setzt du ihn bitte auf?«

»*Drew*«, sage ich warnend. Ich sehe ihn wütend an, stülpe mir den Helm aber über. Ehrlich gesagt bin ich ganz froh, ihn zu haben. Aber es wäre mir lieber, wenn es nicht den Anschein hätte, als würde Drew mich zu etwas zwingen.

Andrew zieht das Band unter meinem Kinn fest.

»Viel besser«, sagt er und klopft mit dem Knöchel auf den Helm.

»Gott sei Dank haben wir das noch geklärt«, sagt Dean grinsend. Er wirft ein Bein über das Motorrad und macht es an. Das Getriebe erwacht brüllend zum Leben, und die Maschine erzittert im Takt des Motorlärms. Ich klettere hinter ihn und komme auf dem Sitz ein wenig ins Rutschen. »Leg einfach deine Arme um mich«, sagt Dean mit einem Schulterblick zu mir. »So, damit du nicht runterfällst.«

Er greift nach meinen Armen, legt sie um seinen Oberkörper und führt meine Hände vor sich zusammen. Sogar durch die Klamotten kann ich seine harten Bauchmuskeln spüren und ich lasse meine Hände darüber gleiten, in der Hoffnung, dass ich nicht allzu offensichtlich bin.

Andrew scharrt mit der Schuhspitze im Kies der Einfahrt. »Wo wollt ihr denn hin?«

Es gibt nur zwei Möglichkeiten, hier bei uns an Pizza zu kommen. Entweder kauft man sie stückweise in einem kleinen Imbiss, wo es nach altem Bier stinkt, oder man geht zu Giovannis, dem kleinen Italiener, zu dem wir immer an meinem Geburtstag gehen. Es ist eins von diesen Restaurants mit karierten Tischtüchern und Kerzen, deren Halter unter einer Kaskade aus heruntergetropftem Wachs verschwinden – da wollte ich schon immer mit einem Jungen hin.

»Wir sollten richtige Pizza essen gehen«, sage ich, »nicht nur ein Stück auf die Hand holen.«

»Cool, dann also richtige Pizza.« Er nickt Andrew zu. »Bis später, Mann.«

Andrew hebt einen Arm zum Abschied. »Ja, bis später«, sagt er und hält den Daumen hoch.

Dean lenkt das Motorrad aus der Einfahrt, das Hinterrad wirbelt den Kies hinter uns auf.

KAPITEL EINUNDZWANZIG

Die Fahrt ist wild und rasant, und ich klammere mich an Dean, als hätte mein letztes Stündchen geschlagen. Der Wind peitscht mir ins Gesicht und treibt mir Tränen in die Augen. Ich vergrabe mein Gesicht in seinem Rücken, in dem Leder seiner Jacke. Die Bäume am Wegrand rasen verschwommen an mir vorbei. Das Motorrad legt sich scharf in jede Kurve, und ich schreie und klammere mich fester an Deans Taille. Ich bin so froh, dass Andrew mir den Helm aufgezwungen hat – auch wenn ich es ihm gegenüber nie zugeben würde.

Als wir zum Restaurant kommen, fährt Dean bis auf den Bürgersteig, schaltet den Motor aus und steigt ab. Ich klettere auch von der Höllenmaschine, meine Beine sind zittrig und wackelig. Gleichzeitig bin ich aufgedreht wie nach einer Achterbahnfahrt. Das muss das Adrenalin sein. Wer hätte gedacht, dass es *Spaß* machen könnte, die Kontrolle zu verlieren? Ich bin froh, wieder festen Boden unter den Füßen zu haben, und genieße das Gefühl, auf hartem Asphalt zu stehen. *Ich habe es überlebt.*

»Schlag ein, Ballkönigin«, sagt Dean und hebt die Hand. Ich gebe ihm High Five. »Als hättest du nie etwas Anderes gemacht. Fährst du uns dann nach Hause?«

»Darf ich?«, frage ich und lache überrascht.

Dean wirkt überrumpelt. »Ganz langsam Tiger. Vielleicht erst mal eine kleine Runde auf dem Parkplatz.«

Sein Angebot war nur ein Witz, was mich auf den Boden der Tatsachen zurückholt. Natürlich hat er nicht gemeint, dass ich tatsächlich probieren sollte, selbst zu fahren. Und je länger ich darüber nachdenke, desto blöder scheint mir die Idee. Wahrscheinlich würde ich uns beide umbringen.

Wir betreten Giovannis. Drinnen sorgen die flackernden Kerzen für eine schummrige und gemütliche Atmosphäre. Typisch italienische Musik klingt durch den Raum, etwas Kitschiges, mit Geigen und Akkordeon, und ich sehe Dean und mich als Susi und Strolch vor mir, wie sich unsere Lippen aufeinander zubewegen, während wir an derselben langen Spaghettinudel saugen. Ich frage mich, ob das wirklich geht und ob das mal jemand im echten Leben probiert hat. Das ist so eine Sache, die Andrew lustig finden würde, und plötzlich denke ich daran, wie meine Lippen sich auf Andrews zubewegen. Schnell verdränge ich den Gedanken wieder. Ich sollte nicht an Andrew denken.

»Willkommen bei Giovannis.« Eine Kellnerin taucht auf. Sie ist etwa in unserem Alter, und ihr Blick verweilt etwas zu lang auf Dean. Das macht mich nervös. »Der Ecktisch ist frei«, sagt sie, »wollt ihr den?«

»Klar, wie's passt.« Dean zuckt die Achseln. Wir folgen ihr in die Ecke.

»Danke«, sage ich und gleite auf die Eckbank. Dean lässt sich mir gegenüber in den Sitz fallen und wirft den Helm und seine Tasche auf den Platz daneben.

Er sieht die Kellnerin an. »Wir würden gern einen Wein bestellen.«

Sie wird rot und zupft an ihren Haaren. »Oh, ähm, seid ihr denn schon alt genug?«

»Sieht man das nicht?«, sagt er mit einem entwaffnenden Grinsen.

Ihre Stimme schwankt. »Ich muss eure Ausweise überprüfen.«

»Klar.« Er holt sein Portemonnaie raus und sucht darin, dann reicht er ihr einen Führerschein. Sie sieht ihn kurz an, bevor sie ihn zurückgibt. Dann wendet sie sich mir zu. »Und du?«

Ich erstarre. Was erwartet Dean von mir?

»Sie hat ihren auf dem Weg hierher verloren.« Er deutet auf den Helm neben sich. »Wir sind mit dem Motorrad gekommen und hatten einen kleinen Unfall. Ihre Handtasche ist dabei weggeschleudert worden, und alles ist rausgefallen, ein paar ihrer Karten waren nicht mehr zu finden. Wir müssen morgen früh noch mal zurück und danach suchen, wenn es nicht so dunkel ist.

»Oh, das tut mir leid«, sagt sie. Ihr Blick wandert kurz zu mir und dann wieder zu Dean.

»Sie ist alt genug, versprochen«, fährt er fort. »Sie ist vor ein paar Wochen einundzwanzig geworden.«

Ich erfinde schnell ein Datum und sage: »Am 2. April.« Es klingt unsicher. Es ist mir unbegreiflich, wie Dean so gut lügen kann.

»Okay, ich schätze, das geht in Ordnung.« Die Kellnerin lenkt endlich ein. »Sagt es nur nicht dem Manager. Welchen Wein hättet ihr denn gern?«

»Rot oder weiß?«, fragt er mich.

»Ähm«, antworte ich geistvoll. Ich weiß nicht genug über Wein, um eine Vorliebe zu haben. Ich habe hier und da mal ein paar Schlucke getrunken, an Feiertagen, aber ich musste noch nie welchen bestellen. Dean wirkt so erfahren und selbstsicher bei Dingen, die für mich völlig neu sind und mir Angst machen. Es ist verwirrend, wie sehr er mich einschüchtert, während er mich gleichzeitig anzieht wie die Motte das Licht. Ich bitte ihn, Rotwein zu bestellen, weil mir das aus irgendeinem Grund erwachsener erscheint.

»Super.« Er wendet sich wieder zur Kellnerin. »Den günstigsten roten.«

Ich kann es ihm wohl nicht übel nehmen – wir verdienen im Videoladen nicht viel, und ich habe keine Ahnung, wie viel Wein so kostet.

»Alles klar«, sagt sie. »Ich bringe euch gleich die Karte.«

»Ich bin beeindruckt«, sage ich, als sie weg ist. »Wie hast du das angestellt? Hast du einen gefälschten Ausweis?«

»Ja«, sagt er. »Den alten von meinem Bruder. Er ist dreiundzwanzig. Er hat seinen als verloren gemeldet, damit ich ihn haben konnte.«

Er sagt das so lässig, als wäre es keine große Sache. Meine Cousine Beth und ich sehen uns ähnlich, ich könnte vermutlich problemlos ihren Ausweis benutzen, aber das würde ich mich niemals trauen.

Die Kellnerin kommt mit der Flasche und zwei Weingläsern wieder, schenkt ein wenig in eines der Gläser und reicht es Dean.

»Ist der in Ordnung?«

»Ja, der ist gut«, sagt er, ohne zu kosten. Sie füllt beide Gläser bis zur Hälfte auf, dann stellt sie die Flasche auf den Tisch. Wir nehmen jeder ein Glas und stoßen an.

»Prost, Ballkönigin«, sagt er, und ich lächle. Ich probiere von dem Wein. Er ist bitter, aber süß, wie vergorener Saft. Ich finde ihn nicht schlimm, aber so richtig gut finde ich ihn auch nicht. Trotzdem, immer noch besser als der Whiskey.

Dean stellt sein Glas hin, lehnt sich zurück und verschränkt lässig die Arme. »Also, ich habe das Gefühl, dein Freund Andrew mag mich nicht besonders.«

Ich werde rot. Rasch trinke ich noch einen Schluck Wein. »Er will mich nur beschützen. Wir kennen uns schon ewig. Ich glaube, er sieht mich nicht gerne mit einem Typen, weil ich in seinen Augen immer noch ein kleines Kind bin.« Während ich rede, werden meine Wangen glühend heiß, und ich trinke noch einen Schluck, um meine Verlegenheit zu kaschieren. Habe ich mich allen Ernstes gerade als kleines Kind bezeichnet?

»Ich glaube, er steht auf dich«, sagt Dean, woraufhin ich mich prompt an dem Wein verschlucke.

»Nein, so ist das nicht. Wir sind nur Freunde. Er ist wie ein Bruder für mich.« Die Worte kamen mir bisher immer leicht über die Lippen, aber jetzt passen sie nicht mehr richtig. Ich denke daran, was gestern Abend zwischen uns passiert ist. Bruder ist nicht das Wort, das mir dabei in den Sinn kommt.

Dean seufzt. »Ich sage nicht, dass *du* auf ihn stehst. Ich glaube nur, *er* steht auf dich. Er ist vielleicht dein Bruder, aber du bist nicht seine Schwester.« Er trinkt einen Schluck Wein. »Ich meine, ich kann's dem Kerl nicht verübeln. Sieh dich nur an.«

Ich streiche mir verlegen die Haare hinter die Ohren. Ich verstehe immer noch nicht so richtig, warum Dean solche Sachen sagt, warum er überhaupt mit mir essen gehen wollte. Mir ist nicht ganz klar, ob es ein Date ist oder nur Teil des Spiels – ein übertriebenes, teures und kompliziertes Vorspiel. Ich muss immer an Danielles Worte denken. *Ein Typ wie James Dean will keine Dates.* Sie würde mir jegliche romantische Fantasie schnellstens aus dem Kopf schlagen. Wahrscheinlich sind wir nur hier, weil Dean es immer noch nicht geschafft hat, mich ins Bett zu kriegen.

Aber ich will nicht, dass Danielle recht behält. Dean fährt voll auf die whiskeytrinkende Keely ab, und vielleicht ist die ja auch echt. Mir gefällt, dass er sie aus mir herausholt. Ich hoffe nur, der kleine Appetithappen reicht ihm.

Die Kellnerin bringt uns zwei Speisekarten. Dean reicht sie sofort wieder zurück, ohne einen Blick darauf zu werfen. »Wir wissen es schon. Wir hätten gerne eine große Pizza mit Salami und Pilzen. Und ich hätte gerne etwas Barbecuesoße dazu.«

»Alles klar«, sagt sie und nimmt die ungelesenen Speisekarten wieder an sich. »Kommt sofort.« Sie lächelt und geht weg, bevor ich etwas sagen kann. Es nervt mich, dass Dean nicht gefragt hat, was ich möchte und sich nicht mal die Speisekarte angesehen hat. Er weiß nicht, dass ich Pilze hasse. Bei der schleimigen Konsistenz muss ich immer an Schnecken denken.

»Du wolltest doch Pizza, oder?«, fragt er. Zu spät, aber das ändert jetzt auch nichts mehr. Ich will nicht schwierig sein, also lächle ich und nicke. Ich kann die Pilze ja runternehmen. Dates bedeuten wohl Kompromisse.

»Es muss für deinen Lover Boy ganz schön hart sein,

dich mit mir zu sehen«, sagt Dean und lenkt das Gespräch wieder auf Andrew.

»Ich glaube echt nicht, dass er auf mich steht«, widerspreche ich. »Er hat alle paar Tage eine andere.«

Dean schmunzelt und lehnt sich vor. »Ja, ich weiß.«

»Wie meinst du das, was weißt du?«, frage ich.

»Er ist jetzt auch gerade mit einer zusammen.« Dean nickt mit dem Kopf, sein Blick ist auf etwas hinter mir gerichtet.

»Was?« Ich drehe mich schlagartig um. Es besteht kein Zweifel, am Eingang steht Andrew und spricht leise mit der Empfangsdame. Und er hat ein Mädchen dabei, das sich locker bei ihm eingehakt hat. Sogar von hier aus erkenne ich den schwarzen Nagellack.

Es ist Danielle.

Mir wird flau, und ich verschlucke mich erneut. Wein kleckert auf die Tischdecke. Was macht er hier? Was macht er mit *ihr?*

Andrew blickt in den Raum, und als er mich sieht, zuckt er die Achseln und hebt einen Arm zum Gruß. Wenigstens hat er den Anstand peinlich berührt zu sein. Die Empfangsdame führt die beiden in unsere Richtung, an einen Tisch direkt neben unserem. Als Danielle uns bemerkt, bleibt sie plötzlich stehen.

»Keely?«

»Na, wenn das kein Zufall ist«, sagt Dean grinsend und schenkt noch etwas Wein in sein Glas.

»Ja, sorry«, sagt Andrew. Er fährt sich mit einer Hand durch die Haare. »Es gibt hier nicht so viele Restaurants. Ich wollte Danielle nicht zu dem miesen Chinesen oder dem stinkenden Imbiss ausführen.« Er zuckt mit den

Schultern, als wäre es völlig normal, dass Danielle und er hier sind. War sie es etwa, der er vorhin geschrieben hat?

»Dich kenn ich doch«, sagt Danielle zu Dean. »James Dean, richtig?«

Dean grinst selbstgefällig. »Fast. Du warst auf unserer Party, stimmt's?« Er beugt sich zu ihr. »Warst du die mit den vielen BHs?«

»Du meinst Ava.« Danielle schmunzelt. »Ich trage immer nur einen BH auf einmal. Aber das ist Privatsache.« Sie fummelt am Träger ihres Kleids, und mein Blick wandert zu der goldenen Kette an ihrem Hals und weiter zu ihrem Dekolleté.

»Du hast recht«, sagt Dean, lächelt und hebt kapitulierend die Arme. »So etwas fragt man nicht.« Er trinkt einen Schluck Wein, und Danielle kneift die Augen zusammen.

Sie senkt die Stimme. »Im Ernst? Wie habt ihr Wein bekommen?«

»Ihr könnt gerne was haben«, sagt Dean. Er reicht Danielle sein Glas. Sie trinkt schnell einen Schluck und reicht es sofort zurück – so schnell, dass der Abdruck ihres Lippenstifts auf dem Glas der einzige Beweis dafür ist, dass es überhaupt passiert ist.

»Vielleicht sollten wir uns setzen.« Andrew wirft einen Blick zum Eingangsbereich. Die Empfangsdame ist offensichtlich mit ihrem Handy beschäftigt und tippt vor sich hin. »Das ist weniger auffällig.«

Er setzt sich neben mich auf die Bank, sein Bein streift meines. Ich zucke zusammen und ziehe mein Bein reflexartig weg. Andrew greift nach dem Stiel meines Weinglases, um es unauffällig zu sich zu ziehen.

»Habe ich dir erlaubt, was davon zu haben?«, frage ich

und schlage seine Hand weg. Ich bin genervt, dass er hier ist, dass er sich an unseren Tisch gesetzt hat und sich gleich wie zu Hause fühlt.

Und mir gefällt nicht, dass er mit Danielle hier ist.

»*James Dean* hat gesagt, ich könnte was haben«, sagt Andrew und trinkt einen Schluck. Danielle setzt sich uns gegenüber.

»Ich habe eine Wasserflasche dabei«, sagt Dean. Er wühlt in seinem Rucksack. »Ihr könnt unter dem Tisch was hineinfüllen und daraus trinken. Das habe ich schon tausend Mal gemacht.«

»Du bist der allerbeste«, sagt Danielle. »Keely, lass den nicht entwischen. Im Ernst.« Sie nimmt die Weinflasche, vergewissert sich kurz, dass die Luft rein ist, und zieht sie schnell unter den Tisch. Kurz darauf stellt sie die Flasche unschuldig wieder aufs Tischtuch. In dem Moment kommt die Kellnerin. Danielle zieht die Hand schnell weg und studiert ihre Fingernägel.

»Hey, noch zwei?« Sie reicht Andrew und Danielle die Speisekarte.

»Nein«, sage ich, »sie sitzen an einem anderen …«

»Ja, wir können einfach hierbleiben«, unterbricht mich Andrew und nimmt die Speisekarte. »Danke.«

»Super!«, sagt die Kellnerin. »Wollt ihr auch was trinken?«

»Heute nicht.« Danielle lächelt lieblich.

Sie bestellen was zu essen. Als die Kellnerin weg ist, trinkt Danielle einen großen Schluck aus der Wasserflasche und reicht sie an Andrew weiter. Bevor er trinkt, tippt er damit gegen ihre Knöchel, um mit ihr anzustoßen. Sie lächelt ihn an. Ich spüre ein unangenehmes Grummeln im

Magen und stelle mein Glas hin, weil ich nicht zu viel trinken will, bevor das Essen kommt.

In meiner Handtasche vibriert es kurz. Ich nehme mein Handy raus und sehe eine Nachricht von Danielle.

Mit James Dean auf einem richtigen Date? Voll gut. Hätte gar nicht gedacht, dass du das drauf hast.

Ich blicke auf und sehe, wie sie ihre Hand über die karierte Tischdecke zu Andrew ausstreckt. Ein paar widerspenstige blonde Haarsträhnen sind über seine Augenbrauen nach vorne gefallen, und sie streift sie sanft nach hinten. Ich erinnere mich schlagartig daran, wie ich gestern Abend mit meinen Händen durch dieselben Haare gefahren bin, und plötzlich wird mir ganz heiß. Danielle flüstert ihm etwas zu, und er lacht.

Ich habe das Gefühl, sie flirtet nur mit ihm, um mich zu quälen und mir eins auszuwischen. Aber sie weiß ja gar nicht, was passiert ist. Sie weiß nichts von dem PLAN. Ich bin hier diejenige, die sich lächerlich verhält. Mir gegenüber sitzt James Dean; es sollte mir egal sein, wessen Hände in Andrews Haaren stecken – ihre oder meine.

Ich kneife die Augen zu und schreibe zurück.

Klar hab ich das drauf.

Dann schreibe ich Andrew.

Was machst du da?? Du magst sie doch nicht mal.

»Also, wart ihr vorher noch nie zusammen auf einem Doppel-Date?«, fragt Danielle und deutet auf Andrew und mich. »Obwohl, vergesst es. Ich will gar nicht wissen, wo sich dieser Typ überall rumgetrieben hat.« Sie schlägt ihm spielerisch auf den Arm. »Sophie hat mir schon mehr erzählt, als ich wissen wollte.«

»Du könntest nicht damit umgehen«, sagt Andrew zu ihr.

»Ich kann mit allem umgehen, Reed.«

»Willst du mich herausfordern?«, fragt er.

»Das musst du dann wohl rausfinden.«

Ich weiß gar nicht mehr, wovon sie reden. Ihr Flirten klingt bescheuert und wie aus einem Drehbuch. Party-Andrew ist voll in Fahrt. Ich führe das Weinglas an meine Lippen, um einen Schluck zu trinken, aber es ist leer.

Andrew: Wie kommst du darauf, dass ich sie nicht mag?

Ich: Sie ist eine Handgranate, hast du doch selber gesagt

Andrew: Gerade das macht es ja so spannend ;-)

»Keely, willst du was von meinem Wasser?«, fragt Danielle und hält mir den Wein hin. Ich nehme ihn dankbar und trinke einen großen Schluck. Er brennt in meinem Hals.

»Also, was läuft da zwischen euch?«, fragt Dean. Er deutet mit seinem muskulösen Arm auf Danielle und Andrew.

»Also, na ja, da war schon immer irgendwie was«, sagt Danielle. Sie greift nach ihrer Halskette.

»Immer?«, frage ich. Das ist nicht wahr.

»Weißt du noch, als du mir in der sechsten Klasse so eine doofe Karte zum Valentinstag geschenkt hast?«, fragt Danielle Andrew. Mich ignoriert sie völlig. Sie lehnt sich mit leuchtenden Augen vor.

»Ähm.« Andrew schweigt und spielt mit der Gabel, die auf der gefalteten Serviette vor ihm liegt. Als er damit auf den Tisch klopft, erklingt ein nerviges *Klack, Klack, Klack.* Seine Wangen laufen rot an. »Das habe ich verdrängt.«

»Da waren diese doofen kämpfenden Schildkröten drauf«, sagt sie.

»Ninja Turtles«, korrigiert Andrew.

Ich muss an die vielen Stunden denken, die wir in seinem Keller mit Wiederholungen der Ninja Turtles vor dem Fernseher verbracht haben; wie wir mit leeren Küchenrollen herumgerannt sind und gekämpft haben. Keine Ahnung, wie der zwölfjährige Andrew auf die Idee kam, Danielle eine Karte mit Ninja Turtles zum Valentinstag zu schenken.

»Wie auch immer«, sagt sie. »Da stand drauf *Ich liebe dich mehr als Pizza.*«

»Ich kann nicht glauben, dass du dich daran erinnerst«, sagt Andrew. Er fährt sich mit der Hand über den Nacken. Er sieht etwas verschwitzt aus, als hätte er Fieber.

»So was Peinliches vergisst man doch nicht«, sagt sie. »Du warst so ein Nerd.«

Warum hat er mich damals nicht um Rat gebeten? Das klingt wie eine Sache, die er mit mir besprochen hätte. Ich hätte ihm sagen können, dass die Karte eine schreckliche Idee war, dass er ihr besser etwas Glitzerndes hätte schenken sollen. Es überrascht mich, dass er das so viele Jahre geheim halten konnte. Ist da noch mehr, von dem ich nichts weiß?

Die Kellnerin kommt mit einem Korb voll Brotstangen und einem Dip und stellt beides vor uns auf den Tisch. Als sie weggeht, lächelt sie Dean an. Ich nehme eine Stange und reiße sie auseinander, sodass Krümel über den ganzen Tisch fliegen.

»Du stehst jedenfalls schon lange auf mich«, sagt Danielle mit schiefgelegtem Kopf. Sie lächelt Andrew an.

»Du bist sehr überzeugt von dir«, sagt Dean.

Danielle zuckt mit den Schultern. »Ich bin ein selbstbewusster Mensch.«

»Das habe ich gemerkt.« Dean hebt einen Mundwinkel. Danielle verzieht auch die Lippen, ihr künstlicher Lippenstift leuchtet knallrot. Plötzlich fällt mir auf, wie ähnlich sie sich sind. Es wirkt total verdreht, dass ich mit Dean hier bin und nicht sie. Aber dann kapiere ich es. Habe ich nicht die ganze Zeit nur getan, was sie tun würde? Dean ist gar nicht mit Keely – der echten Keely – hier. Er ist mit Danielle hier und weiß es nicht einmal.

»Ich verstehe nur nicht, warum es so viele Jahre gedauert hat, bis du was unternommen hast«, sagt sie zu Andrew.

»So viele Jahre waren es auch wieder nicht.« Er greift nach der Wasserflasche und trinkt einen Schluck. Ich spüre, wie sein Bein mich unter dem Tisch streift, und ziehe meins weg. Es wird langsam anstrengend, ihn nicht zu berühren.

»Bis zur elften Klasse? Das ist eine lange Zeit«, sagt Danielle.

»Aber ihr seid doch in der Zwölften?«, fragt Dean erschrocken. »Ihr seid bald mit der Schule fertig, richtig?«

Danielle lacht. »Klar James Dean. Flipp nicht aus. Du bist kein Kinderschänder. Keely ist achtzehn.«

»Was ist in der Elften passiert?« Ich nehme mir noch ein Brot und schmiere Butter darauf, das Messer halte ich verkrampft fest.

»Ist doch egal«, sagt Andrew. »Es ist komisch, dass wir darüber reden.«

»Nein, ich will darüber reden.« Ich beiße in das Brot, und auch wenn es voller Butter ist, kann ich es kaum runterschlucken. Ich sehe, dass meine Knöchel weiß werden, und lege das Messer weg.

»Ava war nach dieser Party so sauer auf mich«, sagt Danielle und nimmt sich auch eine Brotstange. »Sie meinte, weil ja niemand da gewesen sei, den sie um Mitternacht küssen hätte können, hätte ich bei ihr bleiben und ihr meinen Abend opfern müssen oder so. Sie stand damals immer noch auf Tim Loggins und war so sauer, dass er sich nicht hat blicken lassen. Wegen ihm hatte sie ja überhaupt erst die Party geschmissen.«

»Welche Party?«, frage ich. In meinem Nacken sammeln sich Schweißperlen.

»Silvester«, sagt Danielle und beißt in ihre Brotstange. Sie schafft es, dabei keine Krümel zu verteilen. »Weißt du nicht mehr, wie sauer sie war? Nur weil ich wen zum Knutschen hatte und sie nicht. Typisch Ava. Alles muss sich immer um sie drehen.«

Andrew neben mir ist knallrot geworden. Er hebt den Arm und reibt sich den Nacken. Ich frage mich, ob er sich genauso schweißgebadet und unwohl fühlt wie ich.

Ich weiß genau, welche Party sie meint. Avas Eltern waren an Silvester verreist. Jemand hatte eine Flasche Pfefferminzlikör aufgetrieben, und wir haben ihn mit Schokoladensirup gemixt. Ich hab so einen Zuckerschock bekommen, dass ich früh ins Bett gegangen bin. Um Mitternacht bin ich kurz von dem Jubel im Nebenzimmer aufgewacht. Ich habe auf dem Bett im Gästezimmer geschlafen, und als ich morgens aufgewacht bin, lag Andrew ausgestreckt wie ein Hund in eine Decke gehüllt auf dem Boden.

An dem Abend hat er Danielle aufgerissen? Mit wie vielen Mädchen hat er noch was gehabt, von denen ich nichts weiß? Bei dem Gedanken spüre ich einen stechenden Schmerz. Ich fühle mich verraten, aber ich weiß, wie albern das ist. Es verletzt mich nur, dass er mir nicht davon erzählen wollte. Er hat mir von so vielen Mädchen erzählt. Warum war es bei Danielle anders?

»Aber was läuft da bei *euch?*« Danielle zeigt auf Dean und mich. Ihre Worte verschwimmen ineinander wie bei einer Melodie und man merkt, dass der Wein langsam seine Wirkung zeigt. »Ich habe gehört, du kommst zum Abschlussball, James Dean.«

»Sieht ganz so aus«, sagt er und trinkt lässig von dem Wein.

»Freust du dich?«

»Klar«, sagt Dean. Danielle tunkt ihre Brotstange in den Dip und führt sie zum Mund. Als sie hineinbeißt, bleibt ein bisschen Soße an ihrer Lippe hängen. »Schmecken dir die Brotstangen?«, fragt Dean und lacht leise.

»Ich liebe sie«, sagt Danielle. Sie wischt sich mit einem ausgestreckten Finger die Soße von der Lippe. Die Art, wie sie es macht, lässt keinen Zweifel daran, dass sie schon etwas zu viel Wein hatte. »Weißt du«, sagt sie, als ihre Hände wieder sauber sind, »Keely kann den Abschlussball auch kaum erwarten. Sie liebt Brotstangen noch mehr als ich.«

Andrew räuspert sich neben mir. Ich sehe ihn an, und er starrt konzentriert mit gerunzelter Stirn auf die karierte Tischdecke. Seine Ohrenspitzen leuchten rot.

»Ist das so?«, fragt Dean. »Schwer zu glauben.«

Ich lache und versuche so zu tun, als wäre mir der Witz nicht unangenehm. Das Handy auf meinem Schoß vibriert wieder, und ich sehe eine weitere Nachricht von Danielle.

James Dean steht auf Füllung im Rand und extra viel Wurst.

Ich verdecke das Handy schnell, aus Angst, Andrew könnte es sehen. Danielle lacht und schreibt weiter.

Pass auf, sonst bekleckert er dich mit Carbonarasoße.

Ich knalle das Handy mit dem Bildschirm nach unten auf den Tisch und werfe Danielle einen bösen Blick zu. Sie sieht mich an, zuckt unschuldig mit den Schultern und sagt stumm »Was?«.

»Weißt du, ich war gar nicht auf meinem eigenen Abschlussball«, sagt Dean. »Das wird mein erstes Mal.«

»Oh, für Keely wird es auch das erste Mal!«, sagt Danielle, und ich trete sie unter dem Tisch. »Au!« Sie zieht ihren Fuß weg.

»An unserer Schule gibt es in der elften Klasse keinen Ball«, sagt Andrew, und ich danke ihm still für die versuchte Rettung. »Also waren wir alle noch nie. Aber es ist keine so große Sache.«

»Wie du meinst«, sagt Danielle. »Ich war schon dreimal. Man muss nur von einem der Älteren gefragt werden.«

»Warum warst du nicht auf deinem Abschlussball?«, frage ich Dean, eifrig bemüht das Gespräch auf ein anderes Thema als meine fehlende Erfahrung zu lenken.

»Ach«, sagt er naserümpfend. »Das war einfach nicht mein Ding. Ich stand damals auf ein Mädchen in einer Punkband, und sie hatte an dem Abend ein großes Konzert, also bin ich stattdessen da hin. Das war sowieso viel geiler. Unser Abschlussball war in der Turnhalle.«

»Dann mach dich auf was gefasst, James Dean«, sagt Danielle. »Unser Abschlussball wird Bombe. Hat Keely dir schon erzählt, dass er im Walcott stattfindet?«

»Dem alten großen Hotel am See?«, fragt er. »Der Laden ist total spießig.«

»Es ist voll schön«, sage ich und versuche, seine Vorfreude zu entfachen. »Ich war mal zum Brunch da und die haben unglaubliche hohe Wände und alte Kronleuchter. Es sieht ein bisschen aus wie Hogwarts.« Ich merke, wie Deans Interesse schwindet. »Und es gibt Geheimgänge«, füge ich hinzu, in der Hoffnung, dass ihn das vielleicht überzeugt. Er hebt eine Augenbraue.

»Geheimgänge beim Abschlussball? Klingt gefährlich.« Er greift über den Tisch nach meiner Hand und reibt mit dem Daumen über die sensible Haut meiner Handfläche. Plötzlich bin ich atemlos. »Was hält uns davon ab, uns davonzuschleichen?« Seine Worte lösen ein Kribbeln in mir aus, bringen aber auch ein gewisses Unbehagen mit sich.

»Ihr solltet euch für danach einfach ein Zimmer buchen«, sagt Danielle. »Das machen wir alle.«

»Ich wäre dabei«, sagt Dean, und ein verschmitztes Grinsen breitet sich auf seinem Gesicht aus. »Was meinst du, sollen wir ein Zimmer buchen?« Er greift meine Hand fester, als müsste er mich an Ort und Stelle halten, und plötzlich habe ich das Gefühl, den Boden unter den Füßen zu verlieren.

»Ja«, sage ich. Ich bemühe mich um ein Lächeln und frage mich insgeheim, warum ich mich überhaupt bemühen muss. »Wir sollten auf jeden Fall ein Zimmer nehmen.«

»Cool«, sagt er. »Ich kümmere mich darum.«

Ich muss meinen Eltern nur erzählen, dass ich bei Hannah übernachte oder so was und hoffen, dass sie es mir abkaufen.

»Mit wem gehst du auf den Ball?«, fragt Andrew plötzlich an Danielle gewandt. Erneut streift sein Bein meines, als er das Gewicht auf dem Stuhl verlagert, und ich ziehe meins schnell weg.

»Was?«, Danielle neigt den Kopf, anscheinend genauso überrascht wie ich.

»Hast du schon eine Begleitung zum Abschlussball?«

»Ich gehe allein.« Sie trinkt einen Schluck Wein. »Aber ich wäre durchaus bereit, meine Meinung zu ändern.« Sie lehnt sich zu ihm und senkt die Stimme. »Gehst du nicht mit Abby Feliciano? Das erzählt man sich zumindest.«

»Man sollte nicht alles glauben, was man hört«, antwortet er. »Ich hab noch niemanden gefragt.«

»Ist das so?« Sie lächelt plötzlich.

»Willst du mit mir hingehen?«, fragt er und beugt sich

zu ihr vor. Ich spüre einen unerwarteten Kloß im Hals, als wäre mein letzter Bissen dort steckengeblieben.

»Komm schon, Reed. Du musst dir schon etwas mehr Mühe geben. Glaubst du, ich gehe einfach mit dem Nächstbesten?«

Er greift über den Tisch nach ihrer Hand und umfasst sie mit beiden Händen. Dann küsst er zärtlich ihr Handgelenk. Solche Dinge konnte Andrew schon immer gut. Mir wird ein wenig schlecht.

»Geh mit mir«, sagt er, und seine Stimme ist tief und rau. »Danielle Oliver. Ich will, dass du mich auf den Abschlussball begleitest.«

Sie starren einander ein paar Sekunden lang an, und ich muss wegsehen. Ich konzentriere meinen Blick auf Dean, der die beiden zurückgelehnt mit einem entspannten Lächeln beobachtet.

»Na gut«, sagt Danielle, und ihre Mundwinkel heben sich. »Wenn du darauf bestehst, Reed. Du musst nicht betteln.«

»Cool«, sagt er und lächelt breit.

»Cool«, sagt sie und lächelt genau wie er.

In dem Moment kommt die Kellnerin mit unserem Essen und stellt eine große Pizza mit Pilzen und Salami vor Dean und mich, einen Caesar Salad vor Danielle und Spaghetti vor Andrew. Ich blicke voller Sehnsucht auf die Spaghetti, den dampfenden Haufen Soße und das Stück Knoblauchbrot am Tellerrand – es riecht himmlisch.

Als Andrew unsere Pizza sieht, hebt er die Augenbrauen.

»Du hast Pilze bestellt?« Er greift über mich nach dem

Parmesan, und ich reiche ihm ungefragt ein paar Päckchen Chilipulver. »Du hasst Pilze.«

»Ich hasse Pilze nicht«, sage ich.

»Du hasst Pilze total«, sagt Danielle. »Ich habe sicher fünfhundert Mal mit dir Mittag gegessen.« Sie lehnt sich zu Dean und redet hinter vorgehaltener Hand, als wäre es geheim, obwohl ihre Stimme trotzdem laut und beschwipst klingt. »Collins hat den Geschmack einer Fünfjährigen.«

»Hass ist ein krasses Wort«, sage ich und nehme ein Stück Pizza von dem Servierteller. Ich verziehe das Gesicht, weil ich meine Finger an dem heißen Käse verbrenne. »Pilze sind nicht meine Lieblingsspeise. Aber ich bin keine fünf mehr.«

Dean nimmt ein Stück, faltet es zusammen und isst es wie ein Sandwich.

Entschuldige, dass ich dich nicht nach deiner Meinung gefragt habe, hätte er sagen sollen. *Tut mir leid, dass ich nicht gefragt habe, was du willst.*

»Du kannst die Pilze ja runternehmen«, sagt er, nachdem er ein Stück Pizza runtergeschluckt hat. »Kein Problem.«

Vielleicht hat er recht, ich will nicht eins dieser Mädchen sein, die sich wegen jeder Kleinigkeit beschweren, die darin aufgehen, aus allem ein Drama zu machen. Also zucke ich mit den Achseln, beiße in die Pizza und gebe mir Mühe, nicht das Gesicht zu verziehen, als ich einen schleimigen Pilz zwischen den Zähnen spüre. Ich versuche, nicht daran zu denken, dass ich das Ding freiwillig esse.

»Siehst du?«, sagt Dean. »Lecker, nicht wahr? Es braucht ein paar Mahlzeiten, bis man sich an den Geschmack von etwas Neuem gewöhnt. Du musst einfach mehr ausprobieren.« Er lehnt sich verschwörerisch über den Tisch zu mir. »Ich könnte dir dabei helfen.«

»Sie sind okay«, sage ich, weil ich ihn nicht enttäuschen will. Ich will ja neue Sachen ausprobieren, und ich will auch, dass Dean derjenige ist, der mir dabei hilft, aber Pilze sind nun mal einfach eklig.

»Du bist süß, wenn du kaust, weißt du das? Du bekommst Falten auf der Nase.« Ich halte mir verlegen die Hand vors Gesicht, aber Dean nimmt sie weg. »Deine Nase ist perfekt.«

Das Kompliment erfüllt mich mit Stolz, und auf einmal sind mir die Pilze völlig egal.

Andrew neben mir räuspert sich. »Wollen wir zahlen?«

»Wir haben gerade erst unser Essen bekommen«, sage ich.

»Was machen wir später?«, fragt Danielle. Sie pikst mit der Gabel in ein Salatblatt auf ihrem Teller.

»Wir könnten alle zu mir gehen und ein wenig abhängen«, sagt Dean. »Wollt ihr vorbeikommen? Wir können zu Fuß gehen.«

»Ich weiß nicht«, sagt Andrew. »Es ist etwas spät.«

»Das sollten wir unbedingt machen«, sagt Danielle.

Alle drei sehen mich an, als würden sie darauf warten, dass ich mich entscheide.

»Okay«, sage ich. »Ich schätze, wir können kurz mit zu dir.«

KAPITEL ZWEIUNDZWANZIG

Ein paar Stunden und eine weitere Weinflasche später hocken wir in Deans Wohnzimmer um den Fernseher herum, wo ein ziemlich hitziger Wettkampf in *Mario Kart* stattfindet. Dean und ich sitzen mit Cody zusammen auf einer Couch, alle drei nach vorne geneigt und auf den Bildschirm konzentriert. Jeder von uns will gewinnen. Danielle spielt als Einzige nicht mit. Stattdessen hat sie es sich an Andrew gekuschelt auf dem Zweiersofa gemütlich gemacht und ihre Beine auf seinen Schoß gelegt.

Normalerweise mache ich bei diesem Spiel alle fertig, aber meine Finger sind heute nicht so richtig mit meinem Gehirn verbunden, und ich kann mich nur schwer auf das Rennen konzentrieren, weil ich aus dem Augenwinkel Daniellles lange gebräunte Beine sehe, die so perfekt sind, dass sie damit Werbung für Rasierschaum machen könnte.

Von der Kombination aus Wein und den kreisförmigen Bewegungen der Autos auf dem Bildschirm wird mir ein wenig schwindlig.

»Wie geht's eurer Freundin Ava?«, fragt Cody, als sein Auto von einer Klippe stürzt. Er wirft den Controller auf das Sofa und lehnt sich zurück, anscheinend hat er das Spiel aufgegeben. Er guckt zu Danielle. »Warum ist sie nicht mitgekommen?«

»Wen interessiert's?« Sie richtet sich auf und legt den Arm um Andrews Schulter, um seine Aufmerksamkeit weg von dem Spiel und auf sich zu lenken. Man merkt, dass sie einiges an Wein getrunken hat. Ihre Haare sind zu einem schlampigen Pferdeschwanz gebunden, und ihre Wangen leuchten rot.

»Ava ist eine coole Braut«, sagt Cody. »Und noch dazu ziemlich heiß.«

»Ja«, sagt Danielle. »Wenn man auf lila Haare steht.«

Andrew spielt mit Prinzessin Peach und wirft einen Panzer auf meinen Toad, sodass ich von der Straße abkomme. Ich knurre ihn an, aber er ist so weit in Führung, dass ich ihn nicht mehr einholen kann. Die Fahrzeuge rasen um eine Kurve, und dann schießt Mario, Deans Figur, als Erster über die Ziellinie. Aus den Fernsehlautsprechern erklingt eine blecherne Melodie, die triumphal wird, als die Figuren auf dem Bildschirm einen Siegestanz aufführen.

»Ja!«, schreit Dean und reckt eine Faust in die Luft. »So wird's gemacht, ihr Loser!«

Andrew klatscht den Controller in die Hand, und ich sehe, wie er die Augen verdreht. Dean hüpft von dem Sofa auf, wirft seinen Controller auf den Boden, macht den Fernseher aus und wendet sich zu mir.

»Keely, gehst du mit in mein Zimmer?«

Die Frage überrumpelt mich. Ich sehe rüber zu Andrew. Er starrt auf seinen Controller.

»Ähm«, sage ich geistvoll. »Wie spät ist es?«

»Es ist erst halb eins«, sagt Cody lässig, wie ein Student eben, der nicht mehr bei seinen Eltern lebt.

»Was, wirklich?« Ich springe auf. »Meine Mom weiß nicht, dass ich hier bin. Ich habe ihr versprochen, früh nach Hause zu kommen.« Ich krame in meiner Tasche nach meinem Handy und erwarte mindestens drei verpasste Anrufe. Wie konnte ich vergessen, ihr vorher Bescheid zu sagen? »Ich geh kurz raus«, sage ich zu den Jungs und laufe in den Flur. Ich würde nie zulassen, dass Dean mich mit meiner Mutter telefonieren hört.

Sie hebt nach dem ersten Klingeln ab.

»Hi Mom«, sage ich. »Ja, ich bin mit Andrew unterwegs.« Ich versuche, ihr die Lage zu erklären, dass wir nach der Pizzeria noch mit zu einem Freund gegangen sind und die Zeit vergessen haben, aber sie bringt wütend die Geburtstagsparty auf und meint, ich müsste verantwortungsvoller sein. Es ist, als würde sie versuchen, mich abzuschieben, bevor ich überhaupt das Nest verlasse. Ich seufze und verspreche ihr, nach Hause zu kommen. Dann lege ich auf und gehe zurück ins Wohnzimmer.

»Tut mir echt leid, aber ich muss jetzt wirklich los.«

»Ich kann dich auf dem Motorrad nach Hause bringen«, sagt Dean. »Wir können zu Fuß zu Giovannis zurück.«

»Auf keinen Fall«, sagt Andrew. »Du hast locker zwei Flaschen Wein getrunken.«

»Das ist doch egal«, sagt Dean. »Ich mach das andauernd.«

»Ach, du bist ein Profi.« Andrews Stimme klingt monoton und sarkastisch. Er wendet sich zu mir. »Ich bringe dich nach Hause. Ich habe seit dem Restaurant nichts getrunken.«

»Okay«, sage ich zögerlich. Er dreht sich zu Danielle. »Und dich kann ich auf dem Weg absetzen.«

»Ach, ich kann zu Fuß gehen«, sagt sie.

»Es macht mir wirklich nichts aus.«

»Ja, aber es ist erst halb eins«, sagt sie schmollend. »Ich will noch nicht gehen. Nicht alle von uns müssen zu einer bestimmten Zeit zu Hause sein.«

»Darum geht's gar nicht«, sage ich. »Meine Mom macht sich nur Sorgen, weil ich vergessen habe, ihr Bescheid zu sagen, wo ich bin.«

Ich weiß, dass es Danielles Eltern egal ist, wohin sie geht. Deshalb war es damals ja auch kein Problem, dass wir zu Deans Party gegangen sind. Aber die Vorstellung, dass sie mit Dean allein ist, gefällt mir nicht, vor allem, weil sie beide schon was getrunken haben.

Andrew sieht das offenbar auch so.

»Lass mich dich einfach nach Hause bringen«, sagt er.

»Damit du mir einen Gute-Nacht-Kuss geben kannst?« Sie schmunzelt, neigt sich zu ihm und streicht mit der Hand durch seine Haare.

»Ja«, sagt er. »Das war doch ein Date, oder?«

»Ich küsse niemanden beim ersten Date«, sagt Danielle, aber sie steht trotzdem auf und folgt ihm zur Tür. »Tschüss, James Dean, tschau, Cody.«

»Tut mir echt leid«, sage ich zu Dean. »Ich wünschte, ich könnte bleiben.«

»Ich auch«, sagt er, und dann zieht er mich in seine Arme und küsst mich vor allen. Ich habe noch nie jemanden vor Publikum geküsst. Ich fühle mich mächtig, als wäre ich endlich ein richtiges Mädchen, ein Mädchen, das zählt. Aber als der Kuss vorbei ist, werde ich verlegen.

Denn mir wird klar, dass Andrew uns zusieht.

Sein Pick-up hat nur zwei richtige Sitze. Die sind zwar mit einer kleinen Bank verbunden, aber da hat höchstens ein Kind Platz. Zum Glück bin ich nicht größer als ein

Kind, deshalb passen wir alle vorne rein: Andrew fährt, Danielle sitzt auf dem Beifahrersitz, und ich bin zwischen die beiden gequetscht.

Es ist gelinde gesagt unbequem.

»Bist du dir sicher, dass du noch fahren kannst?«, frage ich Andrew, als er den Schlüssel in die Zündung steckt. Danielle macht das Radio an, Beyoncé erklingt, und sie dreht die Musik lauter und grölt mit kratziger Stimme mit.

»Alles gut!«, schreit Andrew, damit ich ihn hören kann. Ich mache die Musik leiser.

»Miststück!«, sagt Danielle, die weiter den Liedtext lautlos mitspricht.

»Ich habe nur ein paar Schlucke im Restaurant getrunken«, sagt er. »Ich wusste, wenn ich trinke, na ja … es wäre keine gute Idee gewesen.«

»Danke«, sage ich, weil ich weiß, was er meint – was er aber vor Danielle nicht sagen kann. Er hatte Angst, dass er sich betrunken vielleicht verplappert, etwas von dem PLAN erzählt und dann in Erklärungsnot gerät. »Und danke, dass du mich nach Hause bringst.«

»Es liegt auf dem Weg«, sagt er, und die Beiläufigkeit tut ein bisschen weh.

Die Nacht ist warm, aber von der Luft, die durch die offenen Fenster hereinweht, bekomme ich Gänsehaut. Es ist mir unangenehm, zwischen den beiden zu sitzen. Als würde ich stören. Das ist das Ende ihres Dates, der Teil, wo er sie nach Hause bringt und ihr sagt, wie schön es war. Jetzt bin ich hier, zwischen sie gezwängt, und berühre beide.

Keiner sagt etwas, und ich frage mich, ob sie es auch

komisch finden. Ich bin froh um die Musik aus dem Radio, sie verdrängt ein paar meiner ängstlichen Gedanken.

Bis zu Danielle sind es nur fünf Minuten, und Andrew parkt in ihrer Einfahrt. Die Situation wird immer unangenehmer, als würde Wasser in den Jeep laufen und wir langsam darin ertrinken.

»Kommst du ab hier klar?«, fragt Andrew. Danielle kramt in ihrer Tasche nach dem Schlüssel und zieht einen Schlüsselanhänger hervor, ein Herz mit Leopardenmuster. Sie klappt den Spiegel der Sonnenblende runter, checkt ihr Spiegelbild und wischt sich mit dem Daumen das verschmierte Augen-Make-up weg.

»Meine Eltern gehen so gegen halb zehn ins Bett.« Sie klappt den Spiegel zurück und wendet sich zu uns, dabei lächelt sie Andrew und mich gleich strahlend an. »Aber zur Sicherheit: Rieche ich nach Alk?«

Sie lehnt sich näher zu mir und haucht mir ins Gesicht. Ich muss husten. Ihr Atem ist streng, sie hat eine Rotweinfahne. Ich nicke, aber sie drängt sich an mir vorbei zu Andrew. »Du hast auch getrunken, Collins. Du könntest es gar nicht riechen.« Und dann packt sie Andrews T-Shirt und zieht ihn näher zu sich, ihr Mund nur wenige Zentimeter von seinem. Sie haucht noch mal. »Alles gut?«

Andrew lacht und schüttelt den Kopf. »Du riechst wie eine Bar.«

»Halt die Klappe, Reed«, sagt sie. »Als wärst du je in einer Bar gewesen.« Ihre Lippen sind immer noch nur wenige Zentimeter voneinander entfernt. Sie lehnt auf mir, ihre Haare sind in meinem Gesicht, und ihr Körper drückt auf meinen, als wäre ich gar nicht da. Ich streiche ihre

Haare weg, damit ich die beiden sehen kann, auch wenn es mir bei dem Anblick schwerfällt zu atmen.

»Danke fürs Essen«, sagt sie, und dann küsst sie ihn direkt auf den Mund. Es ist kein richtiger Kuss, sie presst nur kurz ihre Lippen auf seine, und schon eine Sekunde später ist es vorbei – aber es trifft mich mitten ins Herz. Ich kann ein Würgegeräusch nicht unterdrücken und werde sofort rot, völlig entsetzt, dass ich überhaupt einen Laut von mir gegeben habe.

Sie zieht zurück und scheint sich daran zu erinnern, wer zwischen ihnen sitzt.

»Oh, sorry Collins.« Sie streicht sich die Haare aus dem Gesicht und wirft sie über die Schulter. »Du bist ja auch noch da.« Ich sehe Andrew an, um herauszufinden, ob er peinlich berührt ist und den Kuss bereut oder ob er deswegen total aus dem Häuschen ist, aber sein Gesichtsausdruck ist nichtssagend. »Also gut«, sagt sie, öffnet die Tür und hüpft aus dem Jeep. »Bis später, Kinder.« Dann knallt sie die Tür zu, und wir sind allein.

Andrew startet nicht sofort wieder den Motor, und wir sitzen kurz schweigend nebeneinander und hören Radio. Es läuft eine Werbung für den lokalen Supermarkt, ein doofes Lied über Obst und Gemüse. Ich konzentriere mich bewusst darauf und versuche, nicht daran zu denken, was gerade passiert ist. Ich will die Gedanken nicht verarbeiten, nicht an den stechenden Schmerz in meiner Brust denken, wie mir der Atem wegblieb, als ich gesehen habe, wie sich ihre Lippen berührt haben. Ich habe Andrew schon so viele Mädchen küssen gesehen, viel inniger – mit Zunge, Zähnen und Händen – also sollte dieser flüchtige Kuss egal sein. Es ist nur … das ist das erste Mal, dass ich sehe, wie Andrew ein anderes Mädchen küsst, seitdem er mich geküsst hat.

Er klopft mit den Fingern auf das Lenkrad und dreht den Schlüssel. Der Jeep erwacht brummend zum Leben.

»Okay, bringen wir dich nach Hause.«

Er wird also nicht darüber reden.

Schweigend blickt er über die Schulter und fährt rückwärts aus der Einfahrt. Ich rücke auf den Beifahrersitz und schnalle mich an – so weit weg von ihm, dass sich unsere Arme nicht mehr berühren.

»Warum hast du mir nicht von der Silvesterparty erzählt?«, frage ich plötzlich, weil ich die Stille zwischen uns nicht ertrage.

»Ich muss dir nicht alles erzählen«, sagt er kurz angebunden. Er sitzt kerzengrade und steif da.

»Warum bist du sauer?«, frage ich, weil ich genau weiß, dass er es ist. Er fährt sich mit der Hand durch die Haare, und jetzt bin ich mir ganz sicher.

»Ich bin nicht sauer«, sagt er. »Ich versteh nur nicht, warum du dir Gedanken darüber machst. Also, dass ich dir nichts davon gesagt habe.«

»Ich mache mir keine Gedanken.« So kommen wir nicht weiter. Wenn nicht einer von uns anfängt, Klartext zu reden, werden wir uns ewig im Kreis drehen.

»Bist du jetzt mit Danielle zusammen?« Ich drehe den Kopf und sehe ihn an. Unsere Blicke treffen sich, aber ich ertrage es nicht, also wende ich mich ab und starre auf meine Hände und kratze an den Fingernägeln. Ich trage nie Nagellack, aber jetzt wäre es praktisch, dann könnte ich daran pulen.

»Ja«, sagt er.

»Was ist mit Abby?«, frage ich. »Bist du mit ihr durch?«

»Da war nie was mit Abby.«

»Okay, dann mit Cecilia?«

»Cecilia wusste, dass es so kommen würde.«

»Das rechtfertigt nicht, jemanden so zu behandeln.«

»Als ob du dich so gut mit Beziehungen auskennen würdest.« Seine Worte tun weh.

»Manche Mädchen mögen dich vielleicht wirklich, weißt du. Hast du jemals eine von ihnen wirklich gemocht?«

»Ach, sie mögen mich vielleicht wirklich?«, sagt er bissig. »Danke für die Bestätigung. Gut zu wissen, dass manche mit mir zusammen sind, weil sie mich wollen – nicht nur zur Übung.«

Die Worte treffen mich hart. Ich spüre die Schuldgefühle von gestern Abend plötzlich überall, dieser blöde, blöde PLAN, der uns wieder wie ein Virus befällt. Wir hatten zwar gesagt, dass sich zwischen uns nichts verändert hat, aber wir können nicht einfach so tun, als wäre alles wie vorher. Unsere Freundschaft ist infiziert.

»So war das nicht gemeint.« Ich habe das Gefühl, als wäre alles außer Kontrolle geraten, als müsste ich mich festhalten, aber meine Hände greifen ins Leere. »Du kannst gut mit Mädchen, Drew. Das soll kein Vorwurf sein. Es ist nur … vielleicht kannst du *zu* gut mit Mädchen. Ich meine, Sophie Piznarski mochte dich wirklich gern, und du hast aus heiterem Himmel mit ihr Schluss gemacht. Und jetzt ist das so ein Muster …«

»Das war in der zehnten Klasse. Machst du mir jetzt wirklich Vorwürfe wegen etwas, das fast drei Jahre her ist?«

»Nein!«, sage ich. »Aber du hattest seitdem keine richtige Freundin mehr. Du ziehst von einem Mädchen zum nächsten und lässt sie sitzen, wenn du etwas Besseres siehst. Du warst seitdem mit niemandem mehr zusammen.«

»Du auch nicht«, sagt er und dreht den Spieß um. »Außer du willst sagen, dass du mit Dean zusammen bist. Aber ich glaube echt nicht, dass du das so siehst.« Bei den Worten verkrampft sich mein Magen. »Und warum muss ich eine Freundin haben? Warum drängst du so darauf?«

»Tu ich nicht.« Ich reibe mir das Gesicht mit den Händen. Ich weiß nicht mehr, was ich da rede. Ich will nicht, dass Andrew eine Freundin hat – vor allem keine wie Cecilia oder Danielle –, aber irgendwie kommen die Worte falsch heraus. »Ich will nur, dass du nicht immer so tust, als wären Mädchen nichts wert. Das ist erniedrigend!«

»Sie wissen, worauf sie sich einlassen«, sagt er und wird lauter. »Und woher willst du wissen, dass sie nicht einfach nur Spaß haben wollen, genau wie ich? Du kannst Mädchen nicht dafür verurteilen, dass sie Sex mögen, nur weil du es nicht tust.«

Seine Worte sind wie ein Schlag ins Gesicht. Ich spüre die Wirkung, meine Wangen sind ganz rot.

Wir erreichen mein Haus, und er biegt von der Straße ab und parkt, aber wir bleiben beide sitzen. Er atmet tief ein und senkt die Stimme zum Flüsterton. »Und sie sind ja nicht blöd. Sie wissen, worauf sie sich einlassen. Außerdem …«

»Sie wissen, dass du sie gar nicht magst? Dass du sie gleich wieder sitzen lässt? Wie können sie das wissen?«

»Ich sag's ihnen! Ich sag ihnen, dass ich nichts Ernstes will.«

Ich weiß auch nicht, warum ich weiter darauf rumreite. Es ist, als würde ich an einer Wunde rumkratzen. »Aber warum?«

»Weil ich in eine andere verliebt bin!« Er bekommt kaum Luft, als wäre er gerade einen Marathon gelaufen. Er greift nach seinen Haaren und zieht an den Enden, sodass sie wild in alle Richtungen abstehen.

Die Worte fühlen sich an, als hätte mir jemand in den Magen geboxt, als würde jemand die ganze Luft aus mir rauslassen. Warum hat er mir nicht erzählt, dass er in jemanden verliebt ist? Ich dachte, wir würden über alles reden. Das machen beste Freunde doch. Wir sind für die Spinnereien des anderen da. Wir kommen damit klar. Ich schätze, ich kenne ihn doch nicht so gut, wie ich immer dachte.

»Wer ist es?«, frage ich leise.

»Was?« Er wirkt benommen und blinzelt, als hätte er gerade erst gemerkt, dass ich da bin.

»Wer ist sie?«, frage ich. »In wen bist du verliebt?«

Er lacht stumm, ein kurzes Hauchen, das ihm im Hals stecken bleibt. »Ist doch egal.« Es ist, als hätte er keine Kraft mehr.

»Nein, es ist nicht egal«, sage ich. »Ich hab dir doch immer bei Mädchen geholfen, oder?«

Er lacht ein wenig, lehnt sich vor und vergräbt das Gesicht in den Händen. »Ich hatte nicht vor es dir zu sagen, wenn du betrunken bist.«

»Ich bin nicht betrunken.« Mir ist schwindlig, aber ich habe seit einigen Stunden nicht mehr getrunken. Und dieses Gespräch hat mich allemal ausgenüchtert. »Hast du es ihr schon gesagt?«

»Was?«, fragt er und nimmt die Hände vom Gesicht.

»Hast du ihr gesagt, dass du sie liebst?«

»Es ist … kompliziert«, erwidert er, und es ist kurz still, während ich darüber nachdenke, was er gesagt hat. Er dreht den Kopf leicht, sieht mich an und drückt tröstend meine Hand. Mir bleibt die Luft weg. Ich bin überrascht, wie gut sich seine Hand auf meiner Haut anfühlt. Es ist wie gestern Abend, als er mich zu sich aufs Bett gezogen hat und meinte, ich solle die Regeln vergessen.

»Ich …«, fange ich an, aber verstumme, weil ich nicht weiß, was ich sagen soll. Ich schüttle den Kopf und versuche, einen klaren Gedanken zu fassen. »Du solltest es ihr sagen. Du kannst so etwas nicht für dich behalten. Es wird dich innerlich auffressen.«

»Okay«, sagt er und atmet schnell ein. »Du hast recht.«

»Sagst du es mir zuerst?«, frage ich. »Ich will wissen, wer es ist.« Ich ziehe meine Hand weg und streiche mir eine Haarsträhne hinters Ohr. Plötzlich erinnere ich mich daran, was Dean heute gesagt hat: *Ich glaube, er steht auf dich. Er ist vielleicht dein Bruder, aber du bist nicht seine Schwester.* Plötzlich muss ich an gestern Abend denken, an das Flattern in meinem Bauch, als sich unsere Lippen zum ersten Mal berührten, an das Verlangen in mir, es durchzuziehen und wie weh es tat, als er gegangen ist. Aber ich verdränge die Gedanken. Ich bin völlig aufgewühlt und kann nicht mehr klar denken. Die Vorstellung, Andrew könnte in mich verliebt sein, macht mir Angst. So sollte das nicht laufen. Er ist mein bester Freund. Wir sind nur Freunde. Das ist alles.

»Warte«, sage ich, und die Worte platzen aus mir heraus. »Bin ich es? Du meinst doch nicht mich, oder?« Mein

Gesicht ist brennend heiß, ich will es sofort wieder rückgängig machen, aber gesagt ist gesagt.

Andrew rückt von mir weg. Er lacht halbherzig. »Willst du mich verarschen?«

»Was?«, frage ich verblüfft. »Nein. Ich will nur sicher sein, ich meine, ich will nur klarstellen … manchmal entwickeln Freunde Gefühle füreinander und …«

»Du bist es nicht«, sagt er, und es klingt wie eine Beleidigung. »Keine Sorge.«

Ich fühle mich, als wäre ich ein Luftballon, der einen Piks abbgekommen hat und jetzt würde die Luft langsam aus mir herausströmen.

»Okay«, sage ich. »Okay«. Ich muss es noch mal sagen. Ich fühle mich sonderbar verletzt und enttäuscht. Natürlich meint er nicht mich. Im Grunde hat er mir ja gestern gesagt, dass er bei mir keinen hochkriegt.

»Okay, also wer ist es?«, frage ich. Er kneift die Augen ein wenig zusammen und räuspert sich. Seine Antwort ist so offensichtlich, ich weiß nicht, wie ich nicht darauf gekommen bin. Sie war ja eben noch hier, ihre Brüste haben gegen meine Schulter gedrückt, als sie sich über mich gelehnt hat, um ihn zu küssen.

»Komm schon, Collins«, sagt er. »Ich bin in Danielle verliebt.«

KAPITEL DREIUNDZWANZIG

Ich wende mich ab, damit er mein Gesicht nicht sehen kann. Ich sollte nicht überrascht sein, bin ich auch nicht, nicht wirklich. Ich hätte es besser wissen müssen. Andrew liebt mich nicht. Warum sollte er, wenn lauter hübsche Mädchen bei ihm Schlange stehen?

Danielle und Cecilia und Abby haben alle etwas gemeinsam. Natürlich sind sie alle hübsch, aber es ist nicht nur das. Sie brauchen nur mit dem Finger zu schnipsen, und schon ziehen sie Jungs in ihren Bann. Sie wickeln eine Haarsträhne um den Finger, klimpern mit den Wimpern, machen einen Schmollmund, lachen und geben einem Menschen das Gefühl, er wäre die wichtigste Person im ganzen Raum. Und Danielle Oliver ist die Schönste, Selbstbewussteste und Mächtigste von ihnen – sie vereint in sich alles, was Cecilia, Abby, Sophie und all die anderen je sein wollten. Warum sollte er sich nicht von ihr in den Bann ziehen lassen? In seinen Augen bin ich nur ein Kind, mit dem er aufgewachsen ist. Zerzauste Haare, spröde Lippen und aufgeschlagene Knie. Wie könnte ich je mit Danielle mithalten?

Ich schüttle den Kopf, um die vielen herumschwirrenden Gedanken zu sortieren. Ich sollte es mir nicht so zu Herzen nehmen; ich will doch gar nichts von Andrew. Ich habe James Dean. Es hat sich nur für einen Moment sehr schön angefühlt, dass er mich als ein Mädchen sehen könnte. Ein Mädchen wie Danielle, die immer so mit sich im Reinen wirkt und nicht wie ich, die sich so oft nicht wirklich wohlfühlt in ihrer Haut.

Damals, als das zwischen Andrew und Sophie Piznarski losging, hat er mir immer alles erzählt – dass ihr der rosablau gestreifte Pulli am besten steht, dass sie kein scharfes Essen mag, dafür aber alles mit Erdnussbutter, dass sie manchmal, wenn ihre Eltern erst spät von der Arbeit kamen, auf dem Wohnzimmersofa rumgemacht haben. Er hat sich bei mir beschwert, dass er zu ihren Ballettaufführungen gehen musste, und hat mich manchmal mitgeschleppt, damit wir hinter vorgehaltenem Programmheft flüstern konnten.

Und nach Sophie habe ich ihm jahrelang beim Aufreißen geholfen, habe die Mädchen in der Schule auf ihn angesprochen: »Ist Andrew nicht der Tollste?« Ich habe die Augen verdreht, als er mir von dem einen Mädchen in der Fußballmannschaft vorgeschwärmt hat oder dem Mädchen aus dem Theater. Ich habe so oft beobachtet, wie er mit irgendwelchen Mädchen Hand in Hand die Treppe hoch ist, sie ins Schlafzimmer gezogen hat oder ins Badezimmer oder sonst wohin, habe sie kichern gehört, betrunken und glücklich.

Aber von Danielle hat er nie was erzählt. Also ist sie etwas Besonderes. Nicht eine, von der man am nächsten Morgen bei Jans erzählt. Eine, die man versteckt hält, geheim und voller Bedeutung.

»Du bist verliebt in sie?«, frage ich und ziehe an einem losen Faden des Sitzbezugs. Ich sehe ihn an, aber er wendet sich ab.

»Ja.«

»Ich hatte keine Ahnung.«

»Ich weiß«, sagt er. »Ich …« Er verstummt und fährt sich durch die Haare, sodass sie abstehen, als hätte er einen Elektroschock bekommen. Ich fühle mich wie die Haare, genauso geschockt.

»Du hättest es mir sagen können. Ich meine, nicht erst jetzt. Du hättest es nicht geheim halten müssen. Ich kann es nachvollziehen.« Ich versuche zu lachen, aber es bleibt mir im Hals stecken. »Sie ist Danielle Oliver.«

»Meinst du …« Er verstummt.

Ich vollende die Frage in meinem Kopf. *Meinst du, ich habe eine Chance? Meinst du, sie mag mich auch? Meinst du, wir können nach der ganzen Sache Freunde bleiben?*

»Ja«, sage ich und öffne die Tür. »Das wird schon, Drew. Wie gesagt, du solltest es ihr sagen. Du gehst mit ihr zum Abschlussball, oder? Das ist doch die perfekte Gelegenheit. Du kannst es groß aufziehen. Den Moment voll und ganz auskosten.«

»Ja.«

Ich steige aus dem Wagen und gehe über die dunkle Einfahrt ins Haus. In der Tür bleibe ich stehen und sehe zu, wie der Jeep rückwärts wegfährt.

Sieht so aus, als hätten wir beide den perfekten Abschlussball vor uns. Wir bekommen alles, was wir wollen, genau zum richtigen Zeitpunkt, wie am Ende von so einem Teenie-Film. Aber wenn alles so perfekt ist, warum fühlt es sich so verkehrt an?

Hannah und ich wollen uns am nächsten Tag nach Ballkleidern umsehen, also holt sie mich ab und wir fahren zum Einkaufszentrum. Sie hat versprochen, mir eine

Zimtschnecke zu kaufen, wenn ich mich zusammenreiße, also gebe ich mein Bestes, aber ich glaube, das letzte Mal, dass ich ein Kleid anhatte, war in der dritten Klasse, als ich Blumenmädchen auf der Hochzeit meiner Tante war. Hannah hat sich pflichtbewusst der Rolle der guten Fee angenommen und sucht verschiedene Schnitte und Farben raus, hält sie mir hin und bittet mich mit großen Augen, etwas anzuprobieren.

Ich habe ihr noch nicht erzählt, was am Freitag mit Andrew war. Ich weiß nicht, ob ich überhaupt darüber reden sollte. Jetzt wo er Danielle sagen wird, dass er sie liebt. Ich will ihm die Sache nicht kaputtmachen.

Aber ich muss Hannah über die beiden ausfragen, muss die Steinchen einzeln umdrehen und sie mir von allen Seiten ansehen. Wir stehen gerade zusammen in einer Umkleide bei JC Penney, umgeben von so vielen bauschigen Kleidern, dass ich davon Kopfschmerzen bekomme, als ich es nicht mehr aushalte, und frage: »Wusstest du, dass Andrew und Danielle mal was hatten?«

Hannah hat ein pink-weißes Zebrastreifen-Monstrum, das sie sicher nur zum Spaß ausgesucht hat, zur Hälfte über den Kopf gezogen.

»Tut mir so leid«, sagt sie durch den Stoff, zieht das Kleid runter und schlüpft in die Ärmel. »In der zehnten Klasse, auf Avas Silvesterparty.« Sie dreht sich um und sieht sich die Kleider an, die neben ihr an der Wand hängen. Es ist, als würde sie mir ausweichen.

»Du wusstest davon?« Ich trage ein grünes Kleid, in dem ich viel zu sehr wie Tinkerbell aussehe, weil ich nun mal klein und blond bin. »Wie hast du es erfahren? Wissen es alle?«

Es ist peinlich, so außen vor zu sein, wie die einzige in einer Gruppe, die einen Insiderwitz nicht versteht. Ich kann nachvollziehen, warum Andrew nichts gesagt hat, vor allem, wenn Danielle ihm wirklich was bedeutet. Aber wie konnte Hannah es mir verheimlichen?

»Du bist an dem Abend früh ins Bett gegangen«, sagt Hannah und dreht ihren Rücken zum Spiegel, um mich anzusehen. »Alle haben gesehen, wie die beiden rumgeknutscht haben, typisch Party-Andrew. Es war keine große Sache.«

Aber es *war* eine große Sache. Wenn es keine große Sache gewesen wäre, hätten wir am nächsten Morgen darüber gelacht, als er am Fuße meines Bettes aufgewacht ist. Seine Haare standen in alle Richtung ab, und er hatte den Abdruck vom Teppichmuster auf seiner rechten Wange.

»Wir haben dich gestern Abend vermisst, Collins«, meinte er nur. Dann zog er mir die Decke weg, sodass ich kreischend der kalten Morgenluft ausgesetzt war.

Man hätte mich im Laufe des Jahres einweihen können.

»Warum hast du mir nicht davon erzählt?«, frage ich Hannah.

»Ich wusste, dass es dir nicht gefallen würde.«

»Du hättest mich nicht beschützen müssen«, sage ich. »Es wäre mir egal gewesen.«

»Es wäre dir nicht egal gewesen«, beharrt sie. »Ich weiß, dass du Danielle nicht magst. Du tolerierst sie nur. Du hast sie immer toleriert, weil sie meine Freundin ist. Aber du magst sie nicht. Und ich wollte immer, dass ihr euch versteht. Ich habe so oft versucht, euch zusammenzubringen, weil ich euch beide gern hab, und ich wusste, dass die Sache das kaputtmachen würde. Das hätte das Fass zum Überlaufen gebracht, und Danielle und du hättet euch zerstritten.«

»Das wäre nicht passiert«, protestiere ich, auch wenn ich es nicht wirklich glaube.

»Und du versuchst immer, Andrew zu beschützen«, sagt sie. »Weil er dir gehört.«

»Hannah, er *gehört* mir nicht, das ist …«

»Und ich wusste, es würde dich verletzen, dass er sie angemacht hat.«

»Hannah, er reißt ständig irgendwelche Mädels auf.«

»Ja, aber das ist nicht dasselbe wie mit Danielle. Auch wenn es für ihn keine große Sache war, wusste ich, dass du …«

»Es *war* eine große Sache für ihn«, sage ich und lache trocken.

»War es nicht«, sagt Hannah beharrlich. »Deswegen hab ich dir auch nicht davon erzählt. Das hätte alles nur noch schlimmer gemacht, so wie jetzt mit …«

»Er ist in sie verliebt.« Die Worte platzen aus mir heraus.

»Was?« Sie wird blass.

»Hat er mir gestern gesagt.«

»Aber das ist nicht …« Sie streicht sich die Haare aus dem Gesicht und fasst sie zu einem Dutt zusammen, als wäre die Sache jetzt ernst. »Das ist nicht wahr.«

»Sie gehen zusammen zum Abschlussball«, sage ich. Für mich ist damit alles klar.

»Ich dachte …«, sie verstummt und ich sehe, wie sich in ihrem Kopf die Rädchen drehen. »Das ergibt keinen Sinn.«

»Er wird ihr beim Abschlussball sagen, dass er sie liebt.«

»Aber …«, sagt Hannah. Sie greift nach hinten und öffnet den Reißverschluss des Zebrakleids. »Aber sie kennen sich doch gar nicht.«

»Klar kennen sie sich. Wir gehen seit zehn Jahren zusammen zur Schule.«

Danielle ist in der vierten Klasse nach Prescott gezogen, einen Monat nachdem die Schule angefangen hatte. Sogar mit zehn Jahren hatte sie dichte schwarze Haare, hohe Wangenknochen und diese herrische Art, wenn auch weniger ausgeprägt. Schon damals wollten alle auf ihren Zug aufspringen.

Andrew und ich saßen nebeneinander hinten im Bus, als wir an einer neuen Stelle anhielten und Danielle einstieg. In einer kleinen Schule wie unserer fielen neue Kinder sofort auf; sie waren ein *Ereignis*, gehörten zu den wenigen aufregenden Sachen, die so passierten. Danielle war nicht nervös, sie suchte nicht verzweifelt nach einem freien Platz. Stattdessen schritt sie mit ihren dünnen Beinen und einem knallig türkisenen Rock die Stufen hoch, und sie wirbelte im Kreis. Auf dem Rücken trug sie einen feuerroten Rucksack. Ich war fasziniert. Wer war dieses Mädchen, das aussah, als käme sie direkt aus einem Disney-Channel-Film, deren Klamotten so frech leuchteten wie sie, die herausstechen wollte, Aufmerksamkeit wollte, während ich mich lieber anpasste? Als sie an diesem ersten Tag in den Bus stieg, wurde Danielle innerhalb kürzester Zeit zur Sonne, um die wir alle kreisten. Aber wie bei der Sonne konnten wir sie nicht zu lange anstarren und mussten einen sicheren Abstand halten, sonst wären wir verbrannt. Und Danielle konnte *brennen.* Das war schnell klar.

Vielleicht ist sie Andrew schon damals aufgefallen, vielleicht war auch er fasziniert von ihr, aber anders als ich. Vielleicht wird er seit Jahren von ihrem Licht angezogen und dreht sich schon die ganze Zeit um sie.

»Klar kennen sie sich«, antworte ich Hannah.

»Nein«, widerspricht Hannah beharrlich. »Das tun sie nicht. Sie kennen nur … die polierte Version des anderen. Aber das heißt nicht, dass man sich wirklich kennt. Party-Andrew ist nicht der richtige Andrew – das weißt du genau. Ihr kennt euch ohne den ganzen Bullshit. Was Andrew und Danielle haben, ist Bullshit.«

»Aber wird es dadurch nicht erst aufregend?«, frage ich. »Wenn man nie so genau weiß, woran man beim anderen ist?«

»Vielleicht ist es anfangs aufregend«, sagt sie. »Die Jagdlust, das berauschende Gefühl, dass jemand auf einen stehen könnte. Diese Art von Aufmerksamkeit macht süchtig. Aber das ist keine Liebe. Liebe ist, wenn deine komischen Eigenheiten zu den komischen Eigenheiten des anderen passen. Wenn du so sein kannst, wie du bist.« Sie berührt ihren Hals dort, wo Charlies Anhänger hing, geistesabwesend fährt sie sanft mit den Fingern über die Stelle.

»Du hast recht«, sage ich und drehe mich wieder zum Spiegel. Aus irgendeinem Grund schießen mir Tränen in die Augen, obwohl es überhaupt keinen Sinn ergibt. Ich atme ein paar Mal tief durch und wende mich von Hannah ab, damit sie mich nicht so sieht. Ich weiß nicht, was mit mir los ist.

»Nimmst du das Kleid?«, fragt sie. »Du siehst umwerfend aus. Was wird Dean tragen?«

»Ich bin nicht sicher«, antworte ich. »Wir haben noch nicht darüber gesprochen.«

Plötzlich erscheint mir die Frage nach dem Kleid unglaublich wichtig. Ich muss genau das richtige wählen, damit auch alles andere an meinem Abend mit Dean perfekt läuft. Aber wie kann ich wissen, was Dean mag? Ich kenne nicht einmal seine Lieblingsfarbe.

KAPITEL VIERUNDZWANZIG

Am nächsten Morgen in der Schule verbringe ich die meiste Zeit damit, Andrew bewusst nicht anzustarren, was nicht wirklich geht, weil er überall ist. Mir war nie klar, wie viel Zeit ich mit ihm verbringe, dass ich ihn immer aus dem Augenwinkel sehe so wie meine Hände oder Füße oder meine Nase.

Jetzt nehme ich seine Anwesenheit ganz anders wahr. Immer wenn er den Raum betritt, erstarre ich, als wäre ich ein Roboter, dessen Stromkreislauf einen Kurzschluss hat. Als er sich in der Freistunde an meinen Tisch setzt, zucke ich zusammen. Ich bemühe mich, ihn anzusehen, versuche, zu lächeln. Ich kann doch ein normal funktionierender Mensch sein. Muss ich, wenn ich unsere Freundschaft retten will.

»Hey«, sage ich und trommle mit dem Kuli auf die Tischplatte.

»Hey«, sagt er. Er trägt ein dunkelgrünes T-Shirt, das seine grünen Augen zum Leuchten bringt. Ich schüttle den Kopf und komme mir blöd vor, weil ich seine Augen überhaupt wahrgenommen habe. Freunde machen sich keine Gedanken über die Augenfarbe ihrer Freunde. Vor allem nicht die Augenfarbe jener Freunde, die eigentlich in Danielle Oliver verliebt sind.

»Wie war dein Wochenende noch?«, fragt er.

»Es war okay«, antworte ich.

»Ich bin so müde.«

»Montage gehören abgeschafft.«

»Ja.«

Ich hasse es, dass wir uns unterhalten, als wären wir Fremde, obwohl wir uns früher ohne Worte verstanden haben.

Immer wenn ich ihn ansehe, muss ich an die Ereignisse des Wochenendes denken: seine Lippen auf meinen, das Kondom in seiner Hand, Danielle, die beim Essen durch seine Haare wuschelt, ihn anlächelt, die Lippen spitzt. *Danielle, Danielle, Danielle.*

Er liebt sie. In diesem Augenblick, während er auf seinem Stuhl hockt und sich über Montage beschwert, liebt er sie. Er liebt sie, während er seine Hand hebt, um zu bestätigen, dass er anwesend ist, während er den Flur entlang zum Mittagessen geht. Es ist ein dauerndes Surren im Hintergrund, das nie weggehen wird. Danielle ist jetzt ein Teil von ihm. Ist das Liebe? Wenn sich eine Person in deinen Kopf drängt, Stück für Stück an deinem Herzen knabbert, an deiner Seele, und dich am Ende voll und ganz verschlingt? Liebe ist nur ein Parasit.

Mir wird klar, dass ich ihn anstarre. Ich sehe schnell weg und tue so, als würde ich in meinem Rucksack wühlen, nur um irgendetwas zu tun. Er wendet sich ab und klopft mit dem Bleistift auf die Tischplatte.

Ich habe Angst, dass Danielle ihn für immer in Party-Andrew verwandelt, dass sie ihn mit voller Wucht überrollt, dass sie alles nimmt, was ihn besonders und interessant und wundervoll macht, und es zerstört. Aber ich muss es akzeptieren. Ich muss sie zusammen sein lassen, wenn es das ist, was er will. Es wird nur ein bisschen dauern, bis ich mich daran gewöhnt habe.

»Habt ihr euch gestritten, Andrew und du?«, fragt Hannah später, als wir in die Mittagspause gehen. »Ihr seid so komisch.«

Andrew läuft mit Chase hinter uns her, und er hat mir nichts zugerufen, hat keine Anzeichen gemacht, dass er mich gesehen hat. Ich fühle mich mies, weil ich Hannah noch nicht erzählt habe, dass ich den PLAN durchgezogen habe, aber ich versuche, nicht daran zu denken.

»Alles okay.«

»Ist es wegen Danielle?«

»Es ist jetzt nur komisch«, sage ich. »Du erzählst ihr doch nicht davon, oder? Dass er sie liebt?«

»Natürlich nicht!«, sagt Hannah. »Das ist seine Sache.« Sie wirft einen Blick nach hinten zu Andrew und Chase, die über irgendetwas lachen. »Wenn Andrew in Danielle verknallt ist, verstehe ich aber nicht, wie er mit Chase befreundet sein kann.«

Mir war bis jetzt nicht in den Sinn gekommen, dass Andrew auf der Party bestimmt am Boden zerstört war, als Danielle mit Chase geschlafen hat. Es war ihm so unangenehm, als Danielle sich in der Schule bei ihm entschuldigt hat. Ich schätze, Cecilia war an dem Abend seine zweite Wahl. Er hat nicht das Mädchen bekommen, das er haben wollte, und dann hat er auch noch Ärger gekriegt. Aber eine Freundschaft mit Chase Brosner beendet man nicht so einfach, auch nicht wegen eines Mädchens.

Na ja, das Mädchen hat er ja jetzt. Oder … fast. Er muss es ihr nur sagen.

Danielle und Ava sitzen schon beim Mittagessen, beide mit einem Becher Coca-Kohl-a in der Hand.

»Das hat richtig Spaß gemacht Freitagabend«, sagt Danielle, als Hannah und ich uns setzen. »James Dean ist allererste Sahne.«

»Ihr habt Freitag was gemacht?«, fragt Ava. »Warum hat mir keiner was gesagt?«

»Es war ein Doppel-Date«, antwortet Danielle. »Du wärst das fünfte Rad am Wagen gewesen.«

»Ich hätte jemanden finden können, der mit mir kommt. Ich bin keine Aussätzige.«

»Hey, Aussätzige können auch Liebe finden«, sage ich.

»*Die Liebe der Aussätzigen*«, sagt Hannah. »So eine Reality-Show würde ich mir definitiv ansehen.«

»Klar, Ava. Du hättest sicher zehn Typen aufreißen können«, sagt Danielle. »Das kannst du ja so gut.« Sie wühlt in ihrer Tasche nach dem Handy. »Aber nicht alles dreht sich immer um dich. Vielleicht wollten ja Collins und ich mal was zusammen machen.«

Ava wimmert leise wie ein verwundetes Kätzchen. Sie lehnt sich zurück und verschränkt die Arme.

»Es war total spontan«, sage ich zum Trost. »Wir sind uns zufällig über den Weg gelaufen.«

»Dean hat uns *Wein* besorgt«, sagt Danielle mit leuchtenden Augen. »Wir waren bei Giovannis.«

»Mit wem hattest du denn dein Date?« Ich merke, wie Ava zwischen Frustration und Neugierde schwankt. »Ein Freund von Dean? Warte, war es Cody?«

»Hey, Leute.« Andrew zieht den Stuhl neben mir raus und setzt sich. Danielle schreibt was auf ihrem Handy und würdigt ihn kaum eines Blickes. Ich weiß, dass das eine ihrer Taktiken im Umgang mit Jungs ist, eine der Methoden, die sie mir beibringen wollte, als ich mich mit Dean getroffen habe.

»Warum esst ihr nicht draußen?«, fragt Andrew. »Es ist total schön.«

Toll. Jetzt reden wir über das Wetter. Was ist nur aus uns geworden?

»Wir wollten mit den Coca-Kohl-as nicht in die Sonne«, antwortet Ava. »Die werden total widerlich, wenn sie warm sind.«

»Die sind auch kalt widerlich«, sagt Hannah.

»Wie ihr meint«, sagt Andrew. Er sieht Danielle an. »Hey Danielle.«

Sie legt ihr Handy weg. »Oh, hey Drew.«

»Wie war dein Wochenende noch so?«

»War nicht viel los.«

Ich denke daran, was Hannah gesagt hat – dass sie einander nicht wirklich kennen. In diesem Moment kommt es mir auch so vor. Aber sie sind natürlich nervös. Vielleicht fühlt sich Andrew unwohl, weil er mir sein Geheimnis verraten hat und weiß, dass ich ihn beobachte.

Ava sieht kurz Andrew an, dann Danielle und dann mich. Ihr Blick wechselt so schnell zwischen uns hin und her, dass ihr schwindlig sein muss.

»Ist er der Typ, mit dem du aus warst?«

»Ich bin der Typ«, sagt Andrew.

Ava schnalzt mit der Zunge. »Natürlich bist du das. Hätte ich mir denken können.« Sie steht auf und nimmt ihr leeres Tablett und den Schlammbecher. »Mir erzählt nie jemand was.«

Am Donnerstag nach der Schule muss ich mit Dean zusammen arbeiten. Ich habe ihn seit dem verpatzten Doppeldate nicht gesehen, aber komischerweise bin ich relativ entspannt. Es ist eine Erleichterung, dass er mich nicht mehr so nervös macht, vor allem, seit ich in Andrews Nähe zu einem beklommenen Häufchen Elend werde. Es ist weiterhin warm, die Luft im Laden ist schwül und staut sich. Der Sommer steht vor der Tür, und das Ende der Schulzeit rückt immer näher.

Wie alles andere steht die Hitze Dean natürlich gut. Ein dünner Schweißfilm auf seinen Armen und seiner Stirn lässt ihn glänzen.

»Gibt es hier keine Klimaanlage?«, frage ich und wedle mir zur Abkühlung Luft ins Gesicht. Ich lege meinen Rucksack auf einen Stuhl im Pausenraum und gehe zurück nach vorn. Mir ist sehr bewusst, wie klebrig ich an den unvorteilhaftesten Stellen bin.

Dean lächelt auf seine charmante, schiefe Art und zuckt die Achseln.

»Hinten steht noch ein Ventilator, aber ich finde ja, dass du so überhitzt ziemlich gut aussiehst.« Bei seinen Worten wird mir nur noch heißer, und ich bin sicher hochrot im Gesicht. Aber meine ganze Unsicherheit verfliegt, als er meinen Hintern packt und mich an sich zieht. Er küsst mich, während seine Hand feste zudrückt. Unglaublich, wie normal sich seine Hand auf meinem Po mittlerweile anfühlt. Vor ein paar Monaten wurde ich noch ganz nervös, wenn sich unsere Knie leicht berührten, aber das scheint ewig her.

Alle meine Sorgen vergehen, sie schmelzen in der Hitze und von dem Kuss dahin. Das ist genau das, was ich brauche. Warum habe ich mich wegen Andrew verrückt gemacht?

»Hattest du am Freitag Spaß?«, frage ich.

»Es war okay«, sagt er.

Oh? Sorgenmodus.

»Nur okay?«

»Ich meine, deine Freunde sind halt …« Er führt den Satz nicht zu Ende. Stattdessen dreht er sich zum Tresen und fummelt an ein paar Kabeln, die an den Lautsprecherboxen hängen. »Ich suche uns für heute einen Hammer-Soundtrack raus.«

»Meine Freunde sind halt … was?«, frage ich schärfer als beabsichtigt. Er schließt sein Handy an die Boxen an und scrollt.

»Sie sind halt noch extrem highschoolmäßig drauf.« Er drückt auf einen Knopf, schmetternde Trompeten und dramatische Geigen erfüllen den Raum mit ihrem triumphalen Klang.

»John Williams«, sagt er. Er macht die Augen zu und lässt die Trompetenklänge auf sich wirken. »Jede einzelne berühmte Filmmusik ist von ihm. Der Typ ist genial. Er nimmt gute Filme und verwandelt sie in Meisterwerke, er macht sie verdammt noch mal unvergesslich. Das hier ist …«

»… *Jurassic Park*«, sage ich. »Ich weiß. Und was willst du damit sagen? Wir *sind* in der Highschool!« Ich erinnere ihn nur ungern daran, aber sein Tonfall gibt mir das Gefühl, mich verteidigen zu müssen.

»Stimmt«, sagt er. »Blöd von mir, dir etwas beibringen zu wollen, was du längst weißt.« Er nimmt das Handy und macht ein anderes Lied an, leise und bedrohlich. *Ba dum. Ba dum.*

»*Der weiße Hai*«, sage ich wie aus der Pistole geschossen. Er lässt es weiterlaufen, die Musik gewinnt immer mehr an Spannung.

»Ich meine, wenn ich was mit dir mache, will ich es mit *dir* tun. Aber deine Freunde mischen sich überall ein. Sie wollen alles wissen. Sie wollen ein Teil des Ganzen sein, auch wenn es sie eigentlich nichts angeht. Ich meine, das erste Mal, als du bei mir warst, seid ihr als Pulk angerückt. Das ist typisch Highschool.« Er tippt auf sein Handy, und die Musik verwandelt sich wieder in schmetternde Hörner. »Wer das nicht kennt, den sollte man einsperren. Als Ladenmanager bin ich der Meinung, dass du nicht hier arbeiten solltest, wenn du nicht weißt …«

»… das ist *Star Wars*, das kennt doch jeder«, sage ich kopfschüttelnd. »Aber deine Freunde waren doch auch da. Was ist mit Cody?«

»Ja, aber ich bringe Cody nicht auf ein Date mit. Ich werde Cody nicht in mein Zimmer einladen, damit er uns beim Rummachen zusehen kann.« Er grinst. »Außer, du stehst auf so was.« Er scrollt weiter auf seinem Handy.

»Tu ich nicht … hab ich nicht«, stottere ich. Die *Star Wars* Melodie dröhnt noch immer im Hintergrund. »Du hast uns nach dem Essen bei Giovannis alle zu dir eingeladen. Ich dachte, du hattest Spaß.«

»Hatte ich auch«, sagt er. »Ich sag ja nur, es muss nicht alles so furchtbar kompliziert sein. Das Leben ist kein großes Drama. Es ist eben das Leben.« Er lächelt, lässt die Schultern kreisen und schüttelt die Arme aus, als wolle er sich lockermachen. »Lass dich von John Williams beruhigen. Schließ die Augen und hör dem Meister zu.« Er macht die Musik aus *Schindlers Liste* an, die in dem heißen, sonnendurchfluteten kleinen Laden völlig fehl am Platz wirkt.

Vielleicht hat er ja recht und Freunde machen alles nur komplizierter. Mit Andrew war es jedenfalls so. Vielleicht sollte man Freundschaften und Beziehungen wirklich besser getrennt halten, wie das Essen auf einem Tablett, damit sich nichts vermischt. Eine Schüssel für die Erbsen, eine für das Kartoffelpüree. Vielleicht wäre mein Leben dann nicht so ein Chaos.

KAPITEL FÜNFUNDZWANZIG

Ich hätte nie gedacht, dass ich mich irgendwann über Prüfungen freuen würde, aber zwei Wochen vor Schulschluss haben alle viel zu tun, und das ganze Drama wird nebensächlich. Ich rapple mich endlich auf und mache mein Geschichts-Projekt fertig. Den Rest der Woche verbringe ich jeden Abend damit, Karteikarten für griechische Mythologie und Französisch zu schreiben und zu lernen.

Am letzten Schultag habe ich schon völlig vergessen, mir wegen der Sache Gedanken zu machen. Aber als ich nach meiner letzten Prüfung den Raum verlasse, überkommt mich eine tiefe Traurigkeit. Es ist komisch, wie man die Schule die ganze Zeit über so hassen kann, sie aber plötzlich vermisst, noch bevor man überhaupt weg ist. Plötzlich wird mir so richtig klar, dass ich alles, was ich tue, zum letzten Mal mache. Das letzte Mal, dass ich die Schulter gegen mein Schließfach drücken muss, damit es aufgeht, das letzte abgestandene Stück Mensapizza, die letzten Stunden, die ich aus dem Fenster starre und die Minuten zähle, bis alles vorbei ist. Irgendwie kommt das Ende doch viel zu schnell, obwohl jede Unterrichtsstunde eine gefühlte Ewigkeit gedauert hat.

Es war schon immer Tradition in Prescott, dass sich alle aus der Abschlussklasse beim See treffen, Fotos machen und sich dann in Limousinen zwängen und zum Ball fahren. Normalerweise findet der Abschlussball etwas weiter entfernt statt, aber das Walcott Hotel liegt nur etwa zwölf Minuten entfernt auf der anderen Seite des Sees. Die Limousinen haben wir trotzdem bestellt, weil wir nichts auslassen wollen.

Am Abend des letzten Schultags, dem Abend vor dem Abschlussball, schmeißt Danielle eine Party. Sie nennt es *Das letzte Abendmahl*, weil sie meint, jede Party bräuchte ein gutes Motto. Sie hat die ganze Stufe eingeladen, sogar Ryder und Simon Terst, auf die sie seit Wochen sauer ist. Jetzt wo die Schule vorbei ist, sind all die willkürlichen sozialen Grenzen, die uns jahrelang getrennt haben, wie aufgehoben. Meine Cousine Beth, die sieben Jahre älter ist als ich, meinte schon, dass so etwas passieren würde. Schon ein paar Monate nach dem Abschluss würde völlig egal sein, wer beliebt war, wer mit wem was hatte und wer nach den Regeln der Highschool zu den Außenseitern gehörte. Ich habe es ihr erst nicht geglaubt, aber mittlerweile tue ich es. Es fühlt sich jetzt schon so an, als wäre die Highschool-Zeit ewig her, schon während ich mein Schließfach ausräume.

Am letzten Schultag klappen Hannah und ich auf dem Rückweg nach Hause das Dach ihres Jeeps runter und rasen laut kreischend vom Parkplatz. Wir machen *Freebird* an und stellen es auf volle Lautstärke, kurbeln die Fenster runter, lachen und strecken den Mittelfinger in die Luft. Es ist bittersüß, ohne Andrew hier zu sein. In der Filmversion des heutigen Tages – diejenige, die ich mir ausgemalt hatte – rasen wir zu dritt lachend vom Parkplatz. Das Trio, das wir schon am Anfang der Highschool waren, ist darin auch am Ende vereint. Aber ich habe ihn vorhin mit Danielle aufbrechen sehen und nicht mal Tschüss gesagt.

Am Nachmittag fahren wir alle runter zum See, alle liegen auf knallbunten Schwimmreifen und aufblasbaren Pizzastücken. Eine Kühlbox voller Bier ist im Gras am Ufer versteckt, vergraben unter einem Stapel Handtücher, damit die Bullen oder Eltern oder wer auch immer nicht mitbekommen, dass wir trinken. Der Strand ist voll – im Grunde ist die ganze Stufe hier, als würden wir die gemeinsame Zeit bis zur letzten Minute auskosten wollen. Die Sonne steht hoch am Himmel und taucht alles in ein goldenes Sommerlicht. Es ist so schön, dass es wehtut. Ich weiß, dass es nie wieder so sein wird wie in diesem Moment – niemals wieder.

Ich liege auf einem Pizzafloß und döse, als mich ein wildes Kreischen weckt, links von mir platscht irgendwas ins kalte Wasser. Ich drehe mich und sehe Andrew und Danielle, die versuchen, sich zusammen auf einen Schwimmreifen zu zwängen. Sie trägt ihre Haare in einem nassen Knoten auf dem Kopf, ihr roter Bikini droht den Halt zu verlieren, während sie sich auf seine Schultern wirft und versucht, ihn unter Wasser zu drücken. Es gelingt mir nicht, den Blick abzuwenden. Sie sind beide so schön, als wären sie Teil einer Werbekampagne der Teen Vogue für Lipgloss mit Kaugummi-Geschmack. Bei dem Anblick wird mir ein wenig schlecht. Ich wünschte, sie sähen nicht so aus, als würden sie zusammengehören.

Andrew bemerkt, dass ich zu ihnen rübersehe, und winkt. Er schüttelt das Wasser aus den Haaren wie ein Hund. Ich winke zurück, und sein Lächeln stirbt für einen Moment. Ich weiß, dass es ihm genauso geht wie mir. Wir sollten einander nicht quer über den See zuwinken, nicht heute.

»Hey Collins«, sagt Danielle und schreit ein bisschen, damit ich sie hören kann. »Denkst du, James Dean könnte uns Alkohol besorgen? Für heute Abend?«

Ich will eigentlich nicht, dass Dean in die Sache verwickelt wird, nicht wenn es so viele andere Optionen gibt; Andrews Cousin zum Beispiel oder wer auch immer die Kiste mit dreißig Flaschen besorgt hat, die gerade am Ufer kühlt. Aber ich weiß, für Danielle ist es eine Art Mutprobe. Sie will sehen, ob ich es schaffe, ob ich mich traue.

»Ich gebe dir das Geld!«, ruft sie übers Wasser hinweg. »Wir brauchen deine Hilfe, Collins!« Sie wirft einen nassen Arm um Andrews Hals und zieht ihn näher. *Wir.* Als wären sie eine Einheit.

»Ja!«, rufe ich zurück. »Kein Problem.«

***

Danielle: Aaaalso, hast du James Dean schon gefragt?

Ich: Noch nicht.

Danielle: Besorg etwas Bier für die Jungs. Meine Eltern haben einen Mixer für Margaritas, also bitte ihn, Tequila ranzuschaffen und was zum Mischen. xoxo

Ich: Ich weiß nicht. Das ist etwas viel, wenn man nur einen falschen Ausweis hat.

Danielle: Frag einfach, Collins. Wenn wir bei der Party auf dem Trockenen sitzen, bist du schuld.

***

Ich: Hey

Dean: Was gibt's?

Ich: Kann ich dich was fragen?

Dean: ...

Dean: Was?

Ich: Danielle schmeißt heute Abend eine Party und braucht Alkohol.

Dean: Das ist keine Frage

Ich: Kannst du uns vielleicht was besorgen?

Ich: Kein Druck

Ich: Ich revanchiere mich dafür

Dean: Wie?

Ich: ...

Dean: Ich schau mal, was ich tun kann

***

Andrew: Hey

Ich: Hey

Andrew: Kommst du heute Abend? Zum letzten Abendmahl?

Ich: Ja, du?

Andrew: Wollen wir zusammen hin?

Andrew: Ich meine, zusammen hinfahren?

Ich: Ich kann nicht. Ich geh vorher noch zu Dean.

Ich: Alkohol holen.

Andrew: Oh. Ja, ich werde wahrscheinlich da schlafen, also passt es sowieso nicht, wenn wir zusammen hinfahren.

Andrew: Außer du willst auch da übernachten? Ich könnte dich nach Hause bringen.

Ich: Ja, wir können die Nacht da verbringen.

Ich: Ich meine, ich weiß, dass du die Nacht mit Danielle verbringst. Ich meinte nur, ich schlafe auch da. Auf dem Sofa.

Andrew: Ja, schon klar.

Ich: Ok, bis dann!

***

Als ich zu Dean komme, steht eine Kiste für mich bereit. Darin liegen ein Haufen Sixpacks, ein paar Flaschen Tequila und etwas mit einem Drachen auf dem Etikett, das aussieht, als könnte es einen erwachsenen Mann umlegen. Dean sitzt mit Cody auf dem Sofa, und sie spielen wieder Mario Kart. Es ist, als würde die Welt untergehen, wenn sie mal eine Pause machen.

»Bist du sicher, dass du nicht mitkommen willst?«, frage ich ihn und versuche, die Kiste hochzuheben. Sie ist schwerer als erwartet.

»Nee, geh nur«, sagt er. »Aber du könntest nachher vorbeikommen.«

»Ich weiß nicht, ob mich jemand fahren kann.« Wenn der Inhalt der Kiste erst mal leer getrunken ist, stehen die Chancen schlecht, dass vor morgen Früh jemand fahrtauglich sein wird. Und ich will nicht mitten in der Nacht quer über den Campus laufen.

»Ich finde diese Letzte-Abendmahl-Sache halt komisch«, sagt er. »Ich bin immer für eine gute Party zu haben, aber bei eurem seltsamen sektenartigen Highschool-Ausstand fühle ich mich irgendwie fehl am Platz. Du könntest die Sache auch sausen lassen, und das Bier hier mit mir trinken.« An seinem Lächeln erkenne ich, dass er nur scherzt und das Angebot nicht wirklich ernst meint. Komischerweise würde ich es wahrscheinlich ohnehin nicht annehmen. Auch wenn ich mich seit Beginn der Highschool über diese Partys beschwert habe, freue ich mich diesmal sogar darauf. Vielleicht, weil es die letzte ist.

»Es wird überhaupt nicht komisch«, sage ich.

»Wir sehen uns einfach morgen, okay?«, sagt er. »Zum Abschlussball. Das ist die Party, auf die es ankommt.«

»Dean freut sich so auf den Ball, er macht sich fast in die Hosen«, sagt Cody, und ich bin mir nicht sicher, ob es sarkastisch gemeint ist. Ich habe den Eindruck, es ist ein kleiner Seitenhieb, aber sicher bin ich mir nicht.

»Okay.«

»Ich bekomme 250 Dollar von dir«, sagt Dean. Ich nicke, krame in meinem Geldbeutel und händige ihm das Geld aus, das Danielle mir gegeben hat. »Ich sehe dich morgen Abend, okay?«, sagt er. »Du bist doch nicht sauer, oder? Du freust dich doch trotzdem noch auf den Ball?«

Ich nehme die Kiste und schleppe sie unter Aufbietung aller Kräfte zur Tür. »Ja«, versichere ich ihm. »Ich freu mich trotzdem noch auf den Ball.«

KAPITEL SECHSUNDZWANZIG

Als ich ankomme, ist die Party schon in vollem Gange. Das Haus lebt, bebt vor Lärm und Energie, und es sieht so aus, als wären alle da: die ganze Abschlussklasse und die meisten aus der Elften auch. Die Olivers haben ein Haus mit lauter leeren Räumen – sündhaft teuer dekorierte Zimmer, die eigentlich nie jemand benutzt. Die Treppe, die in den zweiten Stock hinaufführt, schlängelt sich von der Eingangshalle hinauf wie ein Kunstwerk. Es ist die Art von Treppe, auf der man eine Reihe Showtänzerinnen erwartet, die wie in einer alten Varieté-Show Stufe für Stufe heruntertanzen. Jetzt ist sie voller Leute.

An der Wand hängt ein großes Plakat, auf dem mit roter Farbe *Das Letzte Abendmahl* geschrieben steht. Das ist riskant, weil die Farbe nicht ganz trocken zu sein scheint und jedes Möbelstück in diesem Haus vermutlich mehr gekostet hat als ein Auto. Auf den unteren Rand des Plakats hat jemand mit Filzstift *Was geht?* gekritzelt. Und jemand anders *Lutsch meinen Schwanz!*

Unter dem Plakat steht ein Campingtisch voller Essen: darauf Plätzchen und Brote, die Danielle gebacken hat, und ein paar verdächtig aussehende Brownies, die sicher nicht von ihr sind. Überall stehen LED-Teelichter und tauchen die Party in ein schummriges Licht.

Ich bringe die Kiste mit dem Alkohol in die Küche. Meine Arme sind halbtot, und ich zwänge mich an den

Grüppchen vorbei, die mich offenbar nicht bemerken und denen anscheinend egal ist, dass sie im Weg stehen. Ich verschaffe mir einen Überblick und sehe Hannah mit ein paar Mädchen aus dem Feldhockey-Team tanzen. Bevor ich den Versuch starte, mir einen Weg zu ihr zu bahnen, kommt Chase auf mich zu und nickt mit dem Kopf zu der mit Flaschen gefüllten Kiste.

»Collins!«, sagt er. »Was hast du mir mitgebracht?«

Ich halte ihm die Kiste hin, und er grinst und nimmt sich eine Flasche Tequila.

»Scheint so, als hätten wir die nicht wirklich gebraucht«, sage ich und deute auf die Leute um uns, die offensichtlich alle schon betrunken sind.

»Auf keinen Fall, Alter. Du bist ein Gott.« Er öffnet die Flasche, trinkt einen Schluck und wischt sich mit der Hand über den Mund.

»Du trinkst ihn pur?«, frage ich angewidert.

»Glaub mir, ich brauch das grade.« Er trinkt noch einen schnellen Schluck und hält mir die Flasche hin. Ich stelle den Kasten ab.

»Nein danke.« Ich will nicht zu benebelt werden, vor allem nicht von so was wie Tequila, der laut Ava dafür sorgt, dass ihr die Kleider ganz von allein vom Leib fallen. »Hast du Andrew gesehen?«

Chase deutet mit dem Kopf hinter sich. »Er ist bei der Dame des Hauses.«

Mein Blick folgt seinem Kopfnicken, und da sehe ich die beiden. Andrew sitzt im Fernsehzimmer auf dem Sofa, Danielle hockt auf seinem Schoß. Seine Hand ruht locker auf dem kleinen Streifen nackter Haut zwischen ihrem T-Shirt und der kurzen Jeans.

»Wie kuschelig«, sage ich.

»Er klebt schon den ganzen Abend an ihr«, sagt Chase. »Wie ein Tumor.« Er trinkt noch einen Schluck Tequila. Bevor ich es mir anders überlegen kann, greift meine Hand nach der Flasche.

»Kann ich doch was haben? Ich hab's mir anders überlegt.«

»Nur zu.« Er reicht sie mir. Ich fülle den Tequila in einen Becher, gebe ein bisschen Margarita-Mix dazu und verziehe das Gesicht, als ich das Zeug an meine Lippen führe.

»Es ist kein Gift«, sagt Chase.

»Genau genommen schon.« Ich trinke einen Schluck und rechne damit, vor Ekel zu schaudern, wie damals beim Whiskey, aber es schmeckt überraschend gut. Gefährlich gut. Ich verstehe auf einmal, warum Leute fröhliche Sommerhits über Margaritas singen. Mir ist klar, dass ich sehr langsam trinken muss, sonst wird der Alkohol mich schnell umhauen. Ich werfe einen Blick über die Schulter und sehe, wie Andrew Danielle eine Locke aus dem Gesicht streicht. Mir dreht sich der Magen um. Ich weiß nicht, was los ist. Mit meinem Magen war vor der Sache mit dem blöden PLAN alles in bester Ordnung.

»Hey, kann ich dich was fragen?« Ich drehe mich plötzlich zu Chase. Wenn es je einen Moment gegeben hat, um was aus ihm rauszubekommen, dann jetzt, wo wir auf derselben Seite stehen.

»Klar Collins, schieß los«, sagt er. »Du hast meinen nackten Arsch gesehen, was habe ich also noch zu verbergen?«

»Hast du die Sachen geschrieben?«

»Welche Sachen?«

Ich schüttle den Kopf. »Ich meine das Zeug an der Wand, in der Lounge. Über Danielle.«

»Nein verdammt«, sagt Chase, und ich glaube ihm. »So ein Arschloch bin ich nicht.«

»Okay, aber warum hast du dann überall rumerzählt, dass du mit ihr geschlafen hast?« Ich trinke noch einen Schluck und spüre, wie mich eine Wärme durchströmt, mich mutiger macht. Ich weiß nicht, ob ich mit der Frage zu weit gegangen bin und er sauer wird, aber das ist mir gerade egal. Zu meiner Überraschung zuckt er nur mit den Schultern.

»Ich hab's versaut«, sagt er. »Ich hätte Ryder nichts erzählen dürfen. Ich kenne den Typen seit dem Kindergarten und weiß, dass er ein großes Mundwerk hat. Aber er ist mein bester Freund. Wenn man endlich das Mädchen bekommen hat, das man mag, darf man doch seinem besten Freund davon erzählen.«

Ich denke daran, wie viele persönliche Sachen ich Hannah schon erzählt habe, und wie verletzt ich war, als ich erfahren habe, dass Danielle und Andrew was hatten und sie mir nichts davon gesagt hat. Wie kann ich Chase vorwerfen, dass er eine Sache weitererzählt hat, über die er sich gefreut hat, wenn wir das doch alle tun?

»Magst du sie?« Ich werfe einen Blick auf die Couch, wo sie mit Andrew sitzt. Klar tut er das.

»Es ist zu spät«, sagt er und folgt meinem Blick. »Ich hab's vermasselt.«

»Ryder hat es vermasselt«, sage ich. »Du hast recht – sie kann dir nicht vorwerfen, dass du es jemandem erzählt hast. Du bist nicht derjenige, der es der ganzen Schule erzählt hat. Warum hast du ihm nicht die Meinung gesagt?«

»Ryder? Wir stecken im Endspurt der Highschool. Das bringt doch nichts, Collins.« Er nimmt die Flasche Tequila und stößt mit meinem Becher an. »In einer Woche werden wir diese Leute nie wiedersehen müssen.« Dann lächelt er und geht weg. Im Vorbeigehen legt er seinen Arm um Cecilia, die gerade hereingekommen ist und wütend zur Couch blickt. Mit einem Mal wird mir klar, dass ich Chase zwar nackt gesehen habe, ihn aber im Grunde gar nicht kenne.

Ich bahne mir einen Weg zu Hannah, die schon einen sitzen hat. Ihre Wangen sind knallrot, ihre Haare zerzaust.

»Keely!«, schreit sie, als sie mich sieht, so als hätten wir uns drei Jahre nicht gesehen und nicht nur drei Stunden. »Fröhlichen letzten Schultag!« Sie hat den Arm um Molly Moye gelegt, die beiden wiegen sich zu einem alten Ariana Grande Song vor und zurück.

»Was hast du getrunken?« Ich mag das Gefühl, sie an meiner Seite zu haben. Es schenkt mir Wärme und Geborgenheit.

»Von allem was«, sagt sie und tippt mir auf die Nase.

»Freust du dich auf morgen?«, fragt mich Molly. Sie steuert mit ihrem Becher auf meinen zu, und ich stoße mit ihr an und trinke einen großen, brennenden Schluck. Ich nicke, will schon was über den Ball sagen, dass es so ein wichtiger Moment ist und die anderen Phrasen, die ich mir seit etwa einer Woche einrede, aber mir wird plötzlich klar, dass es gar nicht stimmt – ich freu mich eigentlich gar nicht so sehr auf morgen. Wenn ich an morgen Abend denke, denke ich gar nicht an den Ball, daran mit meinen Freunden zu tanzen, das Ende der Schulzeit zu feiern, die letzten wenigen Momente, in denen wir noch zusammen sind. Ich kann an nichts anderes als das Hotelzimmer denken, in das Dean und ich danach gehen werden, an den Moment, wenn wir beide nackt sein werden, kurz vor dem großen Augenblick. Den Moment, den ich ihm versprochen habe.

Sein erstes Mal zu haben sollte doch aufregend sein? Bei dem Gedanken an den morgigen Abend bekomme ich ein Flattern im Magen, aber nicht so, als wäre er voller Schmetterlinge. Eher voller Luft. Aber ich will nicht zu viel darüber nachdenken, also trinke ich noch einen Schluck von der Margarita und lüge Molly an.

»Ich kann's kaum erwarten.«

Sie leuchtet auf wie ein Weihnachtsbaum und hakt sich bei Hannah ein, sodass wir alle eine Kette bilden, eine betrunkene Blumengirlande.

»Ich auch«, sagt sie.

»Und ich«, sagt Hannah.

»Ich werde euch nächstes Jahr vermissen«, sagt Molly, und vielleicht ist es nur der Alkohol, der uns ganz sentimental macht, denn ich kenne Molly Moye kaum. Na ja, das stimmt nicht ganz. Ich kenne die Eckdaten: Sie ist mit Edwin Chang zusammen, sie spielt seit der Fünften Feldhockey, sie geht im Herbst nach Dartmouth. Aber nur, weil ich diese Fakten über Mollys Leben kenne, heißt das nicht, dass ich weiß, was in ihr vorgeht. Und trotzdem, als sie sagt, dass sie mich vermissen wird, verstehe ich, was sie meint. Weil ich Molly auch vermissen werde. Sie ist Teil meines Ökosystems. Ich bin es gewohnt, dass ihr Leben um meines herum verläuft, als wäre sie immer gerade noch in meinem Augenwinkel. Und ich weiß, nach dem Abschluss – nach dem Sommer, wenn ich nach Kalifornien gehe und Hannah nach New York und Molly nach New Hampshire, werde ich Molly Moye wahrscheinlich nie wiedersehen.

Ich streune durch das Haus und fühle mich etwas verloren unter den Leuten, der verschwitzten Menge. Ich bin schon bei meiner zweiten Margarita, und der Tequila macht alles verschwommen und verwandelt die Leute in Fremde.

In der Küche treffe ich Danielle und Ava. Ich schätze, Danielle hat es geschafft, sich von Andrews Schoß zu lösen. Wo ist er hin? Auf dem Tisch steht ein Backblech, und sie haben Tortilla Chips und Käse darauf gestreut, ihre Finger sind ganz fettig. Und weil es Nachos à la Danielle sind, folgen noch weitere Zutaten: schwarze Oliven, Jalapeños, gehackte Zwiebeln und Tomaten. Ich stelle mir vor, wie sie vor der Party alles hergerichtet hat, geschnitten und in kleine Schüsseln gefüllt hat, genau wie meine Mom.

»Collins!«, schreit Ava, als sie mich sieht. »Komm, iss mit uns das letzte Abendmahl. Wir machen ein Festessen.«

Ava einen Ofen bedienen zu lassen, ist wahrscheinlich keine gute Idee, aber ich bin froh, dass sie nicht mehr nur an Kohlorien denkt und auf Nachos umsteigt. Hoffentlich wird Danielle verhindern, dass Ava das Haus abfackelt.

»Wo ist Andrew?«, frage ich, nehme mir einen der Chips und beiße hinein.

»Halt!«, kreischt Ava. »Die sind doch noch nicht fertig!«

»Wir sollten Guacamole machen.« Danielle schnappt sich ein paar Avocados aus einem Obstkorb auf der Anrichte und nimmt ein großes Messer in die Hand.

»Nicht!«, kreischt Ava. »Du hackst dir noch die Hand ab. Ich hab was darüber im Internet gelesen. Jedes Jahr müssen hunderte Leute wegen Guacamole-Unglücken ins Krankenhaus.«

»Kennst du mich wirklich so wenig?« Danielle schlitzt die Haut der Avocado auf wie ein Profi, spießt den Kern mit der Messerspitze auf und schleudert ihn mit einer gekonnten Handbewegung in den Biomüll. »Falls ich mich je beim Zubereiten einer Guacamole verletze, bringt die Sache bitte zu Ende und erschießt mich.«

»Habt ihr Andrew gesehen?«, wiederhole ich.

»Schon seit einer Weile nicht.« Danielle stellt das Blech mit den Nachos in den Ofen. »Warte nur ab, bis die im Ofen sind, dann wird er wie von Zauberhand auftauchen. Jungs können geschmolzenem Käse nicht widerstehen. Das ein Naturgesetz.«

»Ich gehe ihn suchen«, sage ich, drehe mich auf dem Absatz um und überlasse ihnen das Kochen. Jason Ryder und Susie Palmer stehen gegen eine Wand gedrückt im Flur, wo sie einander praktisch verschlingen. Ich gehe um sie herum, um ans Ende des Flurs zu gelangen, und schließlich stehe ich am Moskitoschutz der Tür, die nach draußen auf die Terrasse führt. Die Nachtluft ist schwül, die Grillen zirpen sogar lauter als die Musik der Party.

Ich will hinausgehen, mache aber Halt, als ich Andrew sehe. Er ist nicht allein.

Cecilia ist bei ihm.

Ich schließe die Fliegengittertür und verstecke mich hinter der Wand, damit ich sie beobachten kann. Cecilia sitzt auf dem Geländer der Veranda und Andrew steht vor ihr, sodass ihre Gesichter auf einer Höhe sind. Ich denke erst, sie küssen sich vielleicht, aber dann höre ich, dass sie sich leise unterhalten. Ich muss mich anstrengen, um sie zu verstehen.

»Also wirst du einfach so tun, als wäre nichts gewesen?« Cecilia stellt ihre Bierdose neben sich auf dem Geländer ab und drückt die Lasche vor und zurück. »Du hast mich den ganzen Abend kaum angesehen.«

Er tritt einen Schritt zurück und reibt sich mit der Hand den Nacken. »Sorry. Danielle und ich …«

»Ja, ich weiß«, sagt sie schnippisch. »Du gehst mit ihr zum Abschlussball. Also hast du mich für immer abgeschrieben?«

»Ich dachte, das mit uns ist nichts Ernstes«, sagt er. »Das hast du selbst gesagt. Sonst hätte ich nicht …«

»Ich hab das nur gesagt, weil ich wusste, dass es das ist, was du hören willst. Meine Güte Andrew, du kapierst es einfach nicht.«

»Warum würdest du bei so etwas lügen? Ich dachte nicht, dass es …«

»Ich musste lügen!« Ihre Stimme wird lauter, bissig und gepresst. Sie streicht sich durch die vielen großen blonden Locken, die von der Luftfeuchtigkeit gekräuselt sind. »Ich wusste, dass du nicht auf mich stehst. Mir war klar, dass du mich nur rumkriegen wolltest, weil du konntest, und ich wollte mit dir zusammen sein. Ist das nicht erbärmlich? Gefühle törnen echt ab«, sagt sie und lacht schroff. »Also habe ich genommen, was ich kriegen konnte. Du hättest dich nie um mich bemüht, wenn du gewusst hättest, dass ich wirklich auf dich stehe. Dann hat man keine Chance. Alle wissen, dass du ein Frauenheld bist.«

»Ich bin kein Frauenheld«, sagt Andrew, und ich will ihn rütteln. Sie sagt genau das, was ich ihm die ganze Zeit klarmachen wollte. Er hebt sein Bier und will davon trinken, aber dann schüttelt er den Kopf, stellt es auf das Geländer und reibt sich das Gesicht.

»Ach komm schon, Andrew!« Ich frage mich, wie viel sie schon getrunken hat, ob sie nüchtern überhaupt den Mut gehabt hätte, diese Dinge zu sagen. Sie nimmt ihr Bier und umklammert es so fest, dass sie die Dose eindrückt. Trinkt sie jetzt oder schüttet sie ihm was ins Gesicht? »Du denkst, du wärst einer von den Guten, aber die guten Jungs machen nicht mit einem Mädchen rum und ziehen weiter, sobald sie etwas Besseres sehen.«

»Tut mir leid«, sagt er mit kratziger Stimme. »Ich hätte nicht gedacht … ich meine … ich dachte, wir wären uns einig. Ich hätte nicht …« Er verstummt, ringt mit den Worten. »Ich dachte, du wüsstest Bescheid.«

»Es ist nicht meine Aufgabe, das Mädchen zu sein, mit dem du dir die Zeit vertreibst, während du auf *die Eine* wartest. Ich bin nicht hier, um dich zu bespaßen, bis du eine andere findest.«

»Tut mir leid«, sagt er noch mal. »Wirklich. So habe ich noch nicht darüber nachgedacht.«

»Ja, jetzt ist es auch egal«, sagt sie. »Ich hätte auf Susie hören sollen. Sie hat mir immer gesagt, ich würde mit dir nur Zeit verschwenden. Aber ich dachte, ich könnte dich vielleicht ändern, ich dachte, ich wäre vielleicht was Besonderes. Total bescheuert, oder?«

»Mach dir keine Vorwürfe. Ich bin hier der Arsch«, sagt er. Ihr Mundwinkel zuckt, als würde sie versuchen, nicht zu lachen.

»Du bist ein riesiger Arsch«, sagt sie. Aber sie hebt ihr Bier, und er stößt mit ihr an. Da weiß ich, dass sie ihm verziehen hat. Warum ist es so leicht, Leuten zu verzeihen, für die man etwas empfindet? Ich fühle mich plötzlich schlecht, weil ich über Cecilia gelästert und Witze über sie und Andrew gemacht habe. Ich bin kein bisschen besser.

»Ist zwischen uns alles okay?«, fragt Andrew.

Sie lächelt und neigt ihren Kopf auf eine Art, die ganz klar als Flirten gemeint ist – sogar jetzt, nach allem, hofft sie tief im Inneren immer noch auf eine Chance, obwohl sie es eigentlich besser weiß.

»Du kommst glimpflich davon«, sagt sie. »Wenn du mit mir geschlafen hättest und dann so etwas abgezogen hättest, hätte ich dir mein Bier über den Kopf geschüttet.«

»Das können wir immer nachholen«, sagt er grinsend.

Ihre Worte überraschen mich. *Wenn du mit mir geschlafen hättest* – als wäre es nie passiert. Aber das kann nicht sein. Das ging doch monatelang zwischen ihnen?

»Fordere mich nicht heraus.« Sie hält ihr Bier über seinen Kopf, lacht, und er duckt sich und lacht wie sie.

»Tu es. Ich hol dir ein neues. Versprochen.« Er sieht sie an und macht die Augen zu, verzieht das Gesicht und macht sich auf das Schlimmste gefasst. Ohne zu zögern, schüttet sie ihm das Bier über den Kopf und kreischt, als wäre sie diejenige, der die kalte Flüssigkeit den Nacken hinunterrinnt.

Er schüttelt den Kopf, und Bier spritzt von seinen Haaren auf sie. Sie schreit und hüpft von dem Geländer auf die Veranda, um wegzukommen. Sie rennt direkt auf mich zu, also eile ich zurück ins Haus. Ich will nicht, dass sie mich beim Lauschen ertappen. Während ich weglaufe, höre ich sie beide kichern, als wären sie die besten Freunde.

Bei Danielle wird Andrew mit so etwas nicht durchkommen. Sie ist stärker als Cecilia. Das ist ihre Superkraft, sie hat kein Problem damit zu sagen, was sie will, wann immer sie will. Aber selbst Danielle ist nicht völlig furchtlos. Sie hängt immer noch mit Ryder rum und flirtet mit Chase, als wäre zwischen ihnen alles völlig normal. In der Hinsicht ist sie wie Cecilia, wie die meisten Mädchen: Sie flirten, weil flirten und vergeben einfacher ist als sauer sein, weil wir als Mädchen unser Leben lang dazu erzogen wurden, Jungs zu geben, was sie wollen, uns zu entschuldigen, statt ihnen zu sagen, dass sie sich verpissen sollen.

Ich rieche die Nachos aus der Küche – angebrannten Käse, warm und rauchig. Aber niemand isst was. Die Menge ist im Wohnzimmer versammelt, wo es anscheinend interessanter ist. Und dann sehe ich es: Danielle hält eine leere Tequilaflasche und grinst verschmitzt.

»Wer will Flaschendrehen spielen?« Sie wackelt herausfordernd mit der Flasche.

»Komm schon«, sagt Ava. »Wir sind nicht mehr in der achten Klasse. Wir brauchen kein Spiel, um miteinander zu knutschen.« Sie zieht ihr Top zurecht, sodass ihre Brüste Gefahr laufen, herauszufallen.

»Vielleicht brauchst *du* kein Spiel, um mit jemandem zu knutschen, aber nicht alle von uns haben deine … Talente.« Danielle hebt eine Augenbraue, wendet sich von Ava ab und stellt die Flasche auf den Boden. »Kommt alle her!«

Jason Ryder eilt die Treppe herunter und brüllt. »Yeah!« Er hat ein Bier in der Hand und verschüttet was davon auf den Boden. Susie schleicht ihm hinterher. Eine Reihe Jungs lässt in der Garage ein Spiel Bier-Pong sausen und kommt ins Wohnzimmer. Sophie Piznarski und Molly Moye, die flüsternd in der Ecke standen, nicken beide und kommen dazu. Ich höre ein Geräusch hinter mir und sehe, dass Cecilia und Andrew von der Veranda zurück sind. Aus seinen Haaren tropft Bier.

Das ist mein Albtraum. Ich will niemanden aus der Schule küssen. Aber ich will auch nicht dabei zusehen, wie Andrew die Flasche auf eines der Mädchen dreht, mit denen er was hatte. Was wäre schlimmer? Cecilia? Sophie? Danielle?

Hannah steht plötzlich neben mir und legt ihren Arm um meine Schulter.

»Das ist doch dein Lieblingsspiel.« Sie nimmt den Arm weg und streckt die Zunge raus, um zu zeigen, dass es nicht ernst gemeint war. Sie muss aufgehört haben zu trinken, denn sie wirkt viel gefasster als vorhin, ihre Wangen sind nicht mehr hochrot. Oder vielleicht haben wir einfach nur die Rollen getauscht. Vielleicht bin ich jetzt die Besoffene. Ich versuche, mit ihr zu lachen, aber eigentlich ist mir schwindlig. Der Raum verschwimmt, und ich schüttle den Kopf, um den Tequila aus meinem System zu bekommen.

»Ich glaube, ich spiele besser nicht«, sage ich und will die Runde verlassen.

»Da bist du ja«, sagt Andrew und stellt sich neben

mich. Sein Arm, der nass von Cecilias Bier ist, berührt meinen. Ich weiche einen Schritt zur Seite, um den Körperkontakt zu vermeiden. »Ich hab dich schon gesucht.« Er lächelt und es macht mich verrückt, weil ich weiß, dass er lügt. Hat er mich gesucht, als Danielle sich im Wohnzimmer an ihn rangeschmissen hat? Als Cecilia auf der Veranda mit ihm geflirtet hat? Es ist der Spruch, den er schon bei so vielen Mädchen auf Partys gebracht hat, und jetzt bringt er ihn bei mir. Ich drehe den Kopf weg und antworte nicht.

»Hey Chase, spiel mit!«, ruft Danielle. »Brosner, schieb deinen Arsch hier rüber!« Und weil sie ihn aufgefordert hat, taucht Chase auf und schlendert zu uns rüber, die Hände voll mit Nachos. *Warum will sie, dass er mitspielt?*

Danielle setzt sich, und alle tun es ihr gleich und setzen sich in einem großen Kreis auf das Parkett. Auch ich finde mich auf dem Boden wieder.

»Ava! Du bist die Expertin.« Sie reicht Ava die Flasche, die sie vorsichtig in der Mitte des Kreises platziert.

»Alkohol bitte«, sagt sie und streckt die Hand aus. Chase reicht ihr eine weitere Flasche Tequila, die nur noch halb voll ist, und sie trinkt, sodass es alle sehen, schmatzt mit den Lippen und schüttelt sich beim Schlucken. »Danke Chase.« Sie tätschelt ihm sanft die Wange und lässt ihre Finger etwas zu lange dort liegen. Dann greift sie zur Flasche und dreht sie. Wir beobachten sie alle gebannt, neigen die Köpfe vor und zurück und gehen in Gedanken alle möglichen Kombinationen durch.

Sie landet auf Jason Ryder. Alle jubeln und Ryder streckt eine Faust in die Höhe, wobei er Bier auf sein T-Shirt kleckert. Susie neben ihm runzelt ein wenig die

Stirn, aber lächelt trotzdem weiter. Wir wissen alle, dass die Regeln der Highschool ihr nicht gestatten, so zu tun, als würde es ihr was ausmachen.

»Wie langweilig«, sagt Ava und schmollt. »Wir haben schon rumgeknutscht.«

Aber sie lehnt sich vor und küsst ihn trotzdem. Ryder zieht mit einem Schmatzer weg und streckt die Hand aus, um ihren Busen zu drücken. Alle jubeln, und ich lache gezwungen, auch wenn ich es nicht witzig finde. Ich sehe, wie Ava kurz das Gesicht verzieht, und ich frage mich, ob die anderen Mädchen im Kreis auch denken, dass es falsch ist, ob sie alle gezwungen lachen, weil die Jungs halt lachen, ob sie jubeln, weil es *Ava* ist und deswegen okay ist.

Schließlich lacht Ava auch mit.

»Nicht vor allen, Ryder«, sagt sie und setzt sich wieder auf ihre Seite der Runde. »Reiß dich zusammen.«

Jetzt ist Ryder dran. Die Flasche dreht sich und dreht sich. Ich bete, dass sie nicht auf mir landet. Bei dem Gedanken, Jason Ryders Zunge in meinem Mund zu haben, kommt es mir hoch.

Die Flasche landet auf Chase.

Alle rasten aus.

»Nie im Leben!«, sagt Ryder. »Jungs müssen sich nicht gegenseitig küssen.« Er zeigt auf Susie. »Susie ist gleich hier. Ich küsse sie.«

»Jason«, sagt Danielle und nimmt die Flasche in die Hand, als gäbe ihr das die Macht, zu sprechen. »Mein Haus. Meine Regeln. Und ich sage, du musst Chase küssen.«

Ich sehe ein Funkeln in ihren Augen. Sie liebt diesen Moment. Das ist ihre Rache an Ryder, für das, was er gerade mit Ava gemacht hat und was er in der Lounge zu ihr gesagt hat. Und es ist ihre Rache an Chase, für noch viel mehr. »Kommt schon Jungs, wir haben nicht den ganzen Abend Zeit.« Sie schmunzelt und lässt die Flasche in die offene Hand klatschen.

»Dieses Spiel ist so beschissen«, sagt Ryder. »Ich brauche kein Spiel, um ein Mädchen abzukriegen.« Er steht auf. »Ich hol mir noch ein Bier.«

»Heißt das, du bist raus, Jason?«, fragt Danielle mit zuckersüßer Stimme. Er geht in die Küche, hebt die Hand ohne sich umzudrehen und zeigt ihr den Finger. »So empfindlich«, sagt sie.

»Darf ich dann drehen?« Chase streckt die Hand zu Danielle aus. Sie sieht in kurz an, seufzt und legt die Flasche in seine offene Hand.

»Mach was Gutes draus, Brosner.«

»Ich küsse stattdessen einfach dich.« Er richtet die Flasche auf sie. »Ich will ja, dass sie auf dir landet.«

»Das sind nicht die Regeln.« Sie schlägt den Flaschenhals weg. »Dreh!«

»Dani«, sagt er leise.

»Dreh!«

Er seufzt, greift nach vorne und dreht die Flasche. Sie landet natürlich auf Danielle. So laufen die Dinge nun mal für Chase. Sie verdreht die Augen und lehnt sich in seine Richtung.

»Na gut, Brosner. Fair ist fair. Drück mir einen auf die Lippen.«

Er lächelt, packt ihren Hinterkopf und zieht sie sanft an sich. Sie hält ihre Lippen fest zusammengepresst, während seine näher rücken. Trotzdem sehe ich, wie ihr ein

Lächeln entwischt, bevor ihre Lippen aufeinandertreffen, als könnte sie nicht anders, als wollte sie ihn vielleicht auch schon die ganze Zeit küssen.

Ich schiele zu Andrew und hoffe, dass er nicht zu traurig aussieht, aber er beachtet sie kaum. Er starrt auf den Boden und zeichnet mit dem Daumen ein Muster in den Teppich. Er muss meinen Blick bemerkt haben, weil er mich ansieht.

Alles okay? frage ich in Gedanken. *Ist es schwer, das mit anzusehen?*

So ein blödes Spiel, antwortet er.

Danielle legt die Flasche auf den Boden und dreht sie. Wir beobachten alle, wie sie rotiert. Ich trinke einen großen Schluck Tequila. Der Margarita Mix ist längst nicht mehr nötig, der Tequila schmeckt mir mittlerweile auch pur. Süßlich und gleichzeitig etwas würzig. Als ich die Flasche absetze, sehe ich in die Runde. Ich stelle fest, dass die Flasche auf dem Boden direkt auf Andrew zeigt.

Alle in der Runde jubeln, und Danielle kriecht zu ihm und deutet ihm mit dem Zeigefinger an, näher zu kommen. Sie treffen sich in der Mitte, und seine Hände landen in ihren Haaren, als würden sie dahingehören, und dann küssen sie sich. Ich habe schon mal gesehen, wie sie sich küssen, damals im Auto, aber nicht so. Nicht seit ich weiß, dass er sie liebt. Mir wird klar, dass ich eine Tequilaflasche halte, und ich reiche sie an die Person neben mir weiter.

Dann ist Andrew dran, und mir bleibt der Atem weg. Ich will nicht, dass die Flasche auf mir landet, weil ich ihn nicht vor anderen Leuten küssen will, schon gar nicht vor allen. Aber ich will auch nicht, dass die Flasche auf jemand anders landet. Ich will nicht darüber nachdenken, was das heißt.

»Reed hat schon alle Mädchen in dieser Runde geküsst!«, sagt Simon.

»Nicht alle«, sagt Andrew.

»Nicht Collins!«, sagt Edwin, und ich zucke zusammen. Andrews Ohren werden rot, aber er lacht, und die Flasche dreht und dreht sich. Jemand reicht mir den Tequila und ich trinke einen Schluck und lasse zu, dass alles verschwimmt, mein Hals brennt und mir warm im Bauch wird. Andrew wirft mir einen schnellen Blick zu, und wir sehen uns kurz in die Augen, bevor er wieder auf die Flasche sieht. Ich frage mich, was in seinem Kopf vorgeht. Hat er Angst, dass sie auf mir landet?

Die Flasche bleibt stehen, und ich muss mit den Tränen kämpfen.

Sie zeigt auf Hannah.

Ich presse die Hände vor den Mund, um das Geräusch zu unterdrücken, das aus mir rauskommt. Irgendwie war mir diese Möglichkeit nicht in den Sinn gekommen. Irgendwie ist es die schlimmste von allen. Ich weiß, es sollte egal sein. Es ist ein Spiel, also zählt es nicht. Mein Atem geht flach und schnell, und ich will den beiden mitteilen, dass mir nicht gut ist, ihnen sagen, sie sollen aufhören, dass mir ihretwegen schwindelig ist. Aber welches Recht habe ich dazu? Wir alle kannten die Spielregeln, als wir uns hingesetzt haben. Wenn ich etwas sage, würde ich mich nur lächerlich machen, und Danielle würde denken, ich hätte Gefühle, die ich gar nicht habe.

Ich starre auf den Boden und versuche, nicht hinzusehen, konzentriere mich auf eine Ritze im Holz, einen langen Kratzer, wo jemand wahrscheinlich einen Stuhl oder einen Tisch verschoben hat. Alle klatschen und jubeln, aber ich höre es kaum. Dann blicke ich auf, weil ich nicht anders kann, weil wir immer von den Dingen angezogen werden, die uns am meisten anwidern.

Andrew und Hannah küssen sich gar nicht. Sie sehen mich an.

»Worauf wartet ihr?«, fragt Danielle. »Küssen, küssen.«

»Ich kann nicht«, sagt Hannah. Erleichterung durchströmt mich, völlig unangebrachte Erleichterung.

»Wir können nicht«, wiederholt Andrew.

»Stellt euch nicht so an«, sagt Danielle. »Alle anderen haben sich geküsst. Ihr könntet es schon längst hinter euch haben.«

Sein Blick schweift kurz von mir zu Hannah, dann zu Danielle und wieder zurück zu mir.

»Tut es einfach!«, schreit Simon.

»Ich will nicht, okay?«, sagt Hannah, und ihre Stimme wird schärfer. »Können wir uns einfach beide enthalten? Außerdem geht ihr beide ja zusammen zum Ball. Das ist zu seltsam.«

Danielle dreht sich zu Andrew. »Als deine Abschlussballbegleitung erteile ich dir die Erlaubnis.«

»Es wird nicht passieren«, sagt er.

Ich weiß, sie tun wegen mir so, und ich bin ihnen dankbar, aber es macht mich auch nervös. Haben sie die Panik bemerkt, die ich so sehr versucht habe zu verstecken?

»Na gut.« Danielle verschränkt die Arme, lehnt sich zurück und schmollt. »Gut. Neue Regeln. Wie ihr meint. Hannah, gib deinen Kuss einfach weiter.«

»Hey«, sagt Ava, »das ist nicht fair. Ich hätte Ryder nicht geküsst, wenn ich nicht gemusst hätte.«

»Hör auf, so zu tun, als würdest du nicht auf ihn stehen«, sagt Danielle schnippisch, und Ava sieht weg. »Gut Hannah. Wen soll Andrew küssen?«

»Nimm Chase!«, sagt Cecilia. »Nimm Edwin!« *Nimm mich*, denkt sie eigentlich.

Aber Hannah wird natürlich Danielle wählen. Sie weiß, dass Andrew in sie verliebt ist – das Geheimnis, das ich nicht hätte weitererzählen sollen. Darum hat Danielle überhaupt erst die Regeln geändert. Weil sie auch weiß, dass Hannah sie wählen wird.

Hannah nimmt die Flasche und hält sie zögerlich in den Händen. Dann dreht sie sie um und zeigt damit auf mich.

»Keely.«

KAPITEL SIEBENUNDZWANZIG

»Was?«, krächze ich. Mir bleibt die Luft weg. »Das ist nicht …«

»Keely war noch nicht dran«, sagt Hannah zu den anderen.

Was denkt sie sich dabei? Sie weiß, dass Andrew und ich auf den Zehenspitzen umeinander herumtänzeln und uns einreden, alles wäre wie immer. Aber dann erinnere ich mich: Sie weiß ja nichts davon. Ich habe ihr immer noch nicht erzählt, dass ich den PLAN durchgezogen habe. Sie weiß nicht, dass Andrew und ich uns schon geküsst haben, schon viel mehr als das getan haben. Sie wünscht sich schon so lange, dass wir zusammenkommen. Natürlich würde sie die Möglichkeit beim Schopf packen. Sie hält sich wahrscheinlich für unglaublich schlau.

Ich starre sie an.

»Na dann«, sagt Danielle und deutet auf Andrew und mich. »Wir warten.«

»Ach ja«, sagt Andrew. Er wischt sich die Hände auf der Hose ab und rückt näher zu mir. Er wird es wirklich tun. Mein Puls steigt, und ich spüre mein Herz bis in den Hals schlagen. Mein Mund ist trocken, und ich befeuchte meine Lippen mit der Zunge, sie schmecken nach Tequila und Limette. So schlimm wird es schon nicht werden. Nach wenigen Sekunden ist es vorbei. Länger wird es gar nicht dauern – länger erwartet auch niemand. Nur ein paar

Sekunden, seine Lippen auf meinen, nur für ein Küsschen, dann ist es vorbei. Nur dass ein Teil von mir gar nicht will, dass es schnell vorbei geht. Ein Teil von mir will, dass es länger als ein paar Sekunden dauert, länger als ein paar Minuten, will in ihm versinken, mit ihm verschmelzen. Ich schüttle den Kopf und verdränge den Gedanken.

»Okay«, sage ich und atme nervös aus.

»Okay«, sagt er auch und fährt mit der Hand durch meine Haare. Ich frage mich, ob ein Teil von ihm diese Nähe auch will. Aber für den Fall, dass das nicht so ist, kann ich meine Gefühle nicht offen zeigen, das ist klar.

Aus dem Augenwinkel sehe ich, wie Sophie Piznarski aufsteht und geht und wie Cecilia sich nach vorne lehnt und zusieht, ihre Hände so stark auf den Boden presst, dass sie ganz weiß werden. Aber dann sehe ich nur noch Andrew, seine grünen Augen auf mich fixiert. Und irgendwann sehe ich gar nichts mehr, meine Augen sind zu, und unsere Lippen treffen aufeinander. Es ist so wie in meiner Erinnerung. Mir war nicht klar, dass man schon nach einem Mal mit den Küssen einer Person vertraut sein kann, aber so fühlt es sich an: vertraut. Es fühlt sich wie Heimat an. Ich wusste nicht, dass Heimat nach etwas schmeckt, riecht, sich anfühlt wie die Lippen einer Person – leicht aufgerissen und mit einer Prise Salz. Ich höre nur das Blut durch meinen Körper pulsieren. Falls jemand klatscht und jubelt, kriege ich es nicht mit.

Es hört so schnell auf, wie es begonnen hat, meine Augen fliegen auf, und mir wird wieder klar, wo wir sind: umgeben von Menschen, umgeben von den Mädchen aus Andrews Vergangenheit, aus Andrews Gegenwart. Ich sehe weg und versuche, mich auf etwas Anderes zu konzentrieren, irgendetwas Anderes.

»Collins, du bist dran!«, sagt Danielle. Sie hält mir die Flasche hin und ich nehme sie mit zitternden Händen, mein Herz pocht immer noch wild in meiner Brust. Ich fühle mich von meinem Körper losgelöst, als wäre das nicht ich, sondern jemand anders. Ich setze mich wieder, und die Runde macht Platz für Andrew und Hannah, damit sie rechts und links von mir sitzen können. Hannah drückt mein Knie, und ich sehe sie an. Sie lächelt selbstzufrieden.

»Dreh, Collins«, sagt Danielle wieder. Sie klopft mit ihren schwarzen Fingernägeln auf das Parkett.

Als ich mich vorbeuge und die Flasche hinlege, wird mir schwindlig. Ich will nicht drehen – ich bin schon zu durcheinander, zu verwirrt und wenn ich jetzt Ryder, Chase oder Simon küssen müsste, würde es mich nur noch benebelter machen. Ich will darüber nachdenken, was gerade mit Andrew passiert ist, will herausfinden, was es zu bedeuten hat. Falls es überhaupt was zu bedeuten hat.

»Dreh!«, schreit Ava, ihre Stimme klingt locker und vergnügt. Ich drehe mich schnell zu ihr, aber sie verschwimmt. Da sind plötzlich zwei Avas auf einmal, vier Brüste, die auf und ab hüpfen, wenn sie in die Hände klatscht. Sie hebt jubelnd die Arme über den Kopf, und ich sehe einen Schweif aus Licht und Farbe. Ich muss den Kopf schütteln, um mich wieder einzukriegen.

»Dreh!«, sagt jemand anders, und sie fangen an, im Chor zu rufen: dreh, dreh, dreh.

Ich schwanke und halte mir die Hand vor den Mund.

»Mir ist schlecht«, sage ich. »Ich muss mich übergeben.« Beim Versuch aufzustehen, stolpere ich und meine Socken rutschen auf dem polierten Parkett.

»Autsch, Reed!«, stichelt jemand. »Du musst schlimmen Mundgeruch haben.«

Ich renne den Flur entlang ins Badezimmer, weg von dem Gelächter und den Sticheleien der anderen und knalle die Tür zu, bevor mir jemand folgen kann. Ich neige mich über das Waschbecken und spritze etwas kaltes Wasser in mein Gesicht, dann lehne ich meinen Kopf an den Spiegel. Das kalte Glas fühlt sich gut an. Vielleicht kann ich mich hier verstecken, mein Gesicht an das Glas gelehnt, bis alle einfach weitermachen, bis sie weitersaufen und vergessen, dass ich je hier war. Würde es überhaupt jemandem auffallen?

Ich höre ein leises Klopfen an der Tür.

»Collins?« Es ist Andrew, seine Stimme klingt gedämpft. »Geht's dir gut?«

Ich sage nichts.

»Kann ich reinkommen?«

Es ist eine Weile still, während ich überlege, ob ich es schaffe, meine Stirn vom Spiegel zu nehmen. Ich weiß nicht, ob ich jetzt in seiner Nähe sein will.

»Alles gut«, sage ich mit kratziger Stimme. »Ich hatte keine Lust mehr auf das Spiel.«

»Weil ich so ein schlechter Küsser bin?« Ich höre das Necken in seiner Stimme. »Ich weiß mit Sicherheit, dass das nicht stimmt. Ich habe meine Quellen.« Draußen sind Schritte zu hören, und er klopft mit den Fingerknöcheln an die Tür. »Vielleicht bin ich so ein guter Küsser, dass du von einem Blutrausch überwältigt wurdest und du einfach wegmusstest. Es ist …«

»Blutrausch ist ein Drang zu töten.« Ich löse den Kopf vom Spiegel. »Ich will dich nicht umbringen.«

Ich öffne die Tür einen Spalt und sehe ihn grinsen. Er kommt rein, macht die Tür hinter sich zu und setzt sich auf den Rand der Badewanne. Es ist nur das Badezimmer im Erdgeschoss, das neben dem Gästezimmer, aber es ist trotzdem riesig, doppelt so groß wie das Bad meiner Eltern. An der Wand hängt ein gerahmtes Bild von Danielle aus der Mittelschule, auf dem sie stolz neben einem Pferd steht. Ich drehe mich weg.

Wir sitzen schweigend auf dem Badewannenrand. Irgendwie war es einfacher, durch die Tür mit ihm zu reden, als ich ihn nicht sehen konnte und mich daran erinnert habe, wie wir als Freunde waren. Jetzt sitzt er neben mir, sein linkes Bein berührt mein rechtes, es riecht nach ihm – seinem Schweiß, seinem Shampoo, dem Bier in seinen mittlerweile trockenen Haaren – und mir wird ganz schwindlig.

»Wird es ab jetzt immer so sein?«, frage ich endlich. Ich zupfe an einem Faden meiner ausgefransten Jeans. »Ich war immer so stolz darauf, dass wir es geschafft haben, über die Jahre befreundet zu bleiben. Aber vielleicht müssen wir einfach akzeptieren, dass es nicht funktioniert.«

»Klar funktioniert es«, sagt er. »Es funktioniert seit Jahren. Nur weil wir uns bei einem blöden Spiel geküsst haben, heißt das doch nicht …«

»Es war nicht nur das blöde Spiel«, sage ich. »Es war alles andere. Es war der PLAN. Es war, weil du mich nackt gesehen hast, meine Brüste angefasst hast.« Als ich es ausspreche, muss ich unerwartet lachen. Andrew lacht mit, und der Knoten in meinem Innern beginnt sich zu lösen.

»Es sind schöne Brüste«, sagt er, und ich gebe ihm einen Stoß. Er reißt die Augen auf, verliert das Gleichgewicht und fällt rückwärts in die leere Badewanne. Ich kreische, als er mich mit sich runterzieht, sodass ich hart auf seinem Bauch lande und mit meinen Ellbogen gegen das Porzellan pralle.

»Au!« Ich reibe meinen Ellbogen dort, wo ich einen blauen Fleck bekommen werde. Aber ich spüre, wie es ihn unter mir vor Lachen schüttelt, also lache ich auch. Es fühlt sich wieder so natürlich an wie früher.

»Können wir einfach für den Rest der Nacht hierbleiben?«, frage ich. »Ich will nicht zurück zu den anderen.«

»Abgemacht«, sagt er und lehnt sich in der leeren Wanne zurück und rückt sich zurecht, damit wir beide einigermaßen Platz finden. Er sitzt mit angezogenen Beinen an dem einen Ende. Ich sitze an dem anderen Ende, ihm gegenüber. Der Wasserhahn ist direkt an meinem Hals, und ich muss den Kopf neigen, um nicht dranzukommen. Andrew verschränkt die Arme hinter dem Kopf und schließt die Augen, als würde er wirklich ein Bad nehmen.

»Hast du's bequem?«, frage ich.

Er nickt mit geschlossenen Augen. »Weißt du noch, wie wir früher immer zusammen gebadet haben? Wie haben wir da nur reingepasst?«

»Du warst damals noch nicht zehn Meter groß.«

»Du bist seitdem nicht größer geworden«, sagt er und grinst. »Bis auf ein paar Ausnahmen.«

»Halt die Klappe.« Mein gebeugtes Bein schnellt zu einem Tritt vor.

»Hey, wir sollten Wasser einlaufen lassen. Lass uns so tun, als wären wir wieder acht. Badewannen-Zeitmaschine.«

»Was?«, frage ich, obwohl ich ihn gehört habe.

»Lass uns die Wanne vollmachen.«

»Wir haben noch unsere Sachen an«, sage ich und spüre, wie ich erröte.

»Na und? Lass mal fünf gerade sein. Ich muss mir sowieso die Haare waschen.«

»Ja, du stinkst.«

»Cecilia hat Bier über mich geschüttet.«

»Du hattest es wahrscheinlich verdient.«

»Ja, hatte ich«, sagt er. Dann streckt er den Fuß aus und dreht damit den Hahn auf. Wasser rinnt auf meine Schulter.

»Mach es aus!«, kreische ich. »Es ist kalt!« Ich rücke zur Seite, um von dem Strahl wegzukommen, aber je mehr ich mich bewege, desto mehr rutsche ich unkontrolliert hin und her, sodass das Wasser in alle Richtungen spritzt.

»Es wird gleich warm«, sagt er und ich greife zum Hahn, um den Wasserstrahl auf ihn zu lenken. Aber noch während ich es mache, spüre ich, wie das Wasser angenehm warm wird. »Siehst du?«, sagt er, als ich ihn nassspritze. Er wischt sich das Wasser aus dem Gesicht und fährt mit der feuchten Hand durch seine Haare. Ich gebe auf, lehne mich wieder an den Rand der Wanne und fange an, das Gefühl des warmen Wassers auf meinem Nacken und meinen Schultern zu genießen. Langsam füllt sich die Wanne, und meine Shorts werden schwer und unbequem.

Andrews graues T-Shirt wird dunkler, als es nass wird, und es klebt an ihm wie eine zweite Haut. Ich werfe einen

Blick auf mein eigenes T-Shirt, in der Hoffnung, dass es nicht auch so klebt. Ich ziehe am Saum, um es von meinem Körper wegzuhalten, damit er nichts sieht.

»Scheiß drauf«, sagt Andrew. Er greift nach unten, zieht sich das Shirt über den Kopf und wirft es mit einem nassen Platschen auf die Fliesen. »Viel besser.«

»Drew!«, schimpfe ich, aber ich spüre ein Ziehen in mir, als ich wieder seinen nackten Oberkörper sehe und die Spur von Haaren, die sich von seinem Bauchnabel zum Hosenbund zieht. Seine Haare sind nass und stehen in alle Richtungen ab, Wassertropfen kleben an seinen Lidern wie Schneeflocken.

»Was?« Er hebt eine Hand aus dem Wasser und deutet auf seinen nackten Oberkörper. »In einer Badehose sehe ich auch so aus. Ist doch kein Ding.«

»Klar«, sage ich und versuche, tief durchzuatmen. Die Erinnerung an den Kuss von vorhin ist sofort wieder da. »Ich ziehe meins nicht aus.«

»Okay«, sagt er und flitscht mit dem Daumen etwas Wasser in meine Richtung. »Das habe ich auch nicht erwartet.«

»Okay«, sage ich.

»Okay.«

Und dann tu ich es doch, meine Hände greifen wie ferngesteuert nach dem Saum meines T-Shirts. Ich löse den Stoff von meinem Körper, ziehe es über den Kopf und lege es neben der Wanne auf den Boden. Mein BH ist aus grauer Baumwolle und ein bisschen durchsichtig, aber ich versuche, nicht daran zu denken. Er starrt mich an, und ich starre zurück. Die Luft zwischen uns ist spannungsgeladen.

Er greift ins Wasser und öffnet den Knopf seiner nassen Hose. Ich tue es ihm nach und öffne ebenfalls meinen Hosenknopf. Wir ziehen uns gleichzeitig aus, und das Wasser schwappt aus der Wanne. Ich lehne mich vor, versuche, mich aus dem schweren, nassen Stoff zu zwängen. Er lehnt sich auch vor und hebt die Knie, seine Beine halten mich links und rechts fest. Er hat seine Shorts immer noch zur Hälfte an, hat aber aufgehört, sich auszuziehen, weil seine Brust jetzt gegen meine drückt und unsere Gesichter nur wenige Zentimeter voneinander entfernt sind. Ich kann weder denken noch atmen. Die Wärme des Badewassers steigt mir zu Kopf und mir wird wieder schwindlig, aber nicht auf eine unangenehme Art wie vorhin. Nicht so, als müsste ich mich übergeben. Nein, es fühlt sich an wie der Moment auf der Kuppe einer Achterbahn, der Moment, bevor man hinuntersaust, wenn man schwerelos ist.

Und dann schließt er den leeren Raum zwischen unseren Lippen und küsst mich, seine nasse Brust drückt gegen meine, glitschig, warm und wundervoll. Das Wasser fließt noch immer aus dem Hahn hinter mir und das Geräusch pocht wie das Blut in meinen Ohren. Er greift in meine nassen Haare und zieht mich noch näher an sich, beißt auf meine Unterlippe, und obwohl wir vom warmen Wasser umgeben sind, überläuft mich ein Schauer.

Mein einziger Gedanke ist *mehr, mehr, mehr.* Ich muss noch näher zu ihm. Ich will so nah bei ihm sein wie möglich, will ein Teil von ihm werden, mit ihm verschmelzen, als wären wir zwei Atome.

Und dann klopft es laut an der Badezimmertür.

Ich erschrecke, und ich reiße die Augen so schnell auf,

dass ich Sternchen sehe. Andrews Augen sind auch offen, und sein Atem stockt. Er neigt sich zu mir und will unsere Lippen wieder zusammenführen.

»Ignorier es einfach«, sagt er.

Das Klopfen hält an, laut und beharrlich.

Ich schüttle den Kopf, versuche, mich zusammenzureißen, wieder in meinen Körper zurückzukehren. Und dann trifft es mich mit voller Wucht – alles, was ich verdrängt habe.

»Keely, bist du da drin?« Es ist Hannah.

Ich greife hinter mich und drehe das Wasser ab. Als das Rauschen verstummt, ist die Stille schier ohrenbetäubend. Ich schüttle wieder den Kopf und versuche, mich von Andrew zu lösen, aber er hält mich mit den Knien fest, und wir sind beide in seine Hose verheddert. Ich erinnere mich daran, was er vorhin gesagt hat: *Ich hab dich schon gesucht.* Derselbe Spruch, den er bei allen anderen auch gebracht hat. Er hat ihn an meinem Geburtstag zu Cecilia gesagt und ist dann mit ihr ins Badezimmer gegangen, unter die Dusche. Ich fasse nicht, dass ich darauf reingefallen bin, wo ich das Drehbuch doch auswendig kenne. Ich hatte immer Mitleid mit den Mädchen, die auf Party-Andrew reingefallen sind. Und jetzt bin ich eine von ihnen.

»Lass mich«, sage ich und kämpfe mich von ihm los. Wasser schwappt aus der Wanne auf den Fliesenboden. Er zieht die Knie an, lehnt den Rücken an die Wanne und zieht die Hose wieder ganz hoch. »Das ist Teil deiner Masche, oder?«

Er fährt sich mit der Hand durch die Haare und schüttelt den Kopf, Wasser spritzt in alle Richtungen. »Wovon redest du?«

»Mit wie vielen Mädchen hast du schon gebadet?«

»Keely!« Hannah ruft mich von der anderen Seite der Türe, ihre Stimme ist hoch und gepresst, und das verrät mir, dass etwas nicht stimmt. Ich versuche aufzustehen, aber der Boden der Wanne ist rutschig, und ich stütze mich schnell mit beiden Händen ab, um nicht das Gleichgewicht zu verlieren.

»Ich fasse nicht, dass du nach allem, was passiert ist, noch versuchst, mich in die Kiste zu bekommen.«

»Ich versuche nicht, dich in die Kiste zu bekommen«, sagt er.

Ich weiß, dass mich genauso viel Schuld trifft wie ihn, aber daran kann ich jetzt nicht denken. Wie hat er vor ein paar Monaten noch gesagt: *Es ist leichter, nichts zu fühlen, als verletzt zu werden.* Vielleicht ist das der Grund, warum er Danielle noch nicht die Wahrheit gesagt hat, warum er sich mit mir ablenkt.

»Ich muss gehen«, sage ich und klettere aus der Wanne. Ich ziehe mein nasses T-Shirt wieder an. Es ist eiskalt und klebt an meiner Haut.

»Warte«, sagt er. Meine Hand liegt schon auf der Türklinke, und ich halte kurz inne. Aber ich kann mich nicht umdrehen. Hannah hämmert immer noch gegen die Tür, also mache ich auf. Ich bin überrascht, sie weinen zu sehen. Die verwischte Wimperntusche rinnt ihre Wangen hinunter und sie ringt um Luft.

»Was ist los?« Ich umarme sie und vergesse, dass ich völlig durchnässt bin, dass Andrew halb nackt hinter mir in der Wanne steht. Hannah scheint es nicht zu bemerken.

»Er ist für den Sommer zurück«, sagt sie und reibt sich die Augen. »Er ist hier auf der Party.«

»Wer?«, frage ich, obwohl es offensichtlich ist. Es gibt nur einen Menschen, der sie so zerbrechlich machen kann, der die Macht hat, sie in Stücke zu reißen, als wäre sie eine Ausschneidepuppe aus Papier.

»Charlie«, sagt sie. »Charlie ist hier.«

KAPITEL ACHTUNDZWANZIG

»Wo ist er?« Ich löse mich aus Hannahs Umarmung und versuche, hinter ihr was zu erkennen. Ich war eben schon wütend, aber jetzt habe ich Mordgelüste. Und Charlie ist das ideale Opfer.

»Ich weiß es nicht.« Sie wischt sich über die Wangen. »Ich habe ihn nur kurz gesehen, und dann bin ich weggerannt. Ich wollte nicht, dass er mich heulen sieht.« Sie schluchzt. »Er darf mich nicht so sehen.«

Ich fühle Andrews Anwesenheit hinter mir. Er legt seine Hand auf den nassen Stoff auf meinem Rücken.

»Bei euch alles in Ordnung?«, fragt er, und ich schüttle die Hand ab.

»Alles okay«, sage ich und trete näher zu Hannah. Ich kann jetzt nicht in seiner Nähe sein. Hannahs Blick wandert zwischen uns hin und her, ihre Augen werden größer, und erst jetzt bemerkt sie unsere nassen Haare und die Tatsache, dass Andrew kein Oberteil anhat.

»Warte, was ist hier los?«, fragt sie.

»Komm mit, ich bringe dich heim«, sage ich, »bevor Charlie uns findet.«

»Keely«, sagt Andrew und will uns aufhalten. »Du wolltest doch hier übernachten? Ich bringe euch morgen nach Hause.«

»Ich kann nicht hierbleiben.« Ich wende mich von ihm ab. Plötzlich fühle ich mich genauso zerbrechlich wie

Hannah, als wäre ich auch aus Papier. Ich weiß nicht, ob es der Tequila ist, der mich noch immer so benebelt und verunsichert, oder ob es nur seine Nähe ist, die mich so taumelig macht. Kleine Tropfen rinnen seine Brust hinunter, und mein Blick folgt einem von ihnen, wie er über seine Haut rinnt und in seinem Hosenbund verschwindet. »Und zieh dir was an.« Ich packe Hannah und gehe mit ihr in den Flur. Andrew lasse ich stehen.

Keine von uns ist nüchtern genug, um noch zu fahren, also gehen wir zu Fuß. Es ist angenehm warm, sogar so spät abends, und ich würde lieber einige Meilen in nassen Kleidern gehen, als eine Sekunde länger mit Andrew und Danielle und Todesser-Charlie auf dieser Party zu verbringen. Außerdem tut mir die Bewegung gut, mit jedem Schritt baue ich etwas Tequila ab und mein Kopf wird klarer.

Wir sind gerade mal aus der Ausfahrt raus, als Hannah zum Angriff übergeht.

»Okay, was zur Hölle war das grade? Warum hatte Andrew kein Shirt an?«

»Ich weiß nicht, was du meinst.« Warum kann ich es ihr nicht sagen? Der PLAN war doch ursprünglich ihre Idee. Ich hätte es ihr wirklich sofort sagen sollen, gleich nachdem ich ihn gefragt habe. Aber jetzt ist es zu spät. Und wenn ich laut über Andrew spreche – über alles, was zwischen uns passiert ist oder fast passiert ist – habe ich Angst, etwas Falsches zu sagen. Ich gehe etwas schneller, als könnte ich vor meinen Problemen davonrennen. Hannah legt auch einen Zahn zu.

»Komm schon, Keely. Ich bin nicht blöd.« Sie hat aufgehört zu weinen und blickt mich wild entschlossen an.

Wenn der heutige Abend und mein Fehltritt mit Andrew etwas Gutes hatten, dann zumindest, dass Hannah nicht mehr an Charlie denkt. Wir bieten die perfekte Ablenkung. »Hattet ihr was miteinander?«

»Nein!«, sage ich schnell. Es ist leichter, alles zu leugnen, als darüber nachzudenken, was gewesen ist. Aber bei Hannah kann ich das nicht bringen. »Ich meine, ich weiß nicht. Ja, wir haben … uns geküsst. Aber es ging alles so schnell.« Ich werfe die Hände in die Luft und wünschte, ich könnte ein paar Stunden zurückspulen. Oder besser noch, ein paar Monate. »Aber es ist sowieso egal. Es war blöd. Er ist in Danielle verliebt, und das *weiß* ich, aber ich bin trotzdem drauf reingefallen. Wir wussten doch schon immer, dass er mit Mädchen nur spielt. Ich hätte nur nie gedacht, dass er mit *mir* spielen würde.« Mittlerweile renne ich fast, und Hannah rennt neben mir her.

»Hey, schalt mal einen Gang runter!« Sie streckt den Arm aus, um mich zu stoppen. Ich bleibe plötzlich stehen, und sie rennt in mich rein. »Er spielt keine Spielchen mit dir. Das würde dir Andrew nie antun.« Sie legt die Hand auf meine Schulter, aber ich schüttle sie ab.

»Woher willst du das wissen?«

»Weil er dich liebt.«

Die Worte rauben mir den Atem. »Nein.«

Das alles überfordert mich gerade völlig. Übelkeit steigt in mir auf, und ich beiße die Zähne zusammen, bis der Anfall vorüber ist. Sie redet weiter.

»Komm schon, Keely«, sagt sie leise. Ich fühle mich mies, weil sie mich jetzt trösten muss, obwohl sie vor wenigen Minuten selbst noch in Tränen aufgelöst war. »Der Junge würde alles für dich tun.«

Ich weiß, ich muss ihr von dem PLAN erzählen, warum alles so verworren ist. Dann wird sie wissen, warum sie falschliegt.

Ein silberner Streifen schimmert am Horizont, und der Himmel über uns ist diesig und blau, bald wird der Morgen anbrechen. Irgendwo zwitschert ein Vogel, keine Ahnung, was für eine Art es ist. Im Kindergarten haben wir mal gelernt, Vogelstimmen zu erkennen, aber ich habe alles wieder vergessen. Ich frage mich, wie lange es dauern wird, bis ich alles andere auch vergesse.

Ich seufze und drehe mich zu Hannah. »Das war nicht das erste Mal, okay?«

»Ich weiß«, sagt sie.

Damit hatte ich nicht gerechnet.«Was?«

»Ihr seid meine besten Freunde, und ihr wart in letzter Zeit so komisch. Ich kriege das ja mit. Ihr konntet kaum im selben Raum miteinander sein. Natürlich war da was passiert.«

»Ich hatte Dean doch angelogen, weißt du noch? Wegen meiner Jungfräulichkeit?« Ich bekomme stechende Kopfschmerzen und drücke mit der Hand gegen meine Stirn. Ich bereue zum millionsten Mal, zwanzigtausend Margaritas getrunken zu haben. Der Tequila rumort in meinem Magen.

»Klar erinnere ich mich«, sagt sie. »Keely, hast du mit Andrew geschlafen?«

»Es war diese Sache, die du in der Mittagspause gesagt hast«, fahre ich fort, und auf einmal sprudeln die Worte nur so aus mir heraus. »Dass Andrew so ein Experte ist und weiß, was er tut. Er könnte mit mir üben …«

»Also hast du mit ihm geübt?«, fragt sie und strahlt. Es ist nicht zu übersehen, dass sie ein bisschen aufgeregt ist.

»Hannah, hör auf«, sage ich. »Das ist keine gute Sache.«

»Nein, es ist eine tolle Sache!« Jetzt lacht sie von einem Ohr zum anderen.

»Nein, denn wir sind keine Freunde mehr, okay?« Ich bin froh, es endlich auszusprechen. Mir war nicht klar, wie dringend ich mit ihr darüber reden musste, wie sehr es mir das Herz gebrochen hat, ihn zu verlieren. »Er wollte von Anfang an nicht mit mir … üben. Wir haben es nicht durchgezogen, weil er nicht konnte. Er ist einfach … abgehauen.«

Wir biegen von Danielles Straße auf die Hauptstraße ab und gehen Richtung Innenstadt, vorbei am Uni-Campus. Plötzlich habe ich Angst, wir könnten Dean über den Weg laufen. Er könnte eine Pause beim Mario Kart eingelegt haben, um in die Stadt zu gehen und was zu trinken. Ich will ihm jetzt nicht begegnen. Nicht wenn ich so durcheinander bin.

»Das ergibt keinen Sinn«, sagt sie. »Es hätte ganz anders laufen müssen.«

»Du kannst dich nicht einfach in das Leben anderer Leute einmischen, okay?«, sage ich barscher als beabsichtigt, und sie wird blass. Ihre Mundwinkel sinken nach unten, sie macht kurz die Augen zu, und ich merke, dass ich sie gekränkt habe.

»Mir war nicht klar, dass *ich* an allem schuld bin.« Sie kneift die Augen zusammen.

»Du versuchst schon seit Jahren, uns zusammenzubringen«, sage ich. »Wenn du dich einfach rausgehalten hättest, wäre das alles nicht passiert.«

Wir kommen an Jans Diner vorbei, drinnen ist es noch dunkel. Es macht mich traurig, dass ich nie wieder hier mit Andrew Pfannkuchen essen werde. Der Geruch von Gebackenem liegt in der Luft, und mir wird schlecht.

»Ich habe dich zu nichts gezwungen«, sagt Hannah.

»Ja, aber du hast dich so gefreut, dass ich es getan habe!«

»Es sollte ein Scherz sein, okay?«, sagt sie und lacht trocken. »Als ich dir geraten hab, mit Andrew zu üben. Ich hätte nie gedacht, dass du es durchziehst.«

»Das war kein Scherz!«, sage ich und werde lauter. »Du kannst das jetzt nicht zurücknehmen, nur weil dein Plan nicht funktioniert hat.«

»Ich hatte keinen Plan«, sagt sie, aber ihre stockende Stimme sagt etwas Anderes.

»Du wolltest, dass wir uns verlieben, und stattdessen hat es unsere Freundschaft zerstört. Und jetzt behauptest du, es war alles nur ein Scherz. Tja, tut mir leid, dass es nicht geklappt hat. Nicht alle von uns sind so blöd, sich in einen Frauenhelden zu verlieben. Es ist nicht wie mit dir und Charlie.«

Sie wird knallrot, als hätte ich ihr eine runtergehauen; hab ich ja auch irgendwie. Hannah dreht sich zu mir, und ihre Stimme klingt giftig. »Wenn du wirklich glaubst, dass du nicht in Andrew verliebt bist, machst du dir was vor.«

»Er ist mein bester Freund«, sage ich, der übliche Spruch, der mir früher so selbstverständlich über die Lippen kam, der aber jetzt auf einmal nach einer Lüge klingt.

»Na und?«, sagt sie. »Er ist dein bester Freund, und du

hast dich in ihn verliebt. Und das macht dich fertig. Wenn du es ihm sagt, wird alles wieder normal. Wovor hast du solche Angst?«

»Ich muss los«, sage ich und gehe noch etwas schneller, in der Hoffnung, dass sie mich nicht einholt. Ich muss weg von ihr. Ich muss allein sein.

»Wohin?«, fragt sie, folgt mir aber nicht.

Die Wahrheit ist, ich *habe* Angst. Ich habe Angst vor morgen Abend und vor der Zukunft. Ich habe Angst, dass mir nur wenige Leute bleiben werden und die anderen zusammen mit der Highschool in Vergessenheit geraten werden, so wie die Vogelstimmen aus der Grundschule. Aber am meisten Angst macht mir, dass ich Hannah nicht an meiner Seite haben werde. Wenn ich wirklich in Andrew verliebt bin, *wenn ich wirklich in Andrew verliebt bin*, dann stecke ich in großen Schwierigkeiten. Denn selbst wenn ich in Andrew verliebt bin, ist er immer noch in Danielle verliebt.

KAPITEL NEUNUNDZWANZIG

Wie sich herausstellt, ist das Einzige, was noch schlimmer ist, als sich für den Abschlussball fertig zu machen, sich alleine für den Abschlussball fertig zu machen. Hannah und ich wollten es zusammen tun, aber sie hat mir nicht geantwortet, als ich vorhin nachgefragt habe, also gehe ich davon aus, dass wir nicht miteinander reden.

Ich stehe mit der Wimpernzange vor dem Spiegel und mustere sie, als wäre sie ein Folterinstrument. Die Geschehnisse von gestern Abend schwirren in meinem Kopf herum wie eine seltsame Montage meiner größten Fehltritte – Flaschendrehen spielen, baden mit Andrew, der Streit mit Hannah. Ich weiß, dass ich Sachen über sie und Charlie gesagt habe, die richtig daneben waren, aber ich kann mich nicht mehr daran erinnern. Ich weiß nur noch, wie ihr Gesicht die Farbe verlor, wie mir schlecht wurde, als sie mir gesagt hat, ich würde mir was vormachen; als sie mir gesagt hat, ich wäre in Andrew verliebt.

Ich verdränge die Gedanken und versuche mein Glück mit der Wimpernzange. Ich hätte Danielle oder Ava schreiben sollen. Ich hätte schon wen gefunden, der mich heute unter die Fittiche nimmt, aber Hannah ist wahrscheinlich bei ihnen. Außerdem kann ich nicht dabei zusehen, wie Danielle sich fertig macht und mir ihr aufgeregtes Geschnatter über ihre blöde Nacht mit Andrew anhören. Aber während ich mit der Wimpernzange und all dem anderen Kram kämpfe, wünsche ich mir mehr denn je, ich hätte Hannah nicht vergrault und sie würde mir als gute Fee beistehen.

Mom kommt mir zu Hilfe. Ich wäre nicht auf die Idee gekommen, dass sie diese Dinge kann, weil sie sich selbst immer so unauffällig und unaufgeregt anzieht. Aber vielleicht muss jede Frau mal lernen, mit diesen Geräten umzugehen. Sie malt meine Lippen dunkelrot und frisiert mein Haar zur Seite, sodass es gelockt meinen Rücken hinunter fällt. Hannah hatte mich überredet, das grüne Kleid aus dem Einkaufszentrum zu kaufen, und ich schätze, es sieht nicht ganz so albern aus, wie ich dachte. Als ich in den Spiegel sehe, erkenne ich mich nicht einmal wieder. Zum ersten Mal habe ich das Gefühl, zu verstehen, was Dean in mir sieht.

»Du bist wunderschön«, sagt meine Mom, als sie fertig ist. Und ich lächle, weil ich das tatsächlich auch so sehe.

Dean wollte mich am See treffen, also bringen meine Eltern mich für die Fotos hin. Ich bitte sie, im Auto zu bleiben, aber ich weiß, dass sie es nicht tun werden. Dieser Moment bedeutet ihnen wahrscheinlich sogar noch mehr als mir. Meine Mom braucht diese Bilder für die Zeit, wenn ich nach Kalifornien gehe.

Als wir ankommen, stehen alle in Grüppchen zusammen, total hibbelig vor Aufregung und Vorfreude. Ich suche den Parkplatz nach Dean ab, aber ich kann ihn nicht sehen, und der schreckliche Gedanke kommt mir, dass er vielleicht gar nicht auftaucht. Das ganze Selbstvertrauen von vorhin schwindet, als ich mich suchend nach jemandem umsehe, zu dem ich mich gesellen kann, damit ich nicht das Mädchen bin, das alleine neben ihren Eltern steht. Ich wünsche mir zum millionsten Mal, ich hätte Hannah gestern Abend nicht beleidigt, und sehne mich ganz schrecklich danach, sie jetzt bei mir zu haben. Ich will ihr sagen, wie leid es mir tut, sie nach Charlie fragen und sichergehen, dass alles okay ist.

»Oh, da sind Diane und Robert«, sagt meine Mom und zeigt auf Andrews Eltern. »Lasst uns Hallo sagen.«

Ich bin versucht, die Absätze meiner Schuhe in den Boden zu rammen, damit sie mich nicht mitziehen kann, denn allein der Gedanke, Andrew nach gestern Abend wiederzusehen, ist unerträglich. Als ich ihn dann neben seinen Eltern entdecke, stockt mir der Atem. Er trägt einen dunkelblauen Anzug, und seine Haare sind flach nach hinten gekämmt. Ich finde es schade, dass sie nicht in seine Augen fallen wie sonst. Er dreht sich um und stellt das Bein zu einer albernen Pose auf einen Zaunpfahl. Als wir uns nähern, höre ich die Stimme seiner Mutter.

»Können wir wenigstens *ein* ernstes Bild machen?«

»Mom«, sagt er. »Warte einfach ab, bis Danielle kommt.« Als er ihren Namen erwähnt, spüre ich einen stechenden Schmerz in der Brust.

»Ich will nur ein nettes Bild von meinem Jungen in einem Anzug«, sagt sie. Er schüttelt den Kopf und lacht, während sie wütend drauflos klickt. Und dann dreht er sich um und sieht mich unvermittelt an. Ich bleibe stehen, als wäre ich vor eine unsichtbare Wand gelaufen. Das Lachen auf seinem Gesicht gefriert, seine grünen Augen leuchten, und ich kann nicht anders, ich muss an gestern Abend denken, als Tropfen an seinen Wimpern hingen, wie Tau auf einer Wiese. Meine Eltern gehen weiter und begrüßen seine Eltern mit Umarmungen und Händeschütteln, aber ich bekomme es kaum mit. Ich kann mich nicht bewegen, kann meine Augen nicht von ihm nehmen, nicht atmen. Wenn ich ihn so ansehe, kann ich nur daran denken, wie sehr ich ihn küssen will. Ich will wieder zurück in die Wanne, will seine nackte Haut auf meiner spüren, seine Hände in meinem Haar. Ich sehne mich danach, dass er mich an sich zieht, so nah, als wären wir miteinander verschmolzen.

Und da wird mir klar, wie recht Hannah hat, wie recht sie schon immer hatte. Ich liebe ihn.

Aber ich will keine weitere Cecilia sein, keines der vielen Mädchen, die sich in ihn verknallt haben und sitzen gelassen wurden. Ich will nicht einfach nur das Mädchen sein, das er auf einer Party nach zu vielen Margaritas in der Badewanne geküsst hat, das Mädchen, das auf seine blöden Sprüche reingefallen ist, obwohl sie es besser hätte wissen müssen. Weil ich nicht in Party-Andrew verliebt bin. Ich bin einfach nur in Andrew verliebt. Meinen besten Freund.

Aber das macht es nicht einfacher.

Er hat wohl bemerkt, dass ich mich nicht mehr bewegen kann, denn er geht auf mich zu und verringert so den Abstand zwischen uns.

»Hey.«

»Hi«, sage ich, plötzlich schüchtern.

»Du siehst …«, fängt er an, bricht aber mitten im Satz ab. Ich will von ihm hören, dass ich schön aussehe, aber das wäre auch nur ein Spruch.

»Danke«, sage ich stattdessen, als hätte er es gesagt.

»Wir brauchen ein Bild von euch beiden für den Kühlschrank!« Meine Mom winkt mit der Kamera. »Stellt euch zusammen.« Unsere Eltern eilen zu uns und schieben uns nebeneinander, streichen meine Haare glatt und zupfen unsichtbare Fussel von seinem Anzug, damit wir perfekt aussehen.

»Drew, leg deinen Arm um sie«, sagt mein Dad. »Kein Grund, schüchtern zu sein.«

»Wie erwachsen ihr beide doch ausseht«, sagt Andrews Mom mit einem Hauch Nostalgie in der Stimme.

»Ihr seid beide so schön«, sagt meine Mom.

Es kommt mir komisch vor, dass unsere Eltern keine Ahnung haben, was zwischen uns vorgeht. Früher wussten sie über alles in unseren Leben Bescheid, und jetzt ist so viel unter der Oberfläche verborgen, was sie nie verstehen werden. Mein Papa ist so ahnungslos, er bittet Andrew ganz selbstverständlich, den Arm um mich zu legen, und weiß nicht, dass es sowohl das Beste als auch das Schlimmste auf der Welt ist.

Andrew sieht erst mich an und dann zurück zu unseren Eltern, aber schließlich gehorcht er brav und legt seinen Arm sanft um meine Taille. Seine Hand berührt nur ganz leicht den Stoff auf meiner Hüfte. Ich denke daran, wie oft er schon den Arm um meine Schulter gelegt hat, sich auf Partys an mich gelehnt hat, mich ganz nah an sich gezogen hat, als wäre es keine große Sache. Ich denke an die Hängematte in seinem Garten, wie oft wir zusammen darin gelegen haben und die Schwerkraft uns aneinandergedrückt hat. Ihn jetzt zu berühren, sollte nichts bedeuten, sollte kein Problem sein, aber seine Hand auf meiner Hüfte ist heiß und schwer, und ich kann an nichts Anderes denken.

Unsere Eltern machen Tausende Fotos, und als sie fertig sind, schrecken wir schleunigst auseinander, damit wir keinen Körperkontakt mehr haben. Ich frage mich kurz, ob wir uns jemals wieder berühren werden, und es bricht mir das Herz. Ich kann nicht in seiner Nähe sein, nicht wenn es sich so anfühlt.

Ich werfe einen Blick auf den Parkplatz. Danielle ist angekommen, zusammen mit Ava, und sie sieht aus wie aus einem Gemälde. Ihr Kleid ist weinrot, und der Schlitz geht praktisch bis zu ihrem Hals. Ryder ist den beiden auf den Fersen und trinkt nicht gerade unauffällig aus einem Flachmann. Ava und er sind zwar zusammen hergekommen, aber nicht als Paar, Ava wollte keine Begleitung. Chase schlendert auf sie zu, den Arm um Cecilia gelegt. Wenn man auf eine kleine Schule geht, ist am Ende alles nur ein großes Flaschendrehen.

Ich will zu der Gruppe gehen, aber Andrew streckt die Hand aus und hält mich auf.

»Warte«, sagt er. »Bevor wir … ich meine …« Er senkt die Stimme, damit unsere Eltern nichts mitkriegen, aber sie beachten uns ohnehin nicht, und sind zu sehr damit beschäftigt, die Bilder auf der Digitalkamera durchzusehen. »Wegen gestern Abend …«, sagt er. »Ich hatte nicht vor … ich meine, ich wollte es, es war nur …«

»Mach dir keinen Kopf«, sage ich. »Ich bestand zu dem Zeitpunkt zu achtzig Prozent aus Tequila, also …«

»Ich weiß«, sagt er. Er spricht extrem leise und lehnt sich zu mir, damit unsere Eltern nichts hören. Es schmerzt, seine Lippen nur wenige Zentimeter vor mir zu haben. Es ist seltsam, wie etwas so nah und doch so fern sein kann. »Ich hätte dich nicht küssen sollen.«

»Ich habe dich zurückgeküsst«, sage ich, und die Worte bleiben mir beinah im Halse stecken.

»Aber du warst betrunken.«

»Du ja auch.« Wir drehen uns im Kreis. »Vergessen wir's einfach, okay? Die ganze Sache.« Und damit gehe ich weg von ihm und zum Parkplatz. Ich drehe mich noch mal um, und es überrascht mich, dass er mir nicht nachkommt. Er steht einfach nur da und scharrt mit seinen schönen Schuhen im Gras. Dann nickt er und geht an mir vorbei zu Danielle. Sie sieht ihn an, lächelt und fällt ihm um den Hals. Sie zieht ihn an sich, sodass sie aneinanderkleben. Es fühlt sich ein bisschen so an, als würde mir jemand ein scharfes Messer in die Brust rammen. Immer und immer wieder.

Ein Brummen erklingt, und ein Motorrad fährt auf den Parkplatz. *Was für ein Glück*, es ist Dean. Er sieht gut aus, besser als gut. In seinem schwarzen Smoking sieht er aus wie eine Figur aus einem Action-Film. Er ist nicht mehr James Dean. Er ist James Bond.

Während er vom Motorrad steigt, gehe ich auf ihn zu und merke, wie er mich abcheckt, sein Blick wandert von meinem Kopf zu meinen Füßen und bleibt an den Stellen hängen, die exponierter sind als sonst.

»Du hast dich schön herausgeputzt, Ballkönigin.« Er kommt auf mich zu und will mich vor allen Leuten küssen, aber ich weiche zurück, weil ich weiß, dass meine Eltern zusehen.

»Danke fürs Kommen«, sage ich erleichtert.

»Wie könnte ich meinen ersten Abschlussball verpassen«, sagt er, und dann greift er nach meiner Hand und verschränkt unsere Finger. Ich warte auf die üblichen

Schmetterlinge im Bauch, dass mir der Atem wegbleibt, wie sonst immer, wenn er mich berührt, aber nichts passiert. Ich fühle gar nichts.

Mir wird klar, dass meine Schwärmerei vorbei ist, voll und ganz. Die Gefühle, die ich für ihn hatte, kommen mir plötzlich albern vor. Wie konnte ich mich so in Dean verknallen, während Andrew die ganze Zeit vor meiner Nase war?

Meine Eltern kommen zu uns und stellen sich vor. Dean ist charmant wie immer. Ich hätte es wissen müssen. Irgendwie schafft er es, sie wegen des Motorrades zu beruhigen, und verspricht meiner Mom, dass ich nie damit fahren werde, und bringt sie sogar zum Lachen. Als meine Eltern nicht hinsehen, lehnt er sich zu mir und flüstert mir ins Ohr. »Schönes Kleid. Ich kann's kaum erwarten, es dir auszuziehen.«

Ich drehe mich um und schlage ihn spielerisch auf die Brust, aber innerlich fühlt es sich an, als würde ich gleich in tausend Teile zerschellen.

Hannahs Jeep biegt auf den Parkplatz ein, und ich bekomme Schuldgefühle, weil ich nicht bei ihr bin, weil ich zu stolz war, zu stur, um mir einzugestehen, dass sie recht hatte. Hannah hat keine Begleitung, und jetzt kommt sie allein. Ich bin eine schreckliche Freundin.

Doch dann öffnen sich die Autotüren, und mir wird schlecht, denn sie ist nicht allein. *Charlie* ist bei ihr.

Sie kommen auf uns zu, und Hannah kann mir nicht in die Augen sehen, als wüsste sie, dass sie einen Fehler gemacht hat, als hätte sie Angst, ich hätte etwas daran auszusetzen.

»Collins«, sagt Charlie und hält die Faust hoch, in der

Erwartung, dass ich einschlage. Tue ich nicht. Dann hält er stattdessen Dean die Faust hin. »Hey Mann. Ich bin Charlie.« Dean grinst. »Der berüchtigte Charlie.« Sie stoßen die Fäuste gegeneinander und beginnen ein Gespräch übers Ältersein und das Studium.

Die Eltern schieben uns für ein Gruppenfoto zusammen, und dann ist es Zeit, zu gehen. Wir zwängen uns in die Limousine, die Eltern winken, einige Tränen fließen, und sie bitten uns, auf uns aufzupassen. Ich weiß, ich sollte jetzt Spaß haben, aber alles ist so verkorkst.

Unmittelbar nachdem die Türen zugehen, zieht Ava eine Flasche Sekt aus ihrer Tasche, als wäre sie Mary Poppins.

»Wer hat Lust auf was Prickelndes?« Sie hält Ryder die Flasche zum Öffnen hin und kreischt, als der Korken herausfliegt. Alle werden lockerer und sind nur zu gewillt, ein wenig von der Anspannung wegzutrinken.

Die Limousine fährt am See entlang, und ich schaue aus dem Fenster übers Wasser. Die Sonne wird bald untergehen. Das goldene Licht spiegelt sich auf dem Wasser und erinnert mich ans Ferienlager, an das Gefühl im Spätsommer, wenn man weiß, dass alles bald vorbei sein wird.

Deans Hand liegt locker auf meinem Bein, als gehöre sie da hin. Er und Ryder reichen einen Flachmann zwischen sich hin und her und lachen über irgendwas, aber ich höre nicht hin. Ich kann nur daran denken, wie sich seine Hand auf meiner Haut anfühlt, wie elektrisierend es war, als er es zum ersten Mal getan hat, und dass ich jetzt überhaupt nichts fühle. Er neigt sich zu mir und küsst die weiche Stelle an meinem Ohr, sein Atem riecht nach Whiskey, und ein Schauder überkommt mich. Ich kann nicht anders, meine Augen wandern ein paar Sitze nach links, wo Andrew mit Danielle sitzt. Ihre Gesichter kleben praktisch aneinander.

Hannah und Charlie sitzen auf der Bank mir gegenüber, und als Ava die Sektflasche an Hannah weiterreicht, fährt Charlie über Hannahs geflochtenen Zopf und zieht leicht daran, als hätte er nie das Recht verloren, sie zu berühren. Diese kleine Geste macht mich so wütend. Hannah trinkt einen Schluck Sekt und reicht mir die Flasche. Wir sehen uns kurz in die Augen, und ich neige den Kopf zur Seite, versuche ihr dadurch mitzuteilen, wie verkorkst das alles ist. Wie kann sie bei Andrew so richtig liegen und hier so falsch?

Andrew lacht über etwas, und dann küsst er Danielles inneres Handgelenk. Es löst eine Art Kettenreaktion im Wagen aus. Cecilia legt die Arme um Chases Bizeps und reibt ihre Nase am Kragen seines Hemdes. Ich schmiege mich an Dean und lasse zu, dass seine Hand von meinem Knie aus höher wandert. Ich hasse es, dass ich genauso reagiere wie Cecilia – dass wir beide nur zwei Mädchen sind, die Andrew sitzen gelassen hat.

»Ich freu mich auf heute Abend«, flüstere ich Dean ins Ohr, weil ich mich selbst davon überzeugen will, dass ich das tue. Wenn Andrew so mir nichts dir nichts mit jemandem Sex haben kann, dann kann ich das auch. Ich muss Dean nicht mögen, um mit ihm zu schlafen. Ich kann mit ihm schlafen, weil er heiß ist, weil es der Abschlussball ist und weil alles perfekt ist. Warum sollte ich so eine Gelegenheit an mir vorbeiziehen lassen?

»Ich auch.« Seine Augen leuchten auf, als wäre er bis jetzt nicht sicher gewesen, dass ich es durchziehe.

Wir erreichen das Walcott, und alle klettern aus dem Wagen. An der Decke hängen überall funkelnde Lichter, als wäre sie ein verzauberter Nachthimmel. An den Wänden des Ballsaales sind riesige Wellen aus Pappe befestigt, die mit blauem Glitter bemalt sind, und am Eingang steht eine Seifenblasenmaschine. »Ach wie drollig!«, kreischt Ava beim Anblick. Sie wirbelt herum und wir folgen ihr hinein.

Auf einem großen Tisch steht das Büffet: große Schüsseln mit Hähnchen und Salat und einem Risotto, das keiner anrührt. Außerdem eine Schale Punsch, von der ich mich – wenn man an Teenie-Filme denkt – besser fernhalte. Sophie Piznarski steht neben einem Tisch voller Plätzchen und Brownies und hält einen Korb mit Muffins. Jedem, der vorbeikommt, bietet sie einen an. Die Schülervertretung hat wohl nicht bedacht, dass wir alle viel zu aufgeregt sind, um zu essen. Aber vielleicht gilt das nur für mich. Andrew wird vermutlich drei ganze Hähnchen essen und immer noch Hunger haben.

Sophie hält uns den Korb hin. »Vergesst nicht, euren König und eure Königin zu wählen!«

»Kann man in einer Monarchie überhaupt wählen?«, frage ich, und Hannah lacht, aber ihr Gesicht wird sofort wieder ernst, als wäre sie nicht ganz sicher, ob sie mich momentan lustig finden darf.

Danielle sorgt dafür, dass wir alle anhalten und unsere Wahl treffen, ihre Laser-Augen lassen keinen Zweifel, für wen wir stimmen sollen. Ich schreibe Hannahs Namen, eine stille Entschuldigung, obwohl sie die nicht sieht. Die Jungs gehen weiter und setzen sich an einen der Tische neben der Tanzfläche. Es ist so seltsam, Andrew und Dean zusammen zu sehen.

»Hast du die gebacken?«, fragt Danielle. Sie nimmt sich einen Muffin.

»Nein, die sind aus dem Supermarkt«, erwidert Sophie, und Danielle lässt den Muffin zurück in den Korb fallen.

Sophie guckt verärgert. »Du musst sie ja nicht essen.«

Ich nehme aus Höflichkeit einen Blaubeermuffin, aber ich bin viel zu aufgeregt, um ihn zu essen.

»Ich lasse Platz für Taco Bell später.« Ava schwankt in ihren hohen Schuhen. »Wenn ich noch mehr Coca-Kohl-a trinke, muss ich kotzen.«

»Sie muss nur so lange in ihr Kleid passen, bis Ryder es ihr auszieht«, sagt Danielle.

Sophie stellt den Korb hin. »Moment, wollt ihr … ihr wisst schon?«

»Widerlich!«, sagt Ava.

Danielle hebt eine Augenbraue. »Ja, ich würde sagen, seine Chancen stehen gut.«

»Okay, aber kann ich euch was erzählen?« Ava senkt die Stimme zu einem verschwörerischen Flüstern. »Ryder ist eigentlich ziemlich schlecht im Bett. Er macht einfach nur das nach, was er aus Pornos kennt, und ihm ist völlig egal, ob ich es gut finde.«

»Du guckst Pornos?«, frage ich. Ich habe mich nicht mal getraut, Sex-Tipps auf meinem Handy zu googeln. Vielleicht hätte ich von Anfang an Ava um Rat bitten sollen.

»Alle gucken Pornos«, sagt Ava. »Manchmal muss man die Dinge selbst in die Hand nehmen.«

»Ich nicht«, entgegnet Sophie.

»Na ja, jemand könnte Ryder mal sagen, dass man mit den Zähnen aufpassen muss«, sagt Ava. »Vampire sind nur in Filmen heiß.«

Wir lachen alle, aber ich frage mich trotzdem, warum Ava ihm das nicht selbst gesagt hat. Obwohl ich es bei Dean ja nicht anders mache. Warum ist es im nackten Zustand so viel schwieriger, ehrlich zu sagen, was wir wollen?

»Mit wem bist du hier?«, fragt Danielle Sophie, als wüsste sie es nicht schon. Prescott ist zu klein für Geheimnisse.

»Jarrod Price«, sagt Sophie. »Und du mit Andrew, nicht wahr?«

»Ja.« Danielle bricht ein Stück von einem Schokoladen-Muffin ab und steckt es sich in den Mund. »Nichts für ungut.« Sie sagt es zu Sophie, aber ihr Blick schweift kurz zu mir. Ich sehe weg.

»Die Sache mit Andrew ist ewig her«, sagt Sophie und wendet sich zu mir. »Du bist mit diesem Dean hier, nicht wahr? Er ist so süß.«

»So süß!«, wiederholt Ava und spricht es *süü-üüß* aus, als hätte das Wort zwei Silben.

»Du bist ein Glückspilz.« Sophie sieht über mich hinweg zu den Jungs, und ich drehe mich um. Man kann nicht leugnen, wie gut Dean in dem blinkenden Licht aussieht. Er hat sein Jackett ausgezogen und die Ärmel des weißen Hemds aufgerollt, sodass man seine gebräunten Arme sieht. Ich weiß, wie es für Sophie aussehen muss. Warum sie denkt, dass ich Glück habe.

»Danke«, sage ich und versuche mich zu freuen. Aber vor allem habe ich Bauchschmerzen. Ich stelle den Muffin weg.

»Ihr Glück wird nachher noch um einiges größer sein«, sagt Danielle und lächelt verschmitzt. Ihre Augen leuchten, was bedeutet, dass sie etwas im Schilde führt.

»Lass gut sein, Danielle«, sagt Hannah mit einem warnenden Unterton, der mich hoffen lässt, dass sie mich nicht für immer hassen wird. Danielle beachtet sie nicht und lehnt sich zu Sophie. »Nicht jeder hat das Glück, sein erstes Mal im Walcott zu erleben.«

Offenbar muss *ich* alle ihre Geheimnisse bewahren, aber nicht umgekehrt.

»Im Ernst?«, kreischt Sophie und schlägt die Hand vor den Mund. »Keely, das ist so aufregend. Du wirst so einen tollen Abend haben. Der Abschlussball ist perfekt. Vielleicht nicht so perfekt wie die Hochzeitsnacht, aber sicher nah dran. Liebst du ihn?«

Ihn lieben? Die Frage ist so albern, dass ich fast lachen muss. Aber Sophie meint es ernst. Sie sieht mich mit großen blauen Augen an. Als ich nicht sofort antworte, blinzelt sie und räuspert sich.

»Ich wollte dich nicht bloßstellen. Es ist okay, wenn es nicht so ist, ich meinte nur …«

»Schon gut«, sage ich und versuche zu lächeln. »Ich liebe ihn nicht. Ich will nur …«

Was? Es hinter mich bringen? Will ich nur den Kopf freikriegen, Andrew für einen Moment vergessen und mich mit Dean ablenken? Ich wüsste so gerne, was ich will. Wäre es dann nicht viel einfacher? Ich würde ihn gerne lieben. Wenn ich in Dean verliebt wäre, könnte ich vielleicht kurz vergessen, dass Andrew in Danielle verliebt ist.

»Der Zeitpunkt passt einfach, oder nicht?«, sage ich, und das ist die beste Antwort, die ich geben kann.

»Dazu kann ich nichts sagen«, sagt Sophie. »Ich warte bis zur Ehe.«

»Was?«, frage ich. »Du bist noch …«

»Jungfrau?«, setzt Sophie fort. »Ja. Es ist keine große Sache. Ich bin einfach noch nicht bereit. Ich warte lieber, bis ich weiß, dass mich jemand liebt, verstehst du? Die Jungs an dieser Schule sind es nicht wert.«

»Aber was ist mit Andrew?« Ich werfe wieder einen Blick über die Schulter und sehe, dass Andrew und Chase angefangen haben zu tanzen und albern auf und ab hüpfen, wie Jungs es immer tun, wenn sie eine Show abziehen. Andrew bemerkt meinen Blick und winkt mir zu, mir oder vielleicht auch Sophie oder Danielle. Er winkt uns zu sich. Die ehrliche Freude in seinem Gesicht versetzt mir einen Stich in die Brust.

»Komm schon, Andrew hat mich doch nie geliebt«, sagt Sophie. »Das weißt du besser als alle anderen.«

»Klar hat er das«, sage ich. Aber wir wissen beide, dass es nicht stimmt. Ich denke an die vielen Male, die er sich über sie beschwert hat. Andrew und Sophie haben überhaupt nicht zueinander gepasst. Vielleicht wusste Sophie es von Anfang an. Ich habe ihr zu wenig zugetraut.

»Schon gut, Keely«, sagt Sophie und lächelt. »Er war nicht der Richtige. Eigentlich war er ein ziemlich mieser Freund. Ich dachte immer … ich meine, wir haben Schluss gemacht, weil er einfach nicht …« Sie hört mitten im Satz auf und sieht Danielle an. »Auch egal, sorry. Ich sollte nicht so über deine Begleitung lästern.« Sie steht auf und nimmt den Henkel des Muffinkorbs. »Ich werde einfach weiter diese Muffins verteilen, und ihr vergesst, dass ich was gesagt habe.«

»Weil er einfach nicht … was?«, fragt Danielle. Sie lässt keine Fragen unbeantwortet in der Luft hängen. Sophie seufzt und sieht wieder mich an.

»Er konnte einfach nicht aufhören, über dich zu reden, Keely. Es war total nervtötend.«

»Wir sind nur Freunde«, sage ich sofort, und es hört sich ehrlich an. Aber ihre Worte lösen etwas in mir aus, und plötzlich habe ich das Gefühl, unter Strom zu stehen.

»Ja«, sagt Sophie. Sie greift nach einem Blaubeermuffin und beißt hinein. Zuckerkrümel fallen auf den Tisch. »Das ist mir jetzt auch klar.«

KAPITEL DREISSIG

Wir legen unsere Taschen beim Tisch ab und ziehen auch die anderen Jungs mit auf die Tanzfläche. Der Song ist fröhlich und lädt zum Tanzen ein und alles andere – dass jeder in der Runde wahrscheinlich auf irgendwen sauer ist – spielt keine Rolle mehr. Das könnte das letzte Mal sein, dass wir in unserer verkorksten Gruppe zusammen sind, und ich denke, wir spüren alle, wie schnell die Zeit vergeht.

Ein langsameres Lied erklingt, der Kreis löst sich auf, und die Pärchen finden sich zusammen. Ich lege meine Arme um Deans Hals und spüre seine Haut, feucht und klebrig. Er reicht mir seinen Flachmann, und ich trinke einen schnellen Schluck. Mittlerweile habe ich mich so an den Geschmack von Whiskey gewöhnt, dass er mir fast schon schmeckt. Oder vielleicht versuche ich auch, mir das einzureden.

Es folgt ein schnelles Lied, und wir tanzen wieder alle zusammen. Ich werfe die Hände hoch, drehe mich im Kreis und mir wird schwindlig, aber ich bin glücklich. Die Musik wird langsamer, und wir legen alle die Arme umeinander und schunkeln im großen Kreis. Und dann plötzlich legt Chase einen Arm um Danielles Schultern, und sie tanzen alleine. Ich warte darauf, dass sie ihn abweist – immerhin hat sie ihn seit meinem Geburtstag jeden Tag aufs Neue abgewiesen –, aber sie tut es nicht. Sie lacht vielmehr und schmiegt sich an ihn. Es ist, als hätten wir alle nur auf ihr Signal gewartet, denn als sie Chases Tanzaufforderung annimmt, bricht der ganze Kreis auf. Hannah stürzt sich auf Dean und zieht ihn an sich. Bevor ich es mir anders überlegen kann, gehe ich zu Andrew. Ich nicke Hannah dankend zu, denn sie wollte mir sicher einen Gefallen tun. Sie nickt zurück, und da weiß ich, dass sie *Bescheid weiß*. Ich muss ihr nicht mehr sagen, dass sie recht hatte.

»Hey«, sage ich und lege meine Hände auf Andrews Schultern.

»Hey«, sagt er und umfasst meine Taille. Ich versuche, einen anständigen Abstand zwischen uns zu halten, weil uns alle sehen können, aber er rückt näher, sodass ich meine Arme um seinen Hals legen muss. Wir berühren uns von den Hüften bis zum Brustkorb. Ich weiß, wir sollten uns nicht so nah sein. Es ist eine Qual für mich, aber die Nähe fühlt sich so richtig an, wir sind wie zwei Puzzleteile, die zusammengehören. Ich lege meinen Kopf auf seine Brust und wünschte, ich wäre etwas größer, dann könnte ich mit meinen Lippen die Haut an seinem Hals berühren. Er riecht vertraut, wie frisch gemähtes Gras. So roch er auch, als er im Bett auf mir lag, sein Körper auf meinem. Die Musik spielt leise und langsam im Hintergrund, ich kann sie kaum hören. Ich höre nur wie mein Herz pocht und das Blut in meinen Ohren braust. Wenn ich den Kopf leicht nach hinten neigen würde, könnte ich ihn küssen. Also lasse ich den Kopf lieber auf seiner Schulter, um nicht in Versuchung zu geraten. Plötzlich kommen mir fast die Tränen. Alles war so viel einfacher, bevor mir klar wurde, dass ich in ihn verliebt bin. Ich will die letzten Stunden zurückspulen und wieder das Mädchen von vorher sein.

»Hast du Spaß?« Sein Mund ist so nah an meinem Ohr, dass es kitzelt, wenn er spricht. Ich nicke und vergrabe meine Nase in seiner Brust. Ich habe Angst, dass er merkt, was ich fühle, dass er mir die Wahrheit vom Gesicht ablesen kann.

»Du wirst mir fehlen«, sage ich und neige mich so weit zurück, dass wir uns in die Augen sehen können.

»Collins«, sagt er leise und legt die Hand an meine Wange. Er muss bemerken, wie sich in meinen Augen die Tränen sammeln. »Alles in Ordnung?« Bei dem Blick will ich ihm alles erzählen.

»Ich …« Die Worte bleiben mir im Hals stecken. Sie sind zu überwältigend, obwohl es nur Worte sind, aber ihre Bedeutung wird alles verändern. Es sind Worte, die ich nicht mehr zurücknehmen kann, wenn sie einmal ausgesprochen sind. Und was sollte das überhaupt bringen?

»Keely«, sagt er, sein Daumen streicht sanft über die zarte Haut meiner Wange. Es ist komisch, meinen Vornamen aus seinem Mund zu hören. Der Klang ist vertraut und intim, als wäre ich nackt und er würde mich betrachten.

»Drew, ich …« Ich beginne den Satz, aber die Musik wird schnell und wild, und der stampfende Rhythmus ist wie ein Schlag ins Gesicht. Mir fällt plötzlich wieder ein, wo wir sind und wie viele Leute uns umringen. Es ist, als hätte mich jemand in den kalten See geschubst.

»Warst du eifersüchtig?«, fragt Danielle Andrew grinsend und zieht an seinem Arm. »Wärst du sauer, wenn ich dir sage, dass Chase besser tanzt als du?« Bevor Andrew antworten kann, gleitet Ava auf uns zu, stolpert über ihre Füße und stützt sich auf mir ab, um nicht hinzufallen.

»Wer will Sekt?« Sie hält eine volle Flasche hoch. Ich weiß nicht, wo sie die herhat und wie sie es geschafft hat, nicht erwischt zu werden.

Ein Arm legt sich um meine Hüfte, und als ich mich umdrehe, sehe ich Dean. Ich lehne mich an ihn, aus Angst, er könnte bemerkt haben, dass zwischen Andrew und mir was war. Ich frage mich, ob Dean irgendeine Ahnung hat, wie ich mich fühle. Ob es ihm überhaupt wichtig ist.

»Ava, pack diese Flasche weg«, zischt Danielle. »Du führst dich völlig daneben auf. Wo hast du die überhaupt her?«

Ava trinkt einen großen Schluck. »Die habe ich aus deinem Arsch gezogen.«

Dann hört die Musik auf, und eine Stimme erklingt durch die Lautsprecher. »Wenn alle bitte ihre Plätze einnehmen würden, in wenigen Minuten wird die Ballkönigin gekürt.«

Der Schulleiter Mr Harrison steht auf einem Podest am anderen Ende des Saales und hält einen Stapel weißer Umschläge in den Händen. Als wir uns hinsetzen, lande ich zwischen Dean und Charlie. Ich lehne mich so nah wie möglich an Dean und ignoriere Charlie, als er mich bittet, ihm eine Limo zu geben. Andrew und Danielle sitzen uns gegenüber, also konzentriere ich mich auf Ava und Ryder, die den Flachmann zwischen sich hin und her reichen.

»Können mich alle hören?«, fragt Mr Harrison. Ein gelangweiltes Raunen geht durch die Menge.

»Ach, komm einfach zum Punkt«, zischt Danielle. Dann trinkt sie von ihrer Limo, stellt sie wieder ab und streicht ihre Haare glatt. Das müsste sie nicht. Sie sieht auch so perfekt aus.

»Du wirkst ja sehr überzeugt«, flüstert Ava laut, so wie das Betrunkene manchmal machen.

»Bin ich auch«, sagt Danielle. »Ich meine, es ist doch offensichtlich, wie die Wahl ausgeht.« Sie hält kurz inne und sieht in die Runde. »Nichts für ungut!«

»Oh, es ist offensichtlich?«, fragt Ava ein paar Dezibel lauter. Ava war noch nie eine besonders leise Person, aber jetzt, wo sie einiges an Sekt intus hat, packt sie ihre Musicalstimme aus. Sie verschränkt die Arme und drückt dabei ihre Brüste hoch, sodass sie fast aus ihrem schulterfreien Kleid fallen. »Wie schön, dass es für dich so klar ist. Dann brauchen wir anderen uns ja keine Hoffnungen zu machen.«

Mr Harrisons Stimme erklingt wieder durch die Lautsprecher. »Also gut, nur Schüler der Abschlussklasse kommen als Königspaar infrage, die unteren Schulstufen sind leider von der Wahl ausgeschlossen. Eure Gelegenheit wird noch kommen.«

»Ach bitte, Ava«, sagt Danielle. Sie deutet auf Avas Dekolleté. »Du solltest sowieso besser nicht auf die Bühne, so wie du alles raushängen lässt. Ich will dir nur die Peinlichkeit ersparen. Wie immer.«

»Benehmt euch, Leute«, flüstert Hannah. »Es ist nur ein blöder Abschlussball. Das ist nicht der Friedensnobelpreis.«

Avas Gesicht bleibt starr, ihr Blick ist auf Danielle fixiert. In ihren Augenwinkeln schimmert es leicht, was zu dem glitzernden Lidschatten passt. Sie atmet schnell, und ihre Stimme klingt piepsig und gepresst.

»Ich glaube jedenfalls nicht, dass sie eine zur Ballkönigin wählen, die nach vergammeltem Fisch schmeckt.«

Danielle dreht ruckartig den Kopf und reißt die Augen auf.

Avas Unterlippe zittert, aber sie sieht Danielle ohne zu blinzeln an. Andrew starrt nach vorne, den Rücken gerade, den Blick auf die Bühne gerichtet. Seine Ohren leuchten rosa.

Mr Harrison redet weiter. »Erst mal einen großen Applaus für die Mitarbeiter des Walcott. Danke für die Hilfe bei dieser Veranstaltung.« Vereinzelt erklingt zurückhaltendes Klatschen. »Und für das Orga-Team für den großen Einsatz. Ihr seid spitze! Es sieht wirklich aus wie unter dem Meer.«

Dean lehnt sich zu mir, schubst mich an der Schulter und flüstert mir ins Ohr: »Verstehst du jetzt, was ich mit highschoolmäßig gemeint habe?« Er lacht. »Was meinst du – *Heathers* oder *Mean Girls?* Hängt wahrscheinlich davon ab, welches Jahrzehnt man besser findet.«

»Es muss nicht immer alles eine Anspielung auf einen Film sein«, schnauze ich, bissiger als beabsichtigt. Ich *liebe* Anspielungen auf Filme. Aber manchmal kommt es mir vor, als hätte Dean sonst nichts zu bieten.

»Ich habe gesagt«, beginnt Ava, »Ich glaube nicht, dass sie zur Ballkönigin eine wählen, die …«

»Ich habe dich gehört«, blafft Danielle. »Mich interessiert nur, warum du es gesagt hat. Warum du es verdammt noch mal zu mir gesagt hast!« Ihre Stimme wird lauter und einige von den Nachbartischen blicken zu uns rüber. Danielle seufzt und senkt die Stimme. »Ich glaube, du hast etwas zu viel getrunken.«

»Ach sieh einer an, du sagst mir wieder mal, was ich zu tun und zu lassen habe«, sagt Ava. »Was für eine Überraschung!«

»Reg dich mal bitte ab!«, zischt Danielle. »Du benimmst dich unmöglich.«

Ava hebt ihre Hand zur Stirn und salutiert. »Zu Befehl, eure Hoheit.«

Dean neben mir prustet los und hält sich die Hand vor den Mund, während er gegen einen Lachanfall kämpft.

Mr Harrison ergreift wieder das Wort, und ich richte meine Aufmerksamkeit zurück auf die Bühne. »Also gut, ich möchte die Vorsitzende des Ballausschusses zu mir bitten. Sie hat ein paar Ansagen, also seid gespannt. Sophie Piznarski!«

Als ich sehe, wie Sophie nach vorne geht und das Mikrofon nimmt, muss ich daran denken, was sie vorhin gesagt hat. Warum hatte ich keinen blassen Schimmer, dass Sophie auch noch Jungfrau ist?

Ava fängt wieder an zu reden. »Darf ich einen Schluck haben?« Sie hält ihr Glas hoch und neigt es vor. Dabei kleckert sie fast auf den Tisch. »Oder verstößt das gegen deine Regeln?«

»Tu, was du willst«, faucht Danielle. »Dir ist nicht mehr zu helfen.«

Ava stellt das Glas geräuschvoll auf den Tisch. Sie sieht gedemütigt aus, mit ihren großen schwermütigen Augen – wie ein Welpe, den man geschlagen hat. Ihre Unterlippe zittert wieder, als würde sie mit den Tränen kämpfen. Sie presst die Lippen zu einer geraden Linie aufeinander. Dann atmet sie tief ein, kneift die Augen zusammen, und ihre Demut verwandelt sich schlagartig in Wut. »Ich war das, die das alles geschrieben hat.«

Danielle reagiert nicht, lässt sich nicht anmerken, ob sie Ava überhaupt gehört hat. Aber dann sehe ich, wie sie ihre Hand, die auf dem Tisch liegt, zu einer Faust ballt. Sie dreht sich langsam zu Ava. »Ich muss mit dir reden. Ich muss *draußen* mit dir reden, damit es keine Zeugen gibt, wenn ich dich umbringe.« Sie steht auf, kracht mit dem Knie gegen die Tischkante und packt Ava am Arm.

»Aua!«, winselt Ava und versucht, Danielles Hand abzuschütteln, die sich in ihrer Haut festgekrallt hat. Sie verschwinden durch die Seitentür. Ich sehe zu Hannah, in der Hoffnung, dass sie weiß, was zu tun ist.

»Ich glaube, sie könnte sie wirklich umbringen«, sage ich. »Sollen wir …«

Hannah folgt meinem Blick zur Tür, und wir springen beide auf und laufen den beiden nach. Draußen krachen wir fast mit Susie Palmer zusammen, die an der Wand lehnt und raucht. Sie versteckt sich wahrscheinlich – vor Ryder und Ava; vor der Tatsache, dass sie gestern seine erste Wahl war und heute nicht mehr. Verstecken ist einfacher, als so zu tun, als würde es einem nichts ausmachen.

»Sie sind runter zum Steg«, sagt sie und deutet mit der Zigarette in die Richtung.

»Danke«, sagt Hannah und wir laufen los.

Im Licht der Fenster des Walcott sehen wir nur schlecht, aber ich erkenne zumindest die Umrisse des Sees, der sich wie ein riesiger dunkler Fleck vor uns ausbreitet. Wir gehen über das Gras zu ein paar Stufen, die auf einen Holzsteg führen. Noch bevor ich sie sehen kann, höre ich Ava und Danielle schon, ihre Stimmen sind hoch und schrill. Wir gehen näher, ihre unscharfen Konturen werden deutlicher.

Hannah streckt den Arm aus, um mich aufzuhalten. »Wir sollten sie streiten lassen. Sie haben einiges zu klären.«

»Wusstest du, dass es Ava war?«

Hannah seufzt. »Ich war mir nicht ganz sicher, aber ich habe es vermutet.«

Ich weiß nicht, warum ich nie auf die Idee gekommen bin. Ich war so auf die Jungs fixiert, völlig überzeugt, dass die schrecklichen Sprüche von ihnen kamen. Aber Ryder ist nicht schlau oder scharfsinnig genug, um jemanden so zu quälen. Wenn Jungs jemanden wehtun, sind sie auf Anerkennung aus. Mädchen sind die Meister der unterschwelligen Angriffe – Schnitte, die erst wehtun, wenn man sie unter Wasser hält. Und Ava hat sich diese Schnitte von Danielle zu lange gefallen lassen. Es war nur eine Frage der Zeit, bis sie zurückschneidet. Aber es bricht mir das Herz, mit anzusehen, wie aus ihrer Freundschaft so etwas Grässliches geworden ist. Danielle und Ava waren mal immer füreinander da, und jetzt ist alles so anders. Ich darf nicht zulassen, dass es mit Hannah und mir auch so kommt.

»Es tut mir leid wegen Charlie. Was ich gesagt habe.« Hannah hat immer zu mir gehalten, war immer eine tolle, wundervolle Freundin. Das möchte ich auch für sie sein.

»Du hattest aber recht«, sagt Hannah mit zittriger Stimme. »Ich weiß, es ist falsch, aber … ich liebe ihn immer noch. Er kam heute Morgen zu mir und meinte, er würde mich gern auf den Ball begleiten, und ich konnte einfach nicht Nein sagen. Ich bin so *erbärmlich.*«

»Du bist nicht erbärmlich. Du bist verliebt.«

»Manchmal glaube ich, das ist die gleiche Sache.«

Und dann, weil Hannah so ehrlich war, will ich es auch sein. »Stellt sich heraus, dass du auch recht hattest. Wegen Andrew.« Es macht mich total traurig, aber Hannahs Gesicht leuchtet auf, als wären es tolle Neuigkeiten. Ich schätze, ich muss ihr die Freude lassen.

Wir erreichen den Steg, aber Danielle und Ava bemerken uns nicht.

Ava weint und fuchtelt wild mit einer Hand in der Luft, mit der anderen hält sie ihr Kleid hoch. »Ich habe immer nur versucht, deine Freundin zu sein – seit acht Jahren – ich habe mich so bemüht, und du machst mich ständig fertig.« Ihre Stimme zittert, und sie hat Tränen in den Augen.

»Meine *Freundin*, Ava?«, fragt Danielle. »Wenn du ein Problem mit mir hast, dann sag es doch. Echte Freunde sagen sich die Scheiße direkt ins Gesicht und reden nicht hinter dem Rücken der anderen.«

»Echte Freunde reden keine Scheiße, Danielle. Das ist das, was du nicht verstehst. Du bist so gemein zu mir. Ständig. Du hast vor acht Jahren aufgehört, meine Freundin zu sein. Du bist einfach so ein … so ein *Miststück* geworden!«

»Ach, jetzt bin ich auch noch ein Miststück? Warum schreibst du's nicht auf einen Zettel?« Danielle wühlt in ihrer champagnerfarbenen Paillettentasche und holt einen Stift raus, den sie Ava zuwirft. »Mal sehen … ich bin ein Miststück, eine Schlampe, was noch? Komm schon, Ava. Man kann nicht gewinnen, oder? Hat man Sex, ist man eine Schlampe, tut man es *fast*, spielt man Spielchen, tut man es gar nicht, ist man prüde, und wenn man sich nicht alles gefallen lässt, ist man ein Miststück. Diese Beleidigungen gehen mir so auf den Sack. Wir sollten uns gegenseitig den Rücken freihalten.«

Ava schnalzt mit der Zunge und lacht. »Im Ernst? Du nennst mich seit Jahren eine Schlampe.«

Danielle verschränkt die Arme. »Ich benutze dieses Wort nicht.«

Ava imitiert Danielles Stimme: »Ach Ava, was weißt du schon über Jungfräulichkeit? Ach Ava, fickst du wieder Ryder? Schmeiß dich nicht immer an alles und jeden ran, Ava. Du machst dich lächerlich.«

»Jetzt machst du dich auch lächerlich.«

»Das schert mich nicht mehr.« Ava bleiben die Worte im Hals stecken, als könnte sie nur entweder sprechen oder atmen. »Ich konnte einfach nicht mir dir reden. Für dich bin ich nicht auf deinem Level. Ich bin nur dein blöder Handlanger. Manchmal ist es aber *meine* Geschichte. Nicht deine.«

»Ach bitte«, sagt Danielle. »Spiel jetzt nicht die Märtyrerin. Wenn du dich wie mein blöder Handlanger gefühlt hast, hättest du doch was dagegen tun können.«

»Habe ich ja!«, kreischt Ava. »Ich habe die verdammten Zettel geschrieben!«

»Und wie hast du dir das vorgestellt? Dachtest du, alles wird auf wundersame Weise besser, wenn du mich eine Schlampe nennst? Das führt nur dazu, dass Typen wie Ryder denken, sie hätten recht. Es macht dich nicht mächtiger, wenn du andere Mädchen fertigmachst.«

Ava schreit auf, wie ein Tier, dem man auf den Schwanz getreten ist. »Das ist so eine Doppelmoral! Das ist genau die Art, mit der *du* zu deiner Macht kommst. Es hat dich schon immer stark gemacht, mich niederzumachen. Du bist ein sozialer Vampir.« Sie wischt sich über die Wange. Ihre Haare haben sich aus dem Dutt gelöst und Haarklammern stehen in alle Richtungen von ihrem Nacken ab. Sie zieht die Klammern raus und wirft sie auf den Boden. »Ich mag Chase. Ich mag ihn schon seit Jahren. Du *wusstest* das. Aber dann hast du einfach beschlossen, dass du ihn haben musst, und das war wichtiger. Du hast auf dieser blöden Party mit ihm geschlafen, und dabei mochtest du ihn nicht mal! Du hast ihn danach einfach abserviert, nachdem du bekommen hast, was du wolltest. Wie meinst du, hat sich das für mich wohl angefühlt?«

Danielle seufzt. »Ich habe ihn nicht … abserviert, weil ich mit ihm durch war. Er hat mit mir geschlafen und es überall rumerzählt! Und dann soll ich rumsitzen und warten, dass *er* mich abserviert? Sag nicht, es geht bei dieser Sache«, sie deutet auf sich und Ava, »um Chase. Das ist er nicht wert.«

»Es geht nicht um Chase«, sagt Ava. »Es geht darum, dass du dir etwas nimmst, was ich will, nur weil du weißt, dass du es kannst. Und du tust es schon wieder mit Andrew! Du bist doch nur wegen Keely mit ihm hier.« Bei diesen Worten zucke ich zusammen.

Ava zieht die letzte Klammer aus ihren Haaren, die in lila Wellen über ihre Schultern fallen. Sie bewirft Danielle mit einer der Klammern. »Ein Wunder, dass du nicht mit Charlie geschlafen hast. Hannah wäre ausgerastet, und du hättest es geliebt.«

Danielle stürzt sich auf sie, packt ihre Halskette und zieht daran, sodass die Perlen in alle Richtungen fliegen und kreuz und quer über den Steg rollen. Ava packt einen Träger von Danielles Kleid und zieht daran, bis er reißt. Danielle kreischt.

»Hört auf!«, rufe ich. Hannah und ich eilen auf die beiden zu. Wir packen ihre Arme und versuchen, sie voneinander zu trennen. Ava dreht sich zu mir, ihre Augen sind wild, als wäre sie vom Teufel besessen. Ihr glitzernder blauer Lidschatten ist an ihren Schläfen verschmiert, und auf ihren Wangen sind Spuren der zerlaufenen Wimperntusche.

»Ich brauche keine Hilfe!«, heult sie. Sie schüttelt meine Hand ab. Ich packe sie noch mal und versuche, sie zu beruhigen, aber sie jault und schlägt wie besessen um sich. Ich versuche, sie festzuhalten, aber sie verliert auf ihren Absätzen das Gleichgewicht und fällt langsam nach hinten. Sie streckt den Arm vor, um sich irgendwo festzuhalten, greift aber ins Leere. Und dann fällt sie vom Steg ins Wasser.

Ein lautes Platschen erklingt.

Danielle hört auf, mit Hannah zu ringen, und dreht sich um. »Auch das noch«, sagt sie. »Ich hol sie.« Und dann springt sie Ava hinterher.

»Ich hole einen Lehrer«, sage ich und mache mich auf den Weg zurück zum Walcott. Ich gehe gerade auf das Ende des Stegs zu, da höre ich, wie jemand hinter mir nach Luft schnappt. Ich drehe mich zum See um. Danielle und Ava sind wieder aufgetaucht, Hannah hockt auf den Knien und versucht, sie auf den Steg zu ziehen. Das Wasser ist so tief, dass nur ihre Köpfe rauslugen, aber es sieht so aus, als könnten sie stehen. Hannah packt Ava an den Schultern, und Danielle schiebt sie von unten rauf auf den

Steg, wo sie spuckt und hustet. Dann greift Hannah nach Danielle.

»Hannah!«, schreit jemand von der Treppe, und die Silhouette eines Mädchens taucht vor den hellen Fenstern auf. »Hannah!«, ruft sie wieder und rennt die Treppen runter auf uns zu. Als sie sich nähert, erkenne ich Susie Palmer. Ihre blasse Haut leuchtet im Mondschein. Als sie uns sieht, bleibt sie plötzlich stehen. Danielle und Ava liegen durchnässt auf dem Steg, ihre Kleider sehen aus wie eine Pfütze aus geschmolzenem Eis. »Ähm, Hannah?«, sagt sie, als sie uns erreicht. »Du wirst drinnen gesucht. Sie haben dich aufgerufen, aber du warst nirgendwo zu finden. Du musst mit Chase tanzen.«

»Was?«, fragt Hannah verwirrt. Die Vorderseite ihres Kleides ist ganz nass, weil sie Ava aus dem Wasser gezogen hat. Ihre Haare lösen sich aus dem Zopf, ihr Pony klebt an ihrer Stirn. Sie ist immer noch völlig aufgelöst und versteht nicht, was gerade passiert. Aber ich verstehe es. Es ist völlig offensichtlich und hätte es die ganze Zeit schon sein sollen.

»Du bist die Ballkönigin.«

KAPITEL EINUNDDREISSIG

Irgendwie ist alles den Bach runtergegangen.

Nachdem Hannah und Chase als König und Königin getanzt haben, nachdem Danielle und Ava endlich wieder reingekommen sind und den Boden so nass gemacht haben, dass Edwin Chang ausgerutscht und hingefallen ist, bin ich völlig erledigt und sitze am Tisch, ohne große Lust, zu tanzen. Es wird langsam spät. Ein paar Pappwellen sind von den Wänden gefallen, und eine der Seifenblasenmaschinen ist mittlerweile kaputt.

Dean ist irgendwo mit Ryder, wahrscheinlich draußen eine rauchen, und ich habe keinen Bock, ihn zu suchen. Ich seufze, stehe auf und hole mir noch etwas Punsch. Jetzt ist es auch schon egal, was drin ist.

»Echt daneben, dieser Ball, oder?«, sagt Chase hinter mir.

»Ja.« Ich schöpfe einen Becher Punsch für mich und dann einen für ihn. »Wie ist es mit Cecilia?«

Er trinkt, und ein roter Streifen bleibt auf seiner Oberlippe zurück. »Sie ist ganz nett«, sagt er mit flacher Stimme.

»Was ist dann das Problem?«

»Ich steh nicht so auf nett.«

Wir drehen uns beide um und sehen Danielle und Ava, die von den Aufsichtspersonen abgetrocknet und wieder aufgepäppelt werden.

»Wo ist dein Begleiter?«, fragt Chase.

»Wer weiß?«, sage ich und trinke noch einen Schluck Punsch. Aus irgendeinem Grund will ich ehrlich sein.

»Du magst ihn gar nicht so sehr«, sagt Chase, und es ist keine Frage.

»Es ist schön, eine Begleitung zu haben.«

»Wie meinst du das?« Chase trinkt einen Schluck. »Du hättest mit einem von uns kommen können.«

»Nur als Freunde«, sage ich. »Ich meine, von euch hat nie jemand … Interesse an mir gezeigt. Ich bin kein richtiges Mädchen. Ich zähle nicht.«

»Komm schon, Collins, du bist heiß.« Chase sagt es beiläufig und überrumpelt mich damit komplett.

»Was?«

»Glaubst du wirklich, das ist der Grund, warum dich nie jemand angemacht hat?«

»Na ja, schon«, sage ich. »Ich meine, ihr redet über all eure Körperfunktionen vor mir, ihr wollt offensichtlich nicht …«

»Dich hat nie wer angemacht, weil du Reed gehörst.« Seine Worte lassen mich erstarren. Wenn Chase nur wüsste, wie sehr ich mir wünsche, dass er recht hat.

»Ich *gehöre* nicht Reed«, sage ich und fahre mir frustriert durch die Haare. »Du weißt ja, dass er mit Danielle zusammen ist. Und mit etwa fünf Millionen anderen.« Meine Stimme klingt schnippisch, und ich hasse es, wie eifersüchtig ich klinge. So sollte die ganze Sache nicht laufen.

Chase schüttelt nur den Kopf. »Nee, ich weiß ja, dass ihr nicht zusammen seid, aber ihr gehört zusammen. Ihr seid ein Team. Niemand wollte sich da einmischen. Außerdem ist er verdammt besitzergreifend.«

»Was?« Ich stelle meinen Becher auf den Tisch, und ein bisschen Punsch spritzt über den Plastikrand und hinterlässt einen roten Fleck auf dem billigen weißen Tischtuch.

»Einmal in der sechsten Klasse hat Ryder einen Spruch gebracht, dass du *schön Form annimmst.*« Er deutet auf meinen Busen, um zu verdeutlichen, was Ryder damit meinte. »Da hat Andrew ihm eine reingehauen.«

Ich erinnere mich daran, dass Andrew für drei Tage suspendiert wurde. Er meinte zu mir, Ryder hätte ihn zuerst geschubst, was nicht schwer zu glauben war.

»Darum hat Ryder immer so getan, als wärst du eine von den Jungs«, fährt Chase fort. »Deswegen haben wir das alle getan, schätze ich. Wir mögen Reed, also haben wir die Finger von dir gelassen.« Er trinkt den Rest von seinem Punsch in einem Schluck und wirft den leeren Becher in den Mülleimer hinter uns.

Der Druck in meiner Brust wird immer stärker, als würde jemand in mir einen Luftballon aufblasen. Chases Worte hallen in meinem Kopf wider. *Ihr gehört zusammen. Ihr seid ein Team. Wir haben die Finger von dir gelassen.* Das muss doch was heißen? Warum würde Andrew die anderen Jungs von mir fernhalten, wenn er keine Gefühle für mich hätte, wenn er mich nicht zumindest ein bisschen für sich selbst wollte?

Ich blicke an Chase vorbei und halte Ausschau nach Andrews sandfarbenem Kopf, aber er ist nicht da. Ich drehe mich, um zu sehen, ob er an den Tischen hinter uns sitzt, aber da ist er auch nicht.

Kann es sein, dass Andrew mich auch mag?

»Aber du hast ja trotzdem wen gefunden«, sagt Chase. »Es musste dich halt einer aufreißen, der nicht auf unsere Schule geht, einer, der die Regeln nicht kennt.«

Ich hebe meinen Becher wieder hoch, und meine Hand zittert. »Welche Regeln?«

Chase grinst. »Die ungeschriebenen.« Er lehnt sich zu mir und senkt die Stimme, als würde er mir ein Geheimnis verraten. »Man lässt seinen Kumpel nicht wegen einer Tussi hängen … sorry«, fügt er hinzu, als ich bei dem Wort zusammenzucke. »Lass deinen Bruder nie alleine kämpfen, und halt dich von seiner Schwester fern. Du bist zwar nicht seine richtige Schwester, aber im Sinne der ungeschriebenen Regeln zählst du als eine.«

Und da ist es. *Schwester.* Das Wort geht wie ein Hammer auf mich nieder, der Ballon in meiner Brust zerplatzt. Klar hat Chase es so gemeint. Er grinst mich immer noch an, als wäre er stolz, dass er mich in den Kodex eingeweiht hat, als sollte ich mich geehrt fühlen und nicht, als wäre meine ganze Welt in tausend Scherben zerbrochen, meine Hoffnungen explodiert wie der Todesstern.

Ich zerdrücke den leeren Plastikbecher in meiner Hand und werfe ihn weg.

»Ich muss los«, sage ich, plötzlich sauer und geladen. Es ergibt alles Sinn. Ich hätte schon früher jemanden treffen können. Ich wäre nicht so lange Jungfrau geblieben, wenn Andrew mir nicht in die Quere gekommen wäre. Und nicht aus Eifersucht oder weil er mich auch liebt, sondern nur, weil ich wie seine Schwester bin.

»Ich hätte versucht, dich aufzureißen, nur damit das

klar ist«, sagt Chase. »Du bist total süß.« Und dann lächelt er, geht zu Danielle und Ava und legt seine Arme um sie.

Meine Hände zittern. Ich muss Andrew suchen. Ich dränge mich durch die Menge und gehe an den Rand des Saales. Die ganze Welt dreht sich, Farben und Formen fließen ineinander und wieder auseinander. Es fühlt sich an, als wäre ich betrunken. Aber es ist nur die Energie, die sich wie ein Feuer in mir ausbreitet und mein Blickfeld an den Rändern unscharf werden lässt. Ich war noch nie im Leben so aufgeputscht.

Und dann sehe ich, wie er aus der Männertoilette kommt, und verspüre den Drang, ihn zu schlagen oder zu küssen oder beides – ihn irgendwie zu berühren, um etwas von meiner Energie auf ihn zu übertragen, damit er sich so lebendig fühlen kann wie ich.

Ich stürme auf ihn zu. Als er mich bemerkt, breitet sich ein Lächeln auf seinem Gesicht aus, aber es verschwindet, als ich auf ihn losgehe.

»Du hast den Jungs verboten, mich anzumachen?«

»Was?« Er runzelt die Stirn, und er greift sich mit der Hand in die Haare, so wie immer.

»Was gibt dir das Recht, Drew? Ich dachte immer, es läge an *mir*, dass mich keiner mag, dabei lag es die ganze Zeit an *dir*. Die ganzen Partys, auf denen du Mädchen aufgerissen hast und ich alleine auf dem Sofa schlafen musste. Ich habe mich so allein gefühlt und ausgeschlossen, weil alle rumgeknutscht haben und mit jemandem zusammen waren und Sex hatten, und ich dachte, mit mir stimmt was nicht, dabei war alles deine Schuld!«

»Collins, was redest du da?«, fragt er leise und lehnt sich näher zu mir. Ich kriege nur am Rande mit, dass wir immer noch im Saal sind, umgeben von Leuten. Abby Feliciano steht nur wenige Meter links von uns und schreibt jemandem eine Nachricht. Als ich sie ansehe, kichert sie und sieht weg. Aber es ist mir egal.

»Immer diese Doppelmoral!« Ich haue ihm auf die Schulter. »Du darfst mit jedem Mädchen auf der Welt schlafen, aber ich darf niemanden haben? Ist es, weil ich ein Mädchen bin, Drew? Bin ich nur ein blödes, zierliches Pflänzchen, auf das du aufpassen musst? Du musst mich nicht beschützen. Ich hab nie Mädchen von dir ferngehalten. Ich hab dir sogar geholfen!«

Die treue Gehilfin und der Spielverderber. Wie zwei erbärmliche Superhelden, der Verdammnis geweiht.

»Ich weiß, dass du kein zierliches Pflänzchen bist«, sagt er und streckt die Hand nach mir aus. Er legt sie auf meine Schulter, aber ich schüttle sie ab. »Das ist doch klar. Komm schon Collins, ich wollte nur verhindern, dass dir jemand das Herz bricht.«

»Mein Herz ist nicht dein Problem«, sage ich, und meine Stimme bricht, weil das ja eigentlich das ist, was ich will. »Du hättest zulassen müssen, dass mir jemand das Herz bricht. Das gehört doch zum Leben dazu, oder? Du kannst mich nicht in einem verdammten Turm wegsperren, als wäre ich Rapunzel!« Er geht einen Schritt auf mich zu, und ich weiche zurück, weil ich Abstand brauche, bevor ich irgendwelche Dummheiten mache. »Du bist nicht mein Bruder und auch nicht mein Freund.«

»Keely, so war das nicht gemeint. Ich kenne diese Typen. Ich weiß, wie sie reden, und ich wollte nicht, dass sie das bei dir abziehen. Du hast mehr verdient. Du hast wen verdient, der dich liebt.« Seine Stimme ist so sanft und einfühlsam, es macht mich fertig.

»Aber wie soll ich so jemanden finden, wenn du alle von mir fernhältst?«

»Du hast doch trotzdem wen gefunden oder nicht?«, sagt er. »Wo ist deine Begleitung?«

»Ich weiß es nicht«, antworte ich. Er könnte in diesem Moment hinter mir stehen, und ich würde es nicht bemerken. Ich konzentriere mich voll und ganz auf diese Unterhaltung, auf diesen Streit. »Hast du ihm auch gesagt, er soll sich fernhalten?«

»Natürlich ist er weg«, seufzt Andrew. Er schiebt seine Hände in die Hosentaschen. »Das ist wieder typisch.«

»Warum hasst du ihn so sehr?« Ich schreie mittlerweile und sehe, dass Abby ihr Handy weggesteckt hat und uns aufmerksam beobachtet.

»Ich hasse ihn nicht«, sagt er, zieht die Hände aus den Taschen und schüttelt den Kopf. »Wobei, wenn ich's mir recht überlege, tu ich es doch. Ich habe jedes Recht dazu. Du hast mich *benutzt*, um ihn rumzukriegen. Du hast seinen verdammten Namen gesagt, während wir uns geküsst haben. Du bist die mit der Doppelmoral, Collins. Du regst dich auf, wenn ich Mädchen benutze, wenn ich mit ihnen was anfange, ohne dass sie mir was bedeuten, aber du bist die Meisterin im Benutzen anderer Leute. Es war dir völlig egal, was ich fühle.«

»Du scherst dich nie um die Gefühle anderer!«, sage ich und werfe die Hände in die Luft. »Seit Jahren schläfst du mit Mädchen und lässt sie sitzen, sobald eine Bessere vorbeikommt.«

»Nein, das tu ich nicht!«, schreit er.

»Soll das ein Witz sein? Du hast …«

»Ich habe mit niemandem geschlafen!« Er wirft einen schnellen Blick hinter sich, und dann packt er meinen Arm und geht mit mir in die Ecke, wo uns keiner hört.

»Was sagst du da?«, frage ich und ziehe meinen Arm weg.

»Ich habe noch nie …« Er verstummt. Als er weiterredet, klingt seine Stimme so leise, dass ich ihn bei der dröhnenden Musik kaum hören kann. »Ich habe noch nie … mit einem Mädchen geschlafen. Jemals.«

»Das ist nicht …« *Das ist nicht wahr*, will ich sagen. Aber … er hat nicht mit Cecilia geschlafen, das hat sie selber gesagt, und er hat nicht mit Sophie geschlafen, weil sie bis zur Hochzeit wartet.

»Du bist noch Jungfrau?«, frage ich und fühle mich so brüchig wie meine Stimme.

»Ja.«

Jetzt ergibt alles Sinn … warum er mir gegenüber immer so ausweichend war. Weil er die ganze Zeit Angst hatte, ich würde die Wahrheit herausfinden.

»Du hast mich angelogen«, sage ich. »Ich dachte … du hast mich in dem Glauben gelassen, du wärst sowas wie ein Experte. Ich hätte nie …«

»Komm schon Collins, das ist nicht fair. Was hätte ich denn sagen sollen? Du bist zu mir gekommen, und du warst so verzweifelt. Ich wollte dir nur helfen. Du hast mir leidgetan …«

»Ich habe dir leidgetan?«, frage ich. Seine Worte treffen mich wie ein Schlag in die Magengrube. Gibt es etwas Erbärmlicheres? »Du hättest mir die Wahrheit sagen können. Ich bin mir vorgekommen wie die größte Idiotin. Ich habe dich um Hilfe gebeten, wollte deinen Rat, und du hattest selbst keine Ahnung.«

»Es ist für Jungs nicht leicht … zuzugeben, dass sie keine Ahnung haben. Ich habe dich nie angelogen, ich habe dich nur nicht korrigiert, als du angenommen hast …«

»Es war auch nicht schwer, das anzunehmen!« Wie oft hat er mir erzählt, dass er was mit einer hatte. Ich habe nie nachgefragt, was genau er damit meinte. Wie praktisch das für ihn gewesen sein muss. Was mit jemandem haben kann vieles heißen: auf der Tanzfläche knutschen, im Kino rumfummeln oder mit jemandem ins Bett gehen und es fast durchziehen, es sich dann aber anders überlegen.

»Es gibt Erwartungen, wenn man ein Kerl ist«, sagt Andrew. »Da wird richtig Druck gemacht. Jungs reden so viel Müll. Und du hattest immer diese Vorstellung von mir … Party-Andrew. Jeder denkt das von mir und ich … ich rede doch nur, verdammt. Ist es das, was du hören wolltest? Wenn die Leute denken, ich käme ständig zum Zug, dann werde ich ihnen doch nicht widersprechen. Man kann gegenüber anderen Typen nicht einfach so zugeben, dass es noch nicht passiert ist. Dass Sex was Besonderes sein sollte. So was kauft einem doch keiner ab.«

»Aber ich bin nicht irgendwer«, sage ich. »Ich bin jemand. Ich bin dein wichtigster Jemand.«

Aber das stimmt gar nicht; das wird mir in dem Moment klar. »Also hast du nicht mit Danielle geschlafen.« Es ist eine Feststellung, keine Frage. Er antwortet nicht, aber ich habe ein Wort weggelassen, dass sich jetzt aufdrängt. »Noch nicht.«

Er reibt sich den Nacken und sagt nichts, muss er auch nicht.

»Warum?«, frage ich.

»Was?«

»Du hattest jede Menge Gelegenheiten. Warum hast du Chase vorgelassen?«

Er wartet kurz, bevor er etwas sagt, als wäre es immer noch schwer zuzugeben. »Es ist kein Wettrennen, Collins.«

»Bist du dir da sicher?« So hat es sich für mich bisher angefühlt – als wäre die Highschool ein großer Wettbewerb und ich die Verliererin.

In dem Moment fühle ich einen schweren Arm auf meiner Schulter, der gewohnte Geruch von Aftershave und Tabak, von dem mir früher ganz schwummrig wurde, und ich weiß, es ist Dean. Andrew guckt plötzlich strenger, er richtet sich ein wenig auf. Ich kann nicht fassen, dass es direkt vor meinen Augen passiert: Er spielt den überfürsorglichen Bruder.

»Worüber streitet ihr jetzt schon wieder?«, fragt Dean, und es macht mich traurig. Unsere Freundschaft ist so angeschlagen, so angespannt, dass Dean davon ausgeht, wir würden uns streiten. Und auch wenn Dean der eigentliche Auslöser war, bin trotzdem ich schuld. Ich war diejenige, die nicht ehrlich sein konnte, weder mit sich selbst noch mit Dean. Ich war diejenige, die ihre Freundschaft mit Andrew aufs Spiel gesetzt hat, statt Dean die Wahrheit zu sagen. Ich bin diejenige, die alles kaputt gemacht hat.

»Wir streiten nicht«, sagt Andrew. Er hat mir zwar sein Geheimnis verraten, aber ich weiß, dass er trotzdem nicht will, dass es alle mitbekommen.

»Was für ein Glück«, sagt Dean sarkastisch. Er reibt sein Gesicht an meinem Hals und kitzelt mich mit seiner

Nase. »Hier ist es total lahm. Können wir auf unser Zimmer gehen?«

Ich weiß, ich sollte Dean antworten, aber ich kann den Blick nicht von Andrew abwenden. Seine Wangen sind noch ganz rot von dem Streit, und er atmet schwer. Seine Haare stehen in alle Richtungen ab, und er sieht plötzlich so jung aus, wie der kleine Junge, dem ich immer alles erzählt habe.

Ich will ihn einfach nur trösten, auch wenn ich der Grund bin, warum er traurig ist. Ich will alles stehen und liegen lassen, aus dem Saal rausgehen, weg von Dean, weg aus Prescott und nur bei ihm sein, ihn festhalten und nie wieder loslassen. Aber dafür ist es zu spät.

Da wird mir plötzlich klar, was seine große Geste sein wird. Mir wird klar, warum er und Danielle ein Zimmer gebucht haben. Er wird ihr seine Liebe gestehen und dann zum ersten Mal mit ihr schlafen. Sein erstes Mal.

Also muss ich ihn gehen lassen.

Ich drehe mich zu Dean, greife nach seinem Kinn und ziehe sein Gesicht näher. Dann küsse ich ihn, als würde uns niemand zusehen, als wären wir schon auf dem Zimmer. Ich küsse ihn, als wäre es ein Versprechen. Dann sehe ich ihn an, und seine Pupillen sind riesig.

»Ja, lass uns aufs Zimmer gehen«, sage ich mit kratziger Stimme.

Er geht voraus, und ich folge ihm Richtung Ausgang. Ich will Andrew nicht noch mal ansehen, aber ich kann nicht anders, im letzten Moment drehe ich mich noch mal um und habe Angst davor, wie er wohl aussieht.

Aber er ist nicht mehr da. Ich weiß nicht, wann er gegangen ist. Vielleicht ist es schon eine Weile her.

KAPITEL ZWEIUNDDREISSIG

Das Zimmer ist wunderschön. Es hat alles, was ein altes Hotelzimmer nur haben kann: dunkle Holzbalken, die sich an der Decke kreuzen, einen roten Teppich, einen gepolsterten Ohrensessel und einen Kamin, über dem ein Wappen hängt. Es ist, als wären wir gar nicht mehr in Vermont, sondern weit weg, in einem europäischen Schloss. Und das allerbeste ist (auch wenn es mir in diesem Moment nicht so vorkommt), dass mitten im Zimmer ein riesiges Himmelbett steht.

Dean steuert direkt darauf zu und zieht mich mit sich. Die Laken sind weich wie Butter, man könnte darin zerschmelzen. Es ist wie im Film. Genau so sollte es sein. Es ist genau der richtige Zeitpunkt.

Mir wird schlecht.

Dean küsst mich, und ich küsse ihn, aber dann höre ich auf und weiche zurück, um einen anständigen Abstand zum Bett beizubehalten.

»Danke, dass du heute mit mir gekommen bist«, sage ich, weil ich die Stille überbrücken will.

»Kein Problem«, sagt er. Dann fängt er an zu grinsen, und ich sehe, wie sich hinter seinen Augen der Witz formt. »Ich werde noch die ganze Nacht mit dir kommen.«

Ich versuche zu lachen, aber mir ist ein wenig schwindlig, und das Geräusch, das aus mir herauskommt, klingt nicht ganz so, wie es sollte. Ich höre immer noch den dröhnenden Bass von unten, aber alles klingt gedämpft. Dean nimmt meine Hand, und ich muss daran denken, dass das Gefühl von seiner Haut auf meiner einmal das schönste Gefühl der Welt war. Ich will dieses Gefühl wiederhaben.

»Hattest du heute Spaß?«, frage ich, um ihn hinzuhalten.

»Ich habe jetzt Spaß«, sagt er. »Jetzt wo wir unter uns sind.« Er streicht mir eine Haarsträhne hinters Ohr und legt seine warme Hand an meine Wange. »Darum geht's doch beim Abschlussball, oder? Du und ich? Der andere Kram ist völlig egal. Da muss man durch, um hierher zu gelangen.«

»Der andere Kram, das sind meine Freunde.«

»Sind sie das, Keely? Sicher? Du bist doch besser als die.«

Manchmal habe ich das Gefühl, Dean sagt diese Dinge, weil er *will*, dass sie wahr sind, nicht weil sie wirklich stimmen. Warum bin ich besser als die anderen Mädchen meiner Schule? *Warum ich, Dean?* Ist es nur, weil ich eine Herausforderung bin?

Ich muss an Andrew und Danielle denken, wie sie unten getanzt haben, wie sie sich in den Armen lagen, er hat sie gepackt, als hätte er Angst, sie würde sonst davonfliegen. Das ist das, was Andrew will. Also ist diese Sache hier das, was ich will. Sie muss es sein. Und vielleicht ist es auch besser so. Ich wollte mein erstes Mal mit jemandem hinter mich bringen, für den ich nichts empfinde. Und jetzt sind wir hier. Mädchen wie Ava haben es verstanden – sie schlafen, mit wem sie wollen, weil ihnen einfach danach ist.

Du kannst Mädchen nicht dafür verurteilen, dass sie Sex mögen, nur weil du es nicht tust, hat Andrew mal zu mir gesagt. Aber da liegt er falsch, ich kann genauso auf zwanglosen Sex stehen. Mir doch egal, ob es für ihn ein wichtiger Moment ist, weil er auf ein Mädchen gewartet hat, das er wirklich liebt. Ich habe lange genug gewartet.

Dean zieht mich an unseren verschränkten Händen näher zum Bett. Ich neige mich vor, um ihn zu küssen, als wäre das alles, was ich will. Er schmeckt nach Sekt und Risotto, und sein Aftershave riecht penetrant. Ich versuche, mich wieder so zu fühlen wie früher bei seinen Küssen – suche die Schmetterlinge im Bauch –, aber sie sind nicht da. Seine Zunge ist nur eine Zunge, glitschig und nass. Seine Bartstoppel kratzen auf meiner Wange.

Es ist seltsam, wie die Dinge ihren Lauf nehmen, wie alles völlig anders gekommen ist und ich trotzdem genau das bekomme, was ich wollte: Sex, der nichts bedeutet. Der PLAN war also gar keine so schlechte Idee, ich hatte nur erst den falschen Kerl im Kopf.

Dean küsst mich intensiver und drückt mich fester an sich, vergräbt seine Hand in meinen Haaren und zieht ein bisschen daran, nur ein bisschen, aber so, dass ich merke, wie geil er das alles findet. Ich habe die Augen zu und erlaube mir für einen Moment, mir vorzustellen, er wäre Andrew. Ich denke an seine honigfarbenen Haare, seine vereinzelten Sommersprossen, seine grünen Augen. Ich habe Andrew nicht mehr geküsst, seitdem mir klar geworden ist, dass ich ihn liebe, und bei dem Gedanken bekomme ich weiche Knie.

Dean streicht über meinen Hals, seine Hand wandert zu meinem Rücken, und er versucht, den Reißverschluss aufzumachen. Ich greife nach hinten, um ihm zu helfen, weil ich diese Sache ja auch durchziehen will. Ich öffne den Reißverschluss und stehe auf, damit er mir das grüne Kleid ausziehen kann. Wir lassen es in einem Haufen auf dem Boden liegen. Dean knöpft sein Hemd auf und zieht es aus, das Unterhemd auch. Ich sehe seine gebräunten Muskeln und seine Brust, und ich könnte sie haben, wenn ich wollte, und das tue ich. Ich streiche über seinen Körper, und als ich den V-Muskel über seinem Gürtel berühre, atmet er scharf ein. Er ist so schön, seine dunklen Wimpern, das kantige Gesicht. Ich könnte weinen, weil das eigentlich genau das sein sollte, was ich will – was alle Mädchen wollen.

Ich frage mich, ob Andrew und Danielle schon den Saal verlassen haben, ob sie schon auf ihr Zimmer gegangen sind, zu ihrem eigenen Himmelbett. Ich sehe sie vor mir, wie sie lachend den Flur entlangtaumeln. Er drückt sie gegen die Wand, weil er es nicht mehr erwarten kann. Andrew hat schon immer gerne Mädchen beim Küssen gegen die Wand gedrückt. Ich habe es oft auf Partys gesehen, warum sollte er es jetzt anders machen?

Ich sehe vor mir, wie er mit dem Zimmerschlüssel kämpft, Danielle steht ungeduldig daneben, dann nimmt sie ihm den Schlüssel aus der Hand, schließt die Tür auf, zerrt ihn ins dunkle Zimmer und kleidet ihn Schicht für Schicht bis auf die Haut aus.

Ich greife nach Deans Gürtelschnalle und versuche, sie aufzukriegen. Er hebt die Hüften, zieht die Hose aus und kickt sie in eine Ecke. Als sie ausgezogen ist und wir nur noch Unterwäsche anhaben, drückt er mich auf die Matratze und rollt sich auf mich.

Ich erinnere mich an das letzte Mal, als ich in dieser Position lag, mit einem Jungen auf mir drauf, der mich gegen eine Matratze voller Blumen drückte. Damals hätte ich nie gedacht, dass ich mich mit jemandem so lebendig fühlen könnte, der einfach nur ein Freund ist, nur ein Freund.

Dean greift nach meiner Unterhose, doch ich löse mich von ihm.

»Warte, ich hole ein Kondom.« Ich richte mich so plötzlich auf, dass mir schwindlig wird. Ich bücke mich nach meiner Tasche.

»Du hast ein Kondom dabei?«, fragt er.

Ich wühle in meiner Tasche und suche danach, ich ärgere mich, dass ich den ganzen unnötigen Kram nicht rausgenommen habe, bevor ich damit auf den Abschlussball gegangen bin. Sie ist immer noch voller Taschentücher, Kaugummiverpackungen und uralten abgerissenen Kinokarten. Irgendwie ist das Kondom darin verschollen.

»Nicht schlimm, wenn du es nicht findest«, sagt Dean. »Ich habe jede Menge.«

»Ich hab's schon.« Ich werfe die Tasche aufs Bett und alles fällt raus: ein Lippenstift, den mir meine Mutter mitgegeben hat, mein Handy, eine Sonnenbrille mit zerkratzten Gläsern und die kleine quadratische Verpackung. Ich greife danach, aber meine Hand packt etwas Anderes – ein weißes Quadrat aus Pappe mit abgegriffenen Kanten. Ich drehe es um, und mir bleibt die Luft weg. Es ist eine Grußkarte, eine, an die ich mich nicht erinnere, die ich sicher schon eine Weile mit mir herumtrage und nie bemerkt habe. Darauf ist sind mit Filzstift einer der Ninja Turtles und ein paar doofe Cartoon-Herzchen gezeichnet.

Und in Andrews wackeliger Handschrift steht geschrieben: *Alles Gute zum Geburtstag. Ich liebe dich mehr als Pizza.*

Es ist wie die Valentinskarte, die er vor Jahren Danielle gegeben hat, damals in der sechsten Klasse. Die, die sie nicht verstanden hat. Was macht sie hier? Warum hat er sie in meine Tasche gesteckt? Warum hat er nichts gesagt? War sie etwa für *mich* gedacht?

»Gefunden?«, fragt Dean und legt seinen Kopf von hinten auf meine Schulter. »Was hast du da?«

»Nichts«, sage ich und verdecke die Karte mit der Hand. Ich will nicht, dass er sie sieht. Ich verstehe sie zwar nicht, aber sie ist wundervoll und gehört mir und geht ihn nichts an.

Ich liebe dich mehr als Pizza.

Es passt nicht zusammen, das ergibt alles keinen Sinn. Danielle mag die Ninja Turtles gar nicht, oder Pizza, oder auf Bäume klettern, oder Fahrradfahren. Es macht ihr keinen Spaß, im Winter auf dem See Schlittschuh zu laufen oder in voller Fahrt den großen Hügel runterzurodeln. Sie ist nicht diejenige, die Andrew anruft, wenn es ihm nicht gut geht, nicht die, mit der er in der Hängematte im Garten liegt und in die Sterne schaut. Vielleicht hat er sie auf der Silvesterparty geküsst, aber sie ist nicht diejenige, mit der er die Nacht verbracht hat, nicht die, in deren Zimmer er gelandet ist. Es passt alles nicht zusammen. Sein Blick geht mir nicht aus dem Kopf, als er mir erzählt hat, dass er verliebt ist, wie er meine Hand gehalten hat, wie ich kurz dachte, er würde gleich meinen Namen sagen.

»Ich muss gehen«, sage ich und stopfe alles zurück in die Tasche. Ich stehe auf, steige in den Haufen, den mein

Kleid auf dem Boden bildet, und ziehe es so schnell hoch, dass ich schon angezogen bin, bevor Dean mich aufhalten kann. Wenn die Chance besteht, dass Andrew mich auch liebt, selbst wenn sie noch so klein ist … Wie könnte ich diese Nacht verplempern, ohne es herauszufinden?

»Was soll der Scheiß?«, ruft Dean und springt auf.

»Ich muss gehen«, wiederhole ich und laufe zur Tür.

»Du kannst nicht einfach abhauen«, sagt er. »Du hast es versprochen.«

»Tja, ich hab's mir anders überlegt«, sage ich.

»Das kannst du nicht machen«, sagt er.

»Also eigentlich«, sage ich mit der Hand auf dem Türgriff, »kann ich verdammt noch mal machen, was immer ich will.«

»Was für ein Bullshit!«, brüllt er.

»Die ganze Sache ist Bullshit«, sage ich, und es ist so wahr, dass ich lachen muss. »Du und deine protzigen Hemden und dein Motorrad und deine Filmanspielungen. Es ist, als wärst du gar kein richtiger Mensch. Du gibst dir so viel Mühe, ein cooler Typ zu sein. Aber weißt du, was wirklich cool wäre? Ich will …« Ich denke daran, was Hannah im Umkleideraum zu mir gesagt hat. »Ich will jemanden, dessen komische Eigenheiten zu meinen komischen Eigenheiten passen!« Ich reiße die Tür auf und bleibe abrupt stehen, weil ich plötzlich den Drang verspüre, die Wahrheit zu sagen. »Und nur fürs Protokoll, ich *bin* noch Jungfrau.«

Und dann renne ich aus dem Zimmer und zum Aufzug. Ich muss Andrew finden. Ich muss ihn wegen der Karte fragen, herausfinden, ob es ein Versehen war, oder ein Witz, oder ob es nichts weiter bedeutet. Ich war so durcheinander, so nah an der Sache dran, dass ich die Wahrheit bis jetzt nicht erkannt habe. Denn die Wahrheit ist: *Ich will keinen Sex mit Dean.*

Bei dem Gedanken fühle ich mich plötzlich frei, als würde eine schwere Last von meinen Schultern fallen, als würde ich gleich davonfliegen. Ich dachte immer, Dean wäre zu gut für mich und ich müsste mich in eine bessere Version meiner selbst verwandeln, um ihn zu beeindrucken. Aber jetzt dämmert es mir, und ich lache erleichtert auf: Dean ist nicht zu gut mich. *Ich* bin zu gut für *Dean.* Ich will nicht mit jemandem zusammen sein, für den ich mich verstellen muss; der mich so verunsichert, dass ich das Gefühl habe, ich müsste lügen.

Und ich kann ja immer noch die abenteuerlustige Keely sein – die Regeln bricht, Whiskey trinkt und auf Motorrädern fährt –, aber dafür brauche ich ihn nicht. Ich muss einfach loslassen, mich trauen, was zu riskieren und Andrew sagen, was ich für ihn empfinde, bevor es zu spät ist.

Es ist kein Wettrennen, hat Andrew gesagt, und er hat recht.

Aber jetzt gerade, während ich aus dem Aufzug stürme und auf der Suche nach ihm durch die Lobby renne, fühlt es sich schon so an.

KAPITEL DREIUNDDREISSIG

Ich wähle Andrews Nummer, aber er geht nicht ran. Entweder ist er noch im Saal und die Musik ist zu laut, oder er ist bei Danielle und ignoriert mich. Ich renne durch die Doppeltüren aus Eiche, vorbei an den von der Wand gefallenen Pappwellen und der kaputten Seifenblasenmaschine, aber der Saal ist fast leer. Vielleicht bin ich schon zu spät.

Einige Lehrer stehen noch beim DJ und helfen beim Aufräumen, ein paar Pärchen sitzen noch an den Tischen und halten ihre Schuhe in den Händen. Abby Feliciano sitzt am Bühnenrand und weint wegen irgendwas. Jarrod Price steht beim Büfett und knabbert an einem übrig gebliebenen Hähnchenschenkel. Aber das war's. Meine Freunde sind alle weg.

Ich sehe auf mein Handy. Es ist halb zwölf. Kein Wunder, dass schon alle weg sind.

Ich drehe mich um und gehe zurück in die Lobby. Als ich zum Empfang komme, rufe ich zur Sicherheit noch mal nach Andrew. Wieder keine Antwort.

»Ich brauche eine Info über einen Ihrer Gäste«, sage ich zu dem Portier.

Es ist ein Mann mittleren Alters, mit lila Ringen unter den Augen, und er sieht mich starr und desinteressiert an. »Wir geben keine Informationen über Gäste raus.«

»Ich brauche nur die Zimmernummer«, erkläre ich.

»Meine Freunde sind in einem der Zimmer, und ich kann sie nicht finden.«

»Sind Sie eine Verwandte?«

»Nein, aber …«, sage ich, und er unterbricht mich.

»Dann kann ich Ihnen nicht helfen.«

»Ich bin so gut wie verwandt mit ihm«, sage ich, obwohl ich weiß, dass er es nicht verstehen wird, dass er die komplizierte Verbindung der Familien Reed und Collins nicht kennt: unsere Geschichte. »Es ist ein Notfall«, sage ich. »Bitte.«

»Ein Abschlussball-Notfall?«, fragt er. Er hebt eine Augenbraue und mustert mich von Kopf bis Fuß.

So sollte das nicht laufen. In Filmen, wenn Figuren merken, dass sie verliebt sind, hüpfen sie in ein Taxi und rasen durch den Verkehr und erreichen gerade rechtzeitig den Flughafen – die Macht der wahren Liebe und so. Ich sollte nicht vom Portier aufgehalten werden. Was, wenn ich Andrew gar nicht finde? Oder noch schlimmer, wenn ich ihn finde und es nicht so läuft, wie ich hoffe, *bete?* Ich weiß, er könnte tatsächlich in Danielle verliebt sein. Vielleicht will er immer noch mit ihr zusammen sein? Vielleicht störe ich nur? Aber unsere Freundschaft ist schon kaputt und wenn es irgendeine Chance gibt, dass er so empfindet wie ich, dann muss ich es ihm sagen.

Ich wende mich ab und gehe zurück zu den Aufzügen. Na schön. Wenn mir keiner die Info geben kann, die ich brauche, muss ich sie eben selbst herausfinden.

Mit einem *Ding Dong* geht der Aufzug auf. Es gibt zwölf Etagen, zwölf golden leuchtende Knöpfe, die mich alle verspotten. Jeder Einzelne davon könnte der Richtige sein. Ich ärgere mich, dass ich sie nicht gefragt habe, auf welchem Zimmer sie sind, weil ich so tun wollte, als wäre es mir egal. Die Frage hätte meine Gefühle entlarven können. Der Aufzug verliert die Geduld mit mir, und die Türen gehen zu und dann gleich wieder auf, um mich daran zu erinnern, dass ich auf einen Knopf drücken muss oder meinen Allerwertesten hinausbewegen. Ich seufze und gehe zurück in den Flur. Wenn es doch nur einen Weg gäbe, ihn aus dem Zimmer zu kriegen, ihn zu zwingen runterzukommen, weg von Danielle. Aber es gibt nicht wirklich Wege, einen Teenager vom Sex abzulenken, vor allem nicht von Sex mit Danielle Oliver. Vermutlich könnten da nur Feuer und Totschlag helfen.

Und dann habe ich eine Idee, so absurd, dass ich mich fast verschlucke.

Mein Blick wandert über die Wand vor mir, die wunderschön verzierte Tapete hinauf, zu den dunklen Holzbalken die kreuz und quer über die Decke laufen, und da ist es. Über meinem Kopf hängt ein kleines rotes Kästchen mit einem schwarzen Knopf und weißer Beschriftung: IM NOTFALL DRÜCKEN. Im Notfall. Wahrscheinlich war das hier damit nicht gemeint, aber es handelt sich definitiv um einen Notfall.

Also drücke ich.

Die Luft um mich verändert sich, und alles steht still. Ich halte den Atem an und lausche meinem regelmäßigen Herzschlag. Und dann, als hätte man einen schlafenden Drachen geweckt, brüllt das Gebäude los. Die Sirene heult um mich herum, hoch und schrill, und als ich zurück in die Lobby renne, bricht Chaos aus.

»Alle raus!«, schreit der Portier. »Das ist kein Probealarm.«

Die Lehrer kommen aus dem Saal und leiten Schüler durch die Lobby nach draußen. Jarrod Price rennt mit einem Tablett voller Hähnchen an mir vorbei. Mr Harrison sieht blass aus, sein Gesicht gezeichnet, und ich fühle mich schuldig, weil ich ihm das angetan habe.

Sophie Piznarski steht am Empfangstisch, Schuhe in der Hand, und als sie mich sieht, eilt sie auf mich zu. »Keely! Was ist los? Brennt es wirklich?«

»Weißt du, wo Andrew ist?«, frage ich sie, was ihre Fragen nicht beantwortet.

»Was?«, fragt sie, und ihre Stimme schwankt plötzlich und klingt piepsig, als könnte sie jeden Moment in Tränen ausbrechen. »Ist ihm was passiert?«

»Es brennt nirgends«, sage ich schnell und werfe einen Blick hinter sie. Leute strömen die große Treppe runter. Jason Ryder rutscht lachend auf dem Geländer hinab und man merkt, dass er voll ist. Ava ist bei ihm und trägt seine Anzugjacke über ihrem BH. Ihre lila Haare sind völlig zerzaust.

»Ich muss gehen«, sage ich zu Sophie und steuere auf Ava zu. »Es brennt nicht!«, rufe ich noch mal über die Schulter und hoffe, es beruhigt sie. »Ava!« Ich krache fast mit ihr zusammen.

»Alle raus!«, ruft Mr Harrison und schiebt uns zum Ausgang. Die Menge um uns herum wird immer größer und drängt uns nach draußen. Die Nacht ist schwül und feucht und jetzt, wo die Sirene gedämpfter klingt, beruhige ich mich ein wenig. Ich suche Andrew überall, aber es sind zu viele Leute, und es ist so dunkel.

Wir sehen Chase in der Menge und gehen zu ihm.

»Alter!«, sagt Ryder. »Der Ball war so heiß, er hat Feuer gefangen!«

»Habt ihr im Zimmer geraucht?«, fragt Chase und Ryder grinst.

»Geht's allen gut?«, schreit Ava.

»Allen geht's gut!«, schreie ich zurück. »Ich habe den Alarm ausgelöst.«

Alle Blicke richten sich auf mich.

»Was?«, fragt Chase. »Warum?«

»Collins bricht doch nie die Regeln«, rutscht es Ryder raus. Sie reden über mich, als wäre ich gar nicht da.

»Wo ist Danielle?« Ich wende mich zu Ava. »Weißt du, auf welchem Zimmer sie war?«

»Sitzt sie fest?«, fragt Ava und reißt die Augen auf.

»Es geht ihr gut!«, sage ich. »Es gibt kein Feuer.« Die Menge um uns wächst, und ich weiß, Andrew muss hier irgendwo sein, aber in der Menge kann ich ihn nicht sehen. »Auf welchem Zimmer waren Danielle und Andrew?«

»Ich weiß es nicht mehr«, sagt Ava. »Ich habe ihr geschrieben und …« Sie öffnet ihre Tasche und fängt an, darin zu kramen, bricht aber mitten im Satz ab. »Ich hab vergessen, dass unsere Handys kaputt sind, seit wir in den See gefallen sind. Sorry.«

»509«, sagt Chase plötzlich.

»Was?« Ich richte meine Aufmerksamkeit wieder auf ihn.

»Zimmer 509 im fünften Stock«, sagt er. »Hat sie mir vorhin erzählt. Als wir getanzt haben.« Sein Blick ist schuldbewusst. »Es war fast als … als wollte sie, dass ich es mir merke. Sie meinte, es wäre ihre Lieblingszahl.«

»509 ist nicht ihre Lieblingszahl«, sagt Ava.

»Niemand hat 509 als Lieblingszahl«, sage ich.

Und dann stützt Ava die Hände in die Hüften. »Kommt schon Leute, im Ernst? Danielle hat dir die Zimmernummer gesagt, damit du vorbeikommst und mit ihnen abhängst. Danielle und Andrew stehen nicht einmal aufeinander. Ihr seid solche Idioten.« Sie wirft ein paar lila Haare über die Schulter.

Für ein paar Sekunden sehen wir uns gegenseitig an, und eine Welle der Einsicht rollt über uns. Zum ersten Mal ergibt alles Sinn, endlich passen alle Puzzleteile zusammen.

»Ich muss noch mal rein«, sage ich und deute auf die Tür. »Ich muss Andrew suchen.« Und dann drehe ich mich um und laufe zurück zum Eingang.

»Sie rennt für ihn zurück in ein brennendes Gebäude!«, schreit Ava hinter mir her. »Das ist wahre Liebe!«

Dann höre ich Chase. »Es brennt nicht.« Und dann Ryder. »Wo ist dieser andere Typ?«

Ich bahne mir einen Weg, vorbei an zwei schlaksigen jungen Pagen, die versuchen, den Eingang zu bewachen.

»Du darfst nicht zurück ins Gebäude!«, schreit einer von ihnen, als ich an ihm vorbeirenne, aber ich beachte ihn nicht und eile weiter. Jetzt weiß ich, wohin ich muss. Zur Treppe. Fünf Stockwerke rauf. Der Portier steht in der Mitte der Lobby und leitet Leute zum Ausgang. Als er mich vorbeirennen sieht, sehen wir uns kurz in die Augen, und *er weiß*, dass ich es war, die den Alarm ausgelöst hat. Aber er weiß nicht, dass ich Keely Collins bin und Alarmauslösen nicht zu den Sachen gehört, die ich normalerweise tue. Er denkt, ich wäre eine andere, wilder und freier und lebendiger, und das gefällt mir irgendwie.

Ich renne so schnell ich kann zu den hinteren Treppen und bekomme Seitenstechen. Hinter mir höre ich Schritte und drehe mich um. Ich dachte, es wäre der Portier, aber direkt hinter mir steht Chase.

»Ich kann dir nicht den ganzen Ruhm überlassen«, sagt er grinsend. »Vielleicht verzeiht sie mir dann.«

Wir eilen zusammen durch die Schwingtür.

»Warte«, sage ich. »Wir sollten uns aufteilen. Ich nehme diese Treppe, und du nimmst die auf der anderen Seite.« Er nickt und geht in die andere Richtung. Er salutiert mir, bevor er durch die Tür verschwindet. »Schnapp dir dein Mädchen!«, rufe ich ihm nach.

Ich mache mich auf den Weg nach oben. Es geht nicht besonders schnell, denn die Treppen sind alt und geschwungen. Endlich komme ich im fünften Stock an und öffne die Tür auf den Flur. Er ist leer – besteht aus nichts als blinkenden Lichtern und dröhnenden Sirenen. Ich erlaube mir eine kurze Verschnaufpause und lehne mich an die Wand. Wenn er nicht hier ist, sollte ich zurück nach draußen gehen. Früher oder später werde ich ihn finden – wenn der Alarm aufhört und das Chaos sich beruhigt. Ich reiße mich zusammen und gehe zurück zur Treppe.

Plötzlich steht er am anderen Ende des Flurs.

»Collins!«, brüllt er über das Heulen der Sirene hinweg. »Wir müssen hier raus!«

»Wo ist Danielle?«, frage ich in der Erwartung, dass sie hinter ihm um die Ecke kommen wird.

»Sie ist rausgegangen«, sagt er. »Ich bin noch mal rauf, um dich zu suchen. Ava meinte, du wärst zurück in den fünften Stock. Es brennt!« Er stürzt auf mich zu und packt meine Hand, als könnte er mich in Sicherheit ziehen.

»Es ist okay!«, brülle ich zurück. Ich lasse ihn meine Hand nehmen und verschränke unsere Finger. »Es brennt nicht!«

»Was?«, fragt er, und ich bin nicht sicher, ob er mich nicht gehört hat oder ob mich nicht verstanden hat.

»Es brennt nicht!«, wiederhole ich. »Ich habe den Alarm ausgelöst.«

Er rennt immer noch den Flur entlang Richtung Treppe und zieht mich hinter sich her. Als er meine Worte registriert, bleibt er plötzlich stehen, und ich pralle gegen seinen Rücken.

»Du hast den Alarm ausgelöst? Warum zur Hölle würdest du …«

»Du bist noch mal zurück, um mich zu holen«, unterbreche ich ihn.

»Natürlich bin ich für dich zurück«, sagt er.

Und dann, bevor er ausreden kann, bevor ich es mir anders überlegen kann, küsse ich ihn. Ich muss ihn überrumpelt haben, denn es dauert etwa drei Sekunden, bevor er reagiert, aber dann küsst er mich zurück, zieht mich nah an seine Brust und schlingt seine Arme um meinen Rücken. Die Sirenen dröhnen immer noch, aber ich höre sie gar nicht, ich höre nur das laute Pochen meines Herzens. Ich gehe ein paar Schritte vor, bis er mit dem Rücken an der Wand steht. Er vergräbt die Hand in meinen Haaren und zieht mich näher. Wir küssen uns eine gefühlte Ewigkeit, und ich könnte wahrscheinlich für den Rest meines Lebens weitermachen. Als wir den Kuss beenden, um Luft zu schnappen, sehe ich, wie er langsam die Augen aufmacht.

»Was tust du da?«, fragt er benommen. Unsere Gesichter sind so nah beieinander, dass wir nicht mehr schreien müssen. Ich kann ihn trotz des Alarms hören, spüre, wie seine Lippen bei der Frage meine streifen. »Warum hast du den Alarm ausgelöst?«

»Ich musste dich finden«, sage ich und drücke ihn fester. Jetzt wo ich ihn habe, lasse ich ihn nicht mehr los. »Ich hab dich gesucht.«

Er grinst, und ich spüre sein Lächeln an meinen Lippen. »Das ist mein Spruch.«

»Ich weiß«, sage ich. »Aber es stimmt. Ich war bei Dean und …«

Als ich seinen Namen sage, schießt Andrews Kopf hoch, und er blickt den Flur rauf und runter. »Hat er dir wehgetan? Wo ist er?«

»Alles okay«, sage ich. »Alles ist gut. Aber ich war bei ihm und ich … wollte bei dir sein. Ich wollte, dass du es bist. Ich glaube, ich meine, die Sache ist die …« Ich fasse es nicht, wie schwer es sogar jetzt noch ist, die Worte auszusprechen.

»Sag es«, sagt er und küsst mich noch mal schnell. Die Hoffnung, die seine Augen zum Leuchten bringt, macht mir Mut. »Komm schon, Keely, sag es.«

»IchliebedichmehralsPizza«, sage ich, und die Worte platzen so schnell aus mir heraus, dass sie ineinander verschwimmen. »Ich liebe dich mehr als Pizza«, wiederhole ich, diesmal langsamer. »Ich habe deine Karte bekommen. Ist es wahr?« Ich kann kaum atmen.

»Machst du Witze?«, sagt er. »Keely, ich bin so verdammt verliebt in dich.« Er beugt sich vor, sodass unsere Nasen sich berühren. »Ich liebe dich schon seit der sechsten Klasse.«

Zum ersten Mal in meinem Leben fühle ich mich bis in die Zehenspitzen lebendig. Ich küsse ihn noch mal, und plötzlich gibt es nur noch uns beide, sind wir die einzigen Menschen auf der ganzen Welt. Aber nach einer Weile löse ich mich von ihm, weil mir einfällt, dass das nicht stimmt.

»Aber du liebst doch Danielle?«, sage ich. »Das hast du selbst gesagt. Du hast ihr diese Karte geschrieben.«

»Ist dir eigentlich klar, wie oft du mich schon abgewiesen hast?«, fragt er kopfschüttelnd. »Wie oft ich dir die Wahrheit sagen wollte und du irgendwelche Witze gemacht hast, als wäre es das Schlimmste auf der Welt, mit mir zusammen zu sein?« Ich will ihm widersprechen, aber ich weiß, dass er recht hat. »Also habe ich versucht, dir zuvorzukommen. Ich dachte, wenn ich mich selbst davon überzeuge, wie lächerlich die Idee ist, könnte ich vielleicht über dich hinwegkommen.«

»Ich bin froh, dass es nicht geklappt hat«, sage ich.

»Die Karte habe ich für dich geschrieben, damals in der Sechsten. Ich wollte dir meine Liebe gestehen. Aber dann hast du wieder einen blöden Spruch gemacht, dass du mich nicht magst oder so, und ich habe gekniffen. Ich habe sie Danielle gegeben, weil das alle getan haben.«

»Es tut mir so leid«, sage ich. »Ich war so blöd.«

»Ja«, sagt er. »Warst du.« Er grinst, und ich schubse ihn. »Aber ich ja auch.« Er hebt die Hand und streicht mir eine Haarsträhne hinters Ohr. »Als du mich gefragt hast, in wen ich verliebt bin, dachte ich, du wüsstest, dass du es bist. Ich dachte, du wolltest mir sagen, dass du mich auch liebst. Aber dann hast du mich wieder abgewiesen, und ich kam nicht damit klar. Ich hab gesagt, es wäre Danielle, weil das einfacher war. Ich wusste, wie sehr du das hassen würdest. Und dann bin ich mir so blöd vorgekommen, und ich wusste nicht, wie ich es wieder geradebiegen konnte. Ich habe dir die Karte zu deinem Geburtstag geschrieben, aber du hast nie was gesagt.«

»Ich hab sie gar nicht gesehen!«, sage ich.

»Ich hätte was sagen müssen«, meint er. »Das hätte uns eine Menge Zeit erspart.«

»Du hast recht. Wir sind beide blöd.«

Ich küsse ihn noch mal.

»Bist du sicher, dass es nirgends brennt?«, fragt er.

»Kein Brand.«

»Gut.« Er packt mich an der Taille und dreht uns um, sodass ich mit dem Rücken zur Wand stehe. Er drückt seinen Körper gegen meinen.

»Hey!« Eine Stimme ruft uns vom Ende des Flurs, und Andrew blickt auf, um zu sehen, was los ist. Ich vermisse sofort das Gefühl seiner Lippen auf meinen und frage mich, ob das jetzt für den Rest meines Lebens so sein wird, dass ich ihn immer vermisse, wenn ich ihn nicht küsse. »Hey, da ist sie!« Es ist der Portier vom Empfang, der auf uns zuläuft. Und bei ihm ist Andrews Onkel Leroy, in der vollen Feuerwehrmanngarnitur.

Ohne lang nachzudenken, packe ich Andrews Hand, renne in die andere Richtung und ziehe ihn mit. Ich reiße die Tür zum Treppenhaus auf, und wir rennen weiter, passen dabei aber gut auf, dass wir nicht stolpern und uns umbringen. Als wir das Erdgeschoss erreichen, rennen wir immer noch, biegen um irgendwelche Ecken und eilen Flure entlang, bis wir sie abgehängt haben. Das Walcott ist alt und verwinkelt, und ich frage mich, ob der Portier überhaupt alle versteckten Ecken und Ritzen kennt. Der Alarm heult um uns herum, Lichter blinken.

»Hier rein!«, sagt Andrew und biegt scharf links ab, in eine Besenkammer unter der Treppe. Ich folge ihm, und er zieht die Tür hinter uns zu. Der Lärm der Sirenen wird sofort abgeschnitten. Es ist finster, fast stockdunkel und ich sollte Angst vor Spinnen oder Ratten oder so haben, habe ich aber nicht. Denn ich liege in Andrews Armen, und dann küssen wir uns wieder und er liebt mich und alles andere ist unwichtig.

»Die Sache wird mich meinen Job kosten«, sagt Andrew, sein Lächeln an meinem.

»Das ist es wert«, flüstere ich.

»Oh, so was von.« Er küsst mich wieder, und ich lockere seinen Krawattenknoten so weit, dass ich den obersten Knopf des Hemdes aufmachen kann. Er greift hinter mich, und ich spüre, wie er mit dem Reißverschluss meines Ballkleides kämpft. Ich leite seine Hand an die richtige Stelle, ziehe den Reißverschluss runter, winde mich aus dem Kleid und lasse es auf den Boden fallen. Ich greife nach vorn und öffne seine Gürtelschnalle, und er zieht den Reißverschluss herunter, was man in dem leisen Raum sogar hören kann. Ich kann Andrew nicht sehen, aber ich spüre ihn, spüre seine Hände, die mein Höschen über meine Hüften ziehen und mich an einer Stelle berühren, die noch nie berührt worden ist. Ich schnappe nach Luft, als seine Finger dort hingleiten, und greife in seine Boxershorts und berühre ihn auch.

Da wird mir plötzlich klar, dass es sich genau so anfühlen sollte – dieses Verlangen zwischen meinen Beinen, die Sehnsucht in meiner Brust, das Gefühl in meinem Bauch wie blubbernder Sekt. So hat es sich mit Dean nie angefühlt, oben in diesem wunderschönen Zimmer, auf dem Himmelbett, wo alles perfekt hätte sein sollen.

Ich greife in meine Tasche und krame nach dem Kondom, das ich eigentlich vorhin benutzen wollte. Ich taste im Dunkeln nach Andrew, reiche ihm die Verpackung und höre zu, wie er sie aufreißt und das Kondom überzieht.

»Bist du sicher?«, flüstert er so nah an meinem Ohr, dass es kitzelt.

»Ja«, sage ich und das stimmt. Auf einmal habe ich das Gefühl, dass ich sterbe würden, wenn er nicht weitermacht.

»Ich liebe dich so sehr«, flüstert er an meinen Lippen.

»Ich liebe dich auch«, flüstere ich zurück.

Und so habe ich mein erstes Mal beim Abschlussball, und es ist nicht perfekt. Wie hätte ich das auch erwarten können? Aber mir ist eines klar geworden: Die Momente, die zählen, kann man nicht planen. Die Schönsten sind die, die unverhofft kommen.

KAPITEL VIERUNDDREISSIG

Leider war mir nicht klar, dass das Auslösen eines Fehlalarms ein Vergehen ist, das einen Eintrag ins Strafregister nach sich zieht. Ich könnte dafür sogar im Gefängnis landen.

Aber zum Glück kommt es nicht dazu.

Es läuft so ab: Andrew und ich werden auf die Wache gebracht, nachdem wir aus der Kammer rausgekommen sind. Andrews Onkel ruft Andrews Eltern an, die wiederum meine anrufen, und bald darauf trudeln alle auf der Polizeiwache ein, frisch aus dem Bett gerissen, in Schlafanzug und Morgenmantel. Und alle haben sie was zu sagen. Meine Eltern waren noch nie so wütend – nicht nur wegen des Alarms, sondern auch wegen des Hotelzimmers, des Whiskeys und der ganzen Sache mit der Verhaftung. Doch irgendwann sind sie das Brüllen leid, und Andrews Eltern springen ein und übernehmen. Am Ende muss ich siebenhundert Dollar Strafe zahlen, die ich mir in monatelanger Arbeit im Videoladen erst verdienen muss. Normalerweise würde ich sagen, den ganzen Sommer mit Dean zu verbringen, wäre das Schlimmste, was ich mir vorstellen könnte, aber es ist immer noch besser als Knast. Wenn auch nur knapp.

Andrew ist begeistert von der Tatsache, dass ich jetzt offiziell eine Kriminelle bin. Als ich am Morgen nach dem Ball aufwache, steht sein Jeep in der Einfahrt. Ich habe bis zum Schulabschluss Hausarrest, aber meine Eltern erlauben mir, fünf Minuten mit ihm zu reden. Insgeheim glaube ich, sie freuen sich, dass wir zusammen sind; ich muss meine Mutter immer wieder daran erinnern, dass wir für ihre Witze übers Kinderkriegen noch zu jung sind.

Als ich die Tür zu seinem Jeep öffne, strömt mir sofort der Geruch von Pizza entgegen. Er trägt seine Brille – die ich *liebe* – und als ich ihn sehe, werde ich plötzlich ganz schüchtern und erinnere mich an alles, was zwischen uns passiert ist. Komischerweise fühle ich mich nach dem Sex mit Andrew gar nicht anders. Das erste Mal mit jemandem zu schlafen ist eigentlich wie Geburtstag haben. Keiner sieht einem an, ob man siebzehn oder achtzehn ist, ob man mit einer Person geschlafen hat oder mit zehn oder mit niemandem. Ich dachte, der erste Sex würde mich auf magische Weise verändern, aber Andrew hat mich nicht zu dem Mädchen gemacht, das ich jetzt bin. Das war ich ganz allein.

»Ich habe dir Frühstück besorgt«, sagt Andrew und hält mir die Pizzaschachtel hin.

»Es ist früh morgens«, antworte ich. Aber ich klettere auf den Beifahrersitz und öffne die Schachtel. Wir stoßen mit zwei Stücken Salamipizza an.

»Hätte ich Pilze dazu bestellen sollen?«, fragt er. »Ich hab gehört, du magst die jetzt.«

»Halt die Klappe.« Ich stubse ihn mit der Schulter an.

Er grinst und ist total niedlich. »Weißt du was, ich hätte nie gedacht, dass du die Kriminelle von uns beiden bist.«

»Noch ist nicht aller Tage Abend«, sage ich und grinse wie er. »Gib nicht zu schnell auf.«

»Du hast recht. Ich habe diesen Sommer viel zu viel Zeit für Unfug, jetzt wo ich keinen Job mehr habe.«

»Aber du hast den Alarm gar nicht ausgelöst! Dein Onkel gibt doch nicht etwas dir die Schuld?«

»Nein, aber ich bin dein Komplize, weißt du nicht mehr?«

Ich grinse verschmitzt. »Du hast nicht zufällig eine Feuerwehruniform mitgehen lassen?«

»Wenn du gern gehabt hättest, dass ich einen sexy Feuerwehrmanntanz für dich hinlege, hättest du darüber nachdenken sollen, bevor du die gesamte Wache von Prescott angepisst hast.« Er nimmt die Salami von seinem Stück und schiebt sie sich in den Mund. »Ich spiele mit dem Gedanken, meinen Eltern zu beichten, dass ich in Wahrheit kein Veganer bin. Es scheint mir der richtige Zeitpunkt, jetzt wo sie so sauer auf dich sind.«

Ich lache und lehne mich zu ihm, um mir einen Kuss abzuholen. »Ich schätze, Liebe verleitet einen, verrückte Sachen zu machen.« Bei dem Wort *Liebe* wird sein Grinsen noch breiter, und seine Wangen röten sich. Es fühlt sich immer noch nicht echt an. Wir lieben einander. Ich gehöre ihm und er mir. Das ist siebenhundert Dollar wert.

Die Abschlussfeier ist eine Woche später, draußen auf der Wiese hinter der Schule, unter dem großen weißen Zelt. Hannah, Andrew und ich fahren zusammen hin, zusammengepfercht in Hannahs Jeep, zwischen alten Verpackungen und Mülltüten, wie immer. Ich hatte Angst, es könnte komisch zwischen uns dreien sein, jetzt wo zwei von uns zusammen sind. Aber Hannah meinte, es habe sich ja überhaupt nichts geändert. »Du und Andrew seid seit der sechsten Klasse zusammen«, sagte sie nur, und meine Sorgen waren wie weggefegt.

Hannah ist offiziell wieder mit Charlie zusammen, was mich nicht unbedingt glücklich macht. Aber ich weiß, dass es meine Aufgabe als ihre beste Freundin ist, sie zu unterstützen, komme was wolle. Er wird ihr wahrscheinlich wieder das Herz brechen. Und wenn er das tut, werde ich einfach für sie da sein müssen.

Als wir ankommen, mischen wir uns eine Weile unter die Eltern, die so viele Bilder machen, dass es sich wieder genau wie beim Abschlussball anfühlt. Aber jetzt habe ich kein Problem damit; das ist ein Moment, an den ich mich tatsächlich erinnern will. Ich bin so glücklich wie noch nie.

Bevor die Feier losgeht, möchte ich noch einmal in den Spiegel gucken, also gehe ich in die Schule hinein, durch den Gemeinschaftsraum und zur Damentoilette. Die Schule ist so ausgestorben und still – stiller als ich es je erlebt habe, und der Gedanke überkommt mich, dass es mein letztes Mal in diesem Gebäude sein könnte, der letzte Blick auf den abblätternden Linoleumboden, die blauen und weißen Fliesen an den Wänden.

Ich werde nie wieder herkommen, nicht wenn ich es vermeiden kann. Aber es ist trotzdem irgendwie traurig.

Ich öffne die Schwingtür zur Toilette und bleibe überrascht stehen. Danielle sitzt auf der Kante des Waschbeckens, verwischte Wimperntusche im Gesicht. Als sie mich sieht, wischt sie sich schnell die Tränen aus dem Gesicht.

»Sorry«, sage ich, und die Tür fällt zu und trifft meinen Hintern. Ich halte kurz inne und überlege, ob ich sie allein lassen soll oder auf sie zugehen.

»Rein oder raus, Collins?«, fragt sie trocken.

Ich mache ein paar zögerliche Schritte auf sie zu. »Alles okay?«

»Offensichtlich nicht.«

Ich drehe mich um. »Weißt du was, wenn du nicht mit mir reden willst, lass ich dich lieber allein.« Ich öffne die Tür und will wieder gehen.

»Nein«, sagt sie leise. »Warte.« Es ist verstörend, sie so verletzlich zu erleben, wie ein kleines Mädchen, nicht wie jemand, der in jeder Situation die Fassung behält. Ich mache die Tür wieder zu.

»Ich werde den Laden hier vermissen«, sagt sie.

»Ich kann es nicht erwarten, hier rauszukommen«, sage ich, aber ich weiß, was sie meint. Ich hatte immer das Gefühl, dass die Highschool es besser mit Danielle gemeint hat als mit uns anderen. Alle haben sie angefeuert, alle waren auf ihrer Seite. Aber vielleicht war die Highschool für sie genauso schwierig. Vielleicht konnte sie nur besser damit umgehen.

»Wusstest du, dass es Ava war?«, fragt sie und spielt mit der Quaste an ihrem Hut. »Dass sie die Zettel geschrieben hat?« Ich gehe näher und klettere zu ihr aufs Waschbecken. Wasser zieht in meinen Umhang. Es überrascht mich, dass sie immer noch auf Ava sauer ist – nicht, weil es ungerechtfertigt wäre, sondern weil Danielle immer so stark rüberkommt.

»Ich hätte es dir erzählt.«

»Hättest du nicht«, sagt sie emotionslos. Ich überlege kurz, und sie hat recht. Ich hätte mich rausgehalten. Vielleicht hätte ich es stattdessen Hannah erzählt und gehofft, dass sie weiß, was zu tun ist.

»Hättest du mir denn geglaubt?«, frage ich.

»Wahrscheinlich nicht«, antwortet sie. »Du mochtest mich nie besonders.«

»Das ist nicht wahr«, sage ich zu meiner Verteidigung.

Sie sieht mich vielsagend an. »Es ist nicht weiter schlimm. Ich mochte dich auch nie besonders.«

Ihre Worte sollten mir wehtun, aber irgendwie bin ich nicht verletzt, eher erleichtert. Es tut gut, dass wir uns jetzt nichts mehr vormachen müssen. »Nichts gegen dich«, sagt sie. »Du magst nur nichts von den Sachen, die ich so mag. Ich spüre jedes Mal, wie du die Augen verdrehst, wenn ich was sage. Nur weil ich mich gerne frisiere und schminke und gerne gut aussehe und mit Jungs flirte, hältst du mich für blöd.« Sie klingt nicht wütend, sie listet nur Tatsachen auf.

»Ich halte dich nicht für blöd«, sage ich. »Du … schüchterst mich ein.« Ich warte kurz, bevor ich es sage, weil ich Angst habe, dass sie mich auslacht.

»So ist die Highschool nun mal«, sagt Danielle. »Oder etwa nicht?«

»Was?«

»Man tut so, als würde man die Leute in der Clique mögen. Man hängt mit Leuten rum, weil man denkt, es müsse so sein.«

»Na ja, die Auswahl ist auch nicht besonders groß.«

»Ich mag Sophie viel lieber als dich«, sagt sie. »Nichts für ungut. Aber aus irgendeinem Grund hänge ich viel mehr mit dir rum. Weil wir ein Vierergespann waren. So ist es halt. Ich weiß gar nicht mehr, wie das anfing. Hannah wahrscheinlich. Und Andrew. Sie mochten dich, also musste ich es auch tun. Aber du hast immer so supercool getan, weil du Skateboarden kannst und alte Filme magst und mit den Jungs befreundet bist. Und dann, oh wow, stand dieser Junge von der Uni auf dich, und das hat dich nur noch cooler gemacht. Was ist an dir so besonders?«

»Aber«, widerspreche ich, weil es mir schwerfällt, das zu glauben. »Aber du bist Danielle Oliver, verdammt noch mal. Du bist cooler als alle anderen!«

Sie lacht und verschluckt sich ein wenig. Sogar so, sogar während sie weint und sich selbst bemitleidet, sieht sie umwerfend aus. »Ich weiß«, sagt sie, leckt sich den Daumen und wischt die Wimperntusche unter den Augen weg. »Weißt du was«, sagt sie dann, während sie ihren schwarzen Daumen mustert, »ich glaube, das ist unsere erste richtige Unterhaltung.«

»Tolle Freunde sind wir«, sage ich lachend.

»Anfangs habe ich dir sogar zugetraut«, sagt sie, »dass du die Zettel geschrieben hattest.«

»Was?«, frage ich etwas lauter. »So was würde ich nie tun.«

»Ich weiß. Mir ist schnell klar geworden, dass du nicht lügen kannst. Du wärst nicht damit davongekommen.«

Ich lache und bespritze sie mit ein wenig Wasser.

»Hey! Das ist ein schicker Talar!« Aber sie lacht auch, und die Stimmung zwischen uns lockert sich. Es ist, als hätten wir die Highschool in einer Blase verbracht, die nun endlich geplatzt ist. Und mir wird klar: Wenn ich Antworten auf meine Fragen will, muss ich sie jetzt loswerden.

»Warst du überhaupt in Andrew verknallt?« Auch wenn er jetzt mir gehört, auch wenn ich mir seiner sicher bin, zieht sich in mir etwas zusammen. So muss sich Liebe anfühlen – eine ständige Angst, für den Rest meines Lebens, dass jemand oder etwas ihn mir wegnehmen könnte.

»Natürlich nicht«, sagt sie. »Ich steh seit zehn Jahren auf Chase. Ich dachte, das wäre klar.« Sie nimmt den Hut ab, sieht in den Spiegel und streicht sich ein paar Haarsträhnen glatt. »Andrew war so eifersüchtig auf deinen Studenten, dass er fast explodiert wäre. Also dachte ich, wir könnten einander helfen. Ich bin ein manipulatives Miststück, schon vergessen?«

»Du bist kein Miststück«, sage ich und meine es auch so.

Unsere Blicke treffen sich im Spiegel, und sie lächelt. »Meinst du, wir bleiben nach dem Abschluss befreundet?«

»Nein.« Es ist eine Erleichterung, endlich die Wahrheit zu sagen. »Und das ist okay.«

Sie seufzt. Ich weiß, sie denkt an Ava.

»Ihr werdet euch wieder vertragen«, sage ich.

»Ich weiß, ich muss netter zu ihr sein.« Sie starrt auf ihre Hände, ihre Fingernägel glänzen schwarz. »Ich glaube, wir sind manchmal am gemeinsten zu den Leuten, die wir am meisten lieben, weil wir glauben wollen, dass sie uns immer lieben werden, komme was wolle.«

Ohne lange nachzudenken, nehme ich ihre Hand und drücke sie. »Ava liebt dich trotzdem. Gib der Sache Zeit.«

»Danke.« Sie lächelt, und diesmal ist es ehrlich gemeint – ihre Augen leuchten.

»Wir sollten wieder rausgehen«, sage ich. »Der Zukunft in die Augen sehen und so.«

Wir hüpfen vom Waschbecken und gehen zusammen aus der Toilette, immer noch Hand in Hand. Wir gehen wieder raus zu den anderen. Als wir zu dem großen weißen Zelt mit all den Stühlen gelangen, drückt sie meine Hand ein letztes Mal. Dann lässt sie los und steuert auf Chase und Ava zu. Chase legt seinen Arm um Danielle und zieht sie an sich. Ich sehe für einen Moment den Schmerz in Avas Gesicht, bevor sie resigniert lächelt. Ich hoffe, sie vertragen sich irgendwann, aber vielleicht tun sie das auch nicht. Vielleicht sind manche Freundschaften nur für die Highschool gedacht. Vielleicht passen Danielle und Ava nicht mehr zusammen, sprechen nicht mehr dieselbe Sprache.

Ich winke ihnen zu und gehe zu Andrew und Hannah. Wir umarmen uns fest, nur wir drei.

»Das wird mir fehlen«, sage ich und *Pomp and Circumstance* erklingt.

Ich weiß, es ist nicht das Ende, noch nicht. Wir haben noch den ganzen Sommer, bevor es uns in die verschiedensten Richtungen zieht. Andrew und ich haben noch zwei Monate, bevor aus unserer Beziehung eine Fernbeziehung wird. Aber es wird nie wieder genau so sein wie in diesem Moment. Wir werden nie wieder achtzehn sein und den Sommer vor dem Studium erleben, so frei und optimistisch sein, zum ersten Mal verliebt sein und die Welt offen vor uns liegen haben, glänzend und unberührt.

Ich weiß nicht, was die Zukunft bringen wird. Ich weiß nicht, ob Andrew und ich für immer zusammenbleiben werden, ob er immer mein bester Freund sein wird, der Mensch, den ich am liebsten habe, der wichtigste in meinem Leben. Ich hoffe es. Ich hoffe, wir werden noch Pizza zusammen essen, wenn wir sie nicht mehr kauen können. Aber ich weiß, dass man diese Dinge nicht planen kann.

Ich kann das nirgends nachschlagen, kann nicht alles analysieren, bevor es passiert.

Manchmal ist das Leben nicht perfekt. Es ist kein Film. Ich bin nicht die Regisseurin und kann nicht einfach Szenen rausschneiden, wenn sie mir nicht gefallen. Das Leben ist chaotisch und kompliziert und voller Missverständnisse. Und das ist okay. Was auch passiert, ich kann es kaum erwarten.

Ich bin bereit.

Danksagung

Als ich klein war, habe ich mir das perfekte Schriftstellerleben so vorgestellt: ich, allein in irgendeiner Hütte, auf einer Insel, am Strand oder auf einem von Bäumen umgebenen Berggipfel. Manches davon ist auch wirklich so gekommen (ich habe auf diversen Inseln geschrieben), aber in Wahrheit zählt Schreiben nicht zu den Dingen, die man alleine macht; viele Menschen haben mir geholfen und mich bei jedem Schritt angefeuert.

Zuallererst muss ich meinen Eltern danken, die schon immer mein Faible für Kunst unterstützt haben (ob das hieß, mich zu Proben zu fahren, mich an Weihnachten mit Stapeln von Büchern zu überfluten oder mich an Wochenenden zum Schreiben zu ermutigen, statt Zeichentrickfilme zu gucken). Ich bin dankbar, dass der Satz *Mir ist langweilig* immer mit Vorschlägen erwidert wurde, wie ich mich mit Kunst und Musik beschäftigen könnte. Danke für euer Verständnis, dass ich nie mit dem Strom schwimmen wollte, und dass ihr meine Kreativität gefördert habt. Ich danke meinem Dad, dass er in mir eine Liebe für Geschichten geweckt hat, indem er mir jeden Abend vor dem Schlafengehen vorlas. Und meiner Mom. Als ich wegen meiner Musik ein Tief hatte, meinte sie: »Ich finde, du solltest Schriftstellerin werden.« Das hat mein Leben verändert.

Ein großes Dankeschön an Shirin Yim Bridges. Ich

kam mit einer Idee für eine Geschichte in deinen Kurs, und jetzt darf ich sie mit der ganzen Welt teilen.

Danke auch an meinen ersten Schreibclub und den Rest der Richmond-Gang: Amanda, Jessica, Sara, Joey, Irene, Remi und Erich. Ich danke euch nicht nur für eure genialen Tipps, sondern auch dafür, dass ich euch mit meinen Problemen zutexten durfte, und überhaupt für eure magische Einhornfreundschaft.

Ich danke den Autorinnen, die meine ersten Entwürfe gelesen haben und mir geholfen haben, diese Geschichte zu formen: Cassia, Cady, Jenn, Julie und Marjorie. Ihr habt Keely und Andrew von Anfang an begleitet. Und dem Rest von Shirins Armee – danke für euren Beistand, eure Unterstützung und spätabendliche Gläser Cognac.

Ich danke Jody Gehrman, Sabrina Lotfi und Renée Price fürs Testlesen und ihren enthusiastischen Einsatz. Ihr wart gute Feen für dieses Buch und habt es für den Ball zurechtgemacht.

Ich schätze mich unglaublich glücklich, so viele tolle Freunde zu haben. Ich danke Doobs, mit dir an meiner Seite kann nichts schiefgehen. Meinem zauberhaften Buchklub, danke, dass ihr so lustige, schlaue, feministische Königinnen seid, die immer eine Anspielung auf Harry Potter parat haben. Endlose Liebe an 4th Floor South, die Gauchos und die ganze Bae Area Crew! Ihr gehört alle zu meiner Familie, und ich bin so dankbar, in meinem Leben so viel zu lachen. Wenn mein Highschool-Ich – einsam und unsicher und voller Zukunftsängste – gewusst hätte, dass ihr alle einmal mein Leben bereichern würdet, wäre es richtig stolz gewesen. Ich weiß, wir werden für immer Freunde bleiben, und ich kann es kaum erwarten, mit euch

Pizza zu essen, bis wir nicht mehr kauen können. Wenn sich dieses Buch gut verkauft, besorge ich uns die Kommune, versprochen.

Und natürlich danke ich meiner wundervollen Agentin Taylor Haggerty und allen bei Root Literary (besonderen Dank an Melanie Figueroa, die mir aus dem Schneematsch geholfen hat!). Meiner unglaublichen Lektorin Julie Rosenberg und allen bei Razorbill, dass ihr an dieses Buch glaubt und meine Träume verwirklicht. Heather Baror-Shapiro, die dieses Buch in die Welt hinausträgt, und Mary Pender-Coplan für den Film. Ein Dankeschön an die Buchgestalterin Maggie Edkins und die Illustratorin Carola Melis für das schöne Cover. An die Marketing- und Öffentlichkeitsabteilungen bei Penguin für alles, was ihr tut, um meine Geschichte zu verbreiten.

Und zu guter Letzt danke ich den Leserinnen und Lesern. Ohne euch wäre das alles bedeutungslos.

Auf der Suche nach dem großen Glück ...
und sich selbst

Kelly Oram
V IS FOR VIRGIN
Aus dem amerikanischen
Englisch von
Stephanie Pannen
336 Seiten
ISBN 978-3-8466-0098-6

Valeries Herz ist gebrochen. Ihr Freund hat sie verlassen, weil sie nicht mit ihm schlafen möchte, sondern damit bis zur Ehe warten will. Als ihre Geschichte bei YouTube viral geht, wird die Siebzehnjährige landesweit unter dem Namen *Virgin Val* bekannt. Das Chaos scheint perfekt, als dann auch noch Rockstar Kyle Hamilton vor ihr steht: Der Leadsänger der Ban d Tralse hat es sich zum persönlichen Ziel gemacht, sie zu verführen. Doch mit einer Sache hat Kyle nicht gerechnet: Val bereitet ihm ganz schönes Herzklopfen ...

Ein Rockstar, der alle haben könnte ...
aber er denkt nur an die eine

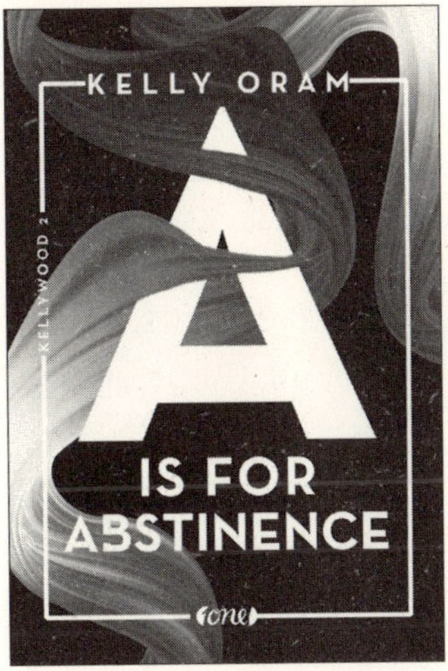

Kelly Oram
A IS FOR ABSTINENCE
Aus dem amerikanischen
Englisch von
Stephanie Pannen
336 Seiten
ISBN 978-3-8466-0099-3

Kyle Hamilton hat alles, was er sich immer gewünscht hat Geld, Ruhm und einen Job, den er liebt. Trotzdem scheint dem Sänger der Band Tralse etwas zu fehlen, und richtig glücklich war er schon lange nicht mehr. Immer wieder muss der Rockstar an ein ganz bestimmtes Mädchen aus seiner Vergangenheit denken: Val will ihm einfach nicht aus dem Kopf gehen. Vier Jahre sind seit ihrer letzten Begegnung vergangen, und Kyle hat sich verändert. Er ist erwachsen geworden und bereit, endlich für seine große Liebe zu kämpfen!

Das große Finale der emotionalen Dilogie von Bestsellerautorin Kelly Oram!

ONE

Gefühlschaos zwischen Social Media und Reallife

Marisa Kanter
WHAT I LIKE
ABOUT YOU
Mitten ins Herz
Übersetzt von
Barbara Röhl
ISBN 978-3-8466-0105-1

Nash und Kels sind beste Freunde. Beide lieben sie Bücher und können über alles miteinander reden. Online. Denn im echten Leben haben die beiden sich noch nie gesehen. Allerdings gibt es da eine Sache, die Nash nicht weiß: Kels heißt eigentlich Halle. Online ist sie eine bekannte YA-Buchbloggerin und hat alles, was ihr im echten Leben fehlt: Freunde, eine tolle Community, Selbstvertrauen und natürlich Nash. Als Halle für ihr Abschlussjahr an eine neue Schule wechselt, steht plötzlich Nash vor ihr – da ist Chaos vorprogrammiert!